狐王令

天門奇書現世，江湖風雲再起

常青 著

你們聽說過天下奇書《天門山錄》嗎？
聽說有一人憑此書，半年之內搜盡天下寶物，
由此聲震江湖……

狐王令再現人間，驚起風雲變幻，
江湖與朝堂的格局將徹底改變，誰能掌控這亂世棋局？

目錄

第一章　進京之路

一

明正統十三年春上，寒風依然肆虐，積雪尚未融化。困擾北方多日的疫情絲毫沒有緩解。離京城一日路程的直隸保定府的官道上，舉目望去，一片凋敝。

此時已近黃昏，雲迷霧罩的四野一片肅殺之氣。雖說天寒地凍，但仍擋不住獵食者的步伐……由遠及近掠過兩隻蒼鷹，在低空飛旋，突然似箭般落到雪跡斑駁的路邊，叼起獵物又直飛沖天，眨眼消失在灰暗的天際，路邊雪地上現出一堆殘缺的森森白骨。

一陣清脆的鈴聲，伴隨著沉悶的馬蹄聲由遠及近而來。官道上駛來一輛馬車，素藍帷幔蓋頂，轎簾緊閉，趕車之人是個五十多歲的老漢，他迅速瞥過路邊的白骨，緊著甩動響鞭催馬快跑。

「管家，辰時可能趕到驛站？」素藍轎簾掀起一角，露出一張老婦灰暗憔悴的臉，她兩鬢已斑白，目露惶恐，擔憂地望著前方。

「老夫人放心，前方就是虎口坡，過了虎口坡離驛站就三里路程了。」老管家張有田一邊趕著馬車，一邊安慰老夫人。

李氏點點頭，一路的勞頓和凶險讓她憂心忡忡。半個月前，她和老管家從京城出發趕往山西代縣夕山觀音庵，之所以風雪兼程，趕在這個時節出門，是因為突然得到李如意還活著的消息。這突降的喜訊，讓李氏不顧一切都要前往。一路上經歷了雪災和疫情，終於趕到夕山，接回了失散六年的小姐。

「我要下車——」身後傳來一聲少女清脆的喊聲。

李氏急忙轉身，緊緊拉上轎簾。座上一個青色衣衫的少女舉起雙手伸了個懶腰，她梳著簡單的雙螺髻，俏皮可愛，烏黑的髮絲從臉頰邊垂下來，膚白似雪，明眸皓齒，看年紀不過及笄之年，但雙目炯炯有神，流露出超出常人的聰慧，說話間神采飛揚。

「我要下車。」少女說著就去扶轎門。

「我的小姐呀，」李氏忙阻止，「此處離京城已近，需處處小心才是呀。」

「走了這一路，就只能坐在車上，我連外面的風景都沒看一眼。」少女委屈地噘起嘴。

「有啥可看的，除了野狼就是死人的白骨，不看也罷。」坐在車頭的張有田嘆口氣高聲道。

少女又坐回去，無奈地從一旁拿起一本書，翻看起來。李氏愛憐地望著她，不放心地囑咐道：「小姐，此次接妳回京，妳宵石哥哥再三叮囑，不可暴露身分，妳可有記住？」

少女的目光從書本上抬起來，瞬間布滿寒霜，她語氣急促地說道：「昔日的李如意已從這個世上消失，我叫明箏。」其實根本不用姨母提醒，她早已學會了隱藏身分，因為她是罪臣的女兒，她死裡逃生從京城一路逃到山西，至此已六年。一想到這些，明箏再不想看見姨母為自己擔憂的樣子，安慰道：「姨母，妳不要害怕，我會保護妳的。」

李氏撲哧一聲被逗笑了，明箏小小年紀說出這樣的話，不由得她不愛憐她。

「宵石哥哥為何不來，倒讓姨母舟車勞頓前來接我？」明箏不滿地問道。李氏面露尷尬之色，猶豫了片刻，方道：「妳宵石哥哥脫不開身，他如今叫柳眉之。」

明箏咧了下嘴，笑道：「好古怪的名字，倒是跟我尼姑庵裡隱水姑姑有一比，隱水姑姑的法號叫知眉。不過，我還是要謝謝宵石哥哥，」說著，明箏舉起手裡的書，「他從哪裡得到的這本書，太有趣了，我都看兩遍了，卻怎麼也看不夠，簡直都要背下來了。」

李氏聽她如此日一說，眼裡突然閃著淚光，不禁感慨：「明箏呀，我還記得妳五歲時李府開的神童宴，那時妳父親還是工部尚書。妳三歲通曉唐詩宋詞，四五歲能背誦四書五經的大部分，當時在京城傳為一大奇事。那些大臣來家裡見妳，只為考妳，他們拿出自己寫的文章，妳只看兩遍，就背誦出來，驚煞了多少人呀。」

提起往事，兩人都靜默了，似乎那道舊疤本來藏得好好的，突然被揪起來，兩人心裡都一陣陣刺骨的痛。

明箏先打破僵局，笑著道：「那都是雕蟲小技，我從小記性好而已。」明箏本想說，我的真本事是跟隱水姑姑學的劍術，但是她把此話咽了回去。

她此次決定跟姨母進京就是要為父母報仇，這個仇恨埋在她心裡已經六年了，當年事發時她雖然懵懂無知，但是她自小跟隨父親，知道父親忠厚仁義的性格，父母的死太蹊蹺，如今她已長大成人，定要為父母討回公道。她知道姨母膽小怕事，所以她的心思半句也不能透露，只能咽進肚裡。

李氏看她又低下頭看書，突然想起來宵石的叮囑：「明箏，妳宵石哥哥特別交代，此書不可讓外人看見，他還說，這是本奇書，對，是這樣說的，說是天下奇書。」

「姨母，怎麼沒有書名呀？還是遺失了？」

「宵石交給我時，就這樣的。」

「吁——」管家勒住馬韁繩，回頭道，「老夫人，路過茶水坊，要不要歇息一下？」「要的。」李氏一口答應下來，明箏歡呼著站起身，但李氏一把按住她，道：「明箏，妳不可下車，坐車裡等著。」

明箏擰著眉頭噘起嘴問道：「為什麼呀？」

「不可下車就是不可下車。」李氏愛憐地哄著她，「有狼——」

「我才不怕呢。」明箏笑起來，差點把她跟隱水姑姑上山打過狼、趕過野豬的事說出來，話到嘴邊，又咽了回去，不想惹姨母生氣，只好乖巧地點了下頭，「好吧。」

路邊一個茅草房上掛著一個破舊斑駁的幌子，上書一個「茶」字。管家取出車上的水壺，與老夫人一前一後走進去，屋裡三張方桌空蕩蕩的並無客人，火爐邊坐著一個相貌醜陋的矮胖男人袖著手打盹兒。

「夥計，取一壺茶來。」管家朝男人叫道。

那人一驚，忙睜開眼，雙手從袖中抽出來，望著進來的兩位客人，眨著眼道：「沒有夥計。」

「那——你是？」管家沒好氣地望著他。

「掌櫃的。」矮胖男人脖子一梗站起身，卻是個羅鍋，站起身和坐著沒有太大差別。他看進來的是一對皺巴巴的老頭老太太，有些奇怪，心想，這麼大年紀真是活膩了，兵荒馬亂的還四處走動。他從爐邊提起一個鐵壺走到他們面前，一邊往遞上來的水壺裡倒水，一邊問：「要不要住店？」

管家與李氏互望一眼，搖搖頭。

「此時已晚，你們還趕路，不要命了？」掌櫃仰脖向他們瞪起一雙金魚眼，「外地的吧，你們不知道虎口坡這一帶不太平嗎？鬧匪。今兒早上一隊隊的官兵，不，是京城裡來的錦衣衛，錦衣衛知道嗎？個個都是高手，抓逆賊叛匪，把這一個鎮都驚得雞飛狗跳……」掌櫃看見這一對糟老頭糟老太太聽見他的話，像被雷劈了似的呆若木雞，不由得意地笑道：「只收你倆十個銅板。」

「請問掌櫃的，哪裡來的逆匪呀？」李氏吃驚地問道。

「聽說是從南方流竄到這裡的，會吃人的狐族，白天是人，晚上就變成狐狸，一口就能吃一個人，你沒看見這裡的村舍，家家戶戶緊閉大門，連街邊的店鋪都關門了，方圓幾里就剩我這一家店開著門，我這模樣連鬼都懼怕三分，才不怕什麼狐狸呢，說不定遇到個狐仙，那可是人間不曾有的美人啊……哈，哎……人呢？」

沒等掌櫃的說完，管家放下兩個銅板，提起水壺攙起李氏就往外跑。李氏嚇得聲音都變了調：「快走，這裡鬧匪，快走吧……」

「老夫人，不要驚慌，那個掌櫃的心術不正，沒準兒就是唬咱們的。」管家趕緊安慰她道。

「還是謹慎點好，不管是匪還是官兵，咱都不想遇到。」李氏手腳麻利地跳上車，突然發出一聲驚叫。管家老張頭被叫聲驚得水壺落地，差點坐到地上。

「明箏——」李氏驚恐地探出頭，「小姐，不見了……」

二

兩隻蒼鷹一前一後穿過黑雲，俯身向山坡衝去，那濃烈的血腥味刺激著鷹仰脖長嘯，尖利的嘯聲響徹天際……虎口坡下的山谷正經歷著一場酣戰，戰馬嘶鳴，兵器相交，聲震山谷……

明箏趴在坡上一處雪窩裡，看了半天，才看出一點眉目。

剛才她坐在轎車裡就隱約聽見這邊的廝殺聲，哄著姨母走後便跳下馬車，穿過山道越過土坡跑到這裡，只想過來瞧一眼就走，但是這一眼就把她牢牢地吸引住了。雖然她從十歲就跟著隱水姑姑雲遊四方，也見識過一些江湖場面，但今天這種大陣仗還是把她驚得目瞪口呆。

酣戰的雙方都是一等一的高手，身法奇絕，雙方纏鬥在一起，只見一片刀光劍影，一時分不出勝負。她再細看雙方的著裝，這才看出點門道。

一方著錦衣衛的官服，手持繡春刀，有十幾人！另一方只有七八人，但無論著裝還是兵器都五花八門，著實讓人眼花繚亂。單從著裝來看，他們不像北方人，倒像是南方某些少數民族。他們身披黑色大氅，大氅上以五色絲線繡著奇異花朵和五色狐狸頭，人人戴毛皮頭飾，頭飾上插滿各色羽毛。

其中一個騎白馬的族人尤其引人注目，他手持長劍，身法奇快，長劍閃著銀光，上下翻飛，似風火輪般橫掃對面的錦衣衛，他一人將錦衣衛幾名高手打翻在地，詭譎的身法使得錦衣衛陣腳大亂，節節敗退。眼看局勢已向這群神祕的族人傾斜，剩下的幾名錦衣衛已漸無招架之力。

突然，從谷口擁進幾十匹戰馬，馬上之人嘶叫著衝向這裡……被困的錦衣衛看見援軍已到，興奮地大喊：「寧大人來了，寧大人來了……」

白馬族人刀刻般瘦長的臉上，一陣慌亂……突然一揮長劍，向後退去，大叫：「不好，上當了，保護狐山君王……」

族人中一個白髯老者對白馬上的人大喊：「林棲，撤——」

援軍中一匹黑色戰馬似箭般衝在最前面，馬上之人冷目鐵面，凌厲中帶著股陰鷙。被困的錦衣衛看見此人一馬當先衝過來，一陣歡呼，士氣大振。騎黑馬之人對四周視若無睹，眼神犀利似鷹目般緊緊盯住那匹白馬，厲聲喝道：「抓住狐山君王者，賞銀百兩……」他身邊突然竄出一匹馬，馬上之人衣飾竟然跟對手的衣飾一樣，也是穿著黑色大氅和戴著皮毛頭飾，那人一臉驚恐地大叫起來：「寧大人，騎白馬之人不是狐山君王，是他的護衛林棲。」

援軍呼嘯而來，團團圍住那群族人。援軍裡還有三個蒙古勇士打扮的凶悍男人，他們嘯叫著圍住那群族人。那群族人且戰且退，錦衣衛緊追不放，雙方漸漸離了明箏的視線……

明箏從雪窩裡站起身，愣怔著盯住那一片鐵騎蕩起的雪塵，半天回不過神來，她白皙的面頰被剛才所目睹的血腥刺激得緋紅，她雙目圓瞪，沒有想到還沒走進北京城，便目睹這般殘酷的廝殺，心頭不由掠過一片陰霾。她抬頭望向坡下山道，這才想到姨母還在等她，便心裡一陣驚慌，抄近道向山下跑去……

一匹馬從明箏經過的坡上飛馳而過，馬蹄踏下雪片飛濺……突然，馬上之人身體一晃，一頭栽下來，明箏嚇得止住腳步，她前後看了一看，聽見身後急促的馬蹄聲，再看雪地上的那人，後背和肩胛中了兩箭。她認出是那群族人中的白鬍老者，只是不知為何不見其他族人，只剩下他一個人，那匹馬似受到驚嚇徑直向前飛竄……

明箏再不敢遲疑，迅速跑到傷者身邊，把白鬍老者拉進身邊雪窩，堆起雪蓋住他的身體，又拽過一些乾枯的樹枝隱藏住自己。白鬍老者仍然有些意識，他突然瞪大眼睛盯著明箏，明箏調皮地對他眨了下眼睛，將一隻手指放在嘴上，示意他別出聲。片刻後，急促的馬蹄從他們頭頂疾馳而過，明箏看他們的衣著，認出是錦衣衛……

錦衣衛消失在山道上，大地又歸於一片死寂……

明箏從藏身的雪窩向坡下山道跑去，一邊跑一邊尋思，若是不出手相救，這個老者定會死在此地。山道邊的樹林裡，管家老張頭縮手縮腳地跑出來，左右查看動靜，認定官兵走了，這才敢跑回樹林把小馬車拉出來。車廂裡傳出李氏悲切的哭聲，一邊還埋怨著：「唉，就不該在這兒停車，怨我，不該下車，這丫頭跟著隱水姑姑野慣了，天不怕地不怕的……這可如何是好呀……」

「你能看得住嗎？腿在她身上長著。」管家安慰李氏，「老夫人，她不會走遠的……」老張頭說到一半便看見明箏從山坡跑過來，忙叫住李氏。

管家和李氏迎著明箏跑過去。李氏看見明箏身上有血，腿一軟就癱在地上，管家急忙拉住明箏：「小姐，妳身上哪兒受傷了？快讓老夫看看。」

「不是我的血。」明箏說著，一把拉住老管家，「張伯，快跟我去救一個人。」

李氏聽兩人如此一說，方清醒過來：「回來，不要惹事啊……」李氏想要阻止，發現兩人已向山坡跑去。

山坡背陰的地方積雪很厚，明箏領著老管家踏著雪向剛才藏身的地方跑去，遠遠就看見雪地上一片殷紅，傷者失血過多昏迷過去，兩人七手八腳把白髯老者拉出雪窩。

「還活著。」老管家試了傷者尚有鼻息。

「不可——」李氏氣喘吁吁地跑過來，「我的小祖宗，多一事不如少一事。再說，此人來歷不明，穿著如此古怪……不可呀，快快離開吧……」

「姨母，在這荒山野嶺，如果我們撒手不管，此人必死無疑。」明箏俯身查看傷者兩處箭傷，「好在都不是要害，車上有止血膏。」

「要不這樣，」老管家知道明箏自小混跡江湖，滿腦子俠義，遇上這事她必管不可，但也明白李氏心性謹慎，只好在中間和稀泥，「咱們把他帶到前方驛站，送醫館可好？」

明箏立刻點頭同意，李氏也不好再反對。三人連抬帶拽，把傷者順著坡拉到馬車邊，幸好地上積雪未融化，降低了他們行動的難度。

李氏一邊喘著氣，一邊抱怨：「這個白鬍子老頭，沉得像頭牛……」

「人家是習武之人，身板硬……」老管家說，「看年齡在我之上，體重卻可抵我兩個，真是奇怪……」

三人幾經周折才把白髯老者拉上馬車。馬車裡空間狹小，明箏和李氏盡量給傷者挪出更多空間，讓他能夠半躺著。直到此時，明箏才看清這位老者的真面目，灰暗的皮膚毫無光澤，皺皺巴巴，像極了一枚落滿塵土的山核桃，下巴上濃密的鬍鬚卻白得耀眼，看著總覺哪裡不對頭。再看老者鬢角竟然夾雜著幾縷黑髮……

哦？明箏轉念一想，早聽聞江湖上有易容術和假面一說，今天竟讓她遇到了，她調皮地一笑，伸出手去揭老者的假面，突然被映入眼簾的一個東西吸引住了，手在半空停下來。那是老者胸前掛的一個護身符。明箏拿起端詳著，她從未見過如此奇異的護身符，上面綴滿五色的石頭、瑪瑙、琥珀，還有……一旁的李氏本已打瞌睡，被明箏晃醒。

「我知道他是何人了。」明箏像撿著寶似的，指著老者胸前的護身符對姨母低聲道，「不錯，與書中記載的一樣，這裡是一隻狐狸頭，符上有五彩……」明箏雙目放光，驚叫著，「姨母，他是狐族人。」

「啊……妳是如何得知？」李氏突然想起茶坊裡羅鍋掌櫃的話，心下大驚，顏面失色，一下子站起身，忘了身在車廂裡，頭猛地撞到一旁木框上，疼得她急忙捂住頭。

車身一晃，白髯老者隨著車廂的顛簸動了下胳膊，胸前的護身符隱入大氅中。明箏急於證實自己的想法，低頭找符，符卻不見了，正要伸手去掀老者的大氅，被李氏抓住手：「明箏，我問妳是如何得知的呀，妳知不知道狐族人都是吃人的異類呀？」明箏大笑，她回身取出一直看的那本書：「姨母，這本書裡有一部分記載了大明境內十大神祕族群，其首就是狐族，不是妳說的那樣，其實狐族人世代生活在湖南檀谷峪，與世隔絕，直到太祖率大軍經過被敵所困，受其糧草接濟，方轉危為安，太祖感念其相助之恩，封其為王，因其族人供奉九尾狐，才稱狐族，其地封狐地。妳看，姨母，他不是來歷不明吧。」

「這本書上是這麼說的？」李氏搖搖頭，「那為何被錦衣衛追殺？」

「待他醒來，一問便知了。」明箏樂呵呵地說道。

「書上還說了什麼？」

「那可多了，我現在總算知道宵石哥哥為何稱它為天下奇書了，裡面記載了太多有趣的事。就說狐族吧，檀谷峪與世隔絕，書上說是世外桃源，山清水秀之地，得天地之精華，因此狐族人男子精壯，善於騎射，女子柔美，善於歌舞。狐族之所以傳承繁衍不息，全憑鎮界之寶狐蟾宮珠，書中說此乃世間罕有的寶物。」

「真乃聞所未聞呀！」李氏好奇地問，「此寶物有何好處？」

「書上說，此珠在不同時節會呈現出不同色彩，寶珠裡隱現一隻九尾神狐，會隨寶珠轉動而飛舞。神狐是狐族的圖騰，九尾狐又是祥瑞之狐，喻示子孫繁盛，你說是不是寶物？」

「確是世間寶物呀。」李氏點點頭。

在明箏和李氏談話的間隙，白髯老者已緩緩睜開眼睛，他眼裡寒光一閃，又迅速被皺巴巴的眼皮遮蔽住，只是一隻手臂不由自主地伸向腰間，大氅遮住了他的手臂，但是劍鞘的一端卻露在外面。

馬車在顛簸中前行，明箏和李氏顯然都乏了，漸漸打起瞌睡。白鬍老者猶疑地盯著面前這一對安然而眠的母女，眼中的寒氣消散，他眼皮眨了眨，嘆了口氣，握劍的手悄然放下。

突然，車窗外響起幾聲鳥鳴，甚是怪異。明箏被鳥鳴驚醒，她看見白鬍老者依然昏睡著，便好奇地掀開窗簾，向窗外探出頭。後面漆黑的夜色裡，驀然躍出兩匹馬，明箏一聲驚叫，似是被發現了，兩匹烈馬嘶鳴幾聲，漸漸隱入夜色裡。

「張伯，何時能到驛站呀？」明箏不安地大聲問道，她感到一路上都十分古怪。

「快了，小姐。」老管家回了一句，又甩了下鞭子，忍不住自言自語：「此處怎不見燈光，小鎮上的人呢？」

馬車在漆黑的街道上獨自前行，老管家絲毫不敢大意，謹慎地駕著馬車。明箏看著兩旁黑漆漆的房舍，心裡的不安更重了。一側黑暗的屋脊上，突然竄出兩條黑影，黑影在屋脊上飛躍，跟著馬車一路向前。

「張伯，你快點……」明箏失聲叫道。

「好嘞……」管家緊甩著馬鞭，馬車向前猛地飛奔起來。小鎮一片死寂，僅有的幾星燈火也在馬蹄聲中瞬間滅掉，人們像躲避瘟神一樣躲避著什麼……

馬車停下，老管家從馬車上下來，走到最近一戶人家門口。雖然此戶人家門戶緊閉，漆黑一片，但是他看見屋簷下掛著幾串辣椒，門口堆滿木柴，心想屋裡肯定有人。他拍了拍門，大聲問：「有人嗎？叨擾了，請問鎮上驛站在何處？」

靜默了片刻，屋裡傳來悶聲悶氣的一句話：「出鎮，西頭就是。」

小鎮如此荒涼，往前走不遠，是一片黑漆漆的樹林，狂風卷著枯葉打在車廂上，劈劈啪啪亂響，從遠處傳來一兩聲狼嚎，聽來甚是瘮人。

三

馬車停下來，老管家吆喝著馬，馬噴著響鼻就是不挪窩。老管家急了，使勁甩著鞭子，但馬車仍然未動。老管家怒氣衝衝地跳下車，用鞭子甩打馬背：「不中用的東西，一聲狼嚎就把你嚇成這樣了，走呀，駕……」

明箏從車廂裡跳下來大叫道：「張伯，別打啦，拉著它走過這一程就好了。」明箏走到馬前拉住馬嚼子使勁往前拉。

老管家一聲驚叫，馬鞭指著前方不遠處：「小姐，那是什麼？」只見樹林邊緣，晃動著幾條黑影，虎視眈眈地望向這裡。

「不好，是狼……」明箏順著老管家指的方向看見黑暗中閃動著幾星幽藍的光，那是狼眼。明箏反身跑回車廂一側，從行囊裡抽出一把劍。老管家拉住明箏死活不讓她上前，李氏被剛才的狼嚎驚醒，從車廂爬下來。

「小姐，有老夫在，豈能讓妳上去……」老管家拉住明箏，李氏也跑過來，一把抱住明箏。

「張伯，你守在馬車這兒。」明箏說道，然後身子一晃，就躲過老管家和李氏，衝到馬車前。

一團黑影似箭般衝到明箏面前，狼眼裡閃著飢餓的凶光，此狼個頭兒巨大，像是頭狼。明箏知道已無退路，只要她一猶豫，頭狼就會撲過來。在山西那幾年，跟著隱水姑姑行走江湖沒少遭遇狼群。她主意已定，一手持劍向頭狼刺去……

月光下，一人一狼激烈交鋒，頭狼異常凶猛，少女持劍只能避其鋒芒，左躲右閃，頭狼漸漸占了上風，猛地向明箏撲來。突然頭狼嚎叫一聲，向一旁踉蹌了一下，似是被什麼東西擊中，明箏得以喘息穩住步伐，她心生奇怪，四周除了老管家和姨母，是何人出手相幫？正在暗自詫異，只見頭狼又一次向自己撲來……

突然，明箏聽到一陣急促的馬蹄聲，一道黑影似閃電般幾個躍身已飛身到頭狼身後，繡春刀寒光一閃，一刀封喉，刀起處狼應聲而倒……頭狼來不及叫一聲，就命喪黃泉。只聽見樹林邊的群狼一陣陣哀嚎，漸漸不見了蹤影……

明箏瞪著又大又圓的眼睛，被剛才的一幕深深震住了，她從未見過出手如此之快的人，連人影都沒看清，狼已被除掉，而他詭譎的身法又似曾相識。突然，明箏想起在虎口坡看到過此人，正是後來趕到的錦衣衛頭目，當時他騎著一匹黑馬。

一陣風過，此人已到她面前，陰鷙的雙眸冷冷地凝視她，然後從懷裡掏出一塊白色絲帕輕輕擦拭繡春刀上的血跡，陰沉沉地問道：「姑娘，你這是要到何處去呀？」

老管家和李氏連滾帶爬地跪到他腳下，忙著叩頭：「謝大官人救命之恩。」

明箏這才回過神，忙收劍行禮：「謝過官人。」心裡不免一驚，一想到他追殺的人此時正躺在離他不足十步的馬車裡，明箏不由出了一身冷汗。

「回大老爺，」李氏擔心明箏說錯話，急忙上前挪了一步，仍然跪著道，「只因走親戚，錯過了時辰，前去驛站投宿，不想半路遇見狼群，承蒙大老爺相救，才保我一家平安。」

那人陰沉著臉，根本不理會跪在地上的兩個老人，卻只盯著明箏，對她手中的劍很感興趣：「姑娘好身手呀。」

李氏緊張地抬起頭：「我家小女生在鄉野，揮劍舞棒讓大人笑話了。」「車上還有人嗎？」他的目光掠過馬車，問道。

李氏一抖，老管家急忙向她眨了下眼，李氏急忙答道：「我家老爺，趕路乏了，睡著了。」

錦衣衛頭目身後的副將，二話不說大步走到車前，拉開轎簾向裡探看，見一老漢蒙頭大睡。兩人交換了個眼色，頭目返身躍上馬，目光再一次從明箏臉上掠過，嘴角漾開一個古怪的微笑，然後轉身吩咐道：「上馬，繼續搜——」十幾個人翻身躍上馬背，絕塵而去。

明箏長出一口氣，立刻扶住李氏上馬車，兩人一落座，李氏便拍著胸口直搖頭：「唉，此番甚是凶險，離京城越近，我這心裡越是七上八下的。」白髯老者去掉蒙頭的被褥，吃力地坐起來。見傷者醒過來，李氏急忙雙手合十嘴裡念了幾個阿彌陀佛，明箏一笑：「你可醒了。」

「驚擾兩位恩公了。」白髯老者說著便要跪，被明箏止住。李氏不放心，便追問他為何被錦衣衛追殺。白髯老者一陣嘆息，只說被奸人陷害，聽到此明箏和李氏便不再追問，世道無常，她們何不是為奸人所害四處躲避呢。

「敢問恩公尊姓大名，日後好去拜謝。」白髯老者接著說道。

「我——」明箏快言快語，剛要作答，被李氏打斷：「不必客氣，有緣相遇，舉手之勞。我們送老先生到醫館，咱就此別過，我們還要趕路，老先生看可好？」白髯老者急忙點頭致謝。

四

鎮西頭是一處緩坡，隱隱約約看見坡上有一處院落，一盞竹篾紮成的大燈籠高高掛在竹竿上，上書一個「驛」字。馬車停下來，車裡的人都鬆了口氣，總算找到驛站了。

這時，從院子裡跑出來一個夥計，向他們擺手，大聲道：「客滿，請別處投宿吧。」老管家上前理論：「小二，這個時辰，你讓我們去何處投宿呀？」

「不行，客已滿。」小夥計仍然揮著手。

明箏跳下馬車，跑到小夥計面前，面露難色道：「小二哥，車裡有病人，實在不能走了，你隨便找間房就行了。」

「不是我們不留你，是沒有空房間，一間也沒有。」小夥計也是一臉為難的樣子。

「你這夥計，哪有半夜拒客之理？」

一聲洪亮的呵斥從院裡傳出，明箏看見一個商賈打扮的中年男子走出來，他方臉濃眉，雙目炯炯有神，中等身材，身姿挺拔，給人一種不怒自威的凜然之氣。

小夥計忙上前答道：「于先生，小店確實無空房了，近日小鎮鬧匪，幾家客棧都人走房空，方圓幾里就剩下咱這小店了，能不滿嗎？」

明箏看這位于先生替他們說話，急忙走上前搭訕道：「勞煩這位先生，幫我們給掌櫃的說說，我們實在是走不動了。」

「嗯，夥計此話不假。」于先生點了下頭，他捋了下下唇短鬚，看著明箏問道：「這位姑娘，妳說馬車裡有病人？」

于先生身後的隨從說道：「這位姑娘，不要著急，妳們遇到我家老爺真是幸運，我家老爺正是郎中，可讓我家老爺給妳家病人把把脈……」

明箏一愣，隨即下車的李氏也愣住了，老管家倒是機靈，他擔心讓這位郎中發現是箭傷疑心，忙上前一步道：「謝這位小哥了，我家主人是舊疾復發，備的有膏藥。」

「這樣甚好。」于先生笑著說道，「這樣吧，我命僕人騰出一間房，你們將就一夜吧。」

「那敢情好。」小夥計看問題解決了，回頭對明箏道，「妳們還不快謝謝這位先生！」

明箏一陣欣喜，想到夜深不用再趕路，不由對面前這位器宇軒昂的于先生心生敬意，忙上前行了一禮：「謝謝先生……」

明箏和李氏又一陣拜謝，方去馬車裡扶著白鬚老者回房。白鬚老者早已換上管家的大褂，與一般老翁並無差別。安頓好白鬚老者，明箏便拉著姨母非要下樓用飯。剛才一進客棧，她便看見正中堂屋燈火通明，想必是客人用茶點的地方，而他們趕了一天路，早已飢腸轆轆。

明箏扶著姨母走進大堂，此時雖已入夜，但裡面卻是座無虛席。大堂的四角掛著四個竹篾紮成的燈籠，燈籠隨風晃動影影綽綽。座上客人的裝束五花八門，可以看出大家來自天南海北，如今卻只有一個目標：進京。此處是離京城最近的一個驛站，明天便可到達京城……

明箏拉著李氏找了半天，終於在靠牆邊找到一張空桌子，身後跟過來的老管家一邊左右張望，一邊嘖嘖稱奇：「一路上沒遇到幾個人，怎麼在這裡會有這麼多人？」「這是進京的必經之路。」李氏說著，望著滿屋子的人還是有些後悔，帶明箏來這種地方真不明智。明箏卻出奇地興奮，伸長脖子找夥計，她餓得不行了，卻不見夥計的身影。

旁邊一桌坐著一個皮貨商和三個茶葉商，談得正歡，由於經常往來於各地，他們個個能言善談、見人就熟，聊以閒談打發路上的寂寞時光。

「你們聽說了嗎？駙馬府都尉被囚禁起來了……」

「誰敢這麼幹？那可是皇親呀！」

「誰？皇上身邊的人唄，那個大太監王振就敢……」

「喂，各位，」一旁桌上一個中年人回過頭，壓低聲音道，「莫提國事，這要是被東廠的人聽到，要砍頭的……」

「是呀，你們沒看見一路上什麼光景？聽說，這個鎮上十戶人家走了九戶。為避匪禍，這次是錦衣衛指揮使親自帶隊前來剿滅。」

「你是說寧大人？」那個皮貨商驚叫了一聲，「寧騎城在京城可是家喻戶曉的人物，若是誰家娃子不聽話，喊一聲寧大人來了，準保聽話，一把御賜的繡春刀獨霸京城。」

「唉，聽說他是那個大太監王振的乾兒子，真的假的？」

明箏聽著這幾人的談話心裡不覺一動，難道他們所說的錦衣衛指揮使寧騎城便是剛剛一刀斬掉頭狼的騎黑馬之人？想到他們明天就要到達京城，能打聽點京城的消息也是好的，明箏便轉身笑著問道：「這位老哥，我初來貴地，不知你們說的匪是些什麼人呀？」

那位皮貨商起身，煞有介事道：「你們不知道，滿鎮都貼有告示，海捕文書上說，狐族是匪，他們的頭目狐山君王是朝廷要犯。聽說那狐族人是異類，專吃小孩和婦女，長得青面獠牙，可怕極了……」

「啊！怪不得錦衣衛都出動了。」一旁的茶葉商搖頭嘆息，好奇地說道，「這裡來自京城的消息倒是很多呀。」

「那是，這裡離京城不過一箭之遙，什麼消息聽不到？」皮貨商道。

「這位先生，」這時中間一桌上一位年輕人站起身好奇地轉向他們，匆匆行了一禮，問道，「在下李春陽，此番進京趕考，敢問先生可有科考方面的消息？」

皮貨商一樂，說道：「哦，這倒是沒聽說，你們幾位是一同來趕考的嗎？」「也是碰巧在這裡遇到。」李春陽笑著說。

「這位小哥最有趣，」夥計端著托盤一路笑嘻嘻地走過來，「人家趕考擔著考箱，他擔了一扁擔菜刀進京，邊賣菜刀邊趕考……」

席上眾人一聽此話，哄然大笑，中間桌上一個方臉的年輕人，立刻紅著臉低下頭。

明箏看不慣夥計嫌貧愛富的可惡嘴臉，突然對夥計叫道：「你一個端盤子的憑什麼看不起人家賣菜刀趕考的，人家沒偷也沒搶，有什麼可笑的，趕明兒金榜題名做了你的縣官，看你還有什麼話說。」

「妳……妳……妳這個小姑娘好生……」

沒等小夥計說完，明箏站起身對那個紅臉的年輕人說道：「那個賣菜刀的，我買你五把菜刀。」

「我的小祖宗，」李氏急忙去拉明箏的衣袖，「妳買那麼多菜刀幹什麼用呀？」

「這位姑娘，」紅臉的年輕人雖然尷尬，但是對明箏的好心還是心存感激，他施了一禮道，「姑娘，我叫張浩文，家父是打鐵匠，因湊不齊盤纏才出此招，讓姑娘見笑了，謝妳好心，菜刀就不要買了吧。」

這時，大門發出「嘭」的一聲巨響，一陣寒風卷著雪花撲進來，隨之而到的還有幾個高大的身影，他們個個身披重甲，面貌肅穆。屋裡的食客驚愕地放下竹筷，緊張地注視著他們，有人失聲叫出來：「是錦衣衛……」

「搜——」從這些人中走出來一個身披大氅的人，陰冷地吐出一個字，就把一間熱氣騰騰的屋子變成陰寒恐怖的所在。聽到指令，幾個錦衣衛校尉迅速跑進來，挨個桌查看，他們手拿海捕文書一個人一個人地核對。

明箏聽到這個聲音，手裡的大餅都驚掉了，她不用看便知道是那個錦衣衛頭目，叫什麼來著——寧騎城，又碰到了。她的目光掠過眾人，看見寧騎城隱在頭盔下模糊不清的臉。寧騎城徑直朝這裡走過來，他身後的那個隨從緊跟著，在寧騎城耳邊低語了幾句。明箏急忙低下頭，大口咬著大餅，她對面的姨母雙手在桌面上抖個不停，難道他看出來馬車裡藏有逆匪？

明箏心下大亂，正胡思亂想，身邊掠過一陣冷風，沉重的腳步從她身邊走過，停在她身後，隨後聽見一句陰陽怪氣的話語：「于大人，下官這廂有禮了！」

這邊的動靜，引來不少人張望。

明箏偷偷回過頭，看見那位于先生與隨從正坐在她身後的桌邊，于先生神情坦然地站起身，看著寧騎城淡淡一笑道：「寧指揮使晝夜公幹，勞苦功高呀。」于先生話中帶刺地回道。

「于大人耽擱在此，有何公幹？」寧騎城並不理會他話裡的諷刺，冷著臉問道。

「我此番是奉旨回京。」于先生不冷不熱簡短地回道。此二人的對話讓四周的坐客聽得咋舌，那個皮貨商回頭一陣亂瞄，壓低聲音與鄰座說道：「是于謙，于大人……兵部侍郎，我一個親戚在他手下……」四周的人個個嚇得縮頭吐舌，直後悔剛才多言多語，現在只想找個地縫往裡鑽。不一會兒工夫，座上賓客已溜走大半。

明箏沒想到給他們讓出客房的原來是個朝中大員，她震驚於此人的做派與那些官員如此不同，不由對他產生不少好感。

寧騎城的臉陰晴不定，對于謙點了下頭，算作告辭便轉身走到屋外，大聲吩咐手下人：「聽著，除于大人的房間，其餘房間一間不落，搜一遍。」

十幾個人足足折騰了半個時辰，仍然一無所獲，這才飛身上馬，向下一站疾馳而去。

明箏看錦衣衛走了，心裡暗暗慶幸他們的房間是在于大人名下，算是躲過一劫。她和李氏、老管家回到房間，看到白髯老者服下藥仍然酣睡不醒，三人不由唏噓不已，這位于謙大人竟然在無意間救了他們四人的性命。明箏心想，明天一定要前去拜謝……

當夜，又發生了一件奇事。夜裡明箏靠著牆坐在一條木凳上打盹兒，卻總是被噩夢驚醒，一會兒是與錦衣衛廝殺，一會兒是掉進狼窩……等她又一次從噩夢裡醒來，已是四更天，她看大炕上三位老人和衣而臥睡意正酣，不忍打擾，就閉目養神。

「嘎……嘰……」

突然，屋外傳來幾聲詭異的鳥鳴，明箏猛地站起身，此聲如此耳熟，甚是奇怪。如此寒夜怎會有鳥禽飛過？接著，又傳來幾聲鳥鳴，似乎越來越近……

明箏忍不住好奇，輕輕拔掉門閂，剛露出一條縫，一股寒風夾著雪片就湧進來，外面被雪光映照得明亮異常。明箏向外一瞥，便看見院裡飛身而下兩個黑影，一個瘦高條，一個矮胖。兩人謹慎地向客房靠近，那個矮胖似是崴了腳，有些踉蹌，一邊嘟囔著：「我說林棲，你能不能慢點，你主人死不了，不是被這家人救了嗎？再說了，你主子命咱們分頭進京，你這會兒突然出現在他面前，你不怕他責罰我還怕呢……」

瘦高條突然梗著脖子回過頭，怒喝一聲：「盤陽，你給我閉嘴！」矮胖子被呵斥得直翻白眼，嚷道：「你個奴才，毫無奴才樣，敢呵斥我，你……」

突然，明箏面前的木門「咣噹」一聲被合上，白髯老者端著油燈站在她面前，溫和地說道：「恩公，夜裡風大，還是關上吧，小心受寒。」明箏回過身，她剛才看得太投入，竟然沒發現白髯老者也醒了，明箏一陣尷尬，沒話找話地說道：「我剛才聽見鳥叫聲，很好奇這大雪天哪來的鳥呀，便看看……」

明箏說完走到窗前，看見院裡已空無一人，那兩個黑影早已無影無蹤了，但他們的名字卻留在明箏腦中，難道他倆是衝著屋裡這位老者而來？正思索便看見白髯老者端著油燈放到木桌上，道：「我也是被鳥叫聲驚醒的。」說著，吹滅了油燈。

屋裡又暗下來，黑暗中傳來姨母和老管家均勻的鼾聲。明箏掃興地靠在牆壁上，盯著白髯老者的方向，她的眼睛很快適應了屋裡的黑暗，看到他重又躺下，心裡的疑惑越來越重。剛才院裡那兩個人的談話，她聽了大半，難道他們是一夥的？那個名字很熟悉，林棲，不正是在虎口坡騎白馬的那個神祕族人嗎？

明箏再無睡意，心想還沒進京便攪進莫名的是非之中，不是好兆頭，還是聽姨母的，明日一早趕緊進京才是。

明箏迷迷糊糊中被老管家的叫聲驚醒，這才發現天色大亮。老管家手裡提著兩隻滴著血的野山雞站在門口，原來老管家開門時，看見地上雪裡兩隻野山雞撲騰著。姨母倒是很鎮定，直接命老管家拿去廚房燉雞湯，老管家一時猶豫著，明箏跑到外面一看，一夜的大雪，院裡乾淨得如同一張白紙。明箏心裡七上八下，又不好明說，只得對管家道：「張伯，雪停了，早點動身吧。」

「唉，」姨母走上前，說道，「喝完熱騰騰的雞湯再趕路。」

明箏一聽又氣又好笑：「姨母，這野雞來歷不明，不能吃。」

「怎麼來歷不明？放在咱們門前，擺明了是給咱們的，客棧裡的人都知道咱屋裡有病人，沒準兒是于先生讓隨從放這裡的。」姨母喜滋滋地從管家手裡搶過野雞向廚房走去。

只有坐在炕上的白髯老者不為所動，仍然閉目養神。

明箏聽姨母提起于先生，方想起應該去拜謝一番，便走出去，沿走廊走到于大人房前，店裡一個夥計正巧路過看見她探頭探腦，叫住她：「這房客人一早就啟程了。」明箏有些遺憾，沒能與恩人辭別。她慢慢吞吞地沿走廊往回走。

此時屋裡只有白髯老者一人，她進來時，看見他正在翻她的行李包裹。明箏咳了一聲，白髯老者回過頭，甚是尷尬地一笑，道：「噢，明箏姑娘，妳回來了，我……我想找點吃食。」

「你是想找吃的，還是想偷東西？」明箏毫不客氣地回了一句。

白髯老者被嗆得愣住，望著明箏半天無語。

「雞湯來了。」這時，老管家和李氏端著一陶罐雞湯走進來，雞湯濃郁的香氣撲面而來。明箏不再理會白髯老者，走到方桌邊陶罐前。李氏從竹籃裡取出四個碗，分別盛上雞湯。老管家也請白髯老者坐下喝湯，白髯老者也不客氣，當即坐下，他伸出手去端碗，明箏放下調羹，她瞥見白髯老者白皙強健的手掌，明箏一時愣住。白髯老者那隻手剛伸出衣袖，就立刻縮了回去，他的目光與明箏碰到一起，又急忙跳開望向別處，老管家把雞湯端到白髯老者面前，他並不急著喝湯，而是用嘴吹著湯碗。

熱湯進肚，李氏臉上有了光彩，她吩咐明箏收拾好行李，準備上路。白髯老者起身相送：「三位恩公，就此別過，有緣再見。」

明箏斜眼盯著他，想到此人身上雖然疑點重重，但就要在此分手，相忘於江湖，心下也坦然多了，調皮地回了一句：「下次再被追殺，希望你依然好命……」

「這孩子……」李氏嗔怪地拍了下明箏的背，三人哈哈笑著走出去。

白髯老者目送三人走出驛站，馬車早已套好，還有半日他們就可到京城，他看著馬車消失在官道上，方返回房間。他立刻緊閉大門，盤腿坐到炕上，開始閉目打坐，以內力療傷。

「嘎……嘰……」突然，窗外幾聲鳥鳴，接著緊閉的窗戶從外面被撬開，探進一個頭來，倒吊著，頭上的羽毛在風中晃動，凸起的鷹鉤鼻下一雙細長的眼睛盯住炕上之人。白髯老者一動不動，依然閉目打坐，只是淡淡地開口道：「下來吧。」此時他已恢復正常，話音清晰簡短。

窗上之人身法奇詭地從外面翻入房內，接著又一個身影躍上窗臺，只是這人卻沒有他順利，矮胖的身軀卡在窗框上，身體一半在外，一半在內，急得大叫：「林棲，快幫幫我……」

林棲大咧咧地靠在牆邊，抱著雙臂根本不為所動：「誰讓你跟著我。」

盤陽哭喪著臉：「好，以後不跟著你了，你看我現在掛在這兒，合適嗎？」白髯老者長出一口氣，把體內氣息調整順暢。林棲看白髯老者打坐完畢，迅速出手拉出卡在窗框上的盤陽，兩人一前一後走到大炕前。白髯老者伸出一隻手，抓住頭頂髮髻往下猛一拉，一張皺巴巴的人皮面具被拽下，露出一張年輕清俊的面孔。

林棲和盤陽一起跪下，齊聲道：「參見狐山君王。」

「起來說話。」終於摘下面具，他鬆了一口氣，雖然身中兩箭，但在明箏的救治下，已恢復大半。他望著面前的兩人，急忙問道：「外面情況如何？」

「傷亡的弟兄，都已埋葬，其他人也陸續進京。」盤陽回道。

狐山君王消瘦的臉頰由於刻意壓抑而抽搐了一下，他緩緩站起身：「此次行動失敗，傷亡太大，這次潛入京城定要重新謀劃，切不可再輕舉妄動。現在江湖上都知道狐族發了狐王令，絞殺王振，想必王振也已聽聞，必會處處小心謹慎，再想尋他的紕漏下手，已非易事，因此這段時間對王振停止所有行動，進京主要是尋找青冥郡主。」他目光堅定地望著兩人，「我在老狐王墳前發過血誓，此番不救出青冥郡主、奪回狐蟾宮珠，我蕭天誓不為人。」

「主人……」林棲聽狐山君王一番決心，突然伏地抱住他雙腿就哭。狐山君王深知林棲對老狐王的感情，也不苛責他，拍了拍他的肩，接著說道：「此番進京，異常凶險，咱們都是海捕文書上被通緝之人，好在咱們狐族的易容之術讓咱們可以躲過東廠和錦衣衛的搜捕，但是有一個人，蒲源，只有他認識咱們所有人，這個心腹大患必須除掉。」

「蒲源這個內奸，已被咱們的人盯住，狐山君王放心，他活不過兩日。」盤陽說道。

「到了京城，必須隱瞞身分，以後你們不可再稱呼狐山君王，我叫蕭天。你們兩個直接去上仙閣，我已告知興龍幫大把頭李漠帆，讓他安排你們做店夥計。」

「我不去上仙閣，那個李漠帆心術不正。」林棲一蹦多高，一臉怒火地叫道。

「人家咋心術不正啦，李把頭把幫主之位讓給咱們狐山君王做，那是出於感恩。」盤陽一本正經地說道，他回頭望著狐山君王：「君王，你說是吧。」

「憑什麼，狐山君王就是狐山君王，不是什麼幫主。」林棲擰著脖子吼道。對於這個一根筋，兩人相視一笑。

「說到我這個身分，此次進京倒可以幫咱們。」蕭天走到窗前，突然想到一事，「還有一件重要的事，你們兩人立刻起身跟隨那輛馬車，切記不可傷著他們，祕密護送他們進京，務必探清他們的落腳點，這家人對咱們非常重要。」

「這一家人，除了小丫頭會點武功，老頭、老太太就是一對棺材瓤子。」盤陽不以為然地搖著頭。

「明箏姑娘手中有一本書，我懷疑是《天門山錄》，」蕭天憂心地說道，剛才他在明箏行囊裡沒有找到那本書，已猜出她必是隨身帶在身上，小丫頭鬼靈精怪，頗不好對付，又不想傷到她，錯失了時機，「此書如何會落到她手中，我必須去探清虛實。」

「什麼？」林棲大驚，瞪著蕭天，怒道，「主人，你為何不早說，我定不會讓這一家人活著走出這間房……」

蕭天突然翻臉，厲聲呵斥：「放肆，我狐族雖被汙為逆匪，但善惡分明，是非明晰，豈可濫殺無辜。」

他緩和下語氣，「這本書出現在我面前，也是天賜良機，以我的觀察，明箏姑娘似乎並不知道此書的來歷。」

林棲恨得咬牙切齒道：「我狐族的災難就始於這本《天門山錄》，那個老道士吾土，是我救他於崖頭，背進寨子。我真恨不得喝他的血，吃他的肉。我族待他如友人，他卻把狐地的祕密都寫在那本書上，讓王振得到此書，攪得整個江湖血雨腥風。狐地也遭滅頂之災，族人被屠，郡主被掠，鎮界之寶被奪，我林棲死不足惜，只是背負這滔天大罪，我愧對先祖。」

蕭天抓住林棲的手臂，他知道這個年輕人被仇恨折磨得幾近瘋狂了，但是面對痛苦，再多的語言也顯得蒼白，他猛拍他的肩膀，大聲說道：「林棲，這不是你的錯，絕不能再讓這本書為禍江湖了。」

林棲聽蕭天如此一說，漸漸冷靜下來，坐到桌前。蕭天轉身問盤陽：「京城那邊如何？」

「翠微姑姑傳來消息，內廷選秀提前了，狐族女子有四人進京，在翠微姑姑的調教下，學習宮廷禮儀和歌舞。只是……宮裡仍然沒有青冥郡主的消息。」

蕭天點點頭，看著他們說：「好吧，你們出發吧。」

「主人，那你……」林棲沒想到蕭天不跟他們一起走。蕭天並不回答，向他們一揮手……

第二章　落魄書生

一

正午時分，西直門外已聚集了很多進城的車馬，由於關卡檢查嚴格，進城和出城的人流行進緩慢。空地上紮著賣粥的草棚，貨郎和小販穿插在人流中叫賣，一派熱鬧嘈雜。

管家張有田早已跳下馬車，拉著馬嚼子跟著隊伍向城門走去。明箏探頭向外張望，巍峨壯觀的城門讓她眼中一熱。她還依稀記得六年前被人帶出城時的情景，那個裝滿草藥的木箱的刺鼻氣味至今還留在她的記憶裡，這座城裡有太多童年的記憶……

來不及感慨，她就發現城門前的氣氛不對，她看到一隊隊守城的兵卒在挨個查路引。城門樓上張貼著四張海捕文書，只掃了一眼，她驚出一身冷汗。

「案犯狐族逆匪，狐山君王，年齡不詳，籍貫不詳，打家劫舍，殺人越貨，十惡不赦，賞銀百兩，緝拿歸案。」明箏小聲念著，看到上面還有凶神惡煞的畫像。想到他們才救了一個狐族人，她心裡一陣後怕。再看其他三張均是江湖中人，有天龍會的、天蠶門的……

「噓，小聲點。」張有田急忙回頭阻止明箏，「小姐，恐怕是出大案了，咱們還是小心為好。」

座上的李氏急忙把明箏拉回座上，三下兩下拉上簾子。

管家張有田向守城的兵卒遞上路引文書，一個兵卒跳上馬車車廂查看，然後向車下的守衛一揮手，幾個兵卒對他們的馬車放行。

管家張有田趕著馬車進了城。街市上熙熙攘攘，一派繁華。明箏不顧李氏的反對，趴在窗前張望。馬車沿街市一路向東，過一個路口時，前面黑壓壓的人群擋住了道路。

老管家下車跑進人群，不一會兒又慌慌張張跑回來：「街中央躺一個人，被人刺死了。」

明箏一聽，立刻往車下跳，李氏想攔住她，哪攔得住，她像泥鰍一樣滑出李氏的手，任李氏在後面大叫。她跳下馬車，對李氏一齜牙：「我看一下，就回來。」

明箏轉身時撞到一個瘦高條男人身上，此人衣衫單薄，臉上突兀的鷹鉤鼻格外引人注目，嚇了明箏一跳。被撞後那人急忙躲開，消失在人群裡。明箏看著那人的背影，若是常人必不會在意，況且是人群之中，但是明箏一眼就認出，正是那夜在客棧翻牆而入的瘦高條，此時他怎麼會出現在這裡？正尋思，便聽見有人叫她的名字。

「明箏姑娘。」人群裡一個方臉的年輕人一臉喜色地叫住她。

「你？」明箏突然想起是驛站那個擔菜刀趕考的書生，「你是張浩文。」

「是，」張浩文一臉羞澀地看著她，「妳也是剛到吧，哦，明箏姑娘，」張浩文臉色一變，小聲道，「快走吧，剛剛當街被刺死一個人，挺嚇人的。」

明箏一聽，管家說得沒錯，好奇心更強了，扔下張浩文向人群跑去，想找到剛才碰見的瘦高條，哪兒還有他的人影？

林棲沒敢回頭，迅速向人群裡鑽，他心裡一陣懊惱，一路上跟著馬車都沒被發現，此時卻被她撞見。剛才盤陽給他口信，說是狐山君王親自出手了，他沒想到狐山君王出手這麼快，想眼見為實，就跑到路中央看個究竟，不想卻撞見了明箏。林棲穿過人群躲到一家絲綢坊裡，從暗處盯著那輛馬車。

突然，人群一陣騷亂，有人喊：「東廠番子來了。」只見十幾名戴尖帽、著白皮靴、穿褐色官服的番子圍住現場。

張浩文看見這群人烏壓壓跑來，急忙跑過去找明箏。明箏早已鑽進人群裡，她看到街中央臥著一個中年男人，地下一大攤血，一把刀直插胸口。再看那人面容，明箏吃一驚，她認出是在虎口坡跟著錦衣衛的那個狐族人。最讓人感到恐怖的是他額頭上竟然印著一個血淋淋的狐頭。

「狐王令……」人群裡有人叫出來，「不得了，死者額頭上的印記是狐王令……」

番子中走出來一個檔頭，五短身材，一對鼠眼。此時他眨巴著眼睛衝人群嚷了一句：「有誰認識死者的，言一聲。」人群立時靜默了，有人認出此人，小聲說道：「是孫檔頭，他叫孫啟遠，此人貪財，被他逮著，輕者脫一層皮，重者傾家蕩產，快跑吧！」人群裡一些怕事者紛紛溜了。

還真有不怕事者，明箏看到一位富商打扮的中年人在人群後面大聲說道：「孫檔頭，不可觸摸此物。」人群裡有人認出此人，紛紛讓道，明箏聽見周圍有人說道：「是上仙閣的掌櫃李漠帆，這人可不一般，他早年曾跟師父走過鏢，有些江湖見識。」

李漠帆有三十出頭，方臉闊眉，身形高大，明眼人一看就知是行武之人，頗有一股江湖豪氣。

孫啟遠便追問道：「你識得？」

「檔頭，別忘了，我在盤下上仙閣前可是個江湖中人，看見死者額頭上的印記了嗎？這是狐王令，那狐王令是大明境內最神祕的族群狐族的狐王所發，狐王令雖是一個權杖，但是詭異就詭異在這不是一個一般的權杖，傳說狐王個個都身懷巫術，這個權杖經過歷代狐王之手，吸天地之精華，每每由人血餵養，每殺一人都要血浸權杖留下印記，百年裡這個權杖上的煞氣足以除妖斬怪。可想而知，被此權杖追殺的人，必死無疑。死後權杖沾上死者的血印在死者額頭上，那個血淋淋的狐頭就是一個封印，令死者永世不得超生。」李漠帆如此一說，周圍的人不由發出一聲聲驚嘆和一片唏噓之聲。

「啊，這就是狐王令……」

「傳說狐王令上有神明……」

「江湖上傳說，死後額頭被印狐王令的人，都是大奸大惡之徒……」「傳說狐王令不殺無辜，只殺罪大惡極之人……」

孫啟遠也對狐王令有所耳聞，沒想到此時竟出現在自己面前，他先是一愣，然後望了一眼李漠帆，從他表情上看此言不虛，又低頭瞅了眼死者，額頭上那個血淋淋的狐頭似是要復活般向他張開血盆大口，讓他不由心驚肉跳起來，又不好在眾人面前露怯，便凶巴巴地嚷道：「呸！天子腳下，真乃妖言惑眾，小子們，收屍，帶回衙門。」說完，轉身就走。幾個膽小的番子互相交換著眼色，誰也不敢去碰那個屍身，番子們相互看著，滿臉的惶恐。

「李掌櫃，你不在上仙閣，跑到這裡做什麼？」孫啟遠一身戾氣地問。

「打此路過。」李漠帆拱手一揖，他眼角餘光掃過死者，盡力掩飾著自己的衝動，他看到飛刀的位置直擊心臟中心……使飛刀，又出手這麼乾淨俐落的沒有別人，不由心裡一陣竊喜，只有……看來幫主真的進京了……

「孫檔頭，忙完了，去我那裡喝茶去。」李漠帆樂呵呵地說道。孫啟遠皺著眉頭只想發牢騷，自己這倒楣差事不知什麼時候能熬出頭。兩人說著話，沒留意從一旁走過來一個身材魁梧的男人，徑直走到屍體旁，查看著死者的額頭。

「喂，走開，你沒看見正在辦案嗎？」孫啟遠瞪著鼠眼嚷道。

那人轉過身，明箏在人群裡一眼認出，來人正是在客棧中見過的寧騎城的隨從。那人回頭瞥了孫啟遠一眼，孫啟遠一愣，立刻哈腰賠禮，畢恭畢敬地說道：「高千戶，這點小事也驚動了您老人家。」

高健沒有理會孫啟遠，只是盯著屍體，臉上一片愕然。片刻後，高健低聲對孫啟遠道：「孫檔頭，不用查了，死者是錦衣衛的暗樁，拉回衙門，交給仵作吧，我這就向寧大人回稟。」

明箏退出人群，她沒想到這一幫人如影隨形般都到了京城，這下可是熱鬧了。她正尋思，看見人群外一個人雙手背後默默注視著這裡，他身材頎長，身著一襲繡暗紋的灰色長袍，戴著寬簷草帽，帽檐壓得極低，幾乎遮住了整張臉，雖然衣著樸實，但是腰間的那柄鑲著七星的繡春刀，還是洩露了他的身分，不是錦衣衛指揮使寧騎城又是誰，怎麼哪兒都能遇到他，明箏想躲已來不及，寧騎城朝著她走過來。

「怎麼見到恩公便想跑？」

「大人，奴婢只顧看熱鬧了，沒認出是大人你。」明箏擠出一個笑容，胡亂搪塞著。

明箏看見高千戶一臉慌張向寧騎城跑過來，便想擇機開溜。

「大人，」高健慌不擇路地跑到寧騎城面前，「是蒲源，狐王令又出現了……」

「我說高健，何時能學會不慌張。」寧騎城皺著眉頭一臉怒容，高健這一聲「大人」叫得四下皆是驚異的目光，本來是微服暗查，這下露出了馬腳。

高健哪裡管得了這些，仍然心有餘悸地往下說道：「當胸一刀，蒲源一死，咱們的線索又斷了。」高健一臉遺憾地道。

寧騎城臉色轉白：「又一個……是狐族幹的。」寧騎城顯然沒想到，此時也怪不得高健的魯莽了，只覺得怒火中燒，青天白日，在他的地盤，殺了人，還從容地印上狐王令，他一陣冷笑，「狐王令……」

「這應該是出現的第三個狐王令了，前兩個死者都是東廠的……」高健掰手指算了一下。

「那兩個都是王振的替死鬼……」寧騎城憤怒地甩下一句，轉身走向一邊的黑馬。他飛身上馬，高健急忙跟著翻身上馬，兩人一前一後消失在街道上。

明箏看兩人掉了魂似的跑開，正欲重新鑽進人群，突然身後傳來一聲喊：「小姐！」老管家總算在人群裡找到了明箏，他一把抓住她的手腕再不鬆開，「快跟我回去，這裡豈是妳一個姑娘家待的地方，老夫人都等急了。」

明箏被老管家強拉著回到馬車跟前，被李氏拽上馬車。老管家再不敢耽擱，駕上馬車就走，馬車穿過熙熙攘攘的街市，不久駛入一個小胡同，在一個宅院門口停下。

二

從門裡跑出一個憨態可掬的少年，體形微胖，一臉歡喜地迎著他們跑來。明箏聽李氏說起身邊有個幹雜活的夥計陳福，想必就是他了。老管家揮手叫陳福打開大門，他拉著馬車進去，陳福手扶門框，朝馬車憨憨地傻笑。

這是一個二進的院落。前院正房會客，兩廂住著陳福和老管家，後院李氏住著。院子不大，坐北朝南，進門是一座影壁，上雕著重彩的福祿壽喜，影壁牆邊是一道山牆，修成遊廊，一直通到裡邊的月亮門，過月亮門就到了後院。後院與前院截然不同，竟然有一池碧水，水邊種有花木。雖然此時水面冰封，花木只有光禿禿的枝幹，但這一切仍然給明箏不少驚喜。池塘邊還有水榭、亭子，遊廊一直通到西廂房。如此雅致的院子，雖說比不上當年的李府，卻也別有洞天。

李氏看出明箏喜歡，笑著說道：「這都是妳宵石哥哥置辦的，是他選的這個小院，就是看中了這一池水，與當年李府有一絲相似之處。」

明箏心頭一酸，低下頭去。

「大家都乏了，還是邊吃邊聊吧。」老管家急忙在一旁插話道，一邊向李氏使眼色，真是哪壺不開提哪壺，本來高興的事，怎麼又扯到陳年往事上了，「今兒一大早陳福就跑集市採買來好多吃食，走吧，小姐妳已經多年沒吃過家鄉味了……」

陳福已在前院堂屋擺好一桌飯菜，幾個人走進來，圍著圓桌坐下。老管家對李氏說道：「以前小姐不在，咱們從簡，現如今小姐接回來了，是不是要添個丫頭服侍小姐呀？」

李氏點點頭，指著老管家笑道：「老張頭，這一次你算說到點上了。」

「要添丫頭？」陳福在一旁先樂起來，咧著嘴，笑了半天，「管家爺，挑個俊點的啊。」

「俊你個頭，」李氏舉起筷子敲了下陳福的腦門，「吃你的，莫多嘴。」

明箏心裡又是一酸，黯然道：「姨母、張伯，你們還當我是李府大小姐呢，過去的李如意已經死了。」

明箏說著，再也控制不住自己的情緒，哽咽著望著桌前三人，「我知道你們都是李府舊人，對父親母親還念舊情，但是明箏真的受不起呀……」

「傻丫頭，」老管家第一個打斷她的話，他雙眼通紅，由於激動，一隻手抖個不停，「我這條老命活到今天，就是等著這一天。」

「明箏呀，」李氏目光凝重地指著老管家和陳福，「老管家是妳父親一次巡查河道時救下的，半輩子帶在身邊！阿福的父母都是府裡老人，在菜市口被砍的頭，他們都是妳的親人，都是可以跟妳上刀山的人，如今咱們終於團圓了，妳怎麼能說出這種傷人的話？」

明箏心頭一熱，淚水大顆大顆掉到桌面上，其他三人一見，也慌了，大眼瞪小眼地瞅著明箏。

明箏抬起頭，破涕為笑，嚷道：「好，你們認我這個小姐，是不是要聽我的？」

「那是，」老管家一本正經地道，「國有國法，家有家規，咱府有了當家人，人人都要聽當家人的，老夫人也不能例外，是吧？」老管家扭頭看著李氏。

「是這道理。」李氏喜極而泣，「我當年服侍夫人，如今就讓我服侍小姐吧。從今以後，咱府裡的規矩也要立起來，」李氏道，「哪有下人跟主子一起吃飯的。」

「這個極是，」老管家點點頭，「下不為例。」

「不行——」明箏用筷子敲著桌面，看到他們三人完全沉浸在往日李府的陳規舊矩裡，她決定改一改規矩，也好行使一下自己這個大小姐的權利，「你們想不想聽我說——」

「妳說——」李氏鼓勵地望著她。

「好，從今以後，必須一個桌子吃飯。還有，姨母不准服侍我。還有，以後我和陳福一起做飯。」明箏一口氣說了三條規矩。

「使不得，使不得。」陳福叫起來，「出力的活，我做。」

老管家看明箏小小年紀，這麼有主意，分外高興，便打起圓場：「我看這樣吧，老夫人呢，就不用服侍小姐了，但小姐也不能去做飯，這讓外人知道了成何體統。」

李氏點點頭，突然她被一事轉移了注意力，眼睛死死盯住陳福，叫了一聲：「阿福，你吃幾個饅頭了？」

陳福立刻閉上嘴巴，眼珠在眼眶裡轉了一圈，兩個腮幫鼓成兩個包，慢騰騰地伸出四個手指。

「四個？」李氏盯著他面前的空盤子，拿筷子敲他的腦門，「足足有六個，貪吃貪睡不幹活……」

老管家一笑：「也不多他這一口……」

「這是一口嗎？」李氏氣哼哼地說道，「有下人一頓吃六個饅頭的嗎？」

「吃……」陳福甕聲甕氣地說道，「我一頓可以吃八個饅頭，但我每次都少吃兩個，只吃七分飽，你見過不給下人吃飽飯的東家嗎？」

「你……」李氏氣得跳起來，陳福從桌上搶過一個饅頭就跑，李氏去追，陳福圍著圓桌跑，一邊跑一邊喊：「打下人啦……」

老管家似乎習以為常，淡定地慢條斯理地喝著粥。

明箏早已在一旁樂得捧腹大笑，這個新家讓她倍感溫暖。經歷了一場生死劫難後，還有一群這樣至親至善的人陪在身旁，便不覺前路孤單和艱難。

明箏突然想起一件事，大聲叫住正追趕陳福的李氏：「姨母，我宵石哥哥幾時來？」

話音未落，陳福和李氏突然停止追逐，兩人身體僵在那裡。當著明箏的面，他們三人非常古怪地交換著眼色，似乎是沒有達成統一意見，看來他們一直對她隱瞞著什麼。陳福偷眼瞥了下明箏，嘟囔了一句：「我去劈柴了。」說完就溜了出去，老管家稍停了片刻，推開粥碗道：「我去看看水缸裡可還有存水。」

明箏感到屋裡氣氛變得壓抑，跟她提到宵石哥哥有關。

李氏回到桌前坐下，這是她見到明箏後這麼長時間第一次說起宵石：「那年，我帶宵石回河南老家祭祀他祖父，本來應該是他父親去的，只因老爺臨時出門，讓宵石父親留府照看。來回也就一個月光景，卻不想府裡就遭受滅頂之災。我和宵石悲痛欲絕，宵石四處喊冤，身上銀兩用盡，最後是喊冤無門，被打得遍體鱗傷，走投無路，宵石一怒之下，把自己賣到樂戶，籌到銀兩，打聽到亂墳崗家人埋骨地，買來五口棺木，偷偷運到城外妙音山，起了一個墳頭。他如今就在長春院，柳眉之是他的藝名。自他進了長春院，家裡慢慢有了起色，後來老張頭和陳福也找了回來，李府裡一百多號人就剩下這幾個人了。」李氏說著，抹去了臉上的淚，「只是，苦了你宵石哥哥，你也知道他自小就好強，如今我都不敢去看他……」

李氏的話讓明箏驚得瞪大雙眼：「什麼，他進了樂戶……」明箏沒想到宵石哥哥以這種方式獨自支撐著這個家，她眼前浮現出六年前宵石伴她讀書時的情景，他聰明好學，連父親都說他將來一定能考取功名。可如今，入了樂籍，世代相傳，不得除籍，不能科考……他面對的將是永遠的黑暗……

明箏剛剛好轉的心情又一次跌進谷底，臉上的淚大顆大顆掉下來，她咬著嘴唇忍不住哭起來：「姨母，我對不起宵石哥哥，是父親連累了他，宵石哥哥……」

「傻孩子，怎麼能怪老爺呢，這是他的命……」

明箏雙手拉住李氏的手，母女倆頭抵頭挨在一起，眼中都泛著淚光，往事如煙，轉眼已物是人非……

母女倆相依說著悄悄話，不覺已到掌燈時分。這時陳福愣頭愣腦地闖進來：「老夫人，不好了，門口躺著一個死人。」一聽這話，李氏和明箏都站起來。李氏知曉陳福太憨，腦子不好使，不放心地交代他：「去把管家找來，我們這就過去瞧瞧，怎麼這麼晦氣呀！」陳福應了一聲，轉身跑出去。明箏扶著李氏一路疾走，過了影壁，來到大門口，看到門邊斜躺著一個穿灰布衣衫的年輕人，一臉灰白，似得了什麼急症昏厥了，一旁散落著他的行李，幾卷書和筆墨等物品滾了一地。

「像是一書生。」明箏聯想到路上遇到的幾個進京趕考的舉子，起了惻隱之心，立刻上前去查看，探了下鼻息，尚有溫度，便叫道：「有氣，還活著。」明箏叫身後的陳福：「阿福，快，來抬他。」

陳福被李氏從後面拉住：「慢著，此人來歷不明，咱不能收留呀。」

「姨母，你又來了。」明箏回頭嚷起來，「你看這地上的書，明擺著是個書生嘛。」老管家聽見陳福喊他也趕過來，一看這情景就跑到年輕人身邊：「讓我看看，哎呀，此人眉目清秀，衣衫雖不華麗，但樣式新穎，做工考究，應該是個殷實人家，所拿物品皆是考試用具，應該是三月會試的舉子，為何流落至此，等他醒了一問便知。」

明箏很滿意老管家的說辭：「張伯，你看人不會錯，來吧，先救人要緊。」說話間，三人已把書生抬起來，李氏被三人擠到一邊，氣得乾瞪眼。陳福背著昏厥的書生走到前院西廂房陳福的房間，正好這間房空著一個炕，將他放上去。老管家從茶壺裡倒出一碗熱茶，陳福托著書生的背，把熱茶灌進書生的嘴裡。書生喝了一口，劇烈地咳了一會兒，然後把剩下的茶一口氣喝完，喝完後，書生有了意識，望著他們，張了張嘴，虛弱地說了一句：「有吃的嗎？」

「啊，敢情是餓的。」陳福嘟囔起來，「剛才我少吃一個饅頭就好了。」

「你何時少吃了？」李氏伸手指戳了下陳福的鼻子，轉身出去了。不多時，李氏端著一碗麵走進來，麵上還臥了一個白胖胖的荷包蛋。書生二話不說，端起碗就吃，呼啦啦一碗麵眨眼的工夫便吞到肚子裡，驚得炕前四人面面相覷，這得幾天沒吃飯呀。

書生吃完麵臉上的氣色好了許多，竟是一個清俊的人物。他站起身向面前的四人深深一揖：「學生姓蕭，單字一個天，曲阜人氏，此番進京參加貢院會試，不想路遇劫匪，盤纏盡數被劫，挨到今日倒在貴府前，得諸位貴人相救，小生感激不盡。」屋裡四人看著書生，見他身姿挺拔，眉目清秀，又見他舉止有禮，溫文爾雅，極為同情，不禁大罵世道艱難，跟著唏噓了一陣子。明箏聽他一番說辭，眉頭一皺，突然問道：「你也是從虎口坡而來嗎？也投宿在西羅鎮客棧？」蕭天一陣錯愕，竟然一時無語，眼光定定地看著明箏。

明箏笑道：「你別介意，我隨便問問，聽你話音有些熟悉，以為在客棧見過呢。當時那裡有幾個進京趕考的舉子，興許我弄混了。」明箏望著他，接著說道，「那你以後做何打算？」

「聽天由命吧。」蕭天嘆口氣，垂下頭，消瘦的面孔一片慘白，此時他身上已驚出一身冷汗，看來他真是低估了這位姑娘，他去除了偽裝，她竟能辨認出他的聲音，只能再賭一把，便低頭說道：「已是打擾各位，就此告別。」說著，他低著頭向外面走。

「慢著，」明箏叫住他，然後對著屋裡三個人道，「你們不是要找人服侍我嗎？不用找了，就是他了。」

屋裡三人愣住，大眼瞪小眼。

「小姐，哪有找個男人當丫頭的？讓他服侍妳？」陳福瞪圓了眼睛。

「哎呀，誰讓他服侍了，讓他在家裡幫陳福幹活，行嗎？」明箏大聲問。

「不行，我的活憑什麼分給他呀。」陳福嘟起嘴巴。

「明白了，」老管家笑起來，「小姐宅心仁厚，想留這位公子在家裡住下，如果這位公子考取功名，豈不是一件美事。」

「是呀，」明箏笑起來，「誰沒有落難的時候，豈能袖手旁觀。」明箏轉向李氏，「姨母，妳說是不是呀？」

「哼，要說是不多他這一口，但是這一口，要從你們嘴裡摳，尤其是你，阿福，從今以後，你只能吃四個饅頭。哼！」李氏不滿地瞪了他們三人一眼，氣呼呼地走了。

「啊，姨母答應了。」明箏歡喜地轉向書生，「這位公子，你就放心住下吧，我的家人都是極仁善之人，你不必拘謹。」

蕭天又驚又喜，忙轉向三人，又是深深一揖。

三

翌日一早，明箏就被前院傳來的爭吵聲驚醒。常年的寺廟生活使她養成了早起的習慣。她翻身坐起，藏在白色中衣裡的那本書掉出來，她愛惜地撿起，重新藏好。

這時，她突然瞥見床邊整整齊齊擺放著幾件花花綠綠的襦裙和外衫，猜到一定是昨晚自己睡下後姨母悄悄進來放到這裡的，心裡一熱，兒時對姨母的全部記憶瞬間都找了回來。

她再也不是一個孤苦伶仃的孤兒了，她有了家。這種新奇的感覺讓她既興奮又幸福。前院的爭吵聲再次傳過來，她辨認出是陳福的聲音，便再也待不住，下了床，從床邊選了一件藕色的裙子，外搭一件月白色的比甲，在銅鏡前一照，穿慣了尼姑庵裡粗布衣衫的明箏眼睛都快晃花了。

這是自己嗎？明箏揪了下頭髮，她頭上好看的髮髻是臨走時姨母給她梳的。她在尼姑庵屬於寄養，不落髮但也不能露出頭髮，一大把頭髮盤在頭頂插著一個木頭簪子，六年都沒變過。明箏對著銅鏡把耳邊一些碎發規整好，心想著一會兒還要纏著姨母再梳一個新髮髻。

明箏沿著遊廊跑到月亮門，一出門就聽見陳福的聲音：「舉好了，不准動，沒有我的允許不能放下……」

院子中間，陳福手拿一根木棍，比畫著……他旁邊站著蕭天，樣子古怪地雙手舉著一個水桶，胳膊只要一動，水桶裡就會有水花濺出。

「我告訴你，外來的，在這個家裡，以後得聽我的，聽見沒有！」陳福趾高氣揚地說道。

「喂，阿福，」明箏快跑幾步，走到兩人近前，「你們在幹什麼？」「小姐，你……你怎麼起得這麼早呀？」

「阿福，我再不過來，你就把人家折磨死了。」說著，明箏走到蕭天面前，從他手上接過水桶，氣哼哼地扔到地上，水桶倒到一邊，水潑了一地。

明箏最見不得欺負人的人，那些年在尼姑庵由於年齡小明裡暗裡沒少受年長尼姑們的氣，縱然有隱水姑姑保護，但是她仍然沒少吃苦頭，直到有一天，她打敗了最厲害的福慧師姐，她的苦日子才結束。如今，在自己家裡阿福明擺著欺負這個落魄的書生，還想出這麼缺德的招數。明箏越想越氣，直瞪著陳福。

「小姐，我……我在代妳教訓他，他……他想偷東西，被我逮著了。」陳福解釋道。

「別小姐小姐地叫我，叫我明箏，」明箏一愣，「你說什麼？」

「他偷東西。」陳福手指著蕭天。

直到此時，蕭天才走上前一步，拱手一禮，淺笑道：「小姐，實屬誤會呀。」蕭天從明箏一走出月亮門視線就沒有離開過她。

從第一次在虎口坡被她所救，接下來跟隨馬車到驛站，短短的相處使他對她有了初步的認識，這是一個愛恨分明、有著俠義心腸的少女，剛才聽到她與陳福的對話，他越發對這個有著鮮明個性的少女充滿好感。

越是如此，她手上那本神祕的《天門山錄》就越讓他摸不著頭腦。家裡這幾個人，都是樸實的普通人，雖說陳福處處刁難他，但他是個沒有心機的憨人。顯然他們根本不知道那本書在江湖上的惡名，它就如同一個火蒺藜被他們抱在懷裡玩耍，一個不小心，一絲火星，就會引爆。

蕭天越是跟這家人待得長久，就越能感受到這家人的平和善良，就越是揪心，但又不好明說。今天早上，他起得很早，陳福還在酣睡，他心裡的好奇使他不覺走到正堂，想了解一下這是個什麼背景的人家。但是很奇怪，正堂裡只是擺放著一些應景的物品，能夠顯示主家身分的一應物品一樣也沒看到，連一幅字畫或畫像都沒有。

這是個什麼樣的人家呢？這樣一個似乎遠離江湖的人家，怎麼會與神祕的《天門山錄》有關係呢？這本攪動江湖的書是如何落入這個少女之手呢？這些問題一直困擾著他。那日在驛站，讓他做出如此荒誕決定的原因就是想弄清楚這些。

只是沒想到，自己在正堂走動時，由於心神不定沒有設防，被陳福逮個正著。被陳福揪著罰舉水桶，舉就舉吧，只當是今天晨練了，沒想到驚動了明箏，此時，他還真有些說不清了。

「你偷東西？」明箏驚訝地轉向蕭天。

「不，沒有……」蕭天漲紅了臉。

「沒有，是吧？」明箏轉身對陳福大叫，「你看他這個樣子像是去偷東西嗎？他偷什麼了？」

「這……這倒是沒看到，不過，我把他揪出來了，他不敢了。」陳福前言不搭後語地胡說了一氣。

「我看你就是逮個機會欺負人，」明箏轉向蕭天，「蕭公子，他說你偷東西你為啥不說清楚？讓你舉水桶，你就舉，你也太軟弱好欺了。以後他再欺負你，你告訴我，讓我來收拾他。」

蕭天紅著臉低下頭，陳福一看他這模樣，以為他真的軟弱好欺，便挑釁地瞪著他。

蕭天一笑，道：「謝謝明箏姑娘，陳福對我很好。」

「看看！」陳福得意地一笑。

「壞了，時辰不早了，一會兒老夫人起來，飯還沒做好，我又該挨罵了。」陳福突然臉色一變，對蕭天叫道，「蕭天，快去劈柴！」

蕭天急忙應了一聲，跟著陳福走了。這時，老管家也醒了，三個人開始七手八腳地在廚房裡忙活，雖說是三個男人，但一點不比女人差，明箏走過去想幫忙，被老管家支了出去。

不一會兒，飯菜端上桌，大家一起圍著用過早飯。明箏便嚷嚷著要出門，被李氏攔下。

「不可呀，明箏，現如今街坊們都說，宮裡的太監都出來了，滿大街尋找有姿色的女子，開春就要選秀女了，人家姑娘躲還來不及呢，妳倒要滿大街跑。」李氏急惶惶地說道。

「那我就不能出門了?」明箏滿心的喜悅被當頭澆了一桶涼水。

「不可呀，妳在家陪姨母吧，我該教妳學學女紅了。」

「什麼?我才不要學那些東西，妳不讓我出門，我何時才能見到宵石哥哥，我還要還他那本書呢。」明箏說著，從衣襟裡掏出那本書在李氏面前晃了一下，「妳不讓我出門，我爹的深仇大恨，我何時才能報?」

明箏意識到自己失語，急忙搪塞，「我想去街市逛逛。」

一旁的蕭天聽到明箏的話心裡一動，他又一次看到那本書，原來書的主人另有其人，宵石是誰?蕭天微微有些激動，看來自己荒誕的舉動還是有成效的。剛剛明箏提到她爹的深仇大恨，她爹又是何人呢?

蕭天正在尋思，不想李氏盯住了他。李氏在路上是領教過明箏的野性的，生怕她又想出什麼么蛾子來，便想出一個穩妥的方法，她緩和了語氣，跟她商量道:「要不這樣，妳呢，換上男裝，再讓這位蕭公子陪同妳一起出門，去見妳宵石哥哥，這樣大家都放心了。」從短短的相處中她看出蕭天是個謹慎穩妥之人，比明箏明白事理。

「什麼?讓他陪同我?」明箏笑起來，「出了事，是我保護他，還是他保護我呀?看他這麼弱不禁風的樣子，還得我出手。」

「就是嘛，老夫人，還是我陪小姐出門吧。」陳福探身道。

「算了，我才不讓你陪，就蕭公子吧。」明箏白了陳福一眼，看到姨母總算答應讓她出門，已經很高興了，也不再挑剔誰陪同了。不然，悶在這個院子裡急都得急出一身病來。

李氏在幾個房裡找了半天，也沒有找到一件適合明箏穿的男人的袍子，不是長就是胖，最後還是蕭天出了個主意:「不如先到成衣鋪買一件吧。」

李氏和老管家這才停止折騰，又開始千叮嚀萬囑咐，走到門邊，李氏把一個裝碎銀子的荷包交給明箏，又囑咐蕭天：「她宵石哥哥如今改了名，叫柳眉之，不要說錯了。」又叮囑了幾句，明箏和蕭天方出了院門。

此時豔陽高照，街市已開，往來行人車馬川流不息，甚是熱鬧。明箏久居深山，即使是自己的出生地也早已忘記當初的模樣。她一邊走著，一邊四處張望，眼睛根本不夠使。只苦了蕭天，一邊要查看四周情況，他記著老夫人的話，一路上都留意著宮裡的人，一邊又要跟著明箏，一不留神，她就跑人群裡了。好不容易找到一家成衣鋪，蕭天叫住明箏：「明箏姑娘，就這家吧。」

「這是賣衣服的？」明箏看著鋪子門口擺著茶攤，以為是一家茶館呢。兩人剛要進去，一個蓬頭垢面的老道士被從屋裡攆了出來，白髮長髯，幾乎遮住了面孔。一個穿著綢緞繡袍的男人在身後罵罵咧咧地叫道：「出去！你個瘋道士，跑我門前化緣，有多遠滾多遠！」

老道士腳下不穩，眼看就要摔倒，明箏一步上前扶住了他。明箏看著他如此年齡受此欺凌，有些氣不過，回頭叫道：「喂，你一個開店鋪的，和氣生財懂不懂？幹麼對人家老先生如此無禮。」

「呵，哪來的野丫頭，愛管閒事。」

明箏看著老道士，想到那些年自己跟隱水姑姑雲遊化緣所受到的白眼和欺辱，便不能釋懷。

「謝謝妳，姑娘，沒事，我已經習慣了。」老道士突然開口說道，「我只是去看看有沒有我能穿的袍子，妳瞧，我這件道袍都這樣了。」老道士說完就躬身告辭。

「慢著，」明箏叫住老道士，「你等等，我給些碎銀子，你叫人給你另做一件吧。」

明箏說著，從懷裡掏銀子，卻把那本書掏了出來，在手上掂著，又掏出荷包取碎銀。

她這一掏，驚得蕭天面色大變，魂差點飛出去，大白天在街道上，她拿著那本《天門山錄》晃著……與他同樣魂飛魄散的是對面那個老道士，一瞬間他面色慘白如雪，他盯著那本書，指著它吞吞吐吐地說道：「經文……可否借我一閱？」

「這個不行，是我大哥的，我要還的。」明箏把銀子遞給老道士，把書又塞進衣襟裡。老道士一愣，眼神裡閃爍的寒光被耷拉下的眼皮遮住，老道士接過銀子，竟沒有道謝，匆匆走了。

蕭天望著老道士的背影，一時愣怔著，老道士的神情引起他的注意，雖然道士面部被毛髮遮擋，但那眼神讓他想起一個人。

成衣鋪老闆真是見銀子親，一見這個小姑娘拿碎銀施捨，認定是個有錢的主，馬上笑臉相迎，笑嘻嘻地說道：「姑娘真是仁善啊，要不要進來看看，我鋪裡新近從蘇州進了一批絲綢呢。」

明箏大大咧咧走進去，從一排顏色鮮豔的女子衣裙邊走過去，走到一排男子的袍子跟前，她指著一件月白色鑲邊的公子袍說道：「就這件了。」

一旁一個夥計古怪地看著她：「姑娘，妳確定是要這件？我們鋪裡規矩，出門不退。」

「給我找件尺寸合適的，我現在就要換上。」

「快點，愣著幹啥。」掌櫃在世面上見多識廣，見怪不怪地吆喝夥計。

明箏接過袍子，走進裡面一間空房間，進門前回頭對蕭天說道：「喂，這個幫我拿著。」

蕭天冷不防懷裡落進一個東西，再一看，蕭天頭「嗡」一聲，面色一陣陣發白，胸口一陣陣顫動，雙手止不住抖起來，他懷裡就躺著那本書……

上至朝堂，下至江湖，有多少人在打這本書的主意，為了確認到底是不是《天門山錄》，他抖著雙手迅速翻開，剛看到此書所用的紙張，就一陣驚奇，怪不得剛才那個老道士說成經文，竟然是一種市面上少見的藏經紙，這種紙出現在唐朝，如果不是他家學淵博根本不會認出來。

藏經紙顏色黃褐，猶如茶色，只有寺院的長老處才會有這種紙。此書的第一頁書名處被撕去，貼上了一頁白紙。第二頁是目錄，蕭天只看了一眼，就像有炸雷在耳邊響起，一陣陣膽戰心驚。

目錄上詳細地將此書劃分為四部分，第一部分名山，涵蓋了大明境內大部分山脈的名字，包括物產、村鎮、地形、地貌；第二部分名寺，涵蓋了幾乎所有重要的寺廟、道觀，包括具體位置、歷史傳承、歷任主持、寺內供奉、殿藏寶物等；第三部分幫派，江湖上勢力最大的十大幫派盡在其中，包括各幫派的勢力範圍、駐紮位址、歷任幫主、權杖暗語、門派密術、所藏寶物等；第四部分族群，涵蓋了大明境內最神祕的族群，包括部族集聚地、衣食住行、信仰圖騰、族長傳承、族中密術、鎮界之寶等。蕭天面色蒼白地合上書，身上出了一身冷汗，毋庸置疑，這就是那本被江湖上譽為天下奇書的《天門山錄》。

此書如果落入心懷不軌之人手裡，後果不堪想像。但此書卻與他還有過一段淵源。這就是為何剛才碰見那位老道士讓他想起一個人——吾土道士，就是此書的作者。七年前在狐地檀谷峪狩獵時，林棲從崖頭背回一個道士，道士落入崖下，傷勢嚴重。他見此人雖然傷重仍然風度翩然，一副道骨仙風，便動了英雄相惜的念頭，讓林棲背回狐地救治。這個落崖之人就是吾土道士，他在狐地住了半年之久，陶醉於狐地的風土人情、山川景致，流連忘返，不思離去。

在此期間，他與吾土道士也有不少交往，酒餘茶後談古論今，吾土道士對他敞開心懷談起自己有寫遊記的喜好，正在寫的《天門山錄》有效仿古籍《山海經》之意。當時他聽到這些，以為只是一個雲遊道士對大地山川的感懷，對人文風土的熱愛，其心至善。

誰承想，吾土道士離開後不到三年，由他一手寫就的《天門山錄》竟在江湖上掀起如此大的風波，不僅給狐族也給其他幫派帶來血光之災。後來據傳，吾土道士是在一次酒醉後失書，曾發動江湖幾個門派的弟子尋找，均沒有下落。吾土道士悲愧交集，遠遁江湖。與此同時，東廠的高手在全國各地大肆搜繳奇珍異寶，屢屢得手。

江湖上就有傳言，這本丟失的奇書最後落到了王振的手裡。很快傳言成真，王振派東廠督主王浩憑藉此書到各地搜繳寶物，後來一個名不見經傳的錦衣衛百戶寧騎城屢立奇功，憑藉搜繳寶物升任錦衣衛指揮使並得到王振寵信。

後來，寧騎城突然停止搜繳，後來又有傳言說此書被人奪走。是誰竟能從錦衣衛指揮使手裡把此書奪走，一直是個謎。要不是在雪地被明箏姑娘所救，並在馬車裡被她認出狐族護身符，他無論如何不會相信，此書如今竟落在一個少女手中。

蕭天低頭看了一眼書，下意識地望了一眼街面，如此一走了之——這個念頭一閃，他就被自己竟生出如此齷齪想法所震驚，七尺男兒，豈能如此作為！另外，此書如今真正的主人還沒有露面……正尋思間聽見有人喚他。

「蕭天——」

一個俊俏瀟灑的美少年出現在他面前。明箏本來就有幾分男兒性格，又加上多年來的鄉野生活，身上也無閨閣女子的脂粉氣，穿上男裝更加風姿奇秀。蕭天看著，思緒也從別處轉回來，不由暗自讚嘆。

明箏看了一眼蕭天，只見他雙手捧著書愣頭愣腦的樣子，差點笑出來，此人真是老實得有些迂腐了：「喂，怎麼樣啊？」蕭天仍然愣怔地點了下頭：「甚是有趣。」

「你說什麼？」

「這，書呀……」

「我是問你這件袍子。」

「啊，哦，合適……」

明箏輕盈地走到他面前，從他手上奪過書塞進衣襟裡，轉身對著一面銅鏡照了一下，自己也失聲笑起來。蕭天此時腸子都悔青了，剛才那麼好的機會讓他白白浪費了。

「明箏姑娘，我讀過不少書，但像姑娘手中這本書還真沒有讀過，可否借我一閱？」蕭天試探地問。

「你也覺得這本書很有意思？」明箏回頭驚喜地問道，似乎找到知己一樣，「可惜，一會兒就要還給李宵石了。」明箏心裡有些遺憾，「這樣吧，我回去可以講給你聽，我都記下了。」

「妳都記下了？」蕭天一愣，急忙問道，「妳記到哪兒了？」

明箏知道他誤會了，就指了指腦袋，笑起來：「是呀，記在這裡，這本書我都可以倒背如流了。」

蕭天一驚，這是他一天裡受到的第二次驚嚇了。第一次是見到此書真容，這第二次比第一次受到的驚嚇還要強烈，他僵硬地站在那裡，半天動不了。

「喂，你怎麼了？」明箏看見他臉色發白，額頭上直冒冷汗。

半天，蕭天才結結巴巴地問道：「明箏姑娘，妳竟有如此奇秉，這……這麼厚的書，妳能背出？」

「嗨，別說這一本，」明箏自信地道，「兩本這麼厚的也不在話下。」

「明箏姑娘，妳倒是讓我想起一個人，早年我曾跟隨父親在京城待過一段時日，那時京城裡有個神童是原工部尚書李漢江之獨女李如意，就有這種奇秉，你比她有過之而無不及呀。」蕭天說完，看著明箏。

明箏第一次從外人嘴裡聽到自己的名字，心裡一驚，想到姨母的囑咐，無論如何不可暴露身分，便笑著含糊其辭：「真的？你帶我去見見她吧，我要與她比試比試……」

掌櫃的在一旁有些不耐煩了，催促著：「兩位，要還是不要？」

「當然要了。」明箏付了銀子，往外走去。蕭天跟著明箏走出成衣鋪，望著一身公子打扮得意揚揚的明箏，蕭天的內心徹底凌亂了。原來的計畫被徹底打亂，原想了解到書的主人，曉之以大義，當面燒毀，以保天下太平，各方都可以周全。可此書易毀，這位明箏姑娘將如何處置呢？

蕭天此時就像晒乾的茄子，整個人都蔫了。

明箏此時卻在興頭上，熱鬧的街市，沿街叫賣的小販，各種聞所未聞的小吃……明箏幾乎是連蹦帶跳地穿梭在各個小販小攤之間。一會兒買串糖葫蘆，一會兒買糖火燒。糖葫蘆沒吃完交給蕭天拿著，糖火燒吃一半塞進蕭天嘴裡，她又看上了另一種新奇的東西……

蕭天一手舉著糖葫蘆，一手提著新買的綠豆糕，嘴裡嚼著那半個火燒，稍一分神，就不見了明箏的蹤影。蕭天在人群裡擠來擠去，突然瞥見那個老道士跟在後面，看見他停下腳步，老道士躲進人群不見了。

蕭天心裡隱隱有些不安，難道這半日這個老道士都一直跟著他們？

四

街邊傳來鑼鼓聲，不一會兒圈出一個場地，人群往那個方向擁過去。幾個耍把戲賣藝的在場中向來往行人展示各自技藝。其中一個大漢赤膊噴火，引來不少人叫好！另一個清瘦的長者耍一根長棍，只見長棍上下飛舞，也引來一片叫好。場地前放有一個銅盆，一些行人往銅盆裡扔銅錢。

這時，混在人群裡幾個衣衫襤褸的少年，突然擁到銅盆前，一個小個子抱住銅盆就跑，引來人群一片叫罵。一個白色身影飛起一腳正踹到小個子腿上，小個子應聲倒地，銅錢撒了一地，引來更多的乞丐來搶。

蕭天在遠處看到這一幕，氣得鼻子都歪了，那個白色身影不是明箏又是誰。他並不擔心幾個小乞丐，明箏對付他們綽綽有餘，而是那幾個耍把戲的反常表現引起他的警覺：幾個人沒有一個人跟過去搶銅盆，一個江湖賣藝的團夥對一銅盆銅錢不關注，那他們在關注什麼？

這時，耍棍的清瘦長者目露凶光，瞥了一眼不遠處與幾個小乞丐打鬥的明箏，向一個黑衣男子使了個眼色。黑衣男子走近他們，一邊抱拳道：「幾位小爺，俺們初到寶地，還請幾位小爺抬抬手，賞口飯吃。」說著連拉帶拽暗中出力把幾個小乞丐都撂倒在地上，幾個孩子哎喲叫著倒了一片。

明箏這才發現這個黑衣男子出手凌厲，她本想教訓一下這幾個小乞丐，但絕沒有想要傷到他們，他們畢竟是孩子，心下十分不滿：「喂，這位老兄，你幹麼對孩子下狠手。」

黑衣男子看自己的招數被識破，滿不在乎地惡狠狠地哼了一聲：「多管閒事。」接著便飛起一腳，想把明箏踢出場外。這時，一道白光從那幾個耍把戲的人中間向明箏飛過去，是一種市面上少有的暗器，手法隱蔽，速度極快。但是明箏全然不覺，正與黑衣男子打在一處。

蕭天一看，自己非出手不可了，要不明箏必被人算計了。他又不便在明箏面前露出功夫，便使巧勁撞了過去，一隻手把綠豆糕猛舉過頭頂，接住了那枚暗器，身體就勢重重地壓到黑衣男子身上。

「蕭天，你亂跑什麼，我找你半天。」明箏理直氣壯地責備起蕭天。蕭天此時也懶得解釋，他站起身，身下的那個黑衣人罵罵咧咧，然後一瘸一瘸地走了。

蕭天低頭瞥了眼綠豆糕，紙盒的一側割開一個長三寸的口子，綠豆糕裡隱約現出一個鋒利的刀尖，刀身呈螺旋形。此種獨門小暗器他還是第一次見到。他剛才要不是飛身撞過來，以至於收不住身子，此暗器飛行速度異常快，如果打到明箏身上不敢想像後果。

蕭天轉回身欲拉明箏走，突然看到他們正對著一家酒樓，是京城最有名的淮揚菜館聚寶閣，門外所停馬車皆是寶瓔朱蓋的豪貴車馬。蕭天腦中電光火石般一閃，這裡進出之人必是豪門顯貴，他突然意識到明箏無意間攪進別人設的局中，聯想到那群耍把戲之人和那枚暗器，莫非他們在這裡蹲守，是要行刺某人？一想到此，蕭天迅速對明箏說道：「明箏，快，我們快些離開這裡。」

「怕什麼？」明箏一副還沒有玩夠的模樣，京城裡這麼熱鬧，她剛意氣風發地教訓了幾個不良少年，正在興頭上，哪肯離開，反倒是看見蕭天一副驚慌失措的樣子，感到很可笑，「蕭天，你如此膽小怕事，真枉為一世男兒。」

蕭天被明箏一陣數落，氣得有苦說不出，只得點頭道：「是，我是膽小，但老夫人和老管家有吩咐——」

「有我在你怕什麼？」明箏從蕭天手裡奪過那半串糖葫蘆，咬了一口，「我會保護你的，放心吧。」

突然，一聲長嘯，耍把戲的眾人突然衝到聚寶閣門前，明箏也被裹挾在眾人中間，跌跌絆絆幾次險些摔倒。這瞬間發生的事讓明箏和蕭天想走也來不及了。明箏被裹挾著身不由己跟著眾人跑了起來，耳邊聽到有人高聲大喊：「狐王令者，號令天下，鋤奸懲惡，佑我大明。」

「殺王振……」眾人的聲浪一陣高過一陣，突然一隻大手猛地拽住了她，借助這隻手臂的力量，她跑出人群，震驚惶恐之餘這才看清是蕭天。蕭天拉住明箏躲到牆邊，牆角聚了不少驚慌失措的行人。

此時聚寶閣門前已是一片混戰，幾個穿著錦袍的精壯男子抽出刀劍與耍把戲的眾人打到一起，看出手皆是行武之人，一時間刀光劍影，捉對廝殺，場面頓時一片混亂。

蕭天身邊一個商人模樣的男子突然指著其中一個人道：「那個人，褐袍的那個是東廠督主王浩，我認得他，他害得我丟了祖宅，哈……」

「聽說是刺殺王振，哪個是王振？」

「以前只見東廠殺人，沒想到如今也有人敢殺東廠的人了。」「這狐王令，專殺這些人。」

「狐王令？我知道——」「噓，小聲點。」

四周的百姓小聲地議論著，不乏竊喜之聲。明箏剛才也聽到了那些人大喊狐王令，她也跟著點頭，剛張開嘴，就被蕭天捂住了嘴巴：「噓，小姐，不可胡說。」

「放開我，你真是膽小如鼠，你別跟著我。」明箏推開蕭天。蕭天一臉無奈，依然站在她身後，只是緊蹙雙眉冷眼注視著激戰雙方。

此時街道擁出一隊身披重甲的錦衣衛，瞬間把耍把戲的眾人圍住。耍把戲的這夥人看局勢驟變只能收手，只聽清瘦長者一聲長嘯：「撤！」

這夥人與錦衣衛且戰且退消失在巷尾。聚寶閣門前受到驚嚇的那些人四散而去，紛紛跑到自己馬車跟前，跳上馬車匆匆離去。

躲在各個街角的行人，回到街面，也一哄而散。

蕭天沒想到這夥人刺殺的目標竟是自己的宿敵王振，想想也不奇怪，這些年王振幹盡壞事，惡貫滿盈，仇家遍地。只是沒想到他們竟然借「狐王令」之名，他們看上去組織嚴密，不亞於狐族，而且功夫也不錯，他們到底是些什麼人呢？雖然他們曾出暗器傷明箏，但就剛才的形勢，他們也是想驅逐外人。想到那枚暗器，蕭天眼前一亮，他從衣袖裡取出來，拿在手裡端詳。明箏看街面上人都散了，打架的雙方也都撤了，實在無趣，轉身回來找蕭天，見他手拿著一個亮閃閃的東西，便圍過來看。

「你手裡這是何物？」

「在地上撿到的。」

明箏好奇地拿過來，驚叫一聲：「是暗器！」可以看出是以品質上乘的鐵礦石熔煉而成，呈螺旋的菱形，四角皆是銳利刃尖，中間刻有圖案。這個圖案讓明箏很感興趣，隱約可見是一隻鳥，仔細辨認似是一隻畫眉鳥。這個難不住明箏，她在夕山時經常與鳥為伴玩耍。圖案上的畫眉鳥上緣向後延伸成一條窄線直至頸側，狀如眉紋，不錯，是畫眉鳥。

蕭天見明箏低頭沉思，不免疑惑地問：「可看出端倪？」

明箏略一沉思：「暗器上的圖案是一隻畫眉鳥，由此可推斷，暗器的主人是白蓮會之人，哎——不對呀，我明明聽見他們喊狐王令呀，怎麼——讓我再看看，不錯呀。白蓮會有一個總壇主、四大堂主和十二護法，十二護法之首叫白眉行者，以獨門暗器著稱，他暗器上都會刻上一隻畫眉鳥，以做標識。」蕭天大吃一驚，不禁問道：「這些你是從何而知？」

明箏調皮地一笑：「拜那本書所賜，現在江湖上大部分幫派，只要拉到我面前，讓我見識一兩樣東西，我就可以說出是哪門哪派。」明箏說完又歪著頭苦思起來，「這枚暗器……」

蕭天倒吸一口涼氣，面前這個精靈古怪的小丫頭著實讓他刮目相看。看來她所言不虛，《天門山錄》不僅被她牢記在心，而且已經被她運用自如。但是，單純如清溪又涉世未深的明箏，哪裡知道這其中的凶險呀！蕭天本來就抑鬱的心情更加沉重了，他也不知道自己為何對她如此憂心，也許是感念她曾救過他，他不願她涉入險境。

「明箏，」蕭天不忍她糾結那枚暗器，便開導道，「既是江湖中人，相互合作也是再平常不過了。」

「啊！對，對，有道理。」明箏立刻轉憂為喜，點了點頭。

「還有啊，在外人面前切不可再提此書，好嗎？」明箏抬起頭，看見蕭天緊鎖眉頭的樣子失笑道：「哈哈，你怎麼婆婆媽媽的，像我姨母一樣，快點走吧，我要去見我宵石哥哥啦。」

第三章　久別重逢

一

西苑街上的長春院白天裡顯得安靜又清閒，連迎賓的門童都在倚門打盹兒。樓上紗簾半卷，微風吹過，一陣陣簫聲從樓上飄出，更顯得此處的風雅和不俗。

明箏端詳著朱漆大門頂端懸著的黑色楠木匾額，上面題著三個楷書大字「長春院」，從室內飄散出陣陣不知名熏香的香氣，讓人頓覺心神舒悅。「蕭天，這個地方可不像是個戲園子啊。」明箏皺眉說道。

蕭天有些為難，對一個不諳世事的少女，他不知如何作答。只聽明箏接著說道：「我還記得兒時，父親請來樂坊家宴的情景，好些年都沒有聽過了。」

蕭天聽明箏如此一說，聯想到一路上和府裡的情況，便對明箏的身世產生了疑惑。在京城請得起樂坊家宴的並非一般人家，而如今府裡別說家宴了，連僕人都請不起，越想越奇怪，他還想再問一句，但是明箏已經跨進了朱漆大門。兩旁小憩的門童驚慌地站起身，他們見兩個青年公子闖進來，不覺一愣。他們一貫看衣待人，見兩人衣著樸素，看不出什麼來頭，但是兩人的氣質卻非等閒，一個神態秀越，一個器宇不凡，兩人舉手投足間都透著一股貴氣。兩童子在此地耳濡目染已久，深知朝中顯貴的花樣，所以也不敢怠慢，急忙上前一揖，道：「兩位公子，敢問與哪位書生有約呀？」

明箏歪著腦袋琢磨半天，「書生？」皺起眉頭說，「我是來聽曲的。」

蕭天急忙向明箏使眼色，他走到一個門童面前，道：「柳眉之。」兩個書童對視一眼，驚訝地望著他們兩人，問道：「可有書牌？」

明箏越加茫然，一旁的蕭天心裡早已了然，他知道此處是名震京師的男館，此地規矩極嚴，要比青樓的臺階高許多，樓上公子皆以書生自居，而僕人隨從皆以書童命名，老鴇真是煞費苦心，翻出如此花樣。剛才門童所問書牌，即是這裡的通行文書，此文書可是要重金才能獲得。

「沒有書牌，」蕭天頓了一下，道，「請小哥上去傳個話，就說故人來訪。」

「這——」門童面有難色地搖頭，蕭天見狀急忙往他手中塞了一錠碎銀，「你就說明箏求見。」

門童接過碎銀，轉身向樓上跑去。不一會兒，跟門童走下來一個白衣少年，看年齡不過舞勺之年，膚白發黑，頭髮高高束起，面如杏桃，姿態嫻雅，一雙瞳仁靈動閃亮似水晶般吸引人，未語先笑，向明箏和蕭天深深一揖。

一旁門童道：「你們真幸運，沒有書牌是連門都進不來的，不過柳公子是這裡的頭牌，只有他有這個權利在房間見客，你們跟他的書童去吧。」門童指指白衣少年道，「他叫雲輕，是個啞巴。」

明箏和蕭天一聽此話，吃驚地轉向書童。雲輕微微一笑，笑得風輕雲淡。

兩人跟著雲輕走向樓梯，雲輕步履輕快地上著臺階，不時回頭向他們微笑，他不用言語而是用微笑來和他們打招呼。明箏頃刻間便喜歡上這個男孩，一路上忍不住開始打聽她的宵石哥哥。

「他在樓上等我們嗎？他為何不下來？他每天都待在這個樓上嗎？」對於明箏連珠炮似的問題，雲輕仍然是報以微笑，明箏也知道他不會說話，但就是忍不住好奇想問個明白。

樓上與樓下的簡樸大不一樣，簡直是極盡奢華。走廊雕梁畫棟，玲瓏精緻的窗臺和紅木雕花格窗，處處透著獨有的講究和做派。從遠處傳來一陣琴聲，婉轉幽怨的聲調似是要把人的魂魄勾走。雲輕一路向前，在走廊盡頭一個房間前停下。

明箏抬頭看見上面一個匾額「風語齋」，這時那哀怨的琴聲再次響起，竟然是出於此間，不等雲輕來請，明箏推門走了進去。

窗邊木臺上一個白衣男子正在撫琴，微風吹過，衣袂飄起，有種仙子般的超然不凡，如此絕色男子如圭如璧，明箏看得目瞪口呆。六年時光，足以滄海桑田，也足以把少時的玩伴變成眼前美如冠玉的青年，記憶中的宵石哥哥恐怕要永遠塵封在往事裡了。

柳眉之一曲完畢，轉回身，也驚訝於眼前的少女明箏。

「明箏妹妹，」柳眉之上下打量著她，禁不住喜上眉梢，沒想到六年時光把李如意打造成如此美麗的少女。這時他才發現明箏身後的蕭天，眼神一愣，他沒有想到明箏身邊還有一個人，臉上的喜悅一掃而光，轉而籠罩上清冷的寒霜。

「這位是蕭天，現借居在府裡。」明箏簡單地介紹道，然後對蕭天伸出一隻手道，「書呢？我該還給主人啦。」

蕭天急忙上前一揖道：「在下蕭天，幸會幸會。」說著從懷裡掏出那本書，恭恭敬敬地遞給柳眉之。柳眉之臉色大變，他迅速接過此書，目光裡的淡漠變成敵意，他沒有想到這本書竟然從蕭天身上拿出來，又不便發作，只好冷冷地說道：「蕭公子，幸會。只是此書如何會在你手中？」

蕭天淡然一笑，他從柳眉之緊張的神態中已得出結論，柳眉之定然知道此書的來歷，只是這本書如何會落到他手中呢？蕭天正要作答，不想明箏替他解了圍。

「是我讓他拿的，」明箏嘿嘿一笑，「我怕丟了，如此有趣的書，丟了豈不可惜。」

這時，又一個書童捧著茶盤走進來，竟然也是明眸皓齒的美少年，他朝兩位笑著道：「兩位請用茶。」說著走到明箏面前上下打量，「這位就是明箏小姐吧？穿著這身行頭，還真以為是哪府裡的貴公子呢，這些天咱們公子一直記掛著妳，總說該到了該到了，這下妳來了就好了，公子再也不用翹首期盼了。」這個書童與雲輕相似的打扮，看上去大雲輕幾歲，只是身上多了一些飾物，腰上掛著香囊、荷包、熏袋，也多了些市井的習氣。

「雲，去端些果品來。」柳眉之有意要支走他。這個雲看起來極是聰明伶俐，加上巧舌如簧能說會道，柳眉之身邊有這樣兩個書童，看上去甚是有趣。

「公子，書讓我放回書櫥嗎？」雲盯著柳眉之手中書問道。

「不，」柳眉之下意識地緊緊攥著書，「我還要看。」

「宵石哥哥，你不用看，我講給你聽吧。」明箏似是要在宵石哥哥面前顯擺一下，「這本書甚是有用，一路上我遇到不少奇事，皆從此書中找到答案。進京的路上遇見一個狐族人被追殺，與書中記載的一模一樣！還有呀，剛才在聚寶閣門前出現刺客，原來是白蓮會的，標誌與書中記載的一模一樣。宵石哥哥，你真是說對了，這真乃一本奇書。」

柳眉之一聽此言，臉上更是陰晴不定，一雙深不見底的眸子匆匆掃過蕭天和雲，看到兩人一個喝茶，一個出了門，才稍稍放了心。

「明箏妹妹，此書在外人面前切不可多言。」柳眉之低聲道。

「有何不可，你們為何都這麼說？」明箏感到很奇怪。

「還有誰？」

「蕭天啊。」

柳眉之一愣，又深深地看了蕭天一眼，眼裡滿是狐疑和猜測，想到蕭天的身分更是起疑。他向明箏示意，然後走到套間，明箏不知何意跟了過來。「明箏妹妹，這個蕭天是如何到府裡的？」柳眉之壓低聲音問道。

明箏就把那天的事講了一遍。柳眉之眉頭緊鎖，低聲道：「此人甚是可疑，早日讓他離開才對。」

「他……如果讓他離開，他無處落腳，豈不是很可憐？」

「明箏妹妹，妳這是婦人之仁，豈不是要做那東郭先生，說不定他是個江湖大盜呢。」

明箏笑起來，府裡哪有什麼能讓江湖大盜看中的東西呀？「宵石哥哥，你放心，他只是個趕考的秀才。」

柳眉之看說服不了明箏，便走了出來，看見蕭天端著茶盞一邊喝一邊看劍架上的寶劍，便走了過去，一把抽出寶劍，只見眼前寒光一閃：「蕭公子，你也懂劍術嗎？看看這把劍如何？」

「劍術不懂，卻感覺這是一把好劍。柳公子懂劍術嗎？」蕭天微微一笑，問道。

「每日倒是練習一二，防身而已。」柳眉之微笑著看著長劍，突然，他身法極快地拔出，森寒的劍光一閃，劍刃已瞬間刺到蕭天面前。

蕭天眼角的餘光一閃，依然端著茶盞，不動聲色地品著茶，似乎根本沒有察覺到有一把劍直衝自己而來。

「宵石哥哥——」只見明箏驚慌中用托茶盤替蕭天擋住一劍，明箏面色大變，驚叫道，「宵石哥哥！」看見明箏和柳眉之劍拔弩張，蕭天這才放下茶盞，一臉驚慌地道：「有話好好說，你們兄妹怎麼才見面就——」

「哈哈，我和明箏妹妹自小就喜歡鬧著玩，」柳眉之將寶劍入鞘，微笑著整理了下衣衫，透過剛才那一劍，他也看出蕭天倒像是明箏所說那樣，不會武功，但是他對他的防備之心，依然很重。他微笑著看著蕭天道：「蕭公子行走多地，可聽說過什麼有趣的事？」

「道聽塗說的倒是有，據傳江湖上有一本書叫《天門山錄》，很是有趣。」

柳眉之盯著蕭天皺起眉頭，越是怕什麼越是來什麼，他讓母親帶此書離開京城，就是沒有想出萬全之策，怕留在京城凶險。因怕被人識出，還把書的封面撕去，沒想到還是洩露了蹤跡，難道這位蕭天就是尋此書來的？便試探地問道：「明箏手中之書，蕭公子可看過？」

「在路上，拜明姑娘所賜，翻了幾頁。」蕭天也不迴避柳眉之逼人的目光，直視著他回答道。

柳眉之一愣，沒想到蕭天根本不迴避，難道他也知道此書？不過如今大街小巷有誰不知道這本奇書呢？聽到走廊裡傳來喧嘩之聲，柳眉之回頭看了眼幾案上計時的沙漏，再過半個時辰便到正午，在此處說話多有不便，就想到一個去處，便說道：「蕭公子，可否與我們一起前去上仙閣一敘？」

「蕭天願隨同前往。」蕭天起身一揖道。

柳眉之徑直走進套間，把書放進密室。出門碰見雲，見他神態有異，問道：「何事驚慌？」

「公子，我……我想請假出門一趟，不知可好？」雲小心地問道。

柳眉之看了他一眼，想到自己這會子也不在，便揮揮手道：「快去快回。」雲高興地鞠了個躬，便跑了出去。

柳眉之對蕭天和明箏道：「我換上出門的衣服就走，你們稍候。」雲輕悄無聲息地走過來，服侍柳眉之換衣服，兩人一前一後，走進套間。

明箏不耐煩地嘟囔著：「怎麼出個門比女人還麻煩。」

足足等了有一炷香的工夫，柳眉之從套間走出來，只驚得明箏蹦了起來，蕭天更是嘴裡一口熱茶沒噙住，全噴了出來。

只見一個婀娜豔麗的女子拖著淡青色長裙迤邐而出，飛仙髮髻高綰，簪了一支翠玉圓簪，眉心一點朱砂痣，竟然妙趣橫生，媚不可擋。柳眉之無視兩人無比驚訝的目光，高昂著頭平淡地道：「以後會習慣的，走吧……」

二

長春院往西，過一個巷口，就是京城最有名的茶樓上仙閣。只因地理位置優越，進京的外地商賈、述職的地方官員、城裡的豪門貴戚、翰林的墨客學士，再加上街面上遊手好閒、一心攀龍附鳳的市井之人，小小一個上仙閣，彙集了京城裡三教九流。這些人閒來都喜歡坐茶樓，一杯香茶過肚，竟應了那句俗語：秀才不出門，便知天下事。

原先的上仙閣只是兩間門面的酒肆，後來被現在的掌櫃李漠帆盤下後，才改成茶樓。一年後又加蓋了兩間，又起了一層樓，盤下周圍兩個織染坊，圈起一個後院，才有了如今的規模。原本後院留著給自己人居住，後來因為茶樓名聲漸大，一些外地商賈喝完茶不願走，就在後院住下。一番修整後，上仙閣的樓上和後院就改成客棧，又從蘇州請來精於風水構造的園藝師精修了院子，不僅引來一池碧水，假山竹園、亭臺樓閣，一應俱全。有墨客留園一宿後，在牆上題字：**高雅舒朗，茶香月明**。

此後「茶香月明」成了上仙閣的名帖。賓客經常慕名而來，日日滿座，一過午後基本已座無虛席。上仙閣的茶品也極講究，有自己的窨製坊，獨門祕方製作而成的茉莉小葉花茶是上仙閣的招牌。此外，還有為嗜好紅茶的客人備的滇紅，為南方客人備的安溪鐵觀音和銀針白毫。

此時，已是正午時分，陽光穿過雕花格窗，明晃晃地刺人眼。大堂上賓客已滿，喝茶聊天好不熱鬧。臨街靠窗一張不起眼的桌子前，坐著林棲和盤陽。他倆均穿著跑堂夥計的短衣，腰間紮著皺巴巴的腰帶，顯得有些局促。

林棲皺著眉頭，一臉不悅地看著窗外發呆！盤陽卻是滿臉喜色，也不知從哪裡整來的一身衣衫，幾乎被撐得要爆開了，他全然不顧，樂呵呵地蹺著二郎腿，眼睛瞟著街面，看見什麼稀罕事物就興奮地吹口哨。

「啪」一聲，林棲大掌拍到桌上，喝了一聲：「閉嘴。」

盤陽被震得一閉眼，收起二郎腿：「你有氣衝李漠帆，你衝我算哪般？」

「那個走鏢的，神氣什麼，再來尋事，我就把他的店給掀了。」林棲怒道。

「人家也沒怎麼你呀，無非讓你抹抹桌子，掃個地，別忘了，這可是你主人的交代，你做夥計想不幹活，哪有這麼好的事？」盤陽抿嘴偷笑，抬頭看見從樓梯走下來的李掌櫃，便敲邊鼓道：「唉，說曹操曹操到，不想幹直接說去呀。」

李漠帆從帳房先生處查看了這幾日的流水後，方走下樓，遠遠就看見林棲和盤陽坐在窗前偷懶，不禁眉頭緊皺，心裡窩了一團火。對於幫主的這兩個隨從，他已是耗盡了最後的耐心，要不是看在蕭天的面子上，他才不會對他們如此客氣。

四年前一次走鏢途中，他遇劫匪失了鏢。興龍幫走鏢有一句口號：人在鏢在。這次跟頭跌得太慘，為了挽回面子，他和幫裡鏢師千里追擊，但是對手是鏢主的死敵，盯著這趟鏢已半年有餘，死磕的結果就是死傷慘重，他也身負重傷，當時已萬念俱灰，就在生死關頭他被一個人所救，這個人就是蕭天。

他在昏迷後被蕭天帶回檀谷峪，後跟蕭天在檀谷峪住了三個月，療好了傷。在這期間聽說幫裡弟兄死的死、散的散，便無臉面再回山東，蕭天見他是個漢子，有意扶持他，便資助他讓他來京城，於是李漠帆按照蕭天的意思盤下了上仙閣。

後來，李漠帆在京城扎下根後，便派人捎話給失散的弟兄，幾年下來，他周圍又聚起一眾幫裡兄弟。有一年他率幫眾請蕭天做幫主，蕭天知他心意但並未首肯。但是，李漠帆並不死心，他召集幫眾和一些有頭臉的幫派當家人，點燭上香，歃血立盟，自拜成事，蕭天就這樣糊里糊塗地成了興龍幫幫主。

李漠帆知道蕭天已進京，就是不知道為何到此時都不露面，而是讓他的兩個隨從在這裡當起了夥計。他也從盤陽的口中知道了此次行動失敗，刺殺王振不成，反而被寧騎城的錦衣衛追殺，暴露了行跡。聽聞蕭天也受了箭傷，心裡就更不是滋味了，他急於見到幫主，對林棲和盤陽的刁難和傲慢只能置之不理。他匆匆走到他倆的座位前，拉一把椅子坐下，問道：「你倆給我句實話，我們幫主到底在哪兒？」

「不知道！」林棲冷著臉沒好氣地瞥了他一眼。

「你的主子在哪兒你不知道，你這個奴才怎麼當的？」李漠帆故意拿話兒刺他。林棲的底細他有所耳聞，當年在檀谷峪療傷時，就聽說林棲犯了族規。林棲看上一個叫花蕊的少女，但女子已有婚約，半年後將完婚。林棲痴迷於花蕊，兩人約好私奔，在出逃的途中，被花蕊的家人攔截，花蕊無顏見親人，竟然跳湖自盡了。林棲被花蕊家人綁回去，按族規林棲要被「掛崖」。「掛崖」是狐族處罰重罪的一種刑罰，檀谷峪有一處山崖高懸於山谷之上，掛到崖上，不被野獸吞吃也會被天上的蒼鷹叼食，所掛之人的肉身一寸寸被叼走，情狀之慘烈聞所未聞，所以狐族人處處循規蹈矩，僭越之人少之又少。就在林棲要「掛崖」時，蕭天親去老狐王處作保。族中還有一條族規，若有身分的族人前來作保，可免「掛崖」，但終身成為此族人的奴隸，沒有人身自由，一生都要服從作保人。林棲被蕭天保住一條命，就這樣成為蕭天的奴隸。

此時，林棲比他還不耐煩：「不知道，知道也不告訴你。」

李漠帆伸手指著林棲，氣得直叫：「你……你說說……你……」

「唉，李掌櫃，你也別生氣，你與林棲鬥了也不是一天兩天了，」盤陽笑嘻嘻地勸解，「你還不知道嗎？他主子給你們做幫主，他氣死了。」盤陽又回頭看林棲，故意拿話氣他：「林棲，照我說，你主子給他們做幫主挺好，咱們狐族也不少他一個，再選個狐山君王不得了。」

林棲白了他一眼，狠狠地道：「狐山君王只能是我主人。」

盤陽指著他笑著對李漠帆道：「上趕著要做人家的奴，誰也攔不住他。」李漠帆撲哧笑了：「林棲，你這個奴，比你主子氣性還大，我就問問你主人，我想見他——」

突然，李漠帆話說到一半臉僵住了，眼睛直勾勾地盯著窗外。盤陽一看李掌櫃的樣子，不再跟林棲開玩笑，也急忙轉過身望向窗外。

窗外走過來的三個人，不僅吸引了他們的目光，也吸引了大堂上不少人的目光。才子佳人的身影，到哪裡都能引人駐足觀望。只見過來的三人，白袍青裙，珠簪玉佩，明珠生輝，美玉螢光，既清雅不俗又明豔動人。眾人不禁唏噓不已，感嘆世間果真有傾城之姿容。

李漠帆一眼就認出三人中的蕭天，興奮得剛站起身，就被林棲一掌按到座位上，他皺著眉頭壓低聲音道：「別動，主人交代不准去見他。」

李漠帆氣呼呼地試圖站起來，試了兩次都不行，他知道自己不是林棲的對手，便妥協地對林棲點點頭道：「好，聽你的行了吧。」林棲卻緊皺眉頭，盯著蕭天同一男一女有說有笑走過來，滿臉不悅。

盤陽早溜了，他從一個夥計肩上拽下一個白汗巾搭到肩上，一邊走一邊吆喝：「這位客官，這邊請了您嘞。」李漠帆直搖頭，這兩個活寶，一個倔得像頭牛，一個滑得像條泥鰍。

這時，三人走進來。明箏在前，柳眉之和蕭天在後，大堂裡的男人都不由自主盯著柳眉之看。柳眉之著女裝的樣子嫵媚嬌豔，太容易引得一些浮浪之人的遐想了。

明箏一坐下就忍不住要笑出來，她望著蕭天一臉淡定的樣子，不知他哪來這麼好的定力，身邊兩人，一人女扮男裝，一人男扮女裝，而他竟能視而不見，坦然處之。夥計給他們三人斟上茶，明箏叫著要吃東西，她一路走來早把府上吃的那點東西消化掉了。柳眉之含笑看著明箏，細聲細氣地說道：「明箏妹妹，這家店裡有精美的點心，妳讓夥計帶妳去選一選。」

明箏一走開，柳眉之就直視蕭天，直截了當地問道：「剛才聽蕭公子說起一本書，難道蕭公子對此書有頗多了解？」

「那本書天下誰人不知？」蕭天平靜地看著柳眉之，當真有些迷惑了，這樣一個文弱的被賣入樂坊的人，是如何從那個大魔頭寧騎城手中奪走這本書的呢？看來他必須要他知道此書的危害，想到此，蕭天緩緩說道：「我一個兄弟是江湖中人，曾對我提起此書，由於書中錄有不少幫派機密，一些隱於民間的寶物也在其間，因此被人利用攪起血雨腥風，眾幫派提起此書恨之入骨，難道柳公子在長春院沒有聽聞嗎？」

柳眉之聞聽，面色煞白，強穩住心神，小心翼翼地點了點頭道：「有……有所耳聞。」

「難道柳公子敢接這燙手的山芋？」蕭天索性一語道破。

「那依蕭公子的意該如何處置呀？」柳眉之穩住心神往下問道。

「照我看，最好的處置就是讓它永遠消失，一把火化為灰，一了百了。讓它永遠成為一個傳說，總比出現在世上攪動風浪的好，柳公子你說可好？」蕭天看著柳眉之風輕雲淡地一笑道。

柳眉之臉色一凜：「燒毀？虧你想得出來！也許有人可不這麼想。」柳眉之眉頭一挑，眼神直逼蕭天厲聲道，「你可不像是一個落魄書生，你到底是何人？」

「書生蕭天是也。」蕭天不急不躁地回道。

「蕭公子，我可以資助你銀兩，請你離開宅邸，可好？」

蕭天一愣，心想柳眉之請他來果然不單單是喝茶，他要攆他走，他該說的也都說完了，如果他不聽勸告，下一步就動手，這也是先禮後兵。想到這兒，蕭天做出惶恐狀問道：「公子何出此言？」

「明箏年幼無知，我作為哥哥又不能近身照顧，你對明箏是何居心，我不想深究，只想你離開府邸，你春闈所需銀兩，我會盡數奉上。」柳眉之左右看看，飛快地說完。

蕭天眉頭一皺，冷冷望著柳眉之，半晌沒有出聲。

「蕭公子，」柳眉之又出言解釋道，「雖說我如今身在樂坊，身分低微，但我卻是賣藝不賣身，銀兩來得乾淨，公子盡可放心。」

「柳公子，」蕭天緩和了一下語氣，淡淡地說道，「你誤會了，我感念明箏姑娘救命之恩，怎會對她心有所圖。如果明箏姑娘開口讓我離開，我會立刻照辦，此言休要再提。」

這時，明箏輕快地走過來，身後跟著的夥計端著一大盤她精心挑選的點心。「喂，」明箏看兩人臉色有異，便咋咋呼呼地問道，「你們倆鬼鬼祟祟地嘀咕什麼呢？」

柳眉之和蕭天立刻恢復常態，神態自若地端起茶盞。蕭天眼角的餘光看見遠處李漠帆突然伸手拍著腦門（這是興龍幫的一個暗語，意思是強敵臨門），蕭天端著茶盞的手一僵，急忙環視四周，眼睛盯住門口。從大門走進來兩個衣飾華貴的富家公子，兩人腰間都佩著劍。夥計一看來人氣宇不凡，哪敢怠慢，急忙跑上前招呼著往裡面引。

「大人，上頭跟催命似的，你還有這閒情雅興跑這裡躲清閒？」說話的正是錦衣衛千戶高健，他跟在寧騎城身後走進上仙閣。

「你懂什麼，這可是個好去處，我經常來。」寧騎城昂首挺胸往裡面走。李漠帆迎著寧騎城走過來，先施一禮道：「大人，你來了，裡面請。」

寧騎城目光越過他，直接掃向大堂，徑直往裡面走。他們從蕭天身邊走過，寧騎城一眼便看到了明箏。明箏見來人如此無禮，剛要發作，忽覺眼前之人很是眼熟，細看竟是那個錦衣衛頭目，不覺蹙起眉頭，暗叫倒楣，怎麼在哪兒都能遇到他，原本一片大好的心情，瞬間跌進冰窟。但想到此時自己的裝扮，便心存僥倖，只顧低下頭吃喝，任他看去。寧騎城雙眸一閃，唇邊漾起一絲淺笑，悠然而過。

蕭天也沒想到會在此處再次遇到寧騎城這個死對頭，但也不足為怪，上仙閣本就是一個三教九流彙集之地。好在他以前一直以假面示人，寧騎城在全城的大街小巷張貼海捕文書抓捕他，可並沒有見過他的真面目，只有蒲源見過，如今這個內奸已除，他此刻是安全的。想到此，他坦然自若地端起茶盞，啜飲一口香茶，看著街景。

柳眉之卻沒有蕭天平靜，他瞥了眼寧騎城身後的高健，突感一陣尷尬。高健似乎沒有認出他，徑直走到一旁的桌前坐下。高健是長春院的常客，他雖身居要職，但為人謙和、淡泊名利，把柳眉之當知己，一起唱曲撫琴，兩人相處甚是愜意。柳眉之不想讓高健看見他著女裝的樣子，怕他日後輕視自己。

柳眉之的窘態沒有逃過蕭天的眼，他好奇地問道：「你認識他們？」柳眉之急忙壓低聲音道：「此二人乃錦衣衛，你我說話需小心。」

高健剛落座，就聽見寧騎城陰陽怪氣地道：「你那位長春院的知己也在呢。」

高健一聽，支起脖子左右張望著：「哪兒呢？」寧騎城一聲輕笑，道：「今兒是什麼日子，怎麼淨遇故人？」

「還有誰？」

「可還記得回京路上那個與狼搏鬥的小丫頭？她也在。」寧騎城輕描淡寫地說道。

「哪兒呢？」高健有些興奮地站起身，在賓客中尋找。這一望，他沒有找到那個與狼搏鬥的小丫頭，卻在後面不起眼的角落，瞧見兩人，不由驚出一身冷汗。他沒敢在寧騎城面前說出那兩個人是誰。

在角落靠牆的一張方桌前，兵部右侍郎于謙一身員外郎的裝扮和一個商賈打扮的中年男人相談正歡。高健坐下想了半天，感覺那個人甚是眼熟。

寧騎城看高健皺眉若有所思的樣子，不由搖頭苦笑。高健跟隨自己已非一日，武功高強沒的說，只是一條，太過厚道，有些迂腐，老實得過了頭。以他這種資質能待在錦衣衛實屬不易，要不是祖上餘蔭，誰也不敢動他，他早就被踢出錦衣衛了。

高健的父親是軍中老人，原遼東總兵的副將，戰死沙場後，埋骨遼東，因此在朝中口碑甚好。高健一身傲骨，仗著父親的榮光在朝中獨來獨往，誰也不放在眼裡，唯獨對寧騎城很是服氣。寧騎城也很喜歡高健的脾氣，跟他待在一起，很是舒心，於是一來二去，兩人便形影不離了。

寧騎城看高健還沒找出來，有些不耐煩了：「還沒看出來？」

高健茫然地抬頭，突然想起來與于謙對坐之人的身分，是刑部侍郎趙源傑。在年關時，有一次他當值帶衛隊，與早朝時的趙源傑交臂而過，兩人有過簡短的寒暄。高健見寧騎城詢問，只裝作不知，心裡卻想著應該給于謙兄長提個醒，讓他們快些離開。此時朝中嚴令禁止朝臣私會，不然有結黨之嫌。

此時與高健有著相同心思的還有李漠帆。自寧騎城走進茶樓那一刻起，李漠帆的心始終提在嗓子眼兒，他已幾次向蕭天發暗號，讓他們離開茶樓，但是蕭天根本不為所動，神色安然地啜茶，看也不看他，急得他像熱鍋上的螞蟻一般。

與明箏相鄰的一張桌前，坐著四五個商賈模樣的中年人，聽口音以外地人居多，此時幾人正海闊天空地侃侃而談。

「聽說了嗎？近日宮裡要選秀了。」

「怪不得這些天婚嫁的多起來，光我這幾日都吃了兩次喜宴了……」「選秀不算啥，今年的會試才有看頭，聽說皇上要親臨貢院呢……」

「嗨，有比這還要有看頭的事，今日京城發生的事聽說了嗎？狐王令聽說了嗎？王振被刺殺了……」

「那個不可一世的大太監王振死了？」

「噓——」一個微胖的商人急忙打斷那人的話道，「不想活了，沒看見東廠番子們挨家挨戶搜嗎？說點別的。」

「諸位，說到奇事，你們聽說過天下奇書《天門山錄》嗎？」

「我倒是聽說過，」旁邊桌上一個鄉紳模樣的男人回過頭，參與到他們的談論中，「得此書者，不是升官就是發財。」

「何以見得？」眾人問道。

「此書就是一個藏寶圖，聽說錦衣衛裡有一愣頭小夥姓寧，憑此書，半年之內，搜盡天下寶物，一年之間就由一個百戶升至指揮使，由此聲震江湖……」

四周座上的人聞言紛紛回頭，眾人議論紛紛，大家論起「天下奇書」一個個頭頭是道。

明箏呵呵笑了兩聲，高聲接了一句：「這叫什麼『天下奇書』，我曾讀過一本書，那才叫天下奇書，比你們所說的什麼《天門山錄》、什麼藏寶圖要有趣多了。」

此言一出，立刻吸引眾人目光，大家盯著這個清俊的小少爺，催著他講下去。

桌前的柳眉之容顏失色，蕭天也沉不住氣了，頻頻向明箏使眼色。

明箏此時談興正濃，哪裡管得住自己的嘴，侃侃而談道：「我看的是本遊記，攬盡大明境內名山、名寺、幫派、部族，上至山川地貌、風土人情，下至幫派祕術、權杖標誌，無不面面俱到，淋漓盡致，不厭其詳，故事好看又有趣，真乃一本奇書也。」

明箏話未說完，柳眉之已是坐不住，他站起身以阿姐的口氣訓示道：「明箏，別沒有規矩，快坐下。」

「這位小公子，」那位鄉紳忙問道，「請教此書的書目，讓老夫也尋來一睹為快。」

蕭天一抬眼，發現一旁的寧騎城雙眉緊鎖、目露寒光盯著明箏。蕭天有心喝住明箏，但是明箏這番話就像是箭已離弦，斷無回弓之理。只怕是瞞不住了，此書從寧騎城手中遺失，他一聽就明白明箏所說的遊記其實就是《天門山錄》。一想到此，蕭天渾身上下寒意陣陣，而此時茶樓的其他角落，也瀰漫著濃濃的肅殺之氣。

真不該來這個地方。蕭天向柳眉之使眼色，柳眉之當即明白，此時兩人難得達成默契，一起起身，左右夾著明箏就往外走。

剛走了兩步，又出了亂子。

左邊相鄰的桌子，坐著四個蒙古商人打扮的男人，其間他們只顧大碗喝茶，不時哼幾聲草原小調。其中一個一臉虯髯、身材剽悍的年輕男子一直向這裡瞟個不停。當時，蕭天只顧與柳眉之談話，後來又操心明箏，把這邊幾個蒙古人忽略了，直到此時虯髯男子突然攔住他們的去路。

蕭天望著他亂糟糟的鬍鬚和滿頭的小辮子，突然覺得有些眼熟，卻一時記不起在哪裡見過。虯髯男子直接走到柳眉之面前，一臉驚豔的表情，搭訕道：「請問姑娘芳名？家住哪裡？」柳眉之一聽此話，先是鬆了口氣，然後一甩長袖，一臉不屑地拉著明箏徑直往前走。

虯髯男子又擋到身前，眼露淫光道：「姑娘，不忙著走。」

「讓開！」明箏大喝一聲，她可不把什麼蒙古人放在眼裡。

「哪來的野小子。」另一個藍袍蒙古人湊上前攔住明箏。

「請問姑娘芳名？」虯髯男子依然糾纏柳眉之。明箏見他如此無禮，哪還能平息心中怒火，繞開藍袍之人上前就與虯髯男子動起手來。明箏一拳直擊虯髯男子的面門，虯髯男子見一個小童竟跟他動手，也氣得七竅生煙，兩人一來二往拆了十幾招。藍袍蒙古人在那邊與柳眉之也比畫起來……

四周的茶客也不驚慌，該喝茶喝茶，皆是走南闖北之人，誰沒見過幾次血光，大家津津有味地在一旁觀看，還不時為一方叫好。

這邊的動靜終於驚動了李漠帆和林棲，林棲拉住正打瞌睡的盤陽，他們跑到近前卻不敢出手，蕭天向他們使眼色，不可參與。

此時，蕭天有意保護明箏，卻不便明著出手，他知道周圍多少雙眼睛盯著呢，尤其是那位一直坐著不動的寧指揮使。他只能眼巴巴地看著，明箏和蒙古人又過了十幾招，明眼人一看就知道，這位小公子漸漸不敵，蕭天藏在明箏身後出了幾次暗招和偏招後，發覺不行，他不能讓蒙古人傷了明箏，就一步插到兩人中間，想借此拉開。但虯髯男子偏要在此露一手不可，一掌擊到蕭天肩頭，蕭天不敢發力，只好硬生生接了一掌，好在虯髯男子並未使出全力，只使了三分力，蕭天借勢摔了出去，壓到藍袍人身上，解了柳眉之的圍。

明箏看見蕭天中掌，急忙拉住他護到自己身後，叫道：「蕭大哥，躲我後面。」

此話讓圍在旁邊的李漠帆和林棲聽見，兩人不由面面相覷。既然蕭天不允許他們暴露身分，兩人也只能眼巴巴地瞅著，不過這種熱鬧也不是什麼時候都能看到的。

盤陽湊到兩人中間，衝李漠帆做了個鬼臉，道：「看來，你們幫主有靠山了。」

林棲怒不可遏地一拉劍柄，瞪著盤陽。盤陽急忙捂住嘴巴，嬉笑道：「算我沒說。」

正在此膠著之時，一個嘶啞的嗓音從天而降：「這是鬧的哪出呀？」東廠檔頭孫啟遠出現在大堂上。

「和古瑞，你不是去虎口坡送馬了嗎？何時回來的？」孫啟遠認出虬髯男子，「你不待在馬市好好賣馬，跑這裡欺負一個小公子？」蕭天聽孫啟遠這麼一說，這才想起來，此人正是在虎口坡襲擊他的幾個蒙古人之一。這人應該與寧騎城相熟，但剛才他們表面卻形同陌路，蕭天緊皺起眉頭。

和古瑞向孫啟遠一抱拳，道：「孫檔頭，誤會，我與這位公子在切磋武藝，貴國不是向來崇武嗎？哈哈……」和古瑞說著向身後幾個人一揮手，匆匆溜出去。

這時，挨著窗坐的幾個茶客，突然指著窗外：「哎，看呀，哪來那麼大的黑煙呀。」「著火了，那邊……哎呀！是長春院。」

柳眉之急忙看過去，臉色瞬間變得煞白：「不好，快走！」蕭天和明箏驚慌地對視一眼，跟著柳眉之跑了出去。

三

走在街上，就聞到一股刺鼻的焦糊味。

柳眉之心裡越發忐忑，也顧不上儀態了，拽著裙裾，大步向前跑，蕭天和明箏緊隨其後。一些街坊也聞聲跑出來，一時間長春院外面圍了很多人。

但奇怪的是，蕭天和明箏跑到跟前一看，長春院紅木雕花大門完好無損，他們正發愣，柳眉之一聲驚叫，手指著左邊，臉上的肌肉一陣顫抖，蕭天和明箏順著柳眉之手指方向看，這才發現，是二樓樓尾著火了，一股股濃煙直接被西北風吹到街面上，遠遠看見樓上有人影在晃動。

「那……那……正是我的房間……」柳眉之氣急語塞。蕭天突然有一種不祥的預感，這場火燒得蹊蹺。柳眉之二話不說轉身向一旁側門跑去，明箏和蕭天急忙跟上，三人從不起眼的側門跑上二樓。樓上一片混亂，樓裡的僕役來回奔跑著端水盆滅火，樓道裡的濃煙跑不出去，熏得人睜不開眼睛。柳眉之顧不上這些，心急如焚地向冒著黑煙的地方衝去，被蕭天從後面一把抱住。

「柳公子，你冷靜點，火未撲滅，不能進去。」

「放手，讓我過去！」

「過去是送死。」

「書……我的書……」柳眉之憋了半天，終於說出心中癥結，與此同時柳眉之回過頭，眼露寒光盯著蕭天，惡狠狠地拋出一句，「如今真如你所願了，《天門山錄》就這麼毀在我手裡了。」柳眉之忍不住心痛不已。

「你說什麼？」明箏吃了一驚，「宵石哥哥，你說那本書是——」

「不錯，就是《天門山錄》。」柳眉之蹙眉嘆息，「我要是知道它在京城一露面就遭此變故，還不如讓妳拿著待在山西不回來的好。」

明箏眼露怒火向前一步，眼睛直盯著柳眉之，一種被欺騙的複雜情緒襲上心頭：「宵石哥哥，你為何要瞞著我？原來此書就是《天門山錄》。」

柳眉之處在一片混亂中，情緒也有些失控，他叫道：「明箏，不告訴妳是為妳好，妳可知這世道的凶險，人心之叵測。」柳眉之說完怒視著蕭天，一把推開他，向濃煙中跑過去。

蕭天知道他與柳眉之之間的梁子算是結下了，柳眉之肯定會第一個懷疑到他，剛剛在上仙閣他還向他建議燒毀此書，結果話音未落，這邊就燒了起來。

蕭天看明箏噘著嘴還在氣頭上，便走過去說道：「妳宵石哥哥說得不錯，不告訴妳真是為妳好。」

「什麼為我好，剛剛我……」想到在上仙閣自己不知輕重地亂說一氣，明箏後悔得直拽頭髮。這時，她看見柳眉之衝進火場，顧不上其他，跟著往裡跑。蕭天看明箏跑進去，也急忙跟上去。

二樓尾部的幾間房明火已基本撲滅，只是還冒著濃煙，一些僕役收拾起盆罐嘆息著往外走。幾間房損毀嚴重，一片焦黑滿地狼藉。柳眉之躲著往下掉落的灰燼往裡面走，越往裡過火的痕跡越嚴重，他直接走到密室的外面，密室門已坍塌，一應傢俱器皿全都變成焦炭。柳眉之蹙眉，閉上眼睛，神情沮喪至極。

房間有些地方還冒著火星，在一片濃煙之中，一個瘦小的身影拽著一條已被熏成黑色的濕漉漉的褥子，仍然拚命地四處撲打。明箏眼尖，一下認出是柳眉之的書童雲輕。

「雲輕，雲輕……」明箏在外面大聲喊他，但那個身影沒有反應，依然忘我地撲打僅剩的幾星火苗。

「他聽不見。」蕭天說道，他幾步跑到那孩子身後，雙手提著他的衣領把他拽到外面。

蕭天和明箏看著雲輕的模樣，心下十分不忍，既心疼又感動。只見雲輕的臉上，除了眼白全是黑灰，身上的白袍也被煙火烤灼成一縷縷黑色碎片。雲輕一看見柳眉之，撲通一聲跪下去，渾身一陣顫抖。

柳眉之鐵青著臉，他絲毫不為雲輕奮力撲火所動，而幾乎把所有怒氣都發洩到了他身上：「是誰？是誰？如何起的火？」柳眉之氣得已忘記了他是個啞巴。

雲輕瑟縮著跪在地上，使勁地搖頭，眼淚順著臉頰流出兩道白。

「宵石哥哥，他是個啞巴，你別難為他了，還是問其他人吧。」明箏說著，急忙扶起雲輕，把他拉到一邊，用袖子幫他擦去臉上的淚水，然後拉著他走出去。

「柳公子，你還是暫息雷霆之怒，事已至此，明擺著這火就是衝著那本書而來，還是早做打算為好。」蕭天走到柳眉之面前說道。

柳眉之後退了一步，冷眼看著蕭天，「此話怎講？」

「柳公子，」蕭天逼近一步，問道，「可否告訴我此書從何處所得？」柳眉之灰心喪氣地嘆了口氣道：「既已如此，也不再相瞞，我是從別人手裡高價買來的。」他看著蕭天只肯說出這麼多。

蕭天略一沉思，道：「此人定是從寧騎城手裡盜來的，剛才在上仙閣，明箏姑娘口無遮攔說出此書的一些細節，如今你和明箏姑娘都已暴露在寧騎城眼皮底下，你有多大把握蒙混過去？」

柳眉之啞口無言，一陣愣怔。

「如果錦衣衛和東廠盯住了你，你還能活命嗎？」蕭天進一步追問道。

「依蕭公子之意……？」

「迅速離開京城。」

「不，不……」柳眉之頭搖得像個撥浪鼓，此時他已從混亂中徹底恢復過來，「不行，我哪兒也不去，再說我們除了這裡也沒有地方可去。剛才明箏雖然說漏了嘴，但幸好她身著男裝，寧騎城再機警，也不會想到她是個女子，再說此書一毀，死無對證。」

蕭天皺起眉頭，他差點說出其實明箏與寧騎城有一面之緣，但是如果他說出虎口坡遇狼群之事，那他的身分也就暴露了，此時他不能冒這個險，只能盡力說服柳眉之，要他知道他們已身處險境。

這時，明箏拉著換了衣服的雲輕走過來，對兩人說道：「我從雲輕的手勢裡，大概知道了剛才發生的事。」明箏學雲輕的手勢，雙手合十放在臉側，道，「先是有人下了迷藥，雲輕睡著，醒來時他已躺在走廊裡，被前來撲火的僕役叫醒。」明箏此話正好印證了蕭天的推測，看來這把火確實是衝著那本天下奇書而來，但是，是誰下的手？他又是如何得知的消息呢？柳眉之和蕭天幾乎同時想到這幾個問題，兩人不約而同對視一眼。

蕭天突然想到另一個書童，問道：「雲呢？」

「他請假看望親戚去了。」柳眉之說道。

這時，走廊裡傳來喧嘩聲，很遠就聽見長春院坊主的公鴨嗓：「呦，孫檔頭，你這是作何？」原來孫啟遠緊跟著他們也來到了長春院。這位坊主原是宮裡一名太監，後犯了事被逐出宮，用以前在宮裡的積蓄開了個生藥鋪，結果賠多賺少，後來與一位青樓老鴇廝混上結為夫妻，在她的攛掇下開了長春院，不想竟然紅透了半個北京城，不僅掙了銀子，還結識了不少權貴，仗著這些人的護佑，一般人他都不放在眼裡，像孫啟遠這種街面上行走的東廠檔頭，他更不放在眼裡。

「薛坊主，何人縱火？」孫啟遠氣勢洶洶地問道，藉以掩蓋他此時興奮的心情。他早就對這個又奸又滑的老太監心存不滿，大把銀子賺著，卻從來沒有孝敬過他，好歹他也是東廠的人，今兒既然逮著這個機會，定讓老太監放點血。他手下眾番役也掩飾不住興奮，躍躍欲試地在樓中四處跑動。

「無人縱火。」薛坊主道，「僕役失手翻了火盆。」

「小小火盆能引燃幾間房子？」孫啟遠道，「這顯然是一件縱火大案，小的們，把嫌犯帶回府衙。」

一眾番子把明箏、蕭天、柳眉之和雲輕團團圍了起來。

薛坊主一看孫啟遠這小子這次是來真的了，也傻了眼，忙扯著公鴨嗓子套近乎，不再稱呼檔頭而是改稱了大人，「孫大人，大人呀，誤會，誤會呀……快，你們愣著幹麼，快給孫大人搬一張椅子歇歇腳。」薛坊主對手下跟班使了個眼色，那人立刻向後院跑去，另兩個跟班忙著搬來椅子讓孫啟遠坐下。

「孫大人，」薛坊主看見孫啟遠坐下，忙指著被綁的人說道，「大人，這兩人真是我樂坊的人，那兩人——」薛坊主瞅瞅蕭天和明箏，也看不出什麼來頭，只好都應承下來，「是……是客人。」

「我不是客人，」明箏用力掙脫兩邊番子的束縛，直來直去地懟了過去，「我是來見哥哥的，這位是我蕭大哥，他是陪我來的。」

薛坊主聽明箏嗓音，已辨認出她是女子，心裡一陣打鼓。孫啟遠也看出來了：「你好好一個女子，非要打扮成男子？你說誰是你哥哥？」

「他。」明箏一指柳眉之。

「他？」孫啟遠圍著柳眉之轉了一圈，故意誇張地拉拉他身上的青色襦裙。柳眉之淡然道：「我外出穿女裝，這裡人都知道。」

「哼！」孫啟遠指指明箏，又指指柳眉之，怒道：「你們這對狗男女。」「你把嘴巴放乾淨點。」明箏聽見此番齷齪的言辭，氣不打一處來。

「呸！還敢在這裡跟我嚷嚷，我帶你們回衙門，判你們個有傷風化罪，看你還敢嘴硬。」

明箏正要接著理論，被一旁的蕭天用眼神硬給頂了回去。

孫啟遠身邊一個番子，突然拉住孫啟遠一陣耳語。孫啟遠不耐煩地推開他，道：「大聲點，不知道我耳背嗎？」那個番子將孫啟遠拉到一邊，道：「爺，你看這個小丫頭貌美如花，可是個美人坯子，現在內廷選秀，如果把她獻給高公公，豈不賺個大大的人情。」

孫啟遠一聽，確實有這一茬事，他回頭凝視明箏，不由心花怒放。

這時，薛坊主的老鴇媳婦氣喘吁吁地跑上樓，整個樓板都跟著晃動。她一身豔麗的紅裙外套水藍的比甲，頭上插滿金釵玉簪，本來就已發福的身軀，卻要把衣裙往瘦裡裁，滿身肥肉被拘進衣襟裡，人未動肉先動，一步三顫地跑到近前嚷嚷著：「孫大爺，失敬失敬。」她笑咪咪地說著，伸出肥大的手一把抓住孫啟遠的小細胳膊，從懷裡掏出一個沉甸甸的荷包。

孫啟遠一見，喜上眉梢，掂分量少說也有五十兩銀子，心想這樣也好，大家都省事。孫啟遠把荷包藏進袖裡，道：「既然薛坊主說此火是僕役打翻火盆引起的，本衙門也就不再追究了，但是，這幾個人得說清楚。」

「好說，好說，」老鴇嬌滴滴地指著柳眉之，「這位是咱們樂坊的頭牌柳眉之，這小童是他的書童雲輕，這位……」老鴇盯著明箏，不知是從哪裡冒出來這麼俊俏的小公子。

「我來說吧。」柳眉之對孫啟遠訕訕賠笑道，「這是我表妹和她的朋友，今兒個專門來看我，我就領他們到上仙閣一聚，看到這邊起火，我們就一起跑回來了。」

「如此說來，是很清楚了。」孫啟遠眼神一閃，盯著明箏道，「敢問這位姑娘住在哪條街巷，我好差人核查。」

「還要核查？」柳眉之皺起眉頭。

明箏和蕭天相視一愣，他們誰也沒記住宅子的門牌號。

「蓮塘巷，十號。」柳眉之說了一句。

「好，這不結了。」孫啟遠滿意地點點頭，與身旁番子交換了個眼色，那個番子皮笑肉不笑地轉回身，「小的們，撤！」

一聲令下，十幾個番子跟著孫啟遠退出去。

老鴇看孫啟遠一行人走遠，跳著腳罵起來：「狗奴才，仗勢欺人，欺負到老娘頭上了……」罵了片刻，老鴇轉回身，一臉可憐狀地走到柳眉之面前，數落道，「柳公子呀，你也看到了，你們闖下的禍，可使的是我的銀子，足足五十兩呀……」

「嬤嬤放心，盡可記在我帳上。」柳眉之冷冷說道。

老鴇一聽此言，立刻展眉歡笑道：「還是柳公子識大體，我這就吩咐人給你另收拾上房，還要差人來維修這幾間燒毀的房子，不瞞你說，如今這市面上什麼東西都可勁漲，這維修的銀子恐怕也要讓公子分攤一些。」

「盡可記在我的帳上。」柳眉之打斷她的話，「嬤嬤還有別的事嗎？」

「沒了。」老鴇滿心歡喜地挽著薛坊主向外走去。柳眉之望著兩人的背影，悵然地垂下頭。

「宵石哥哥，你別難過了。」明箏此時真切地看到了柳眉之的處境，心裡既心疼又氣憤，她上前拉住柳眉之的手，故作歡快地說道，「宵石哥哥，我這就回去，保證幾天內把燒毀的《天門山錄》默寫出來，送給你，可好？」

明箏此言一出，著實把蕭天和柳眉之嚇住了，兩人左右查看，所幸身邊只有啞巴雲輕，其他人都已離去。

「明箏妹妹，」柳眉之又驚又喜地問道，「妳果真記下了全書？」

「宵石哥哥，這對我來說有何難處？」明箏一笑道。蕭天聽到一聲輕微的響聲，他警惕地四處張望，忽見堆滿雜物的角落一個從火場搶出來的椅子在晃動，他一步踏到近前，雜物堆裡什麼也沒有，有風從走廊的木格高窗刮過來。蕭天退回到明箏跟前，他看著這兄妹倆，說道：「此書既已毀，或許是天意，」蕭天看著明箏，「還是不要讓它再現了。」

「這是我們兄妹的事，妳一個外人最好不要插言。」柳眉之此時已把蕭天當成眼中釘，他不快地說道，「我給你提的建議，你考慮一下。」

蕭天沒有答話，而是轉身看著明箏道：「明箏，咱們該回去了，老夫人再三叮囑要我們早點回去。」

明箏也看出柳眉之和蕭天之間齟齬漸深，也想讓兩人分開，便點頭道：「若不是你提醒，我都忘了，咱們已經出來一天了，是該回去了。」

這次柳眉之並沒有阻止，但也沒有告辭，而是氣哼哼轉身去了別處。望著他的背影，明箏嘆口氣，如今的李宵石已非昔日陪她讀書時的李宵石了。

明箏和蕭天走出長春院，天已擦黑。

「蕭天，我宵石哥哥從小脾氣就古怪，你可不要介意啊。」明箏向蕭天解釋道。「不會的。」蕭天笑道，「妳宵石哥哥是個很有才華的人，只可惜生不逢時。」

「是呀，他吃了很多苦……」說著，明箏心酸地低下頭，下面的話咽到了肚裡。

蕭天的思緒早飛到了其他地方，想到那本《天門山錄》已燒毀，他本該輕鬆起來，殊不知身邊這位明箏姑娘竟然天賦異稟，過目不忘，能夠完全複述此書。這讓他如何放心脫身而去？

匆匆思略片刻，他決定暫時還不能離開李宅。

兩人路過上仙閣，蕭天叫住明箏道：「咱們出來一天，給老夫人捎點點心回去吧。」明箏覺得主意不錯，立刻答應，蕭天就跑進上仙閣。

上仙閣裡依然賓客滿堂，蕭天徑直走到櫃檯前。「小二，包兩斤桃酥。」蕭天朗聲說道。林棲看見蕭天獨自一人走進來，立刻迎了上去，低聲問道：「主人，你何時回來？」

「我還暫時不能離開那家人，」蕭天低聲說道，「與翠微姑姑約好的時間我恐怕去不了，你和盤陽代替我去望月樓，見翠微姑姑，就說我已到京城，要她們按計劃行事。」

林棲點了點頭，把兩包點心打包好交給蕭天。

蕭天接過點心，迅速走出上仙閣。他提著點心走到明箏身邊，兩人沿著華燈初上的街市向李宅走去。

四

林棲目送蕭天走遠，便轉身去找盤陽。

盤陽正與帳房先生的女兒聊天，十分不情願地被林棲拽到一邊，但聽說要去望月樓，他眼珠子都差點瞪出眼眶，立刻跟著林棲跑了出去。

望月樓在西柳巷，和這裡只隔著一條街。

西柳巷是整個京師最繁華浮豔的地方，樂坊、青樓、酒肆、茶樓應有盡有。樓內歌舞昇平，燈火閃爍；樓外人潮如織，摩肩接踵。

一向性如沉冰的林棲，也被眼前的花紅柳綠晃花了眼。轉眼間身邊的盤陽不見了。雖然平日就知盤陽好玩，但今日身負使命不敢出差池，林棲折回身去找盤陽。在一個堂口，看見一個紅衣女子和一個紫衣女子正拉著盤陽爭執不下。林棲一個箭步竄到跟前，掰開兩名女子的手，拽著盤陽就走。

「喂，小女子，我去去就回啊。」盤陽被拽著一隻手，仍伸長脖子回頭向兩名女子告別。

「幹正事。」林棲怒氣衝衝地叫道。

「我正在幹正事呀。」盤陽一臉無辜狀地叫道，「望月樓我已經打聽好了，你跟我走吧。」

越往裡走，街面越寬，兩邊的建築也越有氣勢。不時有四輪馬車駛過，更有錦衣繡袍的貴族公子華鞍駿馬打街上疾馳而過。

不遠，就看見望月樓的招牌，黑楠木匾額上，三個描金大字「望月樓」。樓有兩層，雕梁畫棟，甚是華麗。林棲也粗略地識幾個字，看了看牌匾，悶著頭就往裡走，被盤陽一把攔住。

「你不能換個臉色嗎?你這哪是逛窯子，你這是尋仇來了。」盤陽道，「笑一下，能死呀。」

「笑不出來。」林棲瞪著眼懟了回去。

「算了，你跟在我後面。」盤陽推開他，先走進大門。

門內立刻有兩位粉衣長裙的姑娘向他們行禮，盤陽笑咪咪地對其中一個圓臉姑娘說道：「有勞姑娘，請向翠微姑姑通稟一聲，她倆大姪子從檀谷峪瞧她來了。」盤陽有意加重「檀谷峪」三字的語氣，省了中間環節，只有狐族人才知道「檀谷峪」的分量。

圓臉姑娘臉色一凜，忙向兩人屈膝一福，便轉身離去。另一位姑娘請兩人到客座小坐，不一會兒有侍者端來茶水。盤陽端著茶盞四處張望，不住點頭，沒想到青樓也可以如此清雅高貴，這裡被翠微姑姑打理得真是井井有條。

一盞茶的工夫，那個圓臉姑娘從裡面急急走來，看見他倆屈膝一福道：「請兩位公子過正堂說話。」

林棲和盤陽跟著圓臉姑娘走進樓裡，穿堂而過，沒想到後面竟是個院子。借著清亮的月光可以看出院子不大，但亭臺樓閣、水榭長廊布局精巧別致，煞費心思。他們跟著圓臉姑娘沿著描金畫棟的抄手遊廊一路走來，一邊賞玩月下景致，一邊聽著陣陣絲竹之聲。

林棲依然繃著臉，盤陽卻早已樂在其中了。

「翠微姑姑是誰？你可曾見過？」林棲終於憋不住問道。

「見過兩次。」盤陽壓低聲音道，「她是老狐王的親妹妹。」林棲見盤陽如此說，便不好再問。盤陽在狐地是有官職的，在王府護衛軍裡任副將，狐地沒有變成廢墟之前，盤陽可是神氣的大將軍，不像他被貶成為狐山君王的家奴，但是他卻一點也不後悔，成為狐山君王的家奴他不覺得丟人。

遊廊的盡頭是三間正房，遠離前面的街市和望月樓的喧囂，幽靜又私密，像是自己人的居住地。圓臉姑娘走到中間正堂門口，遠遠向裡面回稟：「姑姑，客人來了。」

一個年輕的女子挑著一盞燈走出來，一揮手打發了圓臉姑娘，圓臉姑娘向年輕女子屈膝一禮，退了出去，轉身沿遊廊走了。

「兩位族人，請進吧。」年輕姑娘向林棲和盤陽說道。

一個威嚴的聲音從屋裡傳過來：「夏木，你守在門口，沒我的允許，任何人不准進來。」

盤陽看了眼那姑娘，走進正堂，林棲緊跟其後。

一個三十多歲的婦人昂首挺胸派頭十足地站在他們面前，粉面高髻，衣飾華麗。雖然徐娘半老，但依然風韻猶存。盤陽上前一步，躬身行禮道：「參見姑姑。」

婦人盯著他倆，臉上毫無表情：「今日是初十，是我和狐山君王約見的日子，你們又是誰？狐山君王怎麼不來？」

在這種場合顯然盤陽要比林棲應對自如，盤陽道：「回稟姑姑，我是老狐王身邊護衛隊副將盤陽，他是狐山君王的隨從林棲，今日參見姑姑。」說著盤陽又躬身一禮，「狐山君王一時脫不開身，讓我們代替他先來見你，他隨後來拜訪。」盤陽見翠微姑姑沒有反對的意思，就接著往下說道，「上次在虎口坡的行動失敗了，此次狐山君王潛入京城，正是要部署接下來的行動。」

「廢物！」翠微姑姑一掌擊到方桌上，頭上的金釵細軟跟著亂顫，「我付出那麼大代價得到的情報，讓你們阻擊王振車隊，這麼個事怎麼又搞砸了，又讓王振那老東西跑了！他狐山君王是不是不敢來見我了，派你們來應付我？什麼狗屁狐山君王，我可不認，老狐王越老越糊塗，把我狐族一脈託付給一個外人……」

一直在旁沉默不語的林棲，突然插口道：「那情報有誤，根本不是王振那老賊的車隊，而是錦衣衛的緹騎隊。這次行動咱們損失十幾個兄弟，我們倆和狐山君王都是死裡逃生。」

翠微姑姑聽林棲這麼一說，先是吃了一驚，然後她盯著這個黑不溜秋的瘦高個看了半天，突然說道：「你是林家銀飾鋪的小么兒黑子？」林棲詫異地看著翠微姑姑，被人叫出兒時小名，而且還是在這種境況下，不由不叫人納悶。

「當年，你才四五歲，如今你長得與你大哥簡直一模一樣。」翠微姑姑依稀記得當年在狐地與銀飾鋪長子的一段短暫的情緣，「也不知你的家人現如今還好嗎？」

「他們全都死於那場浩劫。」林棲乾巴巴地說道。

翠微姑姑深吸了口氣，長嘆一聲：「唉，當年我離開狐地，是奉王兄之命，來到京城，一是做耳目，二是籌措銀兩。沒想到與王兄一別，就是生死兩茫茫。」翠微姑姑徒自悲哀起來。

「姑姑，老狐王已仙逝，咱還是要從長計議呀。」盤陽安慰道，「老狐王臨終選擇了狐山君王作為新狐王，咱們也別無選擇，要相信他。」

「相信他？」翠微姑姑抹掉眼角的淚珠，「你們倆給我聽著，我以老狐王妹妹的身分命令你們，狐山君王若是救出青冥郡主也就算了，如若救不出，你們兩個必須除掉他，此人留不得。」

「這是為何？」林棲大驚。

「姑姑所言的意思是——」盤陽問道，「狐族豈容他人染指？」

「正是。青冥與狐山君王的婚事我本就不同意，是青冥那丫頭死活痴迷於他，」翠微姑姑一提起青冥，鼻頭就酸，眼淚止不住往下流，想想如今她身陷囹圄，就追悔道，「當年她與蒲長老的兒子蒲源青梅竹馬，早已訂婚，卻為了那個蕭公子逼著她父王退了婚，為此修行了兩年，如若不然早就為人母，哪還會被掠進宮。」

「別提蒲源，這個叛賊。」林棲怒道，「此次兵敗就是蒲源告的密，讓我們陷入包圍圈，腹背受敵，敗得這麼慘，他死有餘辜。」

「蒲源死了？」翠微姑姑一愣。

「姑姑，蒲源確實投敵了。」盤陽說道，「狐山君王發狐王令，蒲源已死在街頭。」翠微姑姑恍然大悟道：「原來前陣子街上瘋傳的狐王令確有其事，我還以為是街巷奇談怪論呢。」翠微姑姑穩了穩神道，「如今滿大街的海捕文書，都寫的是狐族逆匪，我出門看在眼裡，心裡這個痛呀，咱狐族的千古奇冤何時才能昭雪呀，這樣的千斤重擔，他狐山君王能擔得起嗎？」

「按說青冥郡主和狐山君王只是拜祖訂了婚，卻不曾成婚。」盤陽尋思道，「可是咱們老狐王確實把他當女婿看了，還如此信任他，把狐王令交給他，按咱狐族族規，只有狐王才能拿狐王令。」

「盤陽，你什麼意思？」林棲怒喝一聲，上前一把抓住盤陽衣襟，喝道，「你個忘恩負義的傢伙，你忘了檀谷峪那次大戰，如果不是狐山君王力克群敵，救出老狐王，老狐王定被東廠的人碎屍萬段，他甚至沒來得及救出他父親，致使他父親被亂箭射死，難道這還不足以證明他對狐族的忠心嗎？」

「喂，你放開我，你要勒死我了。」盤陽求饒道，「我只是隨口一說，對狐山君王我當真也是佩服得很。」

「哼，能不能服眾，這要看他的本事。」翠微姑姑冷冷地說道，「別忘了，咱們都是狐人，而狐山君王他可是漢人，靠不靠得住，只有走著瞧。」

「姑姑說得不錯，但唯今之計就是要先救出青冥郡主，咱們就暫且按照狐山君王的指令行事。」盤陽兩邊討好地說道。

「哼！如果救不出青冥，就別怪我翠微不仗義，你們怕他，我可不怕他，到時他必死無疑。」翠微姑姑眉頭緊鎖發狠地說道。

「姑姑，妳這裡都準備好了？」盤陽急忙轉移了話題，免得兩人再為狐山君王打起來。

「四名狐女早已聚齊，就等著狐山君王的指令了。」翠微姑姑明白他倆今天來見她的主要目的就是見四名狐女，便轉身向外走去，「隨我來。」

門外的女子挑著燈候在一旁，看見三人出來，急忙迎上來。翠微姑姑對兩人道：「這是夏木姑娘，是咱們族人，以後我不在，你們可以找她。」

夏木身材高挑，眉眼清秀，看著兩人莞爾一笑，然後走到前面挑著燈引路。

一行人沿著遊廊原路返回，走過穿堂，進入望月樓。耳邊頓時飄進絲竹之聲，走廊裡不時有三三兩兩結伴的客人，一些豔妝女子上前招呼，耳邊是迎來送往嬌豔的寒暄之詞……盤陽左顧右看，不覺又落下了。

林棲一回頭，見盤陽正拉著一個綠衣女子在說話，林棲一個箭步竄上前，拽住盤陽的衣領提起來就走。

「你鬆手呀，你嚇著人家姑娘了。」盤陽掰開林棲的手，不情願地跟了過來。

「到了。」翠微姑姑走到一排雙開的雕花細格木大窗前，她推開一扇窗，從裡面傳來陣陣悠揚的琴聲。盤陽早按捺不住好奇趴到窗上往裡面看。只見屋子裡裙裾飄飛，四名身形曼妙的女子，著各色長裙跟著琴聲起舞，一個個容顏靚麗，長髮飄飛，若仙若靈。

盤陽張著嘴巴沒來得及合住，就被林棲拉到一邊，盤陽從林棲身側探頭來繼續看。

翠微姑姑在一旁道：「你們看那邊，穿紫衣的是菱歌姑娘，有一副天生的好嗓子；穿白衣的是拂衣姑娘，是個司茶好手；穿粉衣的是秋月姑娘，身軟如柳，最拿手的舞是《鳳求凰》，舞技堪稱一絕；穿綠衣的是綠竹姑娘，識文斷字，是四人中唯一識漢字的女子。」

聽著翠微姑姑的介紹，林棲和盤陽早已兩眼迷花，根本分辨不出誰是誰，只跟著頻頻點頭。

「啪」，翠微姑姑合上窗子，盤陽意猶未盡道：「別呀姑姑，我還沒看清呢。」

「你看清有屁用。」翠微姑姑笑罵道，「明日，我就動身把她們送到瑞鶴山莊，別忘了提醒你們狐山君王瑞鶴山莊的約定，我在瑞鶴山莊等著他。」

「姑姑，我們回去定向狐山君王回稟。」林棲躬身一禮道，「告辭了。」說著轉身就走。

「唉，別呀。」盤陽十分不情願地想叫住林棲，但林棲大步向走廊走去，盤陽走了幾步，回頭訕訕笑著對夏木道，「回頭見。」

出了望月樓，盤陽越想越氣，他一把推開林棲道：「喂，姓林的，咱倆到底誰聽誰的，你一個奴才整天像個大爺似的命令我，我憑什麼聽你的？」

林棲黑著臉看著盤陽，耷拉著眼皮聽他說完，不屑地說道：「你可以不聽我的，只要你能打敗我。」

盤陽愣怔了片刻，看著前面已走遠的林棲，做齜牙咧嘴狀怒視著他的背影，片刻後又灰心喪氣地跟上去。

此時街上行人漸少，兩邊店鋪不少已打烊。西邊突然走過來一隊巡街的東廠番子。兩人在上仙閣待的時日不長，但已深知這些「嘍囉」的厲害，兩人都有些驚慌，如遇上被索要身分文書就麻煩了。

「怎麼辦？你說話呀！」盤陽側目看著悶頭走路的林棲。「跑進小巷。」林棲說完，撒腿就往一旁巷子裡跑去。

「喂，別丟下我呀。」盤陽哪跟得上林棲，急得大叫。

對面巡街的番子立刻注意到這邊的動靜，幾個人向這邊跑來，一個人大叫：「檔頭，有可疑人見咱們就跑。」

「哈哈，定是朝廷要緝拿的逃犯，小的們，都給我精神著點。」說此話的正是孫啟遠，他從腰中抽出腰刀，領著眾人向可疑人逃走的小巷追去。

十幾人撒歡地向小巷跑著，突然，從巷子裡駛出一輛馬車，馬車蓋著厚重的黑色布幔，前後都遮蔽得嚴嚴實實。由於車速太快，又事發突然，馬車剎不住，撞倒了幾個番子。幾個番子躺倒在地上哭爹喊娘般號著，後面趕到的番子直接把馬車圍了起來。

「媽的，好大的膽子，敢撞老子。」孫啟遠罵罵咧咧地走上前去抓駕車人。隱藏在一旁斷牆裡的林棲和盤陽正瞪著眼瞅著他們，手裡緊攥著短刀。

這時，從馬車後飛奔來一匹高頭大馬，馬上之人大喊：「孫檔頭，手下留情。」說著，馬上之人翻身下馬，走到孫檔頭面前一揖到地。孫啟遠這才認出，是寧騎城的管家李達。

李達回頭訓斥駕車人：「怎麼駕的車，竟然驚擾了孫檔頭。」他又轉身，向孫檔頭道，「檔頭，讓你受驚了，如若無事，我還要趕路。」

孫啟遠一聽此話，鼻子都要氣歪了，什麼叫「如若無事」，沒看見他幾個弟兄還躺在地上嗎？李達看孫啟遠沒有放行的意思，臉上立刻現出不耐煩：「檔頭，你我都是當差的，我還急著向我家主人交差呢！」

「李管家，既然你也知道你我都是當差的，就不要怪罪下官辦公務，剛才我們是追擊逃犯，任何可疑的線索都不能放過，有勞李管家拉開簾子，讓我們檢查一下馬車車廂。」

「你……你可知這是寧府的馬車，你……」李達擋到馬車前，鄙視地盯著孫啟遠壓低聲音道，「你這可是在與寧大人作對。」

「那我怎麼敢呀，我只是檢查一下馬車而已。」孫啟遠一副潑皮樣。

突然，黑色轎簾掀開，一個高大的身影悠然躍身到孫啟遠面前：「孫檔頭，你對我的馬車這麼感興趣？」低沉陰森的嗓音在他頭頂炸響。

孫啟遠抬頭一看，他萬萬沒有想到寧騎城竟會從這輛府裡的破馬車上跳出來，寧騎城不是一向騎馬似閃電，來去匆匆嗎？今天真是撞見鬼了，他雙膝一軟，跪了下去：「寧……寧大人，你……小的，小的有眼不識泰山，請大人海涵。」寧騎城冷冷地一指馬車：「去，查吧。」

「誤會，誤會……」孫啟遠急忙擦著臉上的冷汗，跪著不敢動，其餘的番子也早已跪了一片。

「不查，我可走了。」寧騎城向李達一招手，李達扶他重新上了馬車，駕車人猛甩了下長鞭，馬車疾駛而去，李達也翻身上馬打馬而去。

馬車駛進元寶巷，在寧府門前停下來，不一會兒側門打開，馬車駛進府裡。

寧騎城從馬車上跳下來，李達急忙探身進去，片刻後從裡面拖出一個布袋，布袋不停地扭動著，李達上去踹了一腳，布袋靜下來。

「抬進書房。」寧騎城說著，徑直走到廊下向書房走去。剛才路上遇到孫啟遠，如果他不露面，今晚的事就要敗露，想到此氣不打一處來。

這時，李達押著一個渾身顫抖、身形瘦小的人走進來。

「叫什麼名字？」寧騎城威嚴地問道。

「小的叫雲。」雲掙脫李達的手，「撲通」一聲跪倒在地上，幾乎是帶著哭腔哀求道，「大爺，我什麼都沒做呀。」

「知道你什麼都沒做。」寧騎城上下打量著這個少年，用低沉的嗓音徐徐說道，「以後就有事做了。」

雲聽著頭頂上猶如鬼魅的聲音，嚇得渾身一陣戰慄，他此時一陣追悔莫及。自己去城外探望姑母，貪吃了幾盅酒，回來晚了些，又聽聞長春院午後失火，他為了免去麻煩在賭場踟躕兩個時辰，輸光了銅錢，不想剛出賭場大門，就被人擊昏，拉到了這裡。

雲抬頭偷窺室內，一看屋內陳設就是官宦顯貴之家，他心裡更是如墜迷霧之中。

第四章　天下奇書

一

已到掌燈時分，明箏房裡依然不見一點光亮。李氏提著一盞燈從遊廊走過來，正遇見捧著炭盆站在門外的蕭天。蕭天見李氏過來，忙放下炭盆迎上來，由於午後落了場細雨，地上有些濕滑。

「老夫人，小心腳下。」蕭天上前扶住李氏。

「明箏這是怎麼了，」李氏望著緊閉的房門，「也不點燈，也不開門。早上出門時不是挺高興嗎？是不是跟宵石又鬧彆扭了？唉，兩個人打小就是這樣，不過，宵石不是明箏的對手，打也打不過，罵也罵不過，唉，今日這是為哪般？」

李氏囉哩囉嗦說了一通，蕭天一笑並沒有回答。剛才他在門外站了一會兒，隱約聽到裡面有抽泣的聲音，因此他想等會兒再敲門，不想李氏過來了。

「箏兒，開門呀。」

明箏拉開門就打了個噴嚏，她只穿了件單薄的襦裙，雙眼紅腫，一隻手上還捏著桿毛筆。

「哎呀，我的小祖宗，這大冷天妳怎可穿成這樣，只怕是要受風寒了。」李氏提燈跑進屋裡，把燈掛到燈架上，就趕緊從床榻上取過一個棉比甲給她披上。

蕭天把炭盆放到床榻前，走到書案前用火引子掌燈，卻一眼瞥見案上一摞宣紙上密密麻麻的蠅頭小楷。他不由吃了一驚，如此雋秀的小楷他還是第一次見到，字體圓潤娟秀，又柔中見骨。要說出身，他也算是書香門第，家有藏品，但明箏的字還是讓他暗暗吃驚，如此修為，豈是出自平常人家？不由再次對明箏的身世產生了好奇，但是又不便直接詢問，只能擇機查看了。

「我叫阿福給妳煮碗薑湯喝，瘋跑了一天，可是乏了，要早點歇息。」李氏說著，給明箏穿上比甲。

「姨母，妳給我穿成狗熊了。」明箏笑起來，「我沒事，才不要喝薑湯，妳且回去吧，我要和蕭天說件事。」明箏撒著嬌把李氏推出門去，李氏一臉寵溺地笑著走了。打發走了姨母，明箏把身上的比甲扔到床榻上，一屁股坐到屋子中間的圓桌前，看著蕭天，指著一旁的圓凳道：「蕭天，你坐呀。」蕭天溫和地一笑道：「今日得見小姐字跡，真是自愧不如。」

「嗨，匆匆寫就不值一提。」明箏不以為意地說道，然後她看著蕭天，像是有什麼心事，猶豫了片刻道：「我想請你幫個忙。」

「小姐請講。」蕭天爽快地說道。

「我想請你說服李宵石，讓他離開長春院。」明箏說著，眼裡已淚光閃動，「天下這麼大，他為何要待在那種地方？我再無知，也知道那是什麼地方，他不應該待在那裡。」

蕭天想到剛才屋裡抽泣的聲音，心裡已了然。他沉默片刻，淡淡地說道：「明箏，你宵石哥哥既然做出這種選擇，一定有他的道理。」

「你不知道，兒時，父親讓他做我的伴讀，我和他一起讀書，我一貫調皮玩耍，功課大多是他幫我做的，他常對我說，長大要考取功名，他還說要做一個像我父親一樣的好官，可是如今，他如何去考取功名呀？」

蕭天見明箏情急說漏了嘴，不動聲色地追問道：「明箏，妳父親是——」

「家父，家父李漢江。」明箏提起父親，眼裡立時淚水漣漣，已渾然忘卻李氏的叮囑，與蕭天這些日子的相處，讓她全然消除了防備，待他像自己的大哥一般。

蕭天聽到這個名字，渾身一震，心裡對明箏的諸多疑慮也隨之而解。他站起身，一臉驚喜地望著明箏，壓低聲音問道：「原工部尚書李漢江是妳父親，那，妳可是李大人的獨女李如意？」

明箏抬起頭，驟然從蕭天嘴裡聽到她的大名，她詫異地看著蕭天。

蕭天一反常態，他慣有的平靜和沉著一掃而光，他激動地走到窗前，從背後可以看出他正努力壓抑自己的情緒。片刻後，他轉過身，眼裡有淚光閃動，他重新坐下，依然壓低聲音道：「明箏，妳可知我是誰？」

明箏疑惑地看著蕭天，腦子裡一片空白。

「還記得妳五歲時的神童宴嗎？有一個哥哥曾送給妳一把木劍。」蕭天提醒道。明箏驚得捂住嘴巴，她指著蕭天，猶疑地問道：「你……你是書遠大哥？蕭書遠？國子監祭酒蕭源之子？」

「正是。」蕭天笑了。

明箏一躍而起，一把拉住蕭天，重新上上下下打量了一番，驚叫道：「你是蕭書遠？你還活著？可是聽家父說，你與父親在被貶充軍的途中遇難，家父為此還跑去妙音山為你們點香祈願，超度亡靈呢。」

「我是死裡逃生，父親已經不在了。」蕭天說著眼圈一紅，這麼多年流落在外，突遇故人，心裡一片溫暖。

「蕭大哥，」明箏突然改了口，親昵地稱他為大哥，她想到那日蕭天昏倒在宅門外，狼狽落魄的樣子，一陣心酸，「蕭大哥，你一定吃了很多苦，以後你盡可放心地住在這裡，不要再生分了。」

蕭天臉上忽白忽暗，一陣尷尬，不由羞愧難當。當初明箏在危境中救他，他卻把她當敵防範，一路跟蹤至此，時時想奪她手中之書。明箏待他光明磊落俠義心腸，而他卻處處算計居心叵測，實屬小人所為。「明箏，大哥對妳有愧呀。」

「蕭大哥，你說哪裡話，」明箏看著蕭天，眼裡明顯多出幾分親切，「想想家父當年與令尊交好，兩人經常在一起對弈，說起寫字，當年令尊沒少教我，」說著說著明箏垂下頭，聲音漸輕，「只是……後來，你父親出事後不久，我家也遭遇不幸……」

兩人靜默下來，似乎都沉浸在往事裡，誰也不願打破沉默。

突然明箏抬起頭，眼神犀利地盯著蕭天道：「蕭大哥，我不相信父親所犯罪行，他是被小人構陷，難道你就不想找到當年構陷你父親的奸人？」

蕭天臉色一沉，此話說到了他的痛處。

「我要報仇。」明箏雙眸閃過一道寒光，她突然起身走到書案邊，抽出一柄長劍，在蕭天眼前一晃，道，「我等這一天，等了六年了。」

「不可。」蕭天想也沒想就叫了一聲，繼而又尷尬地解釋道，「明箏，不可莽撞。」

「哼！蕭大哥，虧你祖上還是聲名顯赫開疆拓土的將軍呢。」

「明箏，此事非同小可，需要慢慢籌謀。」蕭天勸道。

明箏把長劍放入劍鞘：「你這人什麼都好，就是太膽小。」她一邊說，一邊回到書案前，提起筆開始寫起來。只見她輕握筆桿，低眉微蹙，一支筆在白宣上，如行雲流水般，揮灑自如，一行字一揮而就。

「明箏，妳在寫什麼？」蕭天拿過旁邊寫過的一頁紙，凝目一看，不由大吃一驚。

「《天門山錄》，」明箏道，「我要把這本書默出來。」

「不可。」蕭天慌亂中一把握住明箏握筆的手，又突覺不妥，急忙鬆手。

明箏看著白宣上一攤墨跡，有些哭笑不得：「蕭大哥，你除了會說『不可』，還會說什麼？」

蕭天拉明箏坐到圓桌前，如果說這之前他關心明箏，是出於要報她雪地相救之恩，但現在當得知她是李漢江之女後，情景已變，既是故人又勝似親人，再加上李漢江為人忠正耿直，遭人陷害滿門抄斬，身後唯留這一骨血，豈可再有不測。

蕭天看著明箏問道：「《天門山錄》妳已看過，在上仙閣，妳也聽到諸多傳聞，不管是江湖人士還是朝堂官員，都是志在必得，妳知道為什麼嗎？」

明箏略一思考：「此書裡涉及諸多祕密。」

「是。」蕭天道，「如果讓心懷妄念之人得到，就會無端引來災禍。」

「我想起一件事。」明箏突然道，「在來京的路上，我救過一個狐族老人，難道這麼隱祕的族群也是由此書引發的禍端？」

蕭天點點頭，道：「據傳王振在得到此書後，命東廠督主王浩祕密帶領手下去各處搜尋寶物，狐族鎮界之寶狐蟾宮珠被奪走，引發狐族反抗，與東廠激鬥，最後狐地成為一片廢墟，老狐王被射殺，郡主被掠走，被王振送進宮裡充了妃子，狐族人至此流離失所。」

「真乃欺人太甚！」明箏氣得雙目圓瞪，小臉通紅，不由叫道，「寫作此書的人，也是罪大惡極。」

「何以見得？」

「不作此書，何有此患。」

「我想，寫作此書之人初心也是心存善念吧，」蕭天想到吾士道士，嘆道，「只可惜人心不古，奸佞之人橫行於世。」

「可是我已經答應宵石哥哥，給他默出一本《天門山錄》來，這該如何是好？」明箏有些為難地問道。

「長春院那把火肯定是衝著那本書來的，此書在京城一露面就被發現，絕不是偶然。妳若再默出一本來，豈不是讓宵石又一次引火焚身？再說那本真跡到底是被燒毀還是又被盜走也不得而知。就當是天意，此書已毀豈不更好？」蕭天看著明箏低頭沉思，接著說道，「明箏，我擔心妳在上仙閣時已被人盯住，我想讓妳和老夫人到城外躲些日子，不知可好？」

「蕭大哥，有這麼嚴重嗎？」明箏一聽簡直要笑出來。

「京城表面看一派盛景，背地裡凶險異常。」蕭天說道，「東廠錦衣衛耳目眾多，市井又幫派縱橫，尋仇刺殺，防不勝防。還記得出門遇見的白蓮會之人嗎？」

「記得，」明箏想到那枚暗器，回想道，「我記得此書對白蓮會也記有一章，說其『信徒眾多，涉及多省』，對了，蕭大哥，」明箏覺得，有些事需要告訴他，便道，「書中還有對十大幫派的記錄，甚是驚人。有七煞門、白蓮會、八卦門、三清觀、興龍幫、天龍會、龍虎幫、天蠶門、斧頭幫，還有一個域外的幫派，就是雄踞大漠的黑鷹幫，書中記錄，此幫裡大部是亡元皇族後裔。」

蕭天聽明箏如此一說，更加堅定了自己的判斷，語氣堅定地道：「此書絕不可再現，它只會帶來更大的血雨腥風。」

「我明白了。」明箏臉色一變，擰眉不語。

「明箏，妳怎麼了？」蕭天不安地問道。

「宵石哥哥是如何得的此書？見書已毀為何還執意討要？」明箏陷入沉思。

這也正是蕭天百思不解的問題：「是呀，此書如何到了他手裡，確實讓人起疑，而他為何又把書交到妳手裡？莫非他料到此書在他手裡風險難測，而他又知妳身負異稟，有記憶天賦，交到妳手上他多了一份保障，即使失去也不怕，如此推測也算行得通。」

「看你把宵石哥哥想成什麼了，似乎是個居心叵測、野心勃勃之人。」明箏噘嘴反駁道，「他不過是怕我路上寂寞，才給我此書讓我路上消磨時光而已。」明箏說到最後語氣越來越低，最後心虛地垂下頭，她知道蕭天的話不無道理，只是她不願承認。

蕭天看出明箏有意維護柳眉之，便也不再反駁，只是淡淡一笑道：「那妳怎麼想？」

明箏清澈的雙眸掠過一絲凝重，語氣堅定地道：「父親在世時，日讀孔子，曾對我說，『志士仁人，無求生以害仁，有殺身以成仁』，我必效之。」

蕭天聞言，心頭突湧起一股熱浪，暗自讚嘆，不愧是一代忠良之後，大儒之女。他一顆忐忑的心放下了，有此言，《天門山錄》如在長春院被燒毀，那就是從此消失於人間。

明箏起身走到書案前，拿起寫好的一摞紙填進炭盆裡，炭盆「哄」的一聲，竄起幾尺高的火苗。

蕭天欣慰地看著明箏，起身告辭。

二

蕭天出了門，突聽屋頂上有細微的聲響，他警覺起來，放輕腳步，縱身躍上屋脊，只見一個黑影已躍上牆頭，準備飛身離去。蕭天一看身影，心裡有數，忙撮唇發出一聲鳥鳴，聲音雖然細小，但牆頭之人顯然聽到了，他立起身子，轉回頭。

蕭天向他一揮手，縱身落到遊廊的暗影裡等他，不一會兒，那個黑影飄然而至。

「林棲，」蕭天壓著怒火，一聲低喝，「你好大膽，沒有得到指令，擅自闖到李宅。」

林棲面無懼色，擰著脖頸站立在那裡，嘴角嚅動著。

「你想說什麼？」蕭天問道，「大聲說。」

「主人，」林棲瞪著蕭天道，「剛才你們的對話，我在屋頂都聽見了，此女留不得。」

蕭天一愣，不承想林棲竟出此言。

林棲繼續道：「不除了她，後患無窮。她就是那本書，誰得到了她，誰就得到了《天門山錄》，我狐族的祕密盡在她的掌握中。主人，你下不了手，我來做。」

蕭天猛地掐住他的脖頸，發狠道：「林棲，你給我聽著，你敢動她一根毫毛，我廢了你！」蕭天手上加力，林棲的臉憋得逐漸變了顏色，他喘著氣，仍然斷斷續續地說道：「主人，你……可是……在……老狐王……面前發過……血誓。」

「不用你提醒，」蕭天鬆了手，道，「君子一言九鼎，我該做什麼，我心裡清楚，我會救出青冥郡主，奪回寶物，滾！」

林棲腳下踉蹌了一下，轉身躍上牆頭，消失在黑夜裡。

蕭天目送林棲離開，又在院子裡環視一圈，再無任何可疑之處，便沿著遊廊走回前院。

夜裡，蕭天一直怪夢連連，睡不踏實。一旁炕上睡下的陳福一直打呼嚕，更攪得他無法入睡。過了四更，蕭天才有睡意，剛要入睡，便感覺有些異樣，一股焦糊味飄來，開始他還以為是上午長春院那場火鬧得又在做夢，過了片刻，焦糊味越加重了，蕭天「呼」地坐起身，刺鼻的氣味衝鼻而來。

「不好。」蕭天披衣而起，立馬跑去推陳福，陳福睡意正濃，翻了個身繼續睡。蕭天顧不上叫他，奪門而出。夜裡風大，一股股煙從後院飄來。蕭天縱身躍上屋脊，看到火光出自明箏的廂房。蕭天跳下屋脊，翻過院牆，從結了冰的水面蜻蜓點水般掠過，他看到明箏房裡跳躍的火焰，奮力跑到門前，一腳踢開房門。火苗已燒到書案，書櫥裡的書籍也已燃著。蕭天回頭一眼看見明箏躺在床榻上依然酣睡，一邊的幔帳已燃著。蕭天一個箭步跳到床榻前，連著棉被一卷，橫抱起明箏轉身就往外跑。

外面傳來老管家蒼老的喊聲：「著火了，救火呀……阿福……蕭公子……」

蕭天抱著明箏跑出去，一頭撞上老管家，老管家看蕭天抱著明箏出來了，方鬆了一口氣，急忙跟著跑出去。李氏坐在廊下大哭，看見明箏被抱出來，立刻止了哭聲，跑過來。

「我的兒呀，可有傷到哪兒？」李氏帶著哭腔問道。

經李氏一問，蕭天才注意到明箏的反常，她並未受傷，要說是被煙熏也不至於這樣。蕭天抱著明箏出了月亮門到了前院，正碰見慌裡慌張跑過來的阿福。

「阿福，你個吃貨，等你醒來，一個院子都被燒光了。」李氏數落著他。

「小姐怎麼啦?」陳福看著蕭天懷裡的明箏驚慌地問道。

「阿福，你快去後面看看，還能搶出來什麼物件不能，想辦法滅火吧。」蕭天說道。

「我也去。」老管家拉起阿福向月亮門跑去。

蕭天和李氏來到正房，把明箏放到里間的臥榻上。在他的臉靠近明箏的瞬間，聞到棉被上有一股淡淡香氣，剛才四周彌漫著焦糊味沒有嗅出來。如果沒有在狐地的生活經歷，他根本不可能嗅出此香是毒。

蕭天努力壓制著心中怒火，是誰放的火，他心裡已明瞭。狐族個個是製香好手，經年的耳濡目染使他對香氣很敏感，明箏棉被上的香來自山茄花，是極為平常的一種麻醉方子，最早出現在《扁鵲心書》中。

蕭天給明箏蓋好被子，他知道她最多兩個時辰就會醒來。在這期間他必須去辦一件事。他轉回身對李氏說道:「老夫人，我這就出去找郎中開方子。」

李氏一看天色:「只怕只有四更天，你去哪裡找郎中呀?」

「老夫人放心，我自有辦法。」蕭天說著已快步走出去。

四更天，萬籟俱寂。

蕭天沿著巷子向上仙閣一路飛奔。此時，他整個人都被怒火點燃，那縷僅存的山茄花香已告訴他是誰動的手腳。

來到上仙閣後院，蕭天一躍翻進院內，順著水塘邊曲廊疾走到清風臺一處獨立的屋宇前，月光下可以清晰地看見匾額上的三個字「暢和堂」。

蕭天走到暢和堂左邊耳房，叩響窗框，四重一輕。片刻後，一個驚喜的喊聲打破了室內的寂靜:「是幫主!」屋裡傳來細碎的響聲，接著大門被拉開，李漠帆披著棉袍出來，一把拉住蕭天:「幫主，此時來可是有事？」

蕭天沉著臉閃身進屋，李漠帆一看蕭天的臉色，知道出事了，忙轉身拽住正往腳上套靴子的小廝小六，在他耳邊低語幾句，小六迅速跑了出去。

「叫林棲和盤陽過來。」蕭天怒道。

此時李漠帆飛快地穿戴整齊，走到八仙桌前斟滿一盞茶端到蕭天面前，面露難色地道：「幫主，這兩個人雖說在我這裡做雜役，但是兩人神出鬼沒的，我哪能管住他們。」

不到一炷香工夫，外面已聚起二十幾人。

蕭天聽到外面的動靜，知道又是李漠帆搞的小動作，很是氣惱：「半夜裡，你叫來這麼些人做甚？」

「進來吧。」李漠帆一聲令下，眾人魚貫而入，在蕭天和李漠帆座前排成兩排。李漠帆起身走進佇列，帶頭跪下，抱拳高聲道：「參見幫主。」

眾人齊刷刷跪下：「參見幫主。」

蕭天無奈地瞥了眼李漠帆，站起身看著眾人，剛才進門時的滿臉寒霜已消退，他溫和地走向眾人：「諸位兄弟，快請起。」

「謝幫主。」眾人站起身。

「我此次前來見大把頭，與幫裡事無關，諸位兄弟，回去歇息吧。」蕭天說道。眾人退到門外。

突然，小六從門邊探進頭：「幫主，他們回來了。」

蕭天沒等小六說完，就飛身竄出去。黑夜裡兩條身影一前一後向這裡跑來，還能聽見兩人的對話：「你看清了嗎？」「沒錯，是這個方向，來了很多人，快點，瞧瞧去……」來人正是林棲和盤陽。

蕭天一步躍到門外，眼睛盯著那個身影，舉起一隻手，高聲道：「漠帆，劍！」

李漠帆一看蕭天怒火沖天的架勢，心裡咯噔一下，看來是那倆貨惹了事端，能把一向性如陳冰的幫主氣成這樣，看來這事不小。給這倆貨點教訓，是他求之不得的。他迅速返身從劍架上取出一把寶劍，此劍叫青龍碧月劍，本就是蕭天的隨身佩劍，由於蕭天不方便佩戴，一直放在他這裡。李漠帆持劍飛奔到門外，一個大燕北飛，將劍傳到蕭天手裡。蕭天一手接劍，只見寶劍出鞘在空中劃過一道寒光。

李漠帆探身接過被蕭天扔過來的劍鞘。幫裡眾人本想退下，一見這陣勢，誰也不願意錯過見識幫主出手的千載難逢的機會。

盤陽看見清風臺上蕭天持劍立在正中，滿目怒容盯著他倆，當即嚇得腿一軟，退到林棲身後，大叫：「你小子把我害苦了，這事是你做下的，與我無關。」

林棲硬著頭皮走過去，他知道這頓懲罰免不了，他認了，即使死在蕭天劍下，他也毫無怨言。

蕭天見林棲走上清風臺，二話不說持劍就刺。林棲也豁出去了，立刻從腰間抽出長劍還擊。兩人見招拆招纏鬥到一起。林棲把從師父鬼天子身上所學五十四式銷魂幽跡劍術盡數使出，而蕭天早年師從峨眉山密谷道長，一把青龍碧月劍得其真傳。密谷道長雖歸隱江湖十幾年，他的劍術在江湖十大幫派被公認居首。

月光下清風臺上的激鬥，只看得四周眾人心驚肉跳、目瞪口呆。兩人衣裾飄飛，根本看不清招式，只見寒光四射，兩人猶如游龍穿梭，又似雙虎爭鬥，急時驟如閃電，緩時似落葉紛飛……

李漠帆見蕭天動了真氣，漸漸為林棲捏把汗。他掃視幫裡眾人，見眾人滿臉敬畏斂聲屏氣，心想，也好，讓他們見識一下幫主的厲害，以後看誰敢胡來。

盤陽不知何時溜到李漠帆跟前，哭喪著臉哀求：「大把頭，這要出人命呀。」

「出什麼人命？」李漠帆不屑地瞥他一眼，心裡這個痛快呀，今兒幫主出面教訓這兩個不知天高地厚的異族人，真是大快人心，「你們狐族事務，我一個外人不好插手吧。」

「他是你們幫主，你得管呀。」盤陽死乞白賴地道。

「現在承認他是我們幫主啦，早幹麼去了？」李漠帆沒好氣地道，「我可告訴你，在我們興龍幫，長幼尊序，規矩嚴明，以下犯上當誅，知道嗎？你瞧瞧那林棲，有個奴才樣嗎？比他主子還當家，今天教訓一下，是應該的。對了，你還沒告訴我，他究竟犯了何事？」

「他……他……就是放了把火。」

「什麼？」李漠帆眼珠子差點瞪出來，「該！」盤陽無奈地點點頭：「也是，還不知那姑娘怎麼樣了。」

清風臺上，蕭天漸漸占上風，一劍快過一劍，劍劍直逼林棲命門。林棲方寸已亂，步步後退，只有招架之力。蕭天虛晃一劍，返身直刺向林棲脖頸，將至之時收力由劍刃滑下，挑破林棲肩部衣衫。身後眾人一陣驚呼。「林棲，你可知罪？」蕭天刺一劍，問一句。

「我……我不服！」林棲執拗地回一句。

蕭天回轉劍鋒，又一劍刺向林棲胸口，將至之時又猛然收力，劍刃挑破一片衣衫。身後眾人一片失聲驚叫。蕭天又問：「林棲，你可知罪？」

林棲停止抵抗，他知道剛才自己縱是有九條命也搭進去了，蕭天一次次放過他，並不想殺他，於是他不再還手，把劍「哐當」扔到地上。

蕭天一劍直抵林棲胸前，四周發出一陣驚呼。蕭天並沒有刺，而是又追問了一句：「林棲，你可知罪？」

林棲突然跪倒在地，失聲痛哭。

蕭天收起長劍，厲聲訓道：「我知道你報仇心切，但為報仇傷及無辜與禽獸何異？這一家人，至善至純，你卻如此殘暴對待，今晚若不是我及時發覺，後果如何？你跟那些殺你全家、燒你房舍的東廠宵小有何區別？你難道不知己所不欲，勿施於人嗎？林棲，我不殺你，但絕不代表我原諒你。」

蕭天轉身走了一步，又道：「這是最後一次，絕不准再傷她。」

蕭天說完，把劍扔給李漠帆，飛身躍上屋脊，消失在黑夜裡。清風臺上黑壓壓的眾人，瞠目結舌地盯著遠處消失的身影……

第五章　明箏進宮

一

翌日一早，西苑街原本平靜的街面，不知何故變得喧鬧起來，三五步就有一個東廠的番子，一些老百姓站在當街探頭探腦，有人說是有朝堂大員出巡，好事者不多時都擠到街面上。

這時，人群一陣騷動，人們翹首望向北面，只見街面騰起一片塵土，接著兩隊錦衣衛疾馳而來，後面跟著黑壓壓的大陣仗，眾星捧月般護衛著中間一輛四駿華蓋烏木馬車，馬車四周皆是隨行的太監。

人群裡喧囂再起，人們議論紛紛：「如此囂張，是哪個官階的朝臣？」「如何沒有鳴鑼喊道，這不合規矩呀！」「怎麼都是太監……」

馬車前方並排兩騎，人群裡有眼尖的認出是錦衣衛指揮使，另一個是他屬下千戶，後面黑壓壓的隊伍從著裝就可以分辨出是東廠的人。由錦衣衛和東廠如此眾星捧月地護衛，縱觀整個朝堂還會有誰？人群瞬間安靜下來，人們斂聲靜氣盯著前方。

寧騎城陰鷙的面容幾乎繃成一塊鐵板，一雙鷹目寒光四射。早朝後他被叫到司禮監，這才知道王振今天要大搖大擺回城西的府邸。寧騎城嚇了一跳，京城裡暗藏了多少力量要取王振人頭，他還要耍這一套。

但是王振想做的事，誰敢攔著，他只得調動手上所有力量部署到這段路上。

此時，王振跟前掌事公公陳德全催馬到近前，他四十出頭，眉目端正，性情冷漠，少言寡語，見寧騎城也只是微微點了下頭道：「大人，先生請你到近前說話。」

寧騎城在馬上急忙拱手還禮，道：「遵令。」

他轉身交代一旁的高健，壓低聲音道：「瞪大你的眼睛，出了事，咱倆的腦袋都不保。」高健雙目圓瞪，用力點頭，一隻手下意識伸向腰中佩刀。

寧騎城掉轉馬頭跟著陳德全向馬車奔來，卻看見馬車的帷幔竟被卷起，王振正襟危坐在寬大的坐榻上，一副輕鬆慵懶的模樣，加上他本來面相就好，慈眉善目，雖然過了五十歲，看上去仍是青春正盛的樣子，除了膚色過於蒼白，基本上算是一個美男子，這也許跟他常年待在宮裡有關。

看見王振如此做派，寧騎城當場嚇出一身冷汗。他打馬上前，向車廂裡的王振拱手行禮道：「乾爹，你這不是為難孩兒嗎？」

王振耷拉著眼皮哈哈一笑，道：「滿京城的人都在傳說，我王振被狐王令處死了，我今天就是要讓全城的人看看，我王振是不是好好的，一個子虛烏有的狐王令竟把你們嚇成這樣。」

「是，是孩兒無能。」寧騎城低頭道。

「街上張貼這麼多海捕文書，」王振眯著雙眼環視兩邊街道，不滿地問道，「那個狐山君王怎麼還沒有歸案？這個人一日不除，我一日都睡不好覺。」

「乾爹，此人極狡猾，又隱藏極深。前些日子狐族好不容易有個人投靠了我，就差一步，我就能抓住狐山君王，但是他被狐族派來的殺手刺死了，如今斷了線索，只得從頭再來。」

「我的姪兒說，《天門山錄》在京城重現，可有此事？」王振看著他問道。

「王浩說得不錯，我已有了線索。」寧騎城嘴裡應承著，心裡還是暗暗吃驚，沒想到王浩的耳目如此敏銳，看來也不好再隱瞞。

「好，」王振總算露出一絲微笑，「你別忘了，此書是從你手上遺失的，如果此次奪回來，也算將功補過。」

「是，孩兒記下了。」寧騎城說著，不安地四處查看，「乾爹，還是請把幔帳放下吧，近日京城裡頗不安寧——」寧騎城話未說完，只感到耳邊「嗖」地一冷，一支箭從寧騎城耳邊飛過射向車廂裡，寧騎城想拔刀已來不及。下一秒發生的事卻是他始料不及的，只見從車廂下面猛地躍出兩人，竟是王浩和一個東廠大內高手，箭被王浩用刀擋住。再看王振，他的坐榻上已空無一人。

「抓刺客！」王浩瞪著一雙鼠眼，竄出車廂。

待寧騎城緩過神來，馬車已被幾個身著箭衣的蒙面人圍住，四周隨行的太監丟下偽裝，拔出兵器與蒙面人激鬥到一處，只見劍光四起，隊形已大亂。

寧騎城剛拔出繡春刀，高健打馬到近前大叫：「大人，這到底是怎麼回事呀？」

寧騎城窩了一肚子火，這明顯是王振設好的局，只為了吸引刺客，卻瞞他瞞得嚴絲合縫。他沒好氣地對高健道：「別問了，抓刺客。」

幾個蒙面人顯然也被眼前突變的形勢攪和蒙了，他們沒有想到王振有備而來。本來是刺殺王振的行動，轉眼變成對他們的絞殺，幾個人被逼到一處，他們背靠背，低聲交談了幾句，突然幾個人同時向四處發起攻擊，一人一個方向，王浩領著東廠的人頓時也亂了分寸。寧騎城冷眼看他們打鬥，催馬來到馬車跟前，他知道王振還在馬車上，心想只要護住王振不出意外，外面打得動靜再大都與自己無關。

街道兩邊看熱鬧的百姓，此時已無心看下去，保命要緊，刀劍無眼，冷箭難防，於是呼啦啦散去了大半。這倒是為蒙面人撤走提供了方便，幾個蒙面人四下而散，東廠成群結隊緊追不放。

一個蒙面人衣衫帶血，踉蹌著跑到一條小巷裡，後面三個追兵緊跟而來，眼看就要撲倒蒙面人，突然從牆角竄出一人，擋到蒙面人身後，對三個追兵一陣拳打腳踢，三個追兵沒有防備，紛紛被撂到地上。

蕭天整理了下衣襟，看蒙面人脫離了險境，正準備離開，突然看見一個追兵爬起來一揚手，只見迎面飛過來幾支飛鏢，蕭天身體騰空而起，一個掃堂腿把追兵打倒，飛身上前分別給三個人背後使了招「仙人背鬼」，片刻後三人便不能動彈。

收拾完三個追兵，蕭天突感左臂一陣痛，低頭一看，一支飛鏢刺進左臂中，蕭天咬牙拔出，迅速從大氅裡撕下一片布，粗略地包紮了一下。

蕭天拉起蒙面人就跑，拐進小巷，他口中說道：「好漢，得罪了。」說著拽下蒙面人的面巾，沒想到此人竟是一個白髮老者，看上去有六十出頭。蕭天來不及說話，迅速把自己的大氅披到老者身上，蓋住他身上血跡和黑色箭衣。

蕭天剛給老者穿好大氅，就見一隊緹騎疾馳而來，一個長官模樣的催馬來到他倆面前問道：「可看見有一個蒙面人過去？」

蕭天裝作瑟縮害怕的樣子，急忙指指前面胡同口。那隊緹騎吆喝著打馬而過。

白髮老者見追兵走遠，對著蕭天深深一揖道：「謝恩公，敢問恩公尊姓大名，來日好來拜謝。」

蕭天一笑，還了一禮道：「看老英雄氣宇不凡，必定是江湖中人，晚輩姓蕭，興龍幫門下。」原來蕭天從上仙閣回到李宅已是破曉，他路過藥鋪抓了服順氣的草藥交給了李氏，看到明箏已經醒來，也無大礙，便找了一個事由跑出來，剛才街面上的事他看得一清二楚。

白髮老者看著蕭天，朗聲一笑，有種他鄉遇故人的喜悅：「早有耳聞，興龍幫俠義重道，老夫今日竟有緣相遇。不瞞這位小兄弟，老夫是天蠶門玄墨山人。」

蕭天一愣，問道：「難道是天蠶門的玄墨掌門？」「正是在下。」玄墨山人點頭道。

「天蠶門遠在蜀地，您老人家如何到了京城，還……」蕭天把刺殺王振的話咽了下去。

「一言難盡。」玄墨山人臉色陰鬱地說道，「此番下山是為了尋回天蠶門所失物品，連帶著找王振報仇。」

「我明白了，也是被那本《天門山錄》所累。」「蕭兄弟也知道那本天下奇書？」

「這個現如今誰人不知？對了，前輩，那幾個蒙面人也是你手下吧？」蕭天問道。

「是我的幾個徒兒，」玄墨山人黯然道，「這次是著了別人的道了，我使銀子買通東廠的人打探王振的行蹤，沒想到中了他們的圈套，如今我被你救了，還不知我那幾個徒兒如何。」他查看了下四周動靜，「我和徒兒們約定在西直門外會合，我得過去等他們。蕭兄弟，有緣再見。」

「就此別過。」蕭天辭別玄墨山人，看了眼天色，他還有半天的路程要趕，此次跑出來是去瑞鶴山莊赴翠微姑姑之約，想到身負的使命，便不敢再耽擱，急忙去牽自己的馬，翻身上馬，疾駛而去。

此時李宅裡已恢復平靜。雖然夜裡那場火讓明箏受了點驚嚇，但喝下蕭天抓來的草藥後，很快便恢復了精神。老夫人和老管家叫上阿福，幾個人合力打掃完院子，就聽見前面傳來叩門聲。

阿福跑去開門，門口站著一個玉面白袍的美少年，少年拱手一禮道：「在下柳公子書童雲，奉公子之命前來接明箏姑娘。」

聞聲趕過來的老管家認出雲，問道：「柳公子接明箏姑娘所為何事？」「我家公子今日帶明箏姑娘到妙音山祭奠。」雲回道。

從後面走過來的李氏聽到此話點點頭。明箏自回京還沒有去妙音山祭拜過父母，本想這兩天帶她去，家裡又出了這檔事。

院中的對話正房裡的明箏聽得一清二楚。她身上所中山茄花之毒已消退，又迷迷糊糊睡了許久，正躺在床榻上獨自發愣，聽見他們的對話，她急忙披上披風走出來，道：「雲，我宵石哥哥呢？」

「明箏姐姐，」雲親昵地跑過來，「咱們快走吧，我家公子先行一步，他在妙音山等妳，馬車就在外面。」

李氏和老管家急忙給明箏收拾了幾樣祭拜用的香燭和果品，打到包袱裡。明箏換上一襲白色裙衫，挽著包袱跟著雲走出小院。

此時，門外傳來鼓樂銅鑼之聲，阿福一個箭步跑出門外，只見一支披紅戴花的迎親隊伍吹吹打打從門前經過，停在門前的兩輪篷便馬車被擠到牆角。這支迎親隊伍還沒走過去，打對面又傳來一陣鼓樂銅鑼之聲，又一支迎親隊伍熱熱鬧鬧走過來。很快，街坊鄰居都聞聲而出，小巷裡頓時變得熙熙攘攘，熱鬧異常。

明箏跟著阿福走出大門，李氏和老管家也跟著走出來。雲跑到牆角安撫被擠得脾氣暴躁的馬，伸手撫摸著馬鬃，馬打了幾個噴鼻，算是穩住了。

「今兒是什麼日子呀，兩家都嫁女？」李氏迷惑地問道。

「啥好日子，按皇曆今兒不宜婚娶。」一個街坊說道。

「那為何都趕著這個日子？」李氏直搖頭。

「唉，」一個老漢插話道，「現在還論什麼日子，趕在選秀前把閨女嫁出去最要緊。」

「眼看著宮裡選秀風頭正緊，誰還敢耽擱呀？」另一位街坊回頭說道，「你們沒看見，宮裡的公公都跑出來四處奔走，要是讓哪個公公盯上了誰家閨女，嫁都嫁不出去。」

李氏聽到此言，詫異地與老管家面面相覷。想到明箏，李氏趕緊在人群中尋找，看到阿福拉著明箏跑到吹響器人群裡，忙遞眼色讓老管家去尋來。

明箏和阿福跟著老管家回到李氏面前，李氏照著阿福肩膀就是一巴掌：「你個缺心眼的吃貨，真不讓人省心，回屋幹活去。」阿福向李氏做個鬼臉，跑進宅門。

「明箏呀，妳路上可要處處留心，蕭公子走時交代，不讓妳出門，他去拜見本家了，是才得知的信兒，在通州那邊，還邀請咱們去住幾日，正好咱這邊要整修屋子，我合計過了，等蕭公子一回來，咱就跟他到城外躲些日子，等這邊選秀風過了再回來。」

「姨母，全聽妳的。」明箏急忙應允。

此時，兩家接親的隊伍糾纏相持了半天，各家管事的大嗓門吆喝著，一些迎親的人仍是跟錯了隊伍，走出半條巷子發覺不對，掉頭往回跑。巷子裡的街坊哪看過這等熱鬧，跟著起哄：「別走錯丈人門了。」

一陣混亂過後，兩支隊伍吹吹打打相繼遠去，巷子裡看熱鬧的街坊也漸漸散了。雲拉著那匹躁得要撞牆的棗紅馬，把馬車拉到門前，明箏挽著包袱跳上馬車，老夫人跟上去，又是一番囑咐，馬車才駛離了蓮塘巷。

雲趕著馬車出了西直門，上了官道，路上車馬不多，很順暢。一路上雲專心趕車，連一句話都沒有。

明箏感到很奇怪，這與那日見的雲判若兩人。明箏細看雲面色，發現才短短幾日不見，他不僅消瘦而且神情鬱鬱寡歡，不知發生了什麼事？

「雲，是不是那日大火，你家公子為難你了？」明箏問道，她深知宵石的古怪脾氣。

「沒有，謝謝姐姐掛念。」雲臉上擠出一絲笑容，「我家公子待我很好。」雲笑著回頭看了眼明箏，但被明箏一眼識破，雲說的不是實話，他眼裡深深的恐懼把他的處境暴露無遺。

看著身邊這個少年，她有意想幫他，卻不知如何做，只能安慰他道：「雲，如果有事，就來找姐姐。」

雲抿著嘴唇，點點頭。

妙音山山勢平緩，山下有一潭積雪融化後和山中泉水彙聚的湖泊。此時在早春的陽光下，一些冰封的水面開始融化，可以聽見冰層下潺潺的流水聲。

雲勒住韁繩，馬車停下來。明箏探身出來，驚訝於這片難得的好風景。「明箏姐姐，就在湖邊的山坡上。」雲道。

兩人沿著湖邊一處石階往上面走。走過二十幾級臺階，來到一片平地，四周遍種松柏，在靠近山崖的地方有一個墳塚，光禿禿並無碑文。墳塚前站立著一個人，身披白色大氅，一動不動地凝視墳塚。

「宵石哥哥。」明箏向他跑過去，跑了幾步，腳下彷彿被重物絆住，眼睛盯住面前的墳塚，瞬間面白如雪，悲戚欲絕。這麼多年，她還是第一次面對父母的墳塚，昔日偌大的尚書府，上百的家眷，都隨著那場浩劫煙消雲散，留給她的只有無盡的悲痛。

作為罪臣，能在京師之外山清水秀之地擁有一片淨土，不得不說是一個奇跡，而創造這個奇跡的人就是身邊這個文弱書生。明箏心緒難平，百感交集，她面對柳眉之後退一步，雙手過眉，雙膝跪下，頭重重地叩到地上。

「明箏妹妹，何以行如此大禮？」柳眉之上前攙扶。

「代父母及族中親眷，叩謝宵石哥哥。」明箏說著，不禁潸然淚下。

「既是你的高堂，也是我的親人，何況還有我父親，本是一家人，不分你我。」柳眉之扶起明箏，也暗自神傷起來，畢竟這是他們心中共同的痛。

明箏把包袱中的香燭果品，一一擺到墳塚前。兄妹兩人跪下叩拜，明箏臉上的淚水已被擦去，她望著墳塚，神色堅定地道：「爹、娘，孩兒不孝，直到此時才來見你們。如今孩兒已成人，你們所蒙之冤，孩兒定要為你們討個公道。」

柳眉之側目看著明箏，身旁的少女已褪去昔日的稚幼和傲嬌，那個被尚書大人視為掌上明珠的李如意，在六年的流亡中已然脫胎換骨，變得連他這個陪她一同長大的兄長都認不出了。就像一朵蓮池裡的蓮花，從污泥中破土而出獨自開放，明豔得讓人目眩。

「宵石哥哥，你怎麼了？」明箏見柳眉之呆呆地看著自己。

「想起了以前的事。」柳眉之忙收回目光，溫柔地一笑。

兄妹兩人在墳前祭拜禮畢，返身走到山崖前，這裡視野開闊，景色宜人。

「明箏妹妹，此番請妳來，還有一事，」柳眉之看著明箏說道，「伯父案子的真相，我已查明。」

柳眉之說著，伸手拉下頭上兜蓋，今日他沒有扮女裝，一襲素色長袍，越發顯得清秀俊朗。聽到他提及父親案子，明箏一顆心驟然一驚，這些年日思夜想的就是這件事。

柳眉之眼望山間，面色平淡地說道：「那一年，山西、河南遭百年不遇的旱情，顆粒無收。伯父身為工部尚書深知災區民眾疾苦，便上疏請免災區徭役。幾日後，皇上恩准。有了這道旨，伯父立刻下令工部釋放災區工匠，免除差役。這件事是工部侍郎王瑞清督辦。可是，一心攀附王振的王瑞清，非但沒有免除徭役，還強行徵更多工匠，並將官府的木材、石料等眾多官家的建材私自用於給王振蓋外宅，事發後把罪行栽贓到伯父身上。這便是當時轟動一時的工部尚書貪腐案。可嘆伯父一生清廉卻落得被小人陷害、株連九族的下場。」

明箏知道父親是被冤屈的，沒想到冤屈至此，頓時淚如泉湧，悲憤填膺：「難道朝堂之上，竟無人肯為父親鳴冤嗎？」

柳眉之一聲冷笑：「三法司誰不清楚伯父冤情，但官情紙薄，他們只想自保。」柳眉之回頭，緩緩走近明箏，「我之所以苟活到今日，就是要報此仇。」

明箏望著柳眉之眼中跳躍的火焰，心中一熱：「宵石哥哥，我誤會你了，我還埋怨過你為何自取其辱待在長春院。」

「傻妹妹，我只有待在那種地方才有機會接觸到朝堂上的人，你我一介草民，如何能查明當年的案情呀！」柳眉之苦笑道，「你可願助哥哥一臂之力？」

「願意。」明箏飛快地說道，「不瞞哥哥，明箏此番回京，就是要為李氏一門報仇雪恨。」

柳眉之點點頭，他滿意地望著明箏道：「要對付王瑞清並不容易，他背後是王振那個大太監，如今他在朝中正得勢，他自幼陪伴皇上長大，皇上很信任他。而王振爪牙遍布朝野，他最得意的心腹有兩個，一個是東廠督主王浩，另一個是錦衣衛指揮使寧騎城。要對付這幾個人，單憑咱們無異於痴人說夢，還要從長計議。」

聽柳眉之如此一說，明箏臉上一寒，心已涼了半截。柳眉之見明箏不語，急忙說道：「難道妹妹害怕了？」

「豈是害怕？只是連仇人的面都見不到，又如何報仇呢？」明箏緊蹙雙眉。

「明箏妹妹，妳只要做一事就是幫哥哥大忙，就離咱們報仇又近了一步。」柳眉之雙眸閃亮望著明箏道。

「何事？快快講給我聽。」明箏問道。

「你今日回去，速把《天門山錄》默出來，過些時日我親自去取。」柳眉之壓低聲音說道。

明箏一愣：「宵石哥哥，《天門山錄》與你我報仇有何關係？你為何一直想著這本書？」

柳眉之顯然沒想到明箏會問這個問題，也是一愣，片刻後他淡淡一笑回答道：「此書既被譽為天下奇書，肯定有它的價值，如能握在手中，不亞於棋手有了一手好棋。」

明箏聽完依然一臉茫然，她想到蕭天的話，便快言快語道：「此書為禍江湖多年，既已毀，難道不是天意嗎？」

「妳聽誰說的？」柳眉之煞是驚訝。

「蕭大哥。」

「又是他。」柳眉之突然雙眉緊鎖，拉住明箏道，「此人居心叵測，斷不可信他。」明箏默默地看著柳眉之，不再言語。

「明箏妹妹，」柳眉之上前一步，衝動地說道，「妳怎知他不是打妳的主意，那本《天門山錄》現在只有妳能重現，世道險惡，明箏妹妹防人之心不可無呀。」

「蕭大哥，他……」明箏想到柳眉之一直對蕭天心存猜疑，本想說出蕭天的真實身分，猶豫了片刻，便改了主意，「蕭大哥不是這樣的人，再說他如今在京城找到了本家親戚，也要走了。」

「哦，這樣最好。」柳眉之鬆了口氣，「明箏妹妹，咱們要報仇，必須積蓄實力，《天門山錄》能助咱們，我這麼做，也是報仇心切啊。」

明箏看著柳眉之，不忍讓他失望，就點點頭道：「宵石哥哥，你給我點時間，讓我靜下來想想。」

柳眉之當下大喜，拉住明箏：「好妹妹，妳一定要幫哥哥。」

此時，已至正午，柳眉之看著天上的日頭，對明箏道：「我讓雲送妳回去，我還有些事，要去面見一個朋友。」當即叫來雲，雲領著明箏下山。

下了幾級臺階，明箏回過頭，看著依然站在坡上的柳眉之，白色大氅已遮住面容，微風下衣裾飄飛越加神祕莫測了。

下山一路緩坡，車身顛簸，明箏昏昏欲睡。

再次被晃醒，明箏看向車窗外，道邊一條窄河自西向東流淌，河道裡碎冰被融化的雪水挾裹著向前，河對岸是一片楊樹林，乾枯的樹枝一眼望不到頭。

此時，楊樹林突然起了一片塵土，陣陣馬蹄聲由遠及近。

「明箏姐姐，妳看那是什麼？」前面駕車的雲驚恐地叫道。明箏緊盯著那片樹林，只見林中奔騰著七八匹烈馬，嘶鳴聲響徹天空，馬上之人皆身披白色大氅。明箏心裡一驚，此衣袍看起來很眼熟，突然想起在墳塚前宵石哥哥的打扮，如此相像。還沒等明箏看清楚，人馬已疾駛而過。正納悶間，從林中又穿過來一隊人馬，比剛才的人馬多出一倍，而且馬上之人身披盔甲，一看就是官府的人。

雲嚇得急忙勒住韁繩，回頭問：「姐姐，這些是什麼人呀？」

「看樣子像是官府在緝拿什麼人。」明箏說著倒吸一口涼氣，一時呼吸微滯，腦中一個念頭一閃而過，那幾個人中有沒有宵石哥哥？怎會如此巧合？宵石哥哥到底是什麼身分？一晃之間，數匹馬從對岸林中疾駛而過。

「雲，快，跟上。」明箏立刻催促道。

雲急忙緊抖韁繩，催馬車前行。無奈那些馬太快，轉眼間已不知去向。

「唉！」明箏坐在車廂裡嘆了口氣，此番回京，京城裡的氣象真是讓人眼花繚亂。她真後悔沒聽師父的話，而是急著趕來。如果再緩些日子，等師父辦完了觀中道長的壽宴就會陪她一起進京，師父若在身邊就好了。

此後一路倒是平靜，只是到了城門前，被阻在外面。城門前聚滿要進城的車馬，人群車馬排了長隊。城門口盤查的官兵身披盔甲，手持長槍，面色嚴峻，查檢極嚴。

「雲，你去問問，可是出了什麼事？」明箏探身望著前方道。

不多時，雲跑回來，面色有些蒼白，眼神躲閃著明箏，言語模糊地道：「是……在抓……疑犯……」

「你別怕，」明箏看著雲膽怯的樣子，急忙寬慰他，「他們抓他們的疑犯，跟咱們又沒有關係，看把你嚇得。」

明箏正說著，眼角的餘光瞥見有兩匹高頭大馬緩慢踏到馬車近前，馬上之人身披盔甲，氣宇軒昂。她回頭定睛一看，不由暗吃一驚，心裡一陣忐忑，怎麼又遇到了？

「看見恩公，也不下車行禮？」寧騎城一手握著韁繩，陰鬱的面孔繃著，眼睛斜乜著明箏。

車下的雲早嚇得縮成一團，低垂著腦袋靠在馬車邊。

明箏目光飛快地掃了一眼，看見寧騎城身後跟著那個千戶高健，再不下車就說不過去了，況且眼前要進城門還要他的首肯。明箏硬著頭皮下車，對著寧騎城屈膝行禮。

「你這是去哪兒了？」寧騎城問道，看著她一襲白裙猶疑地盯著看了半天，最後把目光定在明箏臉上。

明箏被他看得直冒冷汗，腦子裡瞬間想出十幾條：「去娘娘廟燒香了。」

「哦，」寧騎城一反常態，臉上突然擠出一個笑容，他的笑比他繃著臉還要猙獰，「姑娘是去求姻緣，還是求富貴？」

明箏只想打自己一嘴巴，幹麼說去娘娘廟呀，說去哪兒不行。

「這幾日不要再亂跑了，朝廷正在緝拿要犯。」寧騎城看著明箏道，「你們跟我來吧，我把你們送進城。」

明箏和雲都一愣，以為聽錯了。

高健催促雲道：「沒聽見大人的話嗎？還不上車。」雲忙不迭地爬上馬車，一邊駕車，一邊偷眼瞄著與馬車伴行的寧騎城。車廂裡的明箏更是如墜迷霧，惴惴不安。

雲駕著馬車向前，其他車馬、人群皆讓開一條道，他們一路暢通無阻行到城門前，守城兵卒一見錦衣衛指揮使，二話不說直接放行。

進了城門，寧騎城突然對車廂裡的明箏說道：「還沒請問姑娘芳名？」

明箏一時也想不出拒絕的理由，只得用輕得不能再輕的聲音回答：「明箏。」

「明箏，好。」寧騎城竟然聽得很真切。

明箏一皺眉，她忘了他是習武之人，即使她聲音再輕，只要她發出聲音，他就能聽見。明箏如同芒刺在背，看見城門已過，長出一口氣，只想著趕緊溜之大吉，便急急地說道：「謝過寧大人，就此別過。」

「別急。」寧騎城叫住她，「明日我過府看望姑娘可好？」

「啊！」明箏失聲叫出來，忙道，「寧大人公務繁忙，不必了。」

「那就一言為定。」寧騎城自顧自地說完，掉轉馬頭向城門奔去，他身後的高健也拉住轡繩，掉轉馬頭，兩騎飛奔而去。

「明箏姐姐，姐姐……」雲叫了幾聲，才把明箏從驚懼中喚過來，「姐姐與這位大將軍相熟嗎？」

「誰與他相熟？」明箏煩得直甩腦袋，這個錦衣衛大頭目如此詭異的行事風格，快把明箏整瘋了，「煩死了，我要回家……」明箏正悶頭生氣，突然想到一事，剛才寧騎城只問了她姓名，並未問宅邸呀，明箏一陣僥倖，急忙喊雲，「雲，快，快點回去。」

雲應了一聲，駕著馬車穿街走巷，明箏看了看身後，並無人馬追來，方長出了口氣。她抬頭看眼天色，突然想到蕭天，想到城門那一幕，有些擔心起來，「也不知蕭大哥是否能順利回城。」

二

此時蕭天正坐在瑞鶴山莊櫻語堂正堂的雕花太師椅上。上午蕭天與玄墨山人分手後，便馬不停蹄趕往小蒼山。瑞鶴山莊就坐落在小蒼山的山谷中。三年前他透過第三人之手接下這片莊子，經過幾次改建有了如今的規模，山莊名義上的主人姓曹，字有光，實則是這片莊子的大管家，也是興龍幫的老人，如今年齡大了跑不了鏢，蕭天便安排他在這裡頤養天年。

如今這片莊子不僅住著一些興龍幫的家眷，飄零到四處的狐族人幾經周折也聚到這片莊子，他們脫去狐族的服飾，穿上當地人的衣裳，隱居在此。他們大多被蕭天安排幹農莊的活。

瑞鶴山莊是座三進的大莊子。第一進院子建有糧倉、馬廄、菜田、倉庫和僕役的居所，那些家眷和狐族人大多住在此。第二進院子是主家的住所，雖隱在山谷卻修得毫不馬虎，亭臺樓閣、水榭花圃，一應俱全。在這片院子裡分布著三處居所，既相互連接又相對獨立，分別是「聽雨居」、「櫻語堂」、「寒煙居」。其中「櫻語堂」最大，居中，是主宅。「聽雨居」和「寒煙居」分立兩側。第三進院子，外人是看不到的。農莊依山而建，第三進院子就是蕭天後來修建的，深入山中。本來後山就有天然的溶洞，蕭天命人打通所有洞穴，並命人按狐族的樣式修建起來。

當蕭天獨自騎馬趕到山莊門外時，曹管家從山莊大門兩層高的門樓上跑下來，山莊大門被打開，立刻跑出來兩名莊丁拉住蕭天的馬。「幫主，總算把你盼來了。」曹管家上前施了一禮。蕭天翻身下馬，把馬韁繩扔給一旁的莊丁。

「翠微姑姑昨日就到了，還有幾位姑娘，我安排她們一行住在寒煙居，我這就去通稟。」

「不急，先回櫻語堂，你……叫郎中來。」蕭天揮了下手。

「幫主，你哪裡不舒服？」曹管家一驚，見蕭天面色蒼白，本以為是路上勞累，聽此言，斷定他身上有傷。

「不要聲張，小傷而已。」蕭天捂住左臂，徑直向櫻語堂走去。曹管家只好安排人去尋郎中。

兩人沿著莊中甬道一路前行，曹管家不停留意蕭天左臂，蕭天無奈只得說道：「來的路上，遇到一場追殺，出手救下一個同道中人，不想暗箭難防，我已做了處理，無大礙。」

「哦，幫主相救何人？」曹管家問道。

「說出來挺意外的，竟是天蠶門的玄墨掌門。」蕭天說道。

「天蠶門？」曹管家瞪大眼睛，「老夫行走江湖半輩子，那天蠶門一向避世離俗，怎會出現在京城？」

「是來尋仇的。」蕭天雙眸深邃地望著遠山，「素聞天蠶門玄墨掌門以藥王自居，門下有不少獨門祕術，估計與此有關。」

一到櫻語堂，裡面的小廝看見幫主回來了，急忙上前參見。曹管家忙吩咐茶水伺候。蕭天沿著遊廊走向櫻語堂，待他往雕花太師椅上剛一落座，郎中也趕了過來。在曹管家的幫助下，蕭天脫了外衣，露出左臂被粗略包紮的傷口。

郎中仔細查看了傷口，對曹管家道：「傷口不深，沒傷到骨頭，將養幾日便可好了。」說著打開藥箱，開始給傷口上藥。

「曹管家，你去寒煙居通稟翠微姑姑，讓他們去言事堂等我。」蕭天道。

「言事堂」就是隱在山中洞穴的居所。蕭天沿用了狐地老狐王言事堂的名號，檀谷峪的言事堂已毀，如今重建的「言事堂」確實讓遭受滅頂之災的狐族人重新燃起了希望，也對這位外姓狐山君王刮目相看。

蕭天在曹管家的陪同下，離開櫻語堂，步入一旁西廂房，裡面有一條密道直通言事堂。下了十幾級臺階，密道裡早已有人點燃燭火，走了一段，耳邊響起了潺潺的流水聲，這告訴他們，已進入溶洞。壁上的燭火，忽明忽暗，不時有水珠落下。密道一側是一條細窄水渠，此水來自山中，一直流入山莊花園的荷花池中。

密道盡頭是一面石壁，像一道影壁牆，過了石壁，眼前突然開闊，竟然別有洞天，只見一個深不可測的巨大溶洞，目光所及一片幽暗。

腳下有一條由燭火擺成的通道，燭光搖曳。

前方正中木臺上是一個鋪著虎皮的寶座。座邊供奉著老狐王的戰甲頭盔、一把彎刀。寶座後面是狐族畫匠用一年時間繪製的狐族圖騰——飛翔的火狐，用檀谷峪特有的翠石和黛石精心描繪，如同黑夜裡騰起的烈焰，那飛翔的火狐，斷裂的羽翼，四處奔走的人體，像一個偉大的寓言。

臺下左右各設八座，也是按檀谷峪的規格擺放。此時，翠微姑姑已端坐在左側首位，眼神凝重地盯著緩步走來的蕭天。

「你可是遲了。」翠微姑姑冷冷地道。

蕭天是第二次見到這位老狐王的妹妹，他拱手一禮道：「有勞姑姑久候了。」說完坐到她對面右手首席，曹管家有意迴避，坐到了尾部。

翠微姑姑看蕭天坐到她對面，多少有些意外。她原以為他苦心經營這片山莊，還仿製檀谷峪的「言事堂」，定是渴慕狐王的寶座，沒想到他並不覬覦寶座。

「老身老了，總愛以老賣老，」翠微姑姑還是把話挑明了，「你如今身受狐王令，又是老狐王親封的狐山君王，依狐族族制理應登上王座，為何不肯呢？」

蕭天淡淡一笑，望著臺上狐王寶座和寶座旁供奉的老狐王戰甲頭盔，站起身躬身一拜，聲音喑啞但無比堅定地說道：「翠微姑姑，我在老狐王面前發過血誓，不救出青冥郡主、奪回寶珠，我沒有資格坐上寶座，這是其一！我們狐族曾是太祖親封的外藩之一，曾為太祖開疆拓土立過功勞，如今落到被朝廷列為逆匪、四處追殺的地步，我又有何面目坐上寶座，不把狐族從逆境中拯救出來，昭雪天下，恢復狐族榮耀，我是不會坐上這個寶座的。」

翠微姑姑被蕭天一番激情昂揚的言語戳中了心事，她眼裡閃著淚光，望著眼前這個年輕的男子眉宇間凝聚的錚錚鐵血之氣，不由她不信他。這讓她想到她那姪女青冥，老狐王的獨女，一直痴迷於這個年輕人，也不足為奇了。翠微姑姑緩緩起身，走到蕭天面前，雙膝跪下行叩拜大禮。蕭天一愣，忙上前攙扶：「姑姑，使不得。」

翠微姑姑抬起頭，目含悲戚道：「狐山君王，劫後餘生的眾狐族兄弟姐妹今後全仰仗你了。」

蕭天把翠微姑姑攙扶起來，翠微姑姑回首，對著溶洞深處高喊了一聲：「姊妹們，見過狐山君王。」不多時，從暗影中走出來四名女子，來到蕭天面前，一起跪下，齊聲道：「參見狐山君王。」

蕭天打量四人，個個婀娜多姿，仙姿玉貌。

蕭天微微一笑，滿意地點點頭，一抬手道：「起來吧。」四人起身，退到一旁。蕭天問翠微姑姑道：「可教授她們識字？」

「識字？」翠微姑姑先是一愣，「進宮選秀還要識字？」蕭天很驚奇，問道：「那這些時日，姑姑都教授她們些什麼？」

「多了去了，」翠微姑姑有意顯擺一下，扳著手指說道，「宮廷禮儀，歌舞，茶道，昆曲，還有媚術。」

「媚術？」蕭天一皺眉。

四名女子在一旁捂嘴偷笑，菱歌忍不住屈膝一禮說道：「回稟狐山君王，媚術就是狐媚男子的手段。」

「去，讓妳多話。」翠微姑姑打斷菱歌，對蕭天說道，「也不是都不識字，綠竹姑娘識字。」

蕭天面色凝重地望著四名女子，語氣威嚴地問道：「你們可知進宮要做什麼？」

「查找青冥郡主和狐蟾宮珠的下落。」四名女子齊聲道。

「此番進宮，要經過甄選，層層過關，需小心應對。」蕭天說道，「入宮後，宮規森嚴，妳們就只能靠自己了，你們四人中需推舉出一個頭人，也好遇事拿主意。」

四名女子相互看看，靜默了片刻。菱歌姑娘第一個抬起手臂，蕭天一看，問道：「菱歌姑娘想推舉誰？」

菱歌姑娘細眉一挑，微笑著問道：「君王，你看我行嗎？」此話一出，立刻遭到其他三名女子的白眼，拂衣姑娘冷冷地道：「她若行，我更能行。」秋月姑娘蜂腰一閃，道：「當頭要靠本事，你們懂嗎？」

幾人都看向她，問道：「什麼本事？」

「不如比試一下，就比媚術。」秋月道。

「比就比。」三名女子不依不饒，眼睛不約而同望向蕭天。蕭天臉一紅，眉頭緊鎖，厲聲道：「夠了！」

「妳們可真會找人，」翠微姑姑在一旁氣得哭笑不得，「我平時都怎麼教妳們的，怎麼這麼不知矜持，這哪像閨門碧玉，連家雀都不如。」

「我看，就讓識文斷字的綠竹姑娘做妳們的頭兒，進了宮少不了要用到文字，接下來由綠竹姑娘教妳們識些字。還有就是，收起妳們的那些媚術，妳們進宮後打交道的都是宮女和太監。」

「是。」四名女子低頭答道。

「妳們退下吧。」蕭天道。

待四名女子退出言事堂，翠微姑姑問道：「狐山君王，我聽盤陽和林棲說，那個內奸蒲源已除，接下來需要我做什麼，妳儘管吩咐就是。」

「姑姑想知道當年是誰掠走了青冥郡主嗎？」翠微姑姑一驚，眼裡頓時充滿殺氣：「誰？」

「東廠督主王浩，下一步，就輪到他來償還血債了。」蕭天說著，一隻手不由握緊了拳頭，「只有他知道青冥的身分，這個活口不能留。」

「東廠高手如林，君王可不能莽撞，狐族還要仰仗你呢。」翠微姑姑擔憂起來。

「姑姑放心，成事在天，謀事在人。」蕭天溫和地一笑道，「要想救出青冥，必先除去王浩。」

翠微姑姑尋思良久，方才明白過來。當年王浩掠走青冥獻給皇上，皇上也不知青冥的身分，只以為是一般民女，若皇上知道了青冥的真實身分，必死無疑。

曹管家見兩人沉默不語，便站起身道：「幫主，你身上有傷，今晚就在莊裡歇下吧，我這就吩咐人收拾屋子去。」

「不行，城裡還有事要處理，我必須趕在城門關之前回到城裡。」蕭天略一沉思，「曹管家，你派人把聽雨居收拾出來，這兩天會有客人入住，」蕭天想到聽雨居正適合明箏和老夫人居住，又轉身對翠微姑姑交代道，「宮裡的張公公一來信，你就送她們四人入宮。」

交代完這些事，蕭天就回到了櫻語堂，簡單吃些東西，看天色不早，就騎馬離開山莊。一路疾馳，總算趕在城門關閉之前入了城。這匹馬一路奔波也是累了，進了城就慢下來，蕭天想到今日緊要事都已辦好，心裡無比輕鬆，奔跑一路，此時飢腸轆轆，便走進街邊一家飯鋪，吃了些牛肉麵餅，馬也進些草料，這才又趕路。再過一個路口，就到蓮塘巷。此時已近亥時，巷子裡一片寂靜。

突然，馬腿似被一樣東西絆住，馬身猛然失去平衡，蕭天毫無防備地一頭從馬上栽下來，他身體剛一落地，一隻黑色的布袋兜頭罩下來，一個黑衣人掄起一根木棍正敲到蕭天腦袋上，蕭天身體一軟，倒在地上，不能動了。

暗影裡幾個人躡手躡腳地抬起袋子撂到附近一輛馬車上，片刻後，馬車消失在黑夜裡。

三

次日一早，李宅亂成了一鍋粥。先是發現蕭天一夜未歸。明箏派阿福去城門看了幾次，城門前的關卡已撤了。難道是被本家留下了？明箏胡亂猜疑著，有些悶悶不樂。

這時大門外傳來敲門聲，阿福以為是蕭天回來了，頭一個跑去開門，卻不想進來的是孫啟遠，他進門就扯著嗓子喊：「當家的在嗎？」

老管家扶著李氏走過影壁牆一看，來了個東廠的官人，著實嚇了一跳。孫啟遠看見走過來兩個白髮蒼蒼的老人，便說道：「還不快來見過高公公。」說著，轉回身對著身後躬身相請，「高公公，請。」

一位體態微胖、慈眉善目的公公走進來，看年紀有四十多歲，手拿拂塵，步履沉穩。他身後跟著兩個小太監，手裡舉著托盤，紅綢蓋著。李氏和老管家當年在李府也是見過大場面的人，疾走幾步，禮數周全地行禮。兩位老人雖然應酬得法，但按捺不住內心的疑惑，不由面面相覷。

高公公身後的兩個小太監直接走到兩位老人的跟前，李氏看見上面的紅綢，似乎一下想到什麼，雙膝一軟，差點給小太監跪下，幸而被一旁的老管家攙住。

「老夫人不必給他們行大禮。」高公公和善地說著，「給老夫人道喜了，你們家明箏姑娘已被孫檔頭保舉入了秀女名冊，老身前來相賀，這是禮金，請收下。」

「什麼？」李氏惶恐地看著他們，嗓子眼「咯嘍」一聲，差點背過氣去，老管家急忙敲打著她的後背。

「呦，瞧把老夫人歡喜得呦，」高公公笑得很喜氣，一抬拂塵，「今日正好是吉日，便帶姑娘跟老身入宮候選了。」

「我家姑娘不在家，出遠門了。」李氏渾身抖著，語無倫次地編排了個說辭。

「那就屋裡說吧，讓老夫人坐下緩一緩。」高公公瞥了眼孫啟遠，孫啟遠會意徑直向堂屋走去。

明箏看見幾個人走過來，急忙躲到堂屋一側的屏風後。他們在影壁前的對話，她聽得一清二楚。聽到「入宮」這兩個字，她腦袋一片空白。皇宮於她，那是遠在天邊的一個地方，況且她大仇未報，若是進了那個地方，豈不是跟進了大獄一樣？明箏此時已六神無主，蕭天也不在身邊，如果他在，她還能討個主意，這可如何是好？

幾個人來到堂屋坐下，阿福端上茶盤，伺候著幾人茶水。李氏喝過一盞茶，算是緩了過來：「公公啊，我家小女呢，實不相瞞，她已有婚約在身，如若不據實稟告那可是欺君之罪呀。」李氏急中生智想把高公公搪塞走算了。

高公公一皺眉，不滿地瞥了眼孫啟遠。

「老夫人，我問妳，」孫啟遠上前一步，氣勢洶洶地問道，「妳家小女貴庚？」

「一十七。」

「所聘何家？」

「寧府。」一個響亮的聲音在門外響起，接著走進一人。

寧騎城就像從天而降，他眉頭舒展眼含笑意地望著屋裡五個呆若木雞的人。屋裡幾人看著眼前的寧騎城，只見他身著錦繡華貴的飛魚官服，腰間佩戴繡春刀，懸掛著錦衣衛金牌，此人往屋裡一站，英姿颯爽氣宇不凡，把一屋子人都驚呆在原地。

寧騎城一步走到李氏面前，躬身一揖：「小婿拜見岳母大人。」

李氏一聽此話，嗓子眼又「咯嘍」一聲，直接從椅子上滑到地上。兩邊的老管家和阿福急忙將她攙扶起來，一個捶背，一個撫著胸口順氣。

寧騎城轉向高昌波，躬身一揖：「高公公在此，怪在下眼拙，失禮了。」

高昌波微笑凝視著寧騎城，掩飾不住內心的好奇，急忙回了一禮：「寧大人，老身沒有衝撞你的意思，只是聽宮裡傳言，皇上有意把禮部尚書張大人之女賜婚與你，可有此事？」

寧騎城冷冷一笑，他一進門遇到這檔子事，有些後悔，自己昨日就該把明箏帶走。他知道高昌波是宮裡主理選秀一事的主事內監，為辦好差，他四處廣攬美女，孫啟遠定是為討好他，而把明箏寫入了名冊。

他與高昌波交往不多，也不好明裡駁他面子，只得出此下策，糊弄走他了事，沒想到他提賜婚一事，明擺著暗示讓他收手。若是常人，是不會和皇上搶女人的，但他不是常人。

「有此事，」寧騎城選了個椅子坐下，為自己斟滿一盞茶，一邊喝，一邊說道，「但是我提了一個條件。」

「哦，有意思，皇上賜婚你還敢提條件。」高昌波感興趣地尋思片刻，「可是陪嫁規格？」

「比武招親。」寧騎城平淡地說道。

高昌波抖起拂塵，瞪著眼睛望著寧騎城片刻，突然仰臉大笑，笑到中途突然頓住：「難道這位明箏姑娘……」

寧騎城煞有介事地點點頭。

高昌波轉身揮拂塵甩到孫啟遠臉上：「你小子，招一個武林高手進宮是何用意？」

「不能呀。」孫啟遠看著眼前這齣戲，有點丈二和尚摸不著頭腦。

正堂上的熱鬧，躲在屏風後的明箏豈能不知。她轉身跑到窗前，從桌邊端起一杯已涼的茶水一股腦潑到臉上，一杯水潑下，腦子並沒有清楚多少。她怎麼也沒有想到寧騎城真的找來了，這個陰魂不散的傢伙到底想幹什麼，為何一直跟著她，難道真讓蕭天言中了，她那天在上仙閣的狂妄之舉讓他給盯上了？明箏真是腸子都悔青了。昨日在城門，她就感覺有異，有種不祥的隱憂，今日果然應驗了，他竟然跑來冒充她的夫婿？此人陰險詭異，十個自己也不是他的對手，若落入他手中，豈不是……

先是宵石哥哥，讓她默寫出《天門山錄》，她能理解他報仇心切，但是蕭天對她講過《天門山錄》帶給江湖的無端禍害，這樣一本書如果經她手再現，再造成江湖紛爭，她怎擔得起？她主意已定，絕不能複製此書，但若是宵石哥哥來要如何是好？

跑吧，明箏低著頭從穿堂跑出，與一個人撞了個滿懷，那人一趔趄差點摔倒，被明箏扶住，這才看清竟然是姨母。李氏一把抓住明箏的手，把一個包袱塞進她懷裡：「兒啊，這是我攢下的細軟，快跑吧！」

「姨母，」明箏被李氏一撞，頭腦倒是清楚了些，「我走了，你和張伯怎麼辦？他們不會放過你們的。」

「兩個棺材瓤子，不足掛齒，這也是他的意思，快！聽話，跑吧——」李氏把包袱再一次塞給明箏。

突然，眼前伸出一隻手奪走包袱。「交給我就行了，明箏跟我走，老夫人，妳盡管放心吧。」寧騎城不知何時神不知鬼不覺地站到她們身後。李氏一時愣怔，明箏忍無可忍瞅個空當，「噹啷」一聲，抽出寧騎城腰間的繡春刀，在他面前劃過一道寒光，直逼他的脖頸。

寧騎城一愣，這些年來他身經百戰，還不曾有人可以近身奪刀，沒想到今日栽在這個小丫頭手裡。她這一個動作，不禁讓他又想到那日她與頭狼搏鬥的情景，感到十分有趣，但想到眼前的處境，便耐心地勸道：「妳不跟我走，就得入宮。」繡春刀僵在半空，明箏怒道：「你好生無禮，我與你素無往來，憑什麼跟你走？」

「姑娘此言差矣。」寧騎城說著瞅準時機，上手一把抓住明箏手腕。明箏頓感整個手臂一陣痠麻，手被迫鬆開，寧騎城手腕一翻接過繡春刀，在空中旋出一個優美的弧線，「嚓啷」一聲，刀已入鞘。「妳好沒記性，有妳這樣對待恩公的嗎？」

「你要怎樣？」明箏知道以自己的武功修為，根本不是他的對手。

「我要娶妳。」寧騎城唇邊一翹，似笑非笑地說道。

「哦，我想起來了，我說看著有些面熟，你原來就是那日從狼群裡救出明箏的恩公呀。」李氏一陣驚喜，看著他威武高大的身軀，一咬牙對明箏說道：「兒呀，我看這位相公挺好，既是妳的救命恩人，妳以身相許也是善事，妳就跟他走吧，總比入宮強。」

寧騎城一聽此言，立刻向李氏深施一禮：「謝過岳母大人，改日我請人登門提親，聘金彩禮一併奉上。」

「姨母，妳就別添亂了。」明箏幾乎哭起來，她怒視著寧騎城叫道，「你想都別想。」

明箏猛然轉身，義無反顧地向正堂跑去。

明箏突然出現在高昌波面前，禮數周全地向高昌波行禮，柔聲道：「拜見高公公。」

高昌波一手端著茶盞，滿腦子在想跟寧騎城爭一個女子是否合算，一抬眼看見一位清秀的女子站在眼前。高昌波閱人無數，在宮裡什麼樣的美人沒見過，而此女子如此與眾不同，便由衷地點點頭，一抬拂塵，微笑著站起身向明箏還一禮：「明箏姑娘。」

寧騎城陰沉著臉從後堂跟過來，李氏也氣喘吁吁地跑過來，兩人都一臉驚懼地盯著明箏。這時，老管家端著新茶走進來，看見明箏也愣在當場。

明箏從容地說道：「入宮後，還請高公公多提點。」

高昌波笑得眼睛眯成一條縫，看到寧騎城大受打擊的樣子，心裡很受用，便更加殷勤地說道：「姑娘盡可放心，妳是老身帶進宮的，自然少不了老身的關照，凡事有老身呢。」

「明箏。」李氏一聲哀嘆，腿一軟，癱坐在地，老管家放下茶盤，跑來扶她。

「張伯，」明箏轉身交代道，「我姨母……有勞張伯了。」

「小姐。」老管家難過地垂下頭。

明箏最後看了眼角落裡黑著臉的寧騎城，嘴角揚起一個挑釁的微笑。寧騎城左臉抖了幾下，在他看來躲入宮中又如何，那個園子也是他想進就能進的地方，他幾步走到明箏面前，陰陽怪氣地說了一句：「明箏，咱宮裡見。」說完，向高昌波一揖手：「告辭。」

寧騎城走後，明箏和高昌波坐一乘小轎離開李宅。

望著明箏離去，李氏頓時昏了過去。老管家慌裡慌張地在屋裡跑了幾圈才想出主意，他喊來阿福：「快，你跑到長春院告訴少爺，家裡出大事了。」

四

蕭天迷迷糊糊地睜開眼睛，頭部雖然仍隱隱作痛，但意識恢復了。「我這是在哪裡？」他環視四周，看見眼前描金的綢緞床幔，床邊小幾上擺著香鼎，燃著醒腦的薄荷薰香，一旁高幾上擺放著一盆迎客松的石料盆景，地下鋪著牡丹花樣的羊毛地毯……這顯然不是在李宅，蕭天越看越茫然。

「公子醒了，快去通稟老夫人。」一個侍女裝扮的俊俏女子走到他面前，微笑著看著他，「公子，你醒了。」

蕭天想坐起身，被侍女阻止：「公子，不可，小心傷口。」經侍女一提醒，蕭天才發覺自己的額頭被包裹著，他伸手一摸，是柔軟的棉布。

「請問姑娘，我是如何到了這裡？」蕭天忍不住問道。

侍女捂嘴撲哧一笑：「不瞞公子說，你就要成為府裡的姑爺了。」

「什麼？」蕭天被侍女的一席話驚出一身冷汗，他掀開被子，厲聲道，「你家主人在哪兒，領我去見他。」

「公子息怒。」一位白髮老夫人拄著拐杖被左右兩名侍女攙扶著走進來，老夫人不滿地瞪了一眼一旁的侍女，「春花，你太失禮了。春花一吐舌頭，低頭退到一邊。

從老夫人身後，走過來一位鄉紳，看上去四十出頭，面容端正，溫文爾雅。他走到床前，拱手一揖，難掩一臉尷尬之色，結結巴巴地道：「驚擾這位公子了，還請公子……」

「還是我說吧，」老夫人舉起拐杖很強勢地把鄉紳推到一邊，一個侍女給她搬來太師椅，老夫人穩穩當當地坐下，開口說道，「老身老了，這個壞人我來做，這位公子莫怕，昨夜匆忙把你請到府裡，只為一件事，與我家孫女成婚。」

「老夫人，婚配豈是兒戲？」蕭天一怒之下，挺身站起來，無奈頭一陣轟鳴，不得又跌坐在床上。原本他身上就帶著傷，又加上幾日奔走，體力有些不濟，若不然這個房子豈能把他困住。

「我就是這樣被你們請來的？」蕭天捂住頭上的傷，嘲諷地說道。

老夫人很有耐心地往下說道：「公子呀，自古婚配講究的就是才子佳人，我家孫女不說萬里挑一，也是難得的才貌雙全，匹配公子你，那是綽綽有餘呀。」

「小姐如此才情，更不應草率行事呀。」蕭天越聽越氣。

老夫人身後的鄉紳，一聲嘆息，道：「不瞞公子，我家小女入了秀女名冊，沒人再敢登門，老母親是愛女心切，不忍她小小年紀離家到宮中苦熬，才想出如此下策，得罪公子，請恕罪。」

聽鄉紳如此一說，蕭天頓悟，原來是選秀鬧的。又聽鄉紳口音有些相熟，便抬頭仔細看，這一看竟讓蕭天喜不自禁：「趙兄，你當真認不出我了？」

鄉紳聽蕭天喊他趙兄，更是一愣。本來他進門就一直垂著腦袋，自知道母親鬧出搶婿這齣戲，他自感顏面盡失，無言以對。對於老母親，他也不敢頂撞，萬一氣出個好歹來，豈不是更讓他憂心。雖然如此，他心裡也是存著僥倖，如真搶來個如意的女婿，也是件好事。

家丁拖著麻袋搬進屋，眾人解開查看，一看是個如此清雅的公子，全家都樂開了花，老夫人更是喜上眉梢。

而此時，搶來的姑爺竟開口稱自己趙兄，他一時有些暈頭轉向，他急忙上前，走到蕭天面前定睛一看，不由大驚：「你……你……蕭……」鄉紳拉住蕭天上下打量，臉上是又驚又喜，低聲道：「請公子跟我來書房。」鄉紳扶著蕭天往外走，路過老夫人身邊，他回頭道：「母親，我與他好生相勸。」

「好，好……」老夫人點點頭，自信地笑著，「他會同意的。」

兩人出了廂房，走過一條長廊，來到一間書房，一進門鄉紳反身關上大門。

「書遠，真是你？」他死死盯著面前的蕭天，突然如鯁在喉，悲戚地問道，「恩師……恩師可好？」蕭天沒想到昨夜把他擊昏，搶他做姑爺的人竟是父親的門生趙源傑，他們失去聯繫多年，他幾次進京由於被通緝都無緣與他見面，不想今日以這種方式見面了。

見他提起父親，知道他是一個重情義的人，便不再隱瞞：「家父在被貶路上病逝了。」

「恩師呀！」趙源傑仰頭長嘆，「可嘆恩師，一生淡泊名利，廣設教壇，不論富貴寒素，平等待之。沒有他老人家，哪有我趙源傑的今天，可恨恩師被小人構陷觸怒天顏，被貶離京，弟子未能相送，不想竟是永訣呀。」蕭天聽趙源傑說得悲切，心中痛楚再被揭開，不由一陣黯然神傷。自父親仙逝，他都一直沒有弄清楚父親所犯何罪，竟使一位遠離朝堂紛爭、一心興學的國子監祭酒被貶至雲貴充軍。這個疑問困擾他多年，這次巧遇父親門生，也許可以一探究竟。

「趙兄，如今可在朝為官？」蕭天見他一身家常棉袍，身分不敢確定。

「唉，」趙源傑臉上一紅，「說來慚愧，在下如今在刑部，任左侍郎一職。」「趙兄仕途順利，可喜可賀。」

「謬讚，慚愧。」

「那趙兄，你可知家父所犯何事被貶嗎？」蕭天問道。

「怎麼？」趙源傑一臉驚詫地望著蕭天，「你不是一直伴在恩師身邊嗎？恩師竟然沒有和你說起？」

蕭天搖搖頭：「家父一直諱莫如深。」

「你父親的案子在當年也算是轟動一時，這起『詩文辱君案』著實冤枉。那年仲秋，恩師奉旨作《賀表》用於祭月盛典，其上寫著『光天之下，天生聖人，為世作則』等言語，當時賀表交於王振，王振當庭宣讀：光天之下，天生僧人，為世作賊……『聖』與『僧』相近，『則』與『賊』相近，而王振顯然故意為之。兄弟，你有所不知，王振這個老賊先前曾是你父親手下一名教習，一心攀附你父親被叱責，後犯了事發配充軍，為逃避充軍才自閹進宮，他逮住這個機會是想洩往日之憤。那日皇上聽罷，龍顏大怒，當庭宣布，將你父親庭杖三十，驅趕出京，發配雲貴充軍……」說到此處，趙源傑已泣不成聲。

蕭天面白如雪，雙唇緊閉，唇邊被牙齒咬出血跡。過了有半盞茶的工夫，蕭天顫聲道：「家父至死都沒對我說過一個字。」

趙源傑疑惑地盯著蕭天。

「我知道，」蕭天淡淡地說道，「他不願我報仇。」

趙源傑愣怔了半晌，突然頓悟，轉身對著南面雙膝跪下，壓抑著哭腔倒頭就拜：「恩師呀，你對朝廷，日月可鑑！」

蕭天俯身扶起他，現在他知道了真相，心裡反而輕鬆了些。看到趙源傑他深感欣慰，朝堂之上，不光只有王振、王浩等弄權忤逆之人，也有像趙源傑一樣的忠正之士，秉承一顆赤膽忠心，為朝廷披肝瀝膽。

「趙兄，請受小弟一拜。」蕭天深深一揖，「我自小遠遊，家父能有你這樣的門生，也是他的福氣。」

「說來慚愧，慚愧得很。」趙源傑垂下頭。

蕭天突然想到眼前之事，腦中閃過一個主意：「趙兄，我結識一戶人家，閨房中有幾名女子，皆賢淑俊俏，家中老人也想讓其中一位進宮，沾些皇家的榮耀，卻是苦於進宮無門，還托我從中周旋呢。」

「真有此好事？」趙源傑立刻轉憂為喜。

「我看此女頂替你家小女，豈不皆大歡喜。」蕭天說道。趙源傑走到蕭天面前，一揖到底：「若果如此，你就救了我們全家了。」

五

蕭天一踏進李宅，便聞到濃郁的草藥味，他以為又在給明箏熬藥，急忙往廚房走去。老管家從一堆柴火中抬起頭，幾乎帶著哭腔叫道：「蕭公子，你可回來了，家裡出大事了。」

蕭天一愣，自己也就一夜未歸，這半日在趙府與趙源傑敘話，能出什麼事？

「明箏進宮了，老夫人病倒了，阿福滿城去尋你了。」

「什麼？」蕭天感覺頭上又被敲了一悶棍，他一把拉過老管家，「張伯，你別急，你慢慢說。」老管家就把今兒一早出的事原原本本給蕭天講了一遍，蕭天聽著聽著，臉上的肌肉便繃緊了，眼裡的焦慮越來越深。

老管家拉著他的手，臉上老淚縱橫。

「張伯，你放心，明箏姑娘是我的救命恩人，我不會袖手不管，你把此話捎給老夫人，讓她老人家放寬心，我這就出去想辦法。」蕭天說著，拔腿就走。蕭天此時只有一個念頭：必須把明箏從宮裡撈出來。沒想到這幾日他都在運籌進宮之事，如今還要從宮裡撈人。

老管家從後面叫住他：「柳少爺來過，他不便久留，但留下話，讓你回來務必去找他。」

蕭天來到長春院時，天色已晚，但對於西苑街來說，這一天才剛剛開始。花衢柳陌裡，人潮湧動，秦樓楚館前，車馬盈門，滿目的歌舞昇平，一派的繁華盛景。

長春院門口，已停滿華鞍駿馬、綢蓋馬車。蕭天擇一個樹樁拴好馬，這馬還是趙源傑送他的，他的馬也在那夜丟失了。夜晚的長春院徒然增加許多門童，盤查甚嚴。蕭天直後悔沒有向柳眉之要一個書牌在手，此時恐怕不好混進去，正犯愁，只見一個白袍少年向自己跑來。

蕭天一眼認出，是柳眉之的小書童雲輕。

雲輕跑到蕭天面前，臉上帶著微笑，微微地向他點點頭。雲輕並沒有帶他進長春院的正門，而是走到一側，從一個隱祕的小門上了樓。

走廊裡飄出陣陣絲竹之聲。兩人沿著長廊在裡面拐來拐去，來到一處場館，門上懸掛著匾額，上書「天音坊」，雲輕停下來，與門前兩個門童比畫了幾下，兩個門童一左一右推開朱漆大門。門一開，裡面歌舞的聲浪和叫好聲迎面撲來，一段唱腔飄然入耳，聽著頓覺心肺俱舒，好生受用。那曲調委婉綿軟，唱詞又似是耳熟：

……樓臺花顫，簾櫳風抖，倚著雄姿英秀。春情無限，金釵肯與梳頭。閒花添豔，野草生香，消得夫人做……

此唱段一氣呵成，纏綿悱惻，至情至美。再往臺上看，蕭天不由一聲嘆，一位青衣花旦，緩拋水袖，翩翩起舞，臺上頓時盛開一朵美麗的牡丹花……

後臺上樂師以笙、簫、三弦、琵琶合力伴之，突然一聲梆板響起，樂聲頓消，舞者立時收起長袖，面向觀者來了個亮相，柳眉之臉帶笑容，氣定神閒地上前一步又一次亮相。

臺下發出一陣喝彩聲。蕭天環視四周，看見大堂上座無虛席，此時想找個地方坐下，恐難如願。雲輕不知從哪裡冒出來，朝他一笑，引著他走過臺口，向一邊屏風後過道走去。

穿過長長的過道，走到一個房門前。雲輕上前輕叩木門，木門打開，開門的是雲，雲一露臉，話匣子就打開了：「蕭公子，快，請進吧，我家公子著急忙慌就等著你呢，也巧了，蕭公子來得正是時候，來早了也不得見。」

「閉上你的嘴。」屋裡傳來柳眉之不耐煩的罵聲。雲一吐舌頭，溜了回去。

柳眉之靠在一張太師椅上，手裡端著一盅茶小口啜飲，看見蕭天進來，動也懶得動，指著一旁椅子道：「蕭公子請坐，我有些累了，怠慢了。」

「哪裡，柳公子所唱昆曲，真乃一絕也，」蕭天讚道，「宛若天籟之音，怪不得坊間取名『天音坊』，蕭天今日真是耳福不淺。」

「今日不是請你聽曲的，」柳眉之臉上憂思深重，「想必你也知道了我妹妹入宮候選的事，我心裡慌得很，怕她凶多吉少。」

蕭天看著柳眉之，故作不解：「柳公子何出此言？雖說入宮不是什麼福事，但也不至於危及生命吧？」

「這事怪我，」柳眉之緊鎖眉頭，「明箏父親早年為官，後遭人構陷，那構陷之人就是王振和工部尚書王瑞清，那日祭奠我把真相告訴了她，連仇人的去處都一併說給了她，她……以她的性格，父母之仇是非報不可的，進宮無疑離仇人近一些。」

蕭天心頭一顫，沒想到明箏進宮還有這層隱情。兩人相對無言，心頭翻滾著種種思慮。

這時，雲推門進來，忐忑地請柳眉之示下：「公子，陳老爺和張老爺在門外候著，說是想見你一面。」

「不見。」柳眉之心煩意亂地一揮手，突然又改變主意，他叫住雲，「慢著，請他們進來吧。」柳眉之回頭對蕭天道，「你且藏身里間，這兩位都是朝中人，我探探口風。」

蕭天急忙起身走到裡面帷幔處，藏了進去。

不一會兒，雲引著兩位錦袍男子走過來，柳眉之起身迎著他們躬身一揖：「不知兩位大人駕到，有失遠迎。」

「哈哈，柳公子客氣了。」其中一位身材略胖，滿臉風流，借著扶柳眉之的間隙，在柳眉之手背上摸了一把，嘻嘻笑著，噴出滿嘴的酒氣。柳眉之臉色滯了一滯，退到椅前。

另一位持重些，穩當地坐到椅上。

「柳公子，今兒張大人學會兒一段新詞，來這兒想同你討教一二。」他轉身望著坐在椅上的人，「老兄，你倒是開始啊。」

椅上之人早已按捺不住，搖頭晃腦地開始哼起曲調，然後開口唱道：「美人去遠，重門鎖，雲山萬千。知情只有閒鶯燕，盡著狂，盡著顛，問著他一雙雙不會傳言……」柳眉之跟著附和著，在柳眉之的帶動下，兩人又是敲桌子又是摔茶盅，好不瘋癲。

他們這樣折騰時，躲在帷幔後的蕭天坐在地上，望著房梁發呆。他的思緒早飛到別處，想著如何從宮裡撈人。這可比送人進宮難多了，但是，再難也要把明箏撈出來。

突然，帷幔被拉開，柳眉之出現在眼前，看見蕭天鎖眉煩悶的樣子，當即冷下臉：「蕭公子一定不屑與我這種人打交道吧？」

蕭天回過神，知他誤會了，笑道：「在下是在思慮明箏的事，心裡實在是有些急火攻心。」

「你果然有意於她。」柳眉之雙眸一閃，冷笑道，「也在我的意料之中。」「柳公子……我……」蕭天臉上一紅，知他誤會又加重一層，「我……」

「如果不是你中意於她，如何會這般幫她，罷了，現如今我也不跟你計較這些。」柳眉之沉著臉，飛快地說著，「剛才那兩位，身胖之人叫陳斌，唱曲之人叫張嘯天，從他們口中我探聽出，此次選秀由太后和司禮監王振主持，十日後，所有在冊秀女，經過甄選，入住萬安宮學習《女誡》，再行甄選後，才行冊立嬪位。」

「依你看，明箏在初次甄選中，有可能被淘汰嗎？」蕭天問道。

「難！」柳眉之直搖頭，「雖說內監和穩婆采選嚴格，但是明箏是高公公領進宮的，高公公在宮裡深得王振信任，那些主理甄選的內監和嬤嬤誰不給他這個面子，不要再抱這個幻想了，只能想別的法子。」

蕭天站立良久，突然說道：「柳公子，此事就交給我來辦吧，明箏於我有恩，我不會見她涉險而不顧。」

「你……有辦法？」柳眉之甚是驚異地以一種從未有過的眼神凝視著蕭天，他覺得這個落魄書生似乎越來越讓人難以捉摸了。

「有辦法。」蕭天此時無暇顧慮其他，他語氣堅定地說道，「你不方便外出，這件事就交給我吧，有消息你讓雲去家裡找我。」蕭天一揖手，「告辭。」

蕭天仍從隱蔽的小門出來，剛走到馬前，就看見一個人向自己跑來，是老管家張有田。老人滿頭大汗地說道：「家裡來了兩位客人，口口聲聲說是你的故友，讓我來尋你，其中一位姓趙，叫……」

「可是叫趙源傑？」蕭天急忙問道。

「正是。」

「張伯，我先行一步。」蕭天翻身上馬，打馬而去。

回到李宅，阿福已經回來了，正在堂屋給兩位深夜來訪的客人奉茶，看見蕭天過來，忙道：「蕭公子回來了。」

蕭天吩咐阿福下去休息，這才反身關了房門，看著八仙桌旁坐著的趙源傑和另一位同樣士紳打扮的男子。

趙源傑一臉愧疚，上前道：「兄弟，深夜又來叨擾，真是失禮呀。」趙源傑指著一旁的男子道，「這位仁兄是我好友，姓蘇，單字通，蘇兄在禮部供職，官拜司務。」

蕭天急忙上前行禮：「蘇大人，失敬，失敬。」

「叨擾了。」蘇通也忙還禮。

三人落座，趙源傑這才說出深夜來訪的緣由。原來趙源傑的小女兒趙明露與蘇通的家小女蘇慧是閨閣好友，兩家本就交往過密，又都有年齡相仿的女兒，蘇慧上面有三個哥哥，蘇通獨對小女兒甚是溺愛，此女也是入了秀女名冊。趙明露被父親告知，不用進宮候選，但要隨祖母回祖籍躲避一時。走之前，便去向好友蘇慧辭行。蘇慧得知後就向父親哭訴，蘇通被逼無奈跑去找趙源傑，趙源傑礙於以往情面，便全說了。蘇通便哀求好友，無論如何帶他見一見蕭公子。

蕭天一聽，原來為這事，便問道：「趙兄，兄弟有一事不明，按往年慣例，選秀女多出於江南，民間的居多，今年如何朝臣的女兒也被列入秀女名冊，而且不是少數？」

「唉，」蘇通嘆口氣，壓低聲音道，「為了湊數唄。」

「你不看這些天，城裡大街小巷嫁女的有多少。」趙源傑眼中露出憐惜之色，「在家都是心頭肉，進宮就變成了刀俎之肉了。你有所不知，宮裡太監比宮女都多，宮規森嚴，進去一輩子都出不來了，老死在裡面。」

蕭天眉頭一皺，瞬間又想起明箏，怎不讓人憂心。他大致也知道了兩人的來意，便站起身直截了當地說道：「兩位兄長，事不宜遲，我這就去跑一趟。這幾日你們在府裡靜等音信。」

趙源傑和蘇通交換了下眼色，兩人都是一副感激涕零的樣子。蘇通一激動，一下子跪到地上，蕭天忙上前去扶，蘇通幾乎哽咽道：「蕭公子呀，你真是救了小女一命了，小女從小被溺愛，不知天高地厚，宮裡那種地方，豈是她能待的？前幾天她母親討了個方子，說是服了，可以變黑，過不了甄選的關，小女服了，上吐下瀉，差點把命丟了。」

蕭天聽到此話，腦中就像過了一道閃電，把面前混混沌沌的視野瞬間照亮了，他不動聲色地問道：「是何方子？」

「一個遊方和尚騙人的，說是可以易容。」

蘇通說著一陣搖頭苦笑，一旁的趙源傑也是唉聲嘆氣。三人又說了會子話，蕭天再三安慰他們，說好見面的時間，兩人便起身告辭。

蕭天送兩人出了李宅，目送兩匹馬消失在黑夜裡，他立刻轉身，拉出自己的馬，向阿福交代了幾句，便直奔瑞鶴山莊。

六

一路順暢，只有出城門時費了些周章，所幸蕭天帶著李漠帆安插在東廠一個叫李東的百戶給的權杖。蕭天思謀著林棲和盤陽這兩日也該到了，都在山莊就好辦了。

到山莊時已接近四更天，門樓守夜的莊丁看見幫主深夜趕到，不敢耽擱，迅速跑到前院把曹管家叫醒，曹管家一邊整理著有些凌亂的衣袍一邊跑到蕭天面前。

「幫主，深夜到此，可是有要事？」

「你速去把林棲叫來，我在言事堂等他。」蕭天說著轉身走向櫻語堂，很快消失在暗夜裡。

「究竟是何事呀？幫主面色如此難看……」曹管家琢磨著轉身向前院林棲的住所跑去。

溶洞裡只燃了零星幾根火燭，被四周巨大的黑黢黢的洞穴覬覦，顯得異常的詭異。蕭天疲憊地靠到太師椅上，腦中重新思考著那個一閃而過的主意，仍然忍不住有些忐忑。

一陣腳步聲傳來，從石壁入口跑過來幾個人，是曹管家、林棲、盤陽，他們走到蕭天面前剛要行參見之禮，被蕭天阻止，蕭天讓其他人退下，只留下林棲。

「林棲，你師父傳給你的百香轉筋散，還有嗎？」蕭天急切地問道。

林棲看主人這次回來與往日不同，一身肅殺之氣，估計發生了什麼大事，忙格外小心地回答：「有，一直帶在身上。」

蕭天一聽此言，長出一口氣，一顆懸著的心也放下了。他一路風風火火趕來就是擔心這個，因為製作此丹的藥材只有檀谷峪深山峽谷裡有。心情一放鬆，這才頓感周身痠痛，他緩了口氣問道：「有多少？」

「在我背囊裡還有一瓶，大概有十幾丸。」林棲說著，不由好奇主人此時問百香轉筋散何用，難道他又需要易容，「主人，是你要服用嗎？我這就去取。」

「不是我用。」蕭天頓了一下，略一沉思，吩咐道，「你去把翠微姑姑和那四位姑娘叫來，我有事與她們商量。」

「是。」林棲應了一聲，轉身跑出去。

一炷香工夫，翠微姑姑打著哈欠走過來，身後跟著的四位姑娘看樣子也不清醒，個個睡眼惺忪的模樣。蕭天吩咐她們都坐下，然後說道：「這個時辰叫你們來，是事出有因，事情有變化。」

「哦，」翠微姑姑一下清醒過來，「難道進宮之事有變？」

「進宮不變，只是方式要變一下。」蕭天平靜地看著座上幾位姑娘，她們此時全都盯著蕭天。

「四位姑娘中要挑出兩位，隨我進城，一位到趙府冒充趙府小姐趙明露，一位到蘇府，冒充蘇府小姐蘇慧。」

「是這樣，嚇我一跳。」翠微姑姑拍了下胸口，點點頭道，「還是君王考慮周詳，真要是以瑞鶴山莊之名送去四位秀女，確實有些不妥，這樣一來起碼不會引人猜疑。」

「這只是其一。」蕭天說道。

「還有什麼？」翠微姑姑瞪大眼睛問。

「還有一事有些麻煩，我要從宮裡秀女中撈一個人出來。」蕭天盡量放輕鬆地說道。

「君王，從宮裡撈人？虧你想得出來，你以為是青樓呀，交點贖金就能領走，那可是皇宮呀！」翠微姑姑驚訝地站起身道。

「我知道是皇宮。」蕭天面色冷峻、目光深邃地望著眾人，「我已有辦法。」「有何……辦法？」翠微姑姑瞪著蕭天。

「四位姑娘入宮候選，經過初次采選後，入住萬安宮。四位姑娘要在萬安宮裡找一位名叫明箏的秀女，並在她不知的情況下，讓她服下百香轉筋散，這事就算完成。」

「百香轉筋散是易容之物呀。」翠微姑姑長在檀谷峪，她如何不知這百香轉筋散，「此丸藥藥性古怪，它會因服藥之人體內溫寒不同而改變，最是讓人無法預見，有時使人面部瘀青腫脹，有時又會使人臉部潰爛，簡直就是毀容呀。即使藥效只有月餘，一月之後自行修復，但也會有後遺症呀，如何能用在秀女身上？」

「現如今，別無他法。」蕭天說道。

「哦，」翠微姑姑恍然大悟，「你是想讓那位明箏姑娘因面容醜陋被淘汰出宮？」

「正是。」

「主人，」林棲上前一步，眼中冒著怒火，「就是那位看過《天門山錄》並能倒背如流的姑娘嗎？主人對她真是夠上心啦，青冥郡主還沒救出來，倒是先救她了。」

「閉嘴。」蕭天瞥他一眼，「那日的教訓還不夠嗎？」林棲臉上肌肉一顫，一臉不服但迫於蕭天的威嚴只得暗壓怒火，退到一邊。

翠微姑姑冷眼望著主僕兩人，心裡敲起鼓，她以為蕭天馬上會給解釋，等了半天不見他開口，便心懷不滿地問道：「君王，這位明箏姑娘又是誰？」

蕭天沉吟片刻，看出翠微姑姑目光中隱含的敵意，溫和地一笑道：「不瞞姑姑，這位明箏姑娘是家父故友之女，此番進京才得知她父母已亡，本想領來山莊小住卻出此變故。此女有奇秉天賦，她機緣巧合看過那本奇書《天門山錄》，正因為此，她留在宮裡對咱們極為不利，王振和寧騎城一直在煞費苦心四處尋找《天門山錄》，如若讓他們得知明箏姑娘有其稟賦，必下黑手。」

「原來如此。」翠微姑姑略一尋思，把明箏姑娘控制在自己手裡確實更周全一些，遂點點頭，「好吧，就按君王的意思辦。」

這時，座上的綠竹姑娘風輕雲淡地提出一個問題，把大家都難住了：「君王，翠微姑姑，我們眾姐妹都沒有見過這位明箏姑娘，想必秀女來自各地人數眾多，保不齊有重名的，我們如何才能知道誰是明箏姑娘？」

「這個……」蕭天突覺腦袋又似被重物狠擊了一下，頓時「嗡嗡」直響。一路上他只想著使何計謀，卻把這個問題忽略了。

座上的另三位姑娘此時打開了話匣子，一個比一個主意多。「我知道，寫個告示認姐妹……」「麻煩，只要晚上睡覺時挨著床鋪問就行了……」「不如拿銀子給女官，讓她看名冊指認就成了……」眾人嘰嘰喳喳嚷成一片。

「呸！」翠微姑姑惱得一頭火氣，她大聲叫道，「妳們以為宮裡是戲園子，任妳們興風作浪。我告訴妳們，宮裡大小閻王多了去了，妳們到那裡能保住自己一條小命就算本事。妳們記住一條，不管遇到何事，一個『忍』字，另外還是一個『忍』字，記住沒有？」

四位姑娘急忙點頭稱是。

「君王，你倒是把明箏姑娘長什麼樣給她們交代清楚些呀。」翠微姑姑看著蕭天。

蕭天被這群女人吵吵得眼冒金星，他點點頭道：「我說一下明箏姑娘的特徵。」蕭天腦子裡浮現出明箏的模樣，那麼清晰，似乎就在眼前，但是他卻無法用言語說出來，他臉憋得一陣紅一陣白，結結巴巴地說道，「清秀，聰慧，對了，這點可以幫上你們，她是一個異常聰慧的女子。」

翠微姑姑聽蕭天說完，嘆口氣：「這兩條，你等於沒說。」蕭天一愣，不解地望著眾女子。

「是呀。」四位姑娘一起起身，向蕭天一福，一起回道：「君王，我們……哪個不清秀，哪個又不聰慧呢？」

「這……」蕭天捂住額頭，頭都要炸了……

第六章　移花接木

一

正月一過，萬安宮便迎來工部營繕司的匠人，太后下懿旨要重新修繕萬安宮，為今春的秀女甄選備用。以前這裡住著先皇數名嬪妃，這些女人或病死或為先皇殉葬，有子女者則隨遷往封地，此宮日久凋敝，整個園子一片衰草連天。

修繕後，除去了荒草，理通了水池，門窗樓臺都用新漆油了一遍。幾個女官查驗後便向太后回話，只等日子一到，就可開門迎接秀女入住。這些女子要在這裡學習宮廷禮儀和《女誡》，月餘後甄選出五十名優異者冊立，其餘填充到各宮，借此遣送一些年老患疾的宮女。

萬安宮地處紫禁城西南一隅，遠離三大殿，原本是個被人遺忘的地方，如今入住了眾多秀女，昔日的垂垂暮色，方展了新顏，更是應了當下的春景。

此時已用過早膳，秀女們排了兩隊依次向蕙蘭殿走來。秀女們穿著統一的宮廷服飾，上身為月白色襦衣，下身為淡青色百褶裙，色澤清雅靚麗。迎著朝陽，秀女們款款而來，微風下一個個裙裾迎風飄揚，宛如一朵朵盛開的百合花。

只是隊伍裡鴉雀無聲，這些來自民間或是官宦之家的女子，一個個斂聲靜氣，目視前方，不敢有絲毫的逾越。自進入紫禁城，在經過了三輪的采選後，她們身上鮮活的個性已被面前的帝王之氣所吞噬，唯一學到的自保之法就是順從。

負責監管秀女學習的尚儀局女官楊嬤嬤早早便佇立在殿前，她有四十出頭，面容圓潤，如不是兩道深深的法令紋倒也稱得上美人一個，此時她緊繃著面孔，兩道法令紋更深了，顯出十二分的威嚴。

她目視著秀女的隊伍，只見尚儀女官陳嬤嬤飛快地從秀女隊伍旁邊慌裡慌張跑過來。陳嬤嬤比楊嬤嬤小三歲，卻胖出不少，她輕提裙角，微胖的身軀氣喘吁吁，額角上冷汗涔涔。

「陳嬤嬤，何事驚慌至此？」楊嬤嬤皺起眉，不滿地瞥著臺階下的陳嬤嬤。平時她就十分瞧不上她，她行事沒有主張，慌張又膽小，豆大的事在她眼裡都能變成天大的事。

「楊嬤嬤，楊嬤嬤呀……」陳嬤嬤慌張地跑上臺階，最後一級險些絆倒，身體前傾，被楊嬤嬤一把抓住衣領才穩住，「有件事呀，向妳回稟，這看如何是好呀？」

「何事？」楊嬤嬤不滿地瞥了她一眼。

「剛才在膳房，聽幾個秀女背後說，不識一字，《女誡》根本看不懂。」

「哦，」楊嬤嬤鼻孔裡哼了一聲，「我當是何事，我有的是法子讓她們記住。」

「啊！」陳嬤嬤瞪大眼睛，眼神裡的驚喜一晃而過，又開始抱怨起來，「內監和穩婆是怎麼采選的？妳倒是看看這些個姑娘呦，麻臉的、天足的，還有一人臉上有顆大痦子，連我看著都噁心，這能讓皇上看嗎？」

「妳這話要是讓高公公聽見了，小心妳的位置不保。」楊嬤嬤輕描淡寫的一句話，立刻讓陳嬤嬤收斂起來，俯首貼耳點頭稱是。「內監和穩婆也不容易，要從各地選送的上千名女子中甄選出這些人，也是煞費苦心，想想看，誰也不敢得罪，好在還要在這些人中選出五十名，總要選出些入眼的。」

「那要是再入不了眼呢？」陳嬤嬤說到一半被楊嬤嬤的眼神止住。

「過三年，再選唄。」楊嬤嬤拍拍陳嬤嬤的手背，「這樣咱們才有事幹不是？」陳嬤嬤重重地點頭，她被楊嬤嬤的睿智折服，又問道：「太后令咱們督查，咱們是嚴呢還是……」

「廢話，當然是嚴了。」楊嬤嬤答得很果斷。「可那些不識字的……」陳嬤嬤有些憂心。「重罰之下，都會賣命。」楊嬤嬤道。

此時，在兩位嬤嬤相談之間，秀女的隊伍起了波動。一名女子突然從左邊隊伍閃身插進左邊靠後的隊伍，兩支佇列瞬間混亂，片刻後稍事調整，就像水面被激起一個漣漪，又恢復了平靜，兩支佇列繼續前行。

「綠竹。」那名女子插到佇列中，一臉驚喜地看著身後的女子。綠竹也認出她：「菱歌。」綠竹掩飾不住興奮，這兩天她都在努力尋找她們，無奈一入宮，管制森嚴，簡直動彈不得。「你可看見拂衣和秋月嗎？」綠竹問道。

「沒有。」菱歌一邊走一邊小聲說道，「嚇死我了，我還以為就我自己采選上呢。」

「美得妳。」綠竹道，「別忘了我如今叫蘇慧。」

「知道，」菱歌小心地環視四周，「要是拂衣和秋月沒有選上，就剩咱倆咋辦？」

「現在如何能下結論？這麼多人，或許她倆也在找咱們呢？」綠竹小聲說著，看見兩個嬤嬤回過頭來，急忙道，「不說了，用膳時，妳跟著我。」

楊嬤嬤和陳嬤嬤看見一名小太監匆匆從步道走過來，兩人認出是高昌波身邊的小太監小通子。

「回稟兩位嬤嬤，」小通子上前行禮，「高公公著小通子來傳話，太后有口諭，秀女誦讀《女誡》勢必要一字不差，高公公一個時辰後來蕙蘭殿面見兩位嬤嬤。」

陳嬤嬤有些慌張地看著楊嬤嬤，楊嬤嬤淡定地一笑，胸有成竹道：「小通子，回你家公公，說楊嬤嬤和陳嬤嬤在蕙蘭殿恭候。」

小通子答應一聲，躬身退下去。

秀女們依次走進大殿，殿中一排排案幾，幾下是一個圓形布墩，裡面塞著乾草，坐上去既軟和又硬實。秀女們一排排坐好，有的已經開始翻看案幾上的冊子。

在大殿中間第三排，拂衣和秋月的小幾挨著，秋月一坐定就前後左右瞅了一遍，滿大殿的人看得她有些眼花。她一旁的拂衣低頭看著案幾，小聲問道：「秋月，你看半天了，倒是找到沒有呀？」

「哎呀，別催我。」秋月揉了下眼睛，在狐地時數她眼力最好，多高的老鷹她都能看見，總是自詡千里眼，怎奈這大殿中女子全穿一樣的服飾，梳著同樣的髮式，胖瘦高矮也相當，她不耐煩地小聲嘟囔著，「也許，綠竹和菱歌壓根就沒有選上。」

「不可能吧？綠竹嘛，是醜點，那菱歌呢？她可是咱狐地第一美人呢。」拂衣小聲說道。

「這可是在宮裡，誰知道那些變態老太監和下作老宮女怎麼選的，我真是鬧不懂，這個大明的天子，自個兒的媳婦偏要別人選看，要是在咱們檀谷——」

拂衣急忙打斷秋月的話，向她遞著眼色，壓低聲音道：「別扯了，說點有用的，若是找不到她們，怎麼辦？」

「咱做咱的唄。」秋月雙眸一閃，望著拂衣，「早膳時，我讓你看的那個女子，她說叫明箏。」

「她？」拂衣急忙搖頭，「一臉麻子，怎麼可能？」

「但看上去，很是清秀。」

「君王沒有說一臉麻子呀。」

「可是她識字，《女誡》上的字，她都認得。」

拂衣看著秋月，兩人交換了個眼色，拂衣道：「翠微姑姑讓咱們見機行事，那就見機行事。」

秋月點點頭：「算她一個。」

拂衣沒聽明白，她望了秋月幾眼，見她不說話，就催促道：「妳倒是說清楚呀，怎麼就算她一個？」

「笨死了。」秋月低下頭，做了個手勢。

拂衣還是看不明白，秋月急了，道：「保險起見，多找幾個。」

拂衣瞪大眼睛，過了片刻，方明白過來，因為也沒有更好的法子，便點了點頭。拂衣把這個問題剛扔到腦後，另一個更加嚴重的問題擺到面前，她側身問道：「秋月，妳拿著書冊，可識得上面的字嗎？」

「這些漢人支支叉叉的字，誰會識得？我翻著不過裝裝樣子罷了，妳看我的樣子是不是很像一個書香門第的大家閨秀？」

「呸！」拂衣一咧嘴，「小心嬷嬷盯上妳，就慘了。」

拂衣的話音未落，楊嬷嬷已悄無聲息地走到秋月面前。她盯著這名秀女，聲音尖利地說道：「報上姓名。」

「秋……月……」秋月心裡一陣忐忑。

「把《女誡》卑微第一背誦一遍。」楊嬤嬤說著，眼睛上翻瞥了她一眼，她早就注意到她，論相貌此女子確實可拔得頭籌，但別人都在低頭誦讀之時，她卻在和人小聲說話，著實沒把她這個嬤嬤放在眼裡，不讓她吃點苦頭，怕是降不住她。

秋月有些傻了，整本冊子她只認得幾個字，更別說背誦了，心裡正埋怨著這皇帝老兒選妃子，一不考媚術，二不考歌舞，考什麼背書呀，一陣胡思亂想，楊嬤嬤的話又一次在耳邊炸響：「把《女誡》卑微第一背誦一遍。」

「回嬤嬤，小女看得甚入迷，感動涕零，只是還沒有來得及背下來。」秋月柔聲柔氣地說道。

與秋月隔著四排，靠左邊牆壁邊，綠竹正又驚又喜地注視著前面。綠竹和菱歌幾乎同時聽見秋月的聲音，兩人興奮地交換了個眼色，綠竹有些擔憂：「壞了，秋月不識字，保不齊嬤嬤要罰她。」

楊嬤嬤一步走到秋月身邊，大喊一聲：「出來。」

秋月嚇一跳，急忙哀求道：「求嬤嬤再給我一些時間。」

楊嬤嬤舉起手裡戒尺，準備殺雞儆猴，突然從一旁殺出個陳嬤嬤，陳嬤嬤一把奪過她手中戒尺，道：「姐姐糊塗了，懲戒秀女怎可用這個。」說著，陳嬤嬤附在她耳邊低聲耳語了幾句。

楊嬤嬤嘿嘿冷笑了幾聲，點點頭：「好，就罰『板著』。」楊嬤嬤話音剛落，幾個宮女便圍住秋月，拉著秋月走出大殿。眾秀女初入宮門，哪裡知道什麼叫「板著」？眾秀女向外看去，這一看無不心驚膽寒，個個面如土色。

只見宮女拉著秋月站在殿外石板地上，宮女命秋月面向北方站定，彎腰伸出雙臂，命她雙手扳住雙腳。一個宮女負責看住她雙腿不得彎曲，一彎就打。秋月雖說以歌舞見長，身體柔軟，但是，時間一長，額頭上豆大的汗珠掉下來，不一會兒便頭暈眼花，渾身打戰。

「嬤嬤，妳這樣體罰秀女，誰還有心情背誦，嚇都給嚇死了，若是太后過來，過問大家的功課，於妳面上也無光呀。」

突然，大殿上一個清脆的聲音打破了沉默。

楊嬤嬤循著聲音回過頭，大聲問道：「誰？站起來回話。」

說話的秀女正是明箏。她從窗下站起身，她本不想引起嬤嬤的注意，只是剛才這一幕她實在看不下去，這種惡毒的體罰也只有宮廷裡才有，表皮毫髮無損，卻可使人經脈俱傷。

楊嬤嬤好奇地走過來，說道：「報上姓名。」

「香兒。」明箏不想讓嬤嬤記住自己的名字，隨口說了自己的乳名，知道她一時半刻也無法核查。

「妳能背誦嗎？」楊嬤嬤問道。

「嗯……」明箏略一猶豫，乾脆說道，「不能。」

「妳，也給我出來。」楊嬤嬤氣急敗壞地叫道，「還給她求情，妳自己都難保。」

陳嬤嬤走過來，甚是得意地搖著腦袋：「罰她『提鈴』，五日內再背不出，再接著提。」陳嬤嬤看許多秀女茫然的眼神，覺得有必要給她們解釋一下，不然沒有威懾力，便接著說道，「就是罰她每夜自乾清宮門外到日精門、日華門，再回到乾清宮前，口不能停地背誦《女誡》，直到背會為止。妳們都聽好了，這就是背誦不出的下場，還看我幹什麼，我臉上有字嗎？」

大殿裡頓時寂靜無聲，眾宮女個個低眉俯首看著案幾上的書冊。明箏本來擔心也罰她「板著」，沒想到是「提鈴」，倒是暗自高興起來。她入宮這麼多天，天天跟木偶似的被牽著走，今夜終於可以一個人在宮裡溜達了。雖然高興，但表面還是裝作很害怕的樣子，低著頭向陳嬤嬤施一禮道：「嬤嬤，我一定努力在五日內背出《女誡》，請嬤嬤息怒。」

「嗯。」陳嬤嬤一看，果然還是威嚇的手段管用。

這時，外面一陣驚呼，幾個宮女跑去扶住倒地昏厥的秋月，楊嬤嬤對一旁一個宮女道：「去，吩咐她們將她抬回寢殿，好生看著。」

楊嬤嬤抬頭看了看天色：「有一個時辰了吧，高公公該來了吧？」

「姐姐，我去迎一下。」陳嬤嬤說道。

「好，去吧。」楊嬤嬤點點頭。

二

高昌波手拿拂塵，沿著長長的甬道向萬安宮走來。他身後跟著小通子和小順子，小通子比小順子長兩歲，從小在宮中長大，舞勺之年卻已是個老太監了，對宮中規矩很熟悉，深得高昌波的喜愛。

小順子還跟個潑皮孩子似的，一般高昌波不願帶他出來，覺得丟人，到現在都拖著兩條鼻涕，不論見誰都是一通磕頭，有時候見個卑微的宮女都跪下磕頭。

此時陽光暖洋洋地灑在甬道裡，高昌波微閉著眼睛愜意地走著，受夠了一個冬季的西北風，如今享受著開春的這股暖意，渾身都很舒暢。就在這時眼前突然一黑，一股陰冷的風撲到面門，一個高大的身影擋在他面前。

「高公公——」

高昌波一愣，抬頭看見寧騎城一身甲冑站在他面前，腰佩繡春刀，一臉風塵僕僕。

「高公公要去何處？」寧騎城拱手一揖道。

「寧大人，」高昌波咧嘴一笑，看著面前這個威風凜凜的錦衣衛指揮使忙躬身還了一禮，道，「此番去萬安宮，大人這是……」

「哦，下了早朝。」寧騎城恭恭敬敬地說道。

高昌波看寧騎城一改往日飛揚跋扈的強勢做派倒有些不適應。以往他在宮裡也經常遇見寧騎城，但他很少和自己打招呼，根本無視自己的存在。今日寧騎城的反常讓高昌波心裡有些忐忑，於是上前一步，說道：「寧大人，那日之事，多有得罪，我看那明箏姑娘是鐵了心要進宮，依老身看，她是想攀高枝變鳳凰。」

「是嗎？」寧騎城漆黑的眸子深不見底，他乾笑了兩聲，突然轉變了話題，「高公公，我近日辦差，得一寶貝，今日專門帶來孝敬你老。」寧騎城說著從懷裡取出一個紅綢面的匣子，伸手緩緩遞到高昌波面前。

高昌波那雙混濁的眼睛登時閃起亮光，寧騎城手指一按機栝，匣子彈開，裡面是一顆鵪鶉蛋大小的珍珠，經太陽光一照，通體晶瑩剔透。高昌波喜歡得嘴巴都合不攏了，涎水差點流下來，耳邊只聽寧騎城說道：「剛才高公公說，那個明箏姑娘想當鳳凰，依下官看，沒有高公公首肯她當不成，你說呢，高公公？」

「當不成，當不成。」高昌波順著寧騎城的話說著，伸手接過紅綢匣子，眼睛眯成一條線，他把匣子揣進衣袖裡，湊近寧騎城壓低聲音道，「老身也看出來了，你對那丫頭有意。」

寧騎城露出一個笑容，道：「拜託公公了，讓那個丫頭早點淘汰出局，我必會重謝公公。」

「老身知道了，寧大人放心吧。」高昌波笑著一甩拂塵，然後向寧騎城告辭。

寧騎城一走遠，小順子和小通子就圍上來：「爺，讓小子瞧瞧寶貝唄。」兩個小太監一個抱胳膊一個抱腰。

「滾，你們兩個小崽子，邊上去，吵什麼吵，就怕別人不知道嗎？」高昌波嚷了幾句。一隻手揣著寶貝，一邊尋思起來，寧騎城對自己如此俯首貼耳還是第一次，看來這個明箏姑娘還真不能小覷。高昌波呵呵一樂，只要有她在手裡，還缺寶貝？高昌波正美滋滋地樂著，小通子一把拽住他的衣袖，大聲叫道：「爺，你看那是什麼？」

高昌波一抬頭，發現一股黑煙正從萬安宮竄上半空。

「我的奶奶呀，著火了。」高昌波驚懼地瞪大眼睛，此處偏僻，連禁衛巡邏都繞著走，他頓時急得出了一身大汗，一腳踢向小通子，又一腳踹向小順子，大叫道：「還不快跑去叫人，去喊人救火……」

小通子和小順子連滾帶爬跑去喊人了。

高昌波揣著肥胖的肚子呼哧呼哧向萬安宮跑去，在門口遇到前來接他的陳嬤嬤，兩人顧不上寒暄，急忙向院子裡跑去，一邊跑一邊說著話。

「陳嬤嬤，出了何事？」

「不知道呀，我出來接你，也是剛看見冒黑煙，天呀，要是秀女們出了事，我這條老命怕是不保呀。」

「行啦，冒一股黑煙，能出什麼大事？」

兩人跑向蕙蘭殿，看見秀女們全跑出來了，宮裡一片大亂。一些宮女太監端盆提桶跑去滅火，失火的不是秀女的房間而是文書閣，裡面只有書籍、雜物，平日是兩個嬤嬤的休息之所。

楊嬤嬤一頭大汗，正指揮著眾宮女和太監滅火，看見陳嬤嬤領著高昌波走過來，臉上一陣尷尬，此時出差池於她臉面上極不好看。高昌波一看火勢已被控住，也沒多言，只是問了人員的傷情，聽到無人受傷，也便放心了。楊嬤嬤和陳嬤嬤誠惶誠恐地差人搬來椅子讓高昌波坐下，高昌波剛落座，突然想到一個問題：「兩位嬤嬤，秀女名冊可在此處？」

楊嬤嬤和陳嬤嬤一聽此話，心下一驚，可不是嘛，秀女名冊正在此間文書閣裡。楊嬤嬤和陳嬤嬤不由一陣面面相覷。

蕙蘭殿外的空地上站滿秀女，她們一個個無比開心，像一群久困林中的山雀，逮著機會終於飛上天空，一片嘰嘰喳喳，暫時忘卻了身邊的煩惱。

綠竹和菱歌一跑出大殿就在秀女堆裡找拂衣，可怎麼也不見她的人影。

「她不會是跑去看秋月了吧？」菱歌推測道。

「不管她了，」綠竹說道，既然自己被選出做四人的頭人，定要把事做好，「反正也見到她們了，如今機會難得，趁亂趕緊把君王委託的事辦了，找明箏姑娘，咱倆分頭去找。」

「如何找？」菱歌問道。

「沒別的法子，一個個問吧。」綠竹冷靜地回答。綠竹和菱歌商量好，就此分開，一個往東面，一個往西面而去。

這時，人群裡還有一個身影悄悄離開眾人，跑過花壇，躲到回廊裡，然後沿著回廊向宮門跑去。跑到宮門前，看見宮門大敞著，一個人影都沒有，她停下來，呵呵一笑：「皇宮，不過如此。」

此人正是明箏，她跑出宮門，看見一條長長的甬道，她想起來時前面是一處御花園，憑印象向左邊一路疾走。

果然不遠處看見一片假山奇石，初春的日頭照下來，一些幹枝上冒出青嫩的芽子，水塘裡冰雪已融化，水面在陽光下泛著漣漪。明箏走在碎石子鋪的小徑上，終於呼吸了一口自由自在的空氣。想到進宮這些日子如噩夢一般，盤桓在心頭揮之不去，每次她都咬牙挺著，想到自己的血海深仇，她便不再抱怨，如若能親手刺死仇人，她受再大的苦都值得，即使想到姨母，她也覺得沒有辜負她。

正胡思亂想，迎面撞見一個小太監正往嘴裡塞東西，可能明箏出現得太突然，小太監張嘴愣住，嘴裡的豆子劈里啪啦往下掉，兩條清鼻涕流到嘴邊，小太監二話不說撲通倒地就磕頭。

「你別怕，你叫什麼名字？」明箏扶起他，看著他還是個孩子。

「小順子。」小太監急忙囫圇吞咽下豆子，又一吸溜鼻子，收起兩條鼻涕，他看明箏也是一愣，見她身上所穿衣裳既不是宮女的裝扮，也不是嬪妃的衣飾，不知該如何稱呼，只得又跪下，「請娘娘恕罪。」

「我不是娘娘。」「公主？」

「也不是公主，叫我秀女姐姐吧。」明箏看他如此瘦弱，問道，「你吃不飽嗎？」

「不，吃得飽，」小順子一笑，「有時候辦錯差，就沒飯吃，早上我睡過了點，爺罰我，不過挨到中午就有的吃了，秀女姐姐，我得趕緊過萬安宮去，不然，爺又該罰我了。」

突然，從明箏身後伸出一隻手臂拎著小順子的衣領提到半空中，「大將軍饒命呀。」小順子悶聲哀求著。

明箏一回頭，看見寧騎城拎著小順子，小順子的臉被憋得煞白。

「你這人真是陰魂不散，」明箏伸手去奪小順子，「你欺負一個孩子，算什麼本事？」

「他可不是孩子，不好好當差，跑這裡偷懶，我教訓他是為他好。」寧騎城盯著明箏道。

小順子低頭看見寧騎城腰間的金牌，早嚇得魂不守舍，渾身抖著，哀求道：「奴才知錯了，求爺繞過這一次。」

「小順子，別怕他，他只會虛張聲勢，」明箏奪下小順子，安慰他道，「姐姐可是武林高手，他不敢打你，你快去當差吧。」

小順子從來沒有被人這麼疼過，臉上眼淚鼻涕一起流下來。明箏鼻子一酸，看見他就像看見自己剛離京時的樣子，孤苦無依，任人欺辱。她從身上拿出帕子，幫小順子擦去鼻涕。小順子一把搶過帕子，道：「姐姐，我洗淨還你。」說完就跑了。

「喂，武林高手，妳不在蕙蘭殿背誦《女誡》，跑出來幹什麼？」寧騎城雙手抱臂，饒有興致地望著她。

明箏也不答話，轉身便走。但寧騎城快她一步，攔到身前。明箏賭氣向另一邊走，又被寧騎城快一步攔住。

「寧騎城，你想幹什麼？」

「對呀，這話該我問妳，」寧騎城收斂起笑容，沉下臉道，「妳以為這是妳家菜園子？這是御花園，不是什麼人都能來逛的。妳進宮多日怎麼一點沒有長進——」寧騎城臉色驟然一變，一把抓住明箏拎著她快步躲到假山後面。一盞茶工夫，一隊宮女和太監舉著宮扇華蓋烏泱泱走過來，中間一乘八抬鑾輿，遠遠望去珠翠錦袍一片炫目。

「妳也想有一天坐到那上面去?」寧騎城壓低聲音問一旁的明箏。

「呸，我才不要坐到那上面。」明箏皺起眉頭。

「那妳為何進宮?」寧騎城看似漫不經心地問道。

明箏警惕地向一旁挪了一步，沒好氣地道：「我為何要告訴你?」

「妳我緣分不淺，別忘了，我還是妳的恩公。」寧騎城看著明箏，「或許我可以幫到妳呢。」

「哦?」明箏腦子飛快地轉了起來，她瞥了他一眼，既然他主動說可以幫她，那就給他找點事做，最好把他嚇跑，省得他再跑來纏住自己。「好呀，」明箏點了下頭，「我想狠狠地整治那兩個嬤嬤，你能幫我嗎?」

「什麼?」寧騎城緊繃著的臉一顫，「為何?」

「怕了吧，」明箏嘲諷地撇了下嘴，然後一臉怒容地開始控訴，「那兩個嬤嬤可惡至極，她逼我們背《女誡》，什麼狗屁文章，我只看了一眼，就看不下去了，你讀過嗎?你聽聽給評評理，上面說：古者生女三日，臥之床下，弄之瓦磚，而齋告焉。臥之床下，明其卑微，主下人也。弄之瓦磚，明其習勞，主執勤也……你聽聽，憑什麼女子生下要睡地下，難道女子不是人?我父親在世時，便只讓我讀四書五經，從未聽聞有什麼《女誡》。」

「這是妳看一眼記下的?」寧騎城眼眸深邃地望著明箏，顯然想到別處去了。

「還多了去了，我不說了，總之肺都要氣炸了，我才不去背它，不背!」明箏氣鼓鼓地說道。

「以前，東塘胡同李府，原工部尚書李漢江有一獨女，名李如意，五歲即過目能誦，妳可聽說過她?」寧騎城突然問道。

明箏一驚，乍然從寧騎城口中聽到父親和自己的名字，不由愣怔，眼神裡一片恍惚，方知自己失言，片刻後故作輕鬆地笑著搖頭道：「不，不知道。」

寧騎城嘴角擠出一個似是而非的笑容，陰陽怪氣地說道：「姑娘，依妳這性子，在宮裡活下去實屬不易，非被嬷嬷整死不可。」

「所以呀，在她們整我前，我先整整她們。」明箏咬牙道。寧騎城搓著雙手，問道：「你說說看，怎麼個整法？」

「往狠裡整。」明箏說道。

「怎麼個狠法？」寧騎城又湊近一步問道。明箏皺起眉頭，思忖片刻，終於下了決心：「我聽說有一種藥粉，沾到身上奇癢無比。」

「就這？」寧騎城忍住笑，不由想到詔獄的十八般酷刑，真不知她過目後會如何評說。「這種藥粉還真有，叫『半步顛』，沾到身上走出半步就癢痛發作，又痛又癢。」

「會不會死人？」明箏急忙問道。

「不會，妳聽說過有癢死人的嗎？」寧騎城忍不住笑起來。

「你也會笑？」明箏看著眼前這個一身甲冑的男人笑得像個孩子似的，發現他卸下偽裝，竟是個異常英俊的男子，不由開心地說道，「你長這麼俊，幹麼天天繃著臉？」

寧騎城第一次聽到有人居然敢當著他的面誇他俊，臉上一陣陰晴不定，正要發作，明箏突然道：「喂，算我沒說。」

「『半步顛』妳要還是不要？」寧騎城陰著臉問道。

「要。」明箏略一思考，「夜裡送來，我很好找。」

「為何？」寧騎城一愣。

「我被嬤嬤罰『提鈴』。」明箏道。

這一句，又把寧騎城生生給逗樂了：「『提鈴』？」寧騎城笑起來，「怪不得妳要『半步顛』，哈……」

第七章　神祕身影

一

萬安宮裡文書閣的火勢在午膳前被撲滅了，原因也查明，是一個叫梅兒的宮女為圖省事把熏香灰倒到牆角，未燃盡的香灰引燃木線，木線又引燃書櫥，書櫥裡存放著宣紙書籍，星點大火星便引起一場大火。楊嬤嬤重重鞭打了那個叫梅兒的宮女，與梅兒一起當值的幾個宮女也受到牽連。

楊嬤嬤對在她眼皮底下出此紕漏，甚是氣惱，遂把怒氣撒在眾秀女身上。午膳前，她一連詢問五人，其中只有兩人能背出個一二來，三人不會。便罰其中三人「板著」，那三個秀女只一盞茶工夫便倒地哀號，被宮女抬進寢殿。

匆匆用過午膳，楊嬤嬤一聲令下，豈容半刻休閒，秀女們繼續回到蕙蘭殿讀典。眾秀女坐回原處，個個低眉順耳，埋頭苦讀，再不敢出半點差池。大殿裡一片「嗡嗡」之聲，楊嬤嬤看懲戒初見成效，才滿意地步出殿外。綠竹看嬤嬤走了，著急地向身旁的菱歌問道：「拂衣怎麼了？」

「許是被嚇住了，她本來性子就軟，不愛言語。」菱歌回頭看著不遠處的拂衣，見她面色蒼白，低著頭，一動不動。

「菱歌，妳看那個秀女。」綠竹指著旁邊一個秀女緊張地說道，「臉，妳快看她的臉。」

菱歌順著綠竹手指的方向望去，只見一個秀女一手捧書冊，另一隻手不停地撓著一邊臉，那半張臉又紅又腫，越撓越紅。菱歌回過頭，看著綠竹道：「難道她倆已經動手了？」

「不該呀？」綠竹皺起眉頭。

「咱倆幾乎挨個問，也沒有找到明箏姑娘，難道她倆找到了？」菱歌嘆口氣，「翠微姑姑臨行前交代，讓咱們見機行事，看來她倆走在咱倆前面了。」

「萬一不是呢？」菱歌道。

「不管她們，咱們還是接著找吧。」綠竹想了片刻，「這樣，誰第一個背誦出《女誡》，誰就可能是明箏，這樣才算是聰慧。」

「前兩名吧，」菱歌補充道，「這樣不容易出紕漏。」

兩人商議好，信心滿滿地給對方一個鼓勵的眼神，便開始四下去觀察眾秀女。兩人的目光從眾秀女面上掠過，在心裡一個一個打著分。一盞茶工夫，愁雲便重新籠罩到兩人臉上。直到晚膳時，也沒有一個人能背誦出來，楊嬤嬤不好再不讓去休息，只好宣布用膳。

一出大殿，那個腫臉的秀女被發現，四周眾秀女發出一片驚叫聲。楊嬤嬤和陳嬤嬤循聲跑來，也跟著一起驚叫起來：「哎喲喲，真不讓省心呦，什麼蹊蹺的事都讓咱們趕上了。」楊嬤嬤拉著那個秀女還沒問清臉上腫脹的原因，不遠處又起一片驚叫聲，一個秀女跑來：「回稟嬤嬤，那邊一個秀女臉上腫脹得更厲害。」

陳嬤嬤急忙跑向另一個秀女。眾秀女議論紛紛，有人說膳食裡有毒，有人說兩名秀女招惹了不潔之物。陳嬤嬤跑到楊嬤嬤身邊，兩人低頭耳語一番，決定暫時停止用膳，並派宮女喊來膳房裡的太監，太監一看兩名秀女的模樣也嚇一跳，急忙又差人喚管事太監。

管事太監張成急急趕來，他五十多歲了，在宮裡也有年頭了，見多識廣，他打眼細瞅了兩個宮女，方長出口氣道：「無妨，這是水土不服，取點灶心土水煎頓服，即可。」

大家虛驚一場，秀女們依次走去用晚膳。

綠竹和菱歌瞅準機會走到拂衣身邊，拂衣也看見她倆，三人默默用眼神交流著重逢的喜悅。綠竹挨近拂衣，壓低聲音道：「那兩個秀女，怎麼回事？」

「吃了藥。」拂衣一臉愁苦地道，「只怕是弄錯了。」

「妳們竟然擅自行動？」綠竹不滿地說道。

「找不到妳們，妳說我倆怎麼辦？」拂衣無奈地說道，「抽空我去看了眼秋月，她被整慘了，腿一直抽筋。」

「晚上，我們去看看她。」菱歌在一旁插嘴道。

「不要再擅自行動了，這次要瞅準了。」綠竹叮囑。

「你們說這個明箏姑娘為何要隱藏起來不肯露面呢？」拂衣問道。

「定是有原因，」菱歌臉上露出貓抓老鼠的神情，「哼！不信抓不住她。」

「不要胡思亂想了，君王交代的事，必須盡力去辦。」綠竹抬起頭，憂心地望著這支隊伍，這百十號人裡到底誰是明箏呢？

秀女的隊伍從楊嬤嬤和陳嬤嬤面前迤邐而過，秀女們個個斂聲靜氣低眉俯首。經過這些天的較量她們已經領教了兩位嬤嬤的手段，一個個都如同驚弓之鳥。當明箏走過陳嬤嬤身邊時，被認出來：「香兒，妳可記著晚上要去領罰？」

「是。香兒記著晚上去『提鈴』。」明箏低頭回道。

四周的秀女嚇得都縮起脖子，生怕陳嬤嬤看見自己。用罷晚膳，天已經黑了。明箏被一個小宮女叫出來，往明箏手裡塞了盞宮燈，道：「去灶上點上，便去『提鈴』吧。」小宮女說完，轉身走了。

明箏看著手中黑乎乎油膩膩的宮燈，心想這皇家的東西不過如此。明箏挑著宮燈走進膳房，向一個小太監討了一個紙媒子點燃了燈燭，扣好罩子，地上立刻亮出一團柔和的光。

明箏挑著宮燈出了膳房，秀女們都回寢殿了，院子裡只有幾個負責清掃的太監在掃院子。剛才遞給她宮燈的宮女走過來，指著萬安宮的宮門說道：「出門向左，過乾清宮，經日精門、日華門，再回來，別忘了，口不能停。」

甬道裡死一般的寂靜。明箏挑著那盞破宮燈，豆大點的光亮在地上不停地晃著，晝出一個個圈圈。四處牆角不時發出恐怖的響聲，有時是風聲，有時卻像是某種不明物種蠢蠢欲動的低吼。明箏雖然嘴裡說著「不怕」，但是手還是止不住抖起來。

此時，她想起小宮女的囑咐，不敢違逆，因為怕被發現後又被她們罰個什麼稀奇古怪的刑罰。這種刑罰估計也只有皇宮裡的人能想出來，這些嬤嬤有吃有喝有大把的時間，不想這些如何消磨漫漫長夜。

明箏突然後悔如此任性地跑到這個鬼地方，她心裡一陣酸楚，想起姨母、張伯，還有蕭大哥，也不知他們現在是否還在生她的氣。特別是蕭大哥，她沒有與他話別便走了，她還能見到他嗎？

眼淚在明箏眼眶裡打轉，眼前也變得黑乎乎一片。於是，她索性跑到一處臺階上坐下，把宮燈放到一邊，望著前面一眼望不到頭的宮牆，托起腮幫：「天呀，還要走多遠呀？」

「不過才走到這裡，就走不動了？」一個低沉的嗓音在她頭頂響起。

「誰？」明箏嚇得一抖，立刻跳起來，身體正好撞到硬邦邦的甲冑上，眼看就要失去平衡，卻被一隻手臂攬住。明箏手觸碰到甲冑，腦子裡立刻想到是誰，忙閃身避開，「放開我，太無禮了。」

「是妳撞到我。」寧騎城依然是那副德行，似笑非笑，「我一直跟在妳後面，妳又唱小曲又罵娘，喂，妳這個性子能在這地兒活幾天呀，趁早離開這裡得了。」

「不用你管。」明箏一伸手，「『半步顛』呢？」

「在我這裡。」寧騎城伸出手掌，手掌裡有一隻紫色小瓶。明箏伸手去拿，寧騎城突然揚起手臂：「跟我去一個地方。」

「你想殺人滅口？」明箏瞪著他問道。

「我殺人還用找地方嗎？」寧騎城一陣冷笑。

「劫財？我沒有。劫色？」明箏退後一步，盯著寧騎城。

「妳？」寧騎城抱住雙臂不屑地看著她，「本官什麼樣的美人沒見過，就妳，像根柴火棍似的。」

明箏撓撓頭，茫然地看著他，問道：「你想帶我去哪裡？」

「出宮。」寧騎城湊近她道，「我已打探到，萬安宮的一把火把秀女名冊燒了，妳跟我離開這裡，他們也暫時查不出少了誰，妳的家人也不會受到牽連。」

「然後呢？」明箏忍著怒火瞟著他。

「跟著我不好嗎？我至今尚未婚配。」寧騎城說到這裡失聲笑起來，他也不知道自己為何會笑，但是他被自己的話逗樂了，「我真的尚未婚配。」

「想都別想。」明箏一把推開他，提著宮燈就跑。

寧騎城幾個箭步就到跟前，說道：「我可是在跟妳好好說呢。」

「如果不好好說呢？」明箏反問一句。

「妳想體會一下我的手段？」寧騎城說著，不等明箏反應過來，一把抓住她的衣領躍上一旁的高牆，宮燈掉到地上，頓時燃起來，竄起的火苗跳躍著。明箏眼睜睜看著宮燈被毀，想到明日又會有一頓責罰，氣不打一處來。她憤怒地抬起頭，這才發現在寧騎城手上，自己的三腳貓功夫根本對付不了他。

腳下的宮牆只勉強容下兩隻腳掌，她就像飄擺的風箏掛在牆頭。寧騎城怡然自得地看著她，明箏為了避免掉下去，只得抓住他胸前的甲胄，只聽他暗啞的聲音在頭頂上響起：「李如意，如果妳的真實身分被宮裡人發現，妳還能活嗎？」明箏身體抖起來，她牙齒不停打著戰：「你是怎麼知道的？」

「我當然有我的辦法。」寧騎城冷冷地說道。

「你為何不告發我？」明箏問道。

「那樣對我有什麼好處？」寧騎城逼近一步。

「你想要什麼好處？」此時明箏已經冷靜下來，看來這些天他一直在暗查她。

「《天門山錄》。」寧騎城爽快地說道。

又是《天門山錄》！自她回到京城，便被這本書卷進一起又一起風波裡，蕭大哥說得不錯，此書真乃禍首。明箏抓著甲胄的手猛地鬆開，她似乎忘了是在高牆上，往後一退，瞬間身體失衡跌下高牆，明箏一聲驚叫閉上雙眼，只感覺身體一顛，再次睜開眼睛卻發現自己躺在寧騎城的懷裡，兩人已落到地面。

「放開我。」明箏掙脫出寧騎城的懷抱，揮手搧了他一耳光，「你聽著，此書已毀，在世上再無可能見到。」

寧騎城被打得眼冒金星，氣急敗壞地瞪著她，陰森森地說道：「妳會來求我的，看妳在宮裡還能堅持幾天。」

明箏轉身就跑。

「我可以等。」寧騎城遠遠地拋出一句。

明箏撒腿跑了一陣子，聽到身後一片寂靜，確定自己已經離開了那個魔頭，這才放慢步子。四周一片漆黑，只有頭頂上一彎慘澹的下弦月。出來時帶的唯一的光亮也被毀了，明箏越想越氣，眼淚順著臉頰流下來，她揮袖擦淚，從袖口掉出一樣東西，是一段繩結，她抓住繩結竟從袖裡拉出一個小瓶，正是那瓶「半步顛」。

明箏想不起寧騎城何時把這個藥瓶塞進她的袖兜裡。看著這個藥瓶，便想到寧騎城那張可惡的似笑非笑的臉，一怒之下，拎起繩結便扔了出去。

小瓶扔了出去，心頭的氣也消了一半，腦子也清醒過來。她站在原地環視四周，這才發現自己的處境，她在宮裡迷路了。前方隱約可見彎彎曲曲的小徑，小徑邊上是一片開闊地，在月光下明亮如鏡，原來是一片水塘，水塘邊有雕欄的白玉橋。

直到此時，明箏才想到剛才生氣扔出去的「半步顛」，後悔得直跺腳。她抬頭看天，夜還早呢，遂又返回原地，開始四下尋找。她彎腰趴在地上，四處是枯黃的草。那個小瓶應該不會扔太遠，明箏想著在草地上爬著向前尋找。

此時前方傳來一陣窸窣的響聲，明箏心裡一陣緊張，若是野貓、野狗還不當緊，可別跑出個別的東西。又一想，此時身在皇宮裡，哪會有野貓野狗之類呀？正想著，只見前面一棵樹下臥著一隻純白的東西，尾巴還在動，白狐？鬼？突然那東西直起身來，明箏哇地尖叫了一聲，撒腿就跑，卻被自己的裙裾絆倒了。

「鬼姐姐，妳別吃我，我還大仇未報，身上肉也不多。」明箏趴在地上嘴裡嘰哩咕嚕地說了一通，卻不見身後有動靜，便抬起頭，只見那隻「鬼」渾身抖成一團，靠在一棵樹上直喘氣。

明箏沒想到自己能把「鬼」嚇成這樣，膽子壯了起來。這麼膽小的「鬼」還是第一次遇見。明箏硬著頭皮站起身，慢慢靠近樹下，這才發現桃樹下站著一名女子，只是她身上披著一件白色裘皮大氅。女子也從驚懼中恢復過來，顫聲問道：「妳是人是鬼？」聲音輕柔似風般，一掠而過。

「我是人，活的……」明箏的回答很凌亂。

女子便不再追問，她靜靜地看著她。明箏借著慘白的月光，可以看見此女子一張嬌小玲瓏的臉，膚色晶瑩如玉，雙目猶似一泓潭水深不見底，靜而無波。

明箏還是第一次見到如此美若天人的女子，愣怔片刻，方醒悟過來，身在宮中，那麼此女子極有可能非嬪即妃，忙跪下行禮：「請娘娘恕罪，方才衝撞了娘娘。」

「不要叫我娘娘。」女子輕柔地說道。明箏以為女子還生氣，忙又屈膝行禮道：

「請娘娘恕罪。」

「我不是娘娘。」女子輕飄飄地說道，「一個囚而已。」

明箏一陣愣怔。

「妳在找什麼？」女子問道。
「一個小藥瓶。」明箏比畫了一下大小。
「是這個嗎？」女子手掌伸開，正是那個小藥瓶。
「是。」明箏看到「半步顛」失而復得，一陣高興，「方才我一甩袖子，它就飛出去了。」明箏說著便伸手去取，但女子突然收回來，道：「它正砸到我頭髮上，還給妳也行，妳要回答我一個問題。」
「妳說。」
「告訴我，今日是何年何月？」
「啊，」明箏詫異地看著面前這個女子，想了想道，「如今是正統十三年，二月初五，時辰嘛，似是剛敲過三更。」
女子點點頭，伸手把小瓶子遞給明箏，轉身向桃樹走去。
「娘娘，妳是不是病了？」
「叫我青冥。」女子說著，蹲下身，手握瓦片往樹幹上畫著什麼。明箏好奇地跟上前，看見樹幹上被畫出密密麻麻的道道，不由好奇地問道：「青冥，你劃這麼多道道做何用？」
「是我離家的日子。」青冥一臉落寞地輕語。
「啊，這麼多日子。」明箏站起身，走到樹幹後面，發現樹幹幾乎被畫滿了。
「五年零十五天了。」青冥眉間一片悲涼。
「妳想回家？」明箏問道，問過便發覺這個問題很蠢。
青冥不為所動，繼續畫那一條道，一邊自言自語：「我睡了二日，要補上去。」

「妳是哪個宮裡的？我看妳不像是宮女，妳是……」明箏忍不住好奇接著問道。青冥不再理她，固執地用瓦片刻著，看上去她已經使出了全力，身體抖動著，似乎隨時都會倒下。突然，她停下來，扔下瓦片，似一陣風般向雕欄白玉橋跑去，不一會兒，那片白色的影子便消失在夜色裡。

明箏急忙搖晃自己的腦袋，方才的一切太不真實，像一個恍惚的夢。

明箏回到萬安宮已是四更天。她與那個叫青冥的神祕女子分開後，昏頭昏腦轉悠了半個時辰，直到碰見一隊巡夜的禁衛，費了好一番口舌，才被禁衛帶回到萬安宮。

明箏高一腳低一腳地往寢殿走，她已筋疲力盡，路上又受點風寒和驚嚇，此時就倍覺頭昏腦漲。她扶著牆壁走進寢殿，裡面漆黑一片，只隱約聽見輕輕的抽泣聲。明箏摸著炕鋪的沿尋找自己的鋪位，一隻手抓住了她：「香兒，這兒，再往前走三步。」

明箏聽出是左邊鋪的一個叫冬梅的秀女：「妳怎麼還沒睡？」

「哪裡睡得著，妳聽聽，也不只我自個兒沒睡。」冬梅從炕上坐起身，拉住她的手坐到炕邊，「呀，妳的手冰涼，快到褥子裡暖暖，快點，遭大罪了吧。」

明箏似一攤泥般倒到自己鋪上，冬梅急忙起身幫她拉上被子蓋好。明箏一把拉住她的手，這一夜的經歷讓她心裡五味雜陳，想到那個青冥，明箏嘆口氣：「唉，睡不著的何止咱們？我剛才遇見一個娘娘，絕世美人，可惜沒問清住哪個宮。」

「妳撞到鬼了吧？這個時辰，哪會有娘娘出來？」冬梅又給明箏拉了拉被子。

「真的。方才我也以為是鬼，像個白狐，」明箏聲音低下來，聽得冬梅心驚肉跳，「但不是，她告訴我，她叫青冥。」

「青冥？」冬梅笑道，「嗨，我當是誰，是她呀，你晚上遇到她，一點不奇怪，她腦子有病，宮裡人都知道。」

「你認識？」明箏一骨碌坐起身。

「我沒見過她，但我聽姑姑說起過，」冬梅靠近明箏，壓低聲音道，「我姑姑在尚宮任女史，姑姑說她貌若天仙，只是命途多舛，又命犯桃花，處境淒慘。」

「哦，」明箏一聽到此，睡意全無，她湊到冬梅面前，央求道，「你倒是說說嘛。」

「聽姑姑說，這個青冥是五年前從江南而來，當時是東廠督主王浩將她獻給皇上的，她的美貌震驚後宮，皇上也驚訝於她玉質天成的容顏，並冊封她玉妃，取她潔白如玉的肌膚之意。但她卻拒絕皇上臨幸，這下觸怒龍顏，被打入冷宮。半年後，皇上仍對她念念不忘，傳口諭只要她回心轉意，就免去處罰。但她仍然不從，皇上大怒，強行臨幸了她，事後就將她打入冷宮幽禁起來。不想後來，她有了身孕，她竟然自行了結，冬日裡走進冰冷刺骨的水塘斷了胎氣，她也幾乎命懸一線。太后聽聞大怒，對她施了酷刑，她在冷宮裡一躺就是三年，很多人都以為她死了。你今夜遇見她，看來她已能下床了。」

明箏雙眼含淚，看著前面空茫茫黑夜，一言不發。冬梅推了她一下：「喂，妳這是怎麼了？」

「我已經很慘了，沒想到還有比我更慘的人。」明箏心頭一酸，真恨不得跑出去追上那名女子，但追上又如何？

「別瞎操心了，想想妳自個兒，明日該咋過這一關吧。」冬梅噘起嘴，哭喪著臉，道，「打小就不識幾個字，讓我背那一籮筐字碼，要了我的命呀！」

明箏慢慢從衣袖裡掏出那瓶「半步顛」，嘴角一抿，道：「明日有熱鬧可瞧了。」

二

翌日卯時，窗外還漆黑一片，秀女們便被叫醒。寢殿裡頓時熱鬧起來，慌亂中秀女們有的拿錯衣服，有的踩錯了布帛鞋，嘰嘰喳喳嚷聲一片。冬梅繫好裙子回頭一看，炕鋪上只剩下明箏一個人，便急忙上前去喊她：「香兒，醒醒……」

冬梅發覺不對勁，急忙去摸明箏面頰，火燙火燙。冬梅不敢耽擱，跑到殿外找到宮女。兩個宮女一前一後走到明箏鋪前，一個俯身試額頭，向另一個宮女遞了個眼色，兩人走到殿外。冬梅慌張地跟在後面，問道：「可是要去請御醫？」

「放肆，這裡是何處？」一個宮女回過頭，嚴厲地訓示道，「怎可隨便見人。容我回稟楊嬤嬤，去御醫房支取藥材就是了。」冬梅返回寢殿，取來一罐水放在明箏旁邊，並附在她耳邊低語叮囑：「香兒，我去蕙蘭殿了，妳好生睡一覺，渴了就起來喝水。」冬梅說完跟隨其他秀女走出寢殿。明箏迷迷糊糊聽到冬梅的話，待她睜開眼睛，寢殿裡已空無一人。雖然身上發熱，渾身痠痛，但一想到可以不去蕙蘭殿讀典，還是很開心。她掙扎著坐起身，端起身邊冬梅留下的一罐水，咕咚咕咚一氣喝完。她放下水罐，腦子也清楚些了，便發現寢殿裡不光剩下她自個兒，其他炕鋪上還躺著兩個秀女，因痛低聲呻吟著。明箏認出是昨日被罰「板著」的兩個秀女。想到兩個嬤嬤的嚴苛，以及眾秀女的可憐處境，便決定懲治一下，殺殺兩個嬤嬤的威風。她從懷裡掏出那瓶「半步顛」。雖然寧騎城很討厭，但是這個小藥瓶卻可愛得很。明箏躺在炕鋪上冥思苦想，不多時便又睡著了。不知過了多久，明箏被一陣哭泣聲吵醒，勉強睜開眼睛，卻看見冬梅坐在炕頭哭泣。

「冬梅，出了何事？」明箏用手支著身體坐起來。

「香兒，我害怕……」冬梅哭道，「妳不知道，一早便有兩個秀女把整部典都背誦出來，楊嬤嬤和陳嬤嬤大為得意，責令其餘秀女也要如她們那番，下午便逐個兒查，背不出者罰『提鈴』。秀女們午膳都不敢吃，在大殿上苦讀呢，可是，我還是記不住呀，我可怎麼辦呀？」

明箏一骨碌爬起來，看看窗外的日頭，已經到了午時。明箏下床，拉住冬梅就走：「咱們去膳房，先填飽肚子。」

「香兒，妳可好些了？」冬梅一臉疑慮地看著明箏的臉。

「無妨。」明箏拉住冬梅，附在她耳邊悄悄說道，「我有辦法讓兩個嬤嬤下午保準不會為難咱們。」冬梅瞪著眼睛無法置信地看著明箏，明箏向她眨下眼，「相信我。」明箏拉著冬梅向膳房走去。

膳房裡一排排矮桌前坐著用膳的秀女，大家呆坐在矮桌前，個個滿懷心事，矮桌上飯食剩下很多，放在平日早就一掃而光，如今大半剩著，大家都食之無味。有的草草往嘴裡扒拉幾口，便早早回了大殿。四周空下不少座位。明箏拉著冬梅趕到時，很快就找到位置坐下。

明箏注意到頭排有兩個秀女與眾不同，其他秀女都默默低頭進膳，只有她倆有說有笑。冬梅撇著嘴目光看向那兩個秀女，湊近明箏耳邊道：「就是她倆把整部書典都背誦出來，看她倆得意的樣子。」

兩個秀女也同時注意到明箏和冬梅，一個秀女扯開嗓子叫起來：「呦，這不是昨晚『提鈴』的那位嗎？如何呀，聽說妳昨夜撞上女鬼了？」

「沒有撞上鬼，」明箏微微一笑，徐徐說道，「我倒是遇見一位神仙姐姐。」

「哼，」另一個秀女白了明箏一眼，一臉不屑地說道，「扯什麼慌，自己背不下書，扯上神仙也沒用，妳今夜還得接著『提鈴』去。」話音一落，兩人已笑成一團。

冬梅忍無可忍，怒氣衝衝地說道：「會背書就了不起，就可以欺負人？」冬梅的話讓在座的一些秀女感同身受，紛紛望向這裡，大家雖不敢多言，卻用目光支持冬梅。「我說遇見神仙姐姐，妳倆不信？」明箏眉頭一挑，也有意要捉弄一下這兩個秀女，殺殺她倆的氣焰，便說道，「神仙姐姐給了我一丸神丹，服下後過目不忘。」

「哈哈……」兩個秀女笑得更起勁了。其中一個高個子秀女道：「別說過目不忘了，妳能把《女誡》背出來，我就頭朝地倒著走。」

「好呀，」明箏站起身，環視四周，「姐妹們可都聽見了，給我做個證。」四處一片迎合聲：「聽見了，我們做證。」明箏捧過面前的粥碗一氣喝下，用袖頭抹了下嘴角，開始背誦：「鄙人愚暗，受性不敏，蒙先君之餘寵，賴母師之典訓。年十有四，執箕帚於曹氏，於今四十餘載矣。戰戰兢兢，常懼絀辱，以增父母之羞，以益中外之累……」

眾秀女一片稱奇，明箏竟把「序」也背誦下來，而她們連看都不看，直接從卑弱第一讀起。全典共七章，包括卑弱、夫婦、敬慎、婦行、專心、曲從、叔妹。明箏不急不躁，一字一句，聲聲入耳。眾秀女一片掌聲，大家驚異地望著明箏竊竊私語。在後一排矮桌上，有四個秀女同時目瞪口呆地望著明箏。綠竹第一個反應過來，她一把抓住拂衣問道：「藥丸呢？還有嗎？」

「還問藥丸？」秋月不耐煩地朝前面那兩個秀女一努嘴，「不是妳的主意嗎？早已放到那兩個秀女的粥碗裡了。」

「妳以為這是放糖丸呢？」綠竹氣呼呼地道。

「不是妳說的最先背出全典的最可疑？而且咱們還加了保險，把第二位也包進去了。」

「我是說過，」綠竹指著正在搖頭晃腦口若懸河的明箏問道，「可是這位咋辦？」四個人大眼瞪小眼，互相瞅著。

「唉，也不多她一個。」秋月向綠竹拋個媚眼，「多走幾位，咱不就有優勢留下了嗎？」

「秋月，」綠竹最煩秋月在她面前搔首弄姿，便沒好氣地道，「妳有拋媚眼的工夫，還不如多看幾頁書，下午嬤嬤過來逐個查，看妳怎麼過了這關。」綠竹又看看左右，道，「還有妳們，可會背誦？」

拂衣和菱歌看著綠竹，像看見怪物一樣，攤開雙手，菱歌第一個懟道：「綠竹，妳是第一天見到我嗎？我識字嗎？妳不知道？」拂衣接著怒懟：「是呀，妳在咱們姐妹面前擺什麼譜呀，不就比俺們多識幾個字嗎？這些天咱們只顧尋找那個叫明箏的傢伙了，哪顧得上別的。」

「我差點被嬤嬤整死，妳不知道？」秋月也湊過來道。

「娘呀……」綠竹抱住頭，既無語又無奈，「但是，別忘了，君王囑咐咱們四個要留下來，過不了這一關，如何留下來？不留下來，如何查找郡主？」

「綠竹，妳想得太遠了，先顧眼前吧。」拂衣指著前面正在背誦的明箏，「這個，誰去？」

三人同時望著菱歌，菱歌臉色一變，急忙擺手：「不行不行，還是妳們有經驗，還是妳們去吧。」

秋月冷著臉，道：「禍害人的事，誰也不願意多幹。」

「就是，」拂衣道，「就妳沒下過手。」

膳堂裡一片喧嘩，眾秀女又是起哄，又是大笑。剛才還盛氣凌人的兩個秀女此時灰溜溜站起身跑了，眾秀女很解氣地在後面嚷嚷：「倒著走，倒著走……」

冬梅笑得眼淚都流下來，幾個秀女圍住明箏，紛紛討要神仙姐姐的神丸。明箏見玩笑開大了，想一跑了之，但看到眾秀女渴求的目光，她靈機一動，把手指放到嘴唇上，示意大家安靜。眾秀女靜下來，眼巴巴看著明箏。

「姐妹們，」明箏舉起那個小紫瓶，壓低聲音道，「神仙姐姐給我一個寶物，我用到那兩個嬤嬤身上，她們就不會為難咱們，讓咱們順利過關。」

「真的？」

「太好了。」

眾秀女解脫了似的一片歡呼，明箏示意大家安靜，「噓，天機不可洩露。」

「這會兒，」一個秀女道，「兩個嬤嬤定是在軒逸閣午憩，昨日我從那裡經過，就聽見她們聲如洪鐘的呼嚕聲，可響啦，像兩頭豬一樣。」

眾秀女又是一陣笑聲。明箏一想這個時機正好，便拉著冬梅跑出去。兩人沿著回廊向軒逸閣跑去。軒逸閣在蕙蘭殿後面，前面是個小花園，有回廊連著。兩人一邊走，一邊說話。冬梅仍處在興奮中，她不停地問明箏：「妳真遇到神仙姐姐了？」

「我逗她們呢。」明箏調皮地笑起來，「世上哪有什麼神仙呀！」

「那妳這個小藥瓶從何處來？」

「好姐姐，快別問了，幫我個忙。」明箏附到冬梅的耳邊小聲說了一句，冬梅點點頭，便往大殿跑。片刻工夫，冬梅呼哧呼哧跑回來，手裡多了一張宣紙。明箏接過紙，囑咐她蹲在回廊望風，見有人過來，咳嗽一聲。

明箏躡手躡腳溜到軒逸閣前，她彎腰爬到窗下，聽到裡面傳來斷斷續續的呼嚕聲，隱約分辨出是兩個人，便放了心。明箏卷起紙，卷成一個細管，折起一頭，把紫瓶裡的藥粉倒入管內，她收起瓶子揣懷裡，舉著細管向一扇半開的窗裡猛吹一口氣。明箏急忙彎身躲到窗下，接著聽到屋子裡接連打起噴嚏。

明箏忍住笑，爬了幾步，來到回廊，向冬梅跑去：「冬梅，回大殿，有好戲瞧了。」

蕙蘭殿裡眾秀女坐在各自座上，大殿裡氣氛詭異，已少有人安心讀典，而是三三兩兩議論紛紛。午間膳堂裡的事，一傳十，十傳百，把一個秀女得神仙寶物的事傳得神乎其神。這些秀女多出自民間，識字不多，但從小耳濡目染聽著上一輩講鬼神故事長大，不由不信。眾人談鬼說神很是盡興，不知不覺過了半個時辰，還不見兩個嬤嬤的身影。

這時，中間兩排起了喧嘩，不少秀女驚叫著躲到一邊。上午還春風得意、最早背出《女誡》的兩個秀女，一個臉腫脹成皮球，一個臉像從泥漿裡拎出來一樣，又黑又青。許是痛癢的緣由，兩人不停地撓著臉，抓出血痕。兩個秀女對看著，又哭又鬧。

幾個宮女聞訊跑過來，也是束手無策。有宮女便催促：「快去請嬤嬤。」一個宮女轉身跑出大殿。與出事秀女隔著兩排座位，有四個秀女並排坐在一起，她們神情異常嚴峻地盯著那兩個出事秀女。

菱歌終於忍不住，捂住臉：「我受不了，我不幹了。」

其他三人相互對視著，你看看我，我看看你。「誰幹的？」拂衣冷冷地問道。秋月把手指向綠竹：「是她。」

「是我，我太緊張失了手，多放了一顆。」綠竹哭喪著臉，面帶愧疚地承認道，「不過，翠微姑姑說了，過個月把便會好，頂多留個疤。」

三人一起瞪著她。「我就說嘛，她定是嫉妒人家比她聰明，才多下了一顆。」拂衣一臉厭棄地說道。

秋月拍拍菱歌道：「那小丫頭，還是交給你吧，省得她一失手，放進去三顆。」

「好。」菱歌咬咬牙，「那小丫頭我挺喜歡的，能不能只放半顆？」「不行。」三人同時答道。

突然，大殿外一聲咳嗽。四個宮女緩緩走進來分列兩旁，楊嬤嬤和陳嬤嬤一前一後走進來。只是今日兩人模樣甚是古怪，全然沒有了往日的威儀。楊嬤嬤不停地扭動著脖子，聳著鼻子！陳嬤嬤一隻手一直伸在背後不停地撓著，臉上一副欲罷不能的表情。此時陳嬤嬤顧不上禮儀，一隻手伸進袖筒裡抓撓起來。

座上的眾秀女終於忍俊不禁，笑聲會傳染，接著整個大殿一陣哄堂大笑。「放肆！」楊嬤嬤氣急敗壞地拿起戒尺，大喝一聲，「誰再笑！」大殿裡瞬間寂靜下來，眾秀女垂下頭，有的捂住嘴，有的乾脆抱住頭。

陳嬤嬤走到楊嬤嬤面前，指著背道：「姐姐，妳幫幫我，我總覺得背上爬進了幾條蟲子，妳幫我看看。」

「成何體統。」楊嬤嬤臉上陰晴不定地變幻著，她強忍著身上不適說道，「聽宮女說，又有兩個秀女臉上浮腫，這到底是怎麼回事？」

「難道咱倆也是水土不服？」陳嬤嬤想起管事太監的話。

「呸！」楊嬤嬤緊皺眉頭，「在宮裡吃了半輩子飯了，水土不服個屁。」

「姐姐，我不行了，」陳嬤嬤擠眉弄眼，身體忍不住顛起來，「姐姐，我得找個地方脫去衣服，看看裡面是不是有蟲子，太癢了，癢……」陳嬤嬤說著，一邊顛著跑出大殿。

經陳嬤嬤一說，楊嬤嬤也感覺背上爬滿蟲子，她已無心再管這些秀女，強忍著不適大聲說道：「聖上旨意，秀女學習《女誡》，是女子以柔弱為美，以恭順為德，大道有陰陽，世人分男女，男以強為貴，女以弱為美。做到貞靜清閒，行己有恥，秉承此典精義，妳們要謹記。此典妳們可都能背誦？」

明箏向冬梅眨了下眼，大聲道：「能背誦。」眾秀女也跟著明箏大聲道：「能背誦。」

「好……太好了……」楊嬤嬤身上火燒火燎，已全無心思，再顧不上其他，轉身便向殿外跑去，一邊跑一邊叮囑身邊的宮女，「妳在大殿看著，不許秀女亂跑，我去去就回。」

楊嬤嬤跑到軒逸閣，路上已把比甲脫下，手不停地撓著脖子，但是越想越覺得事情蹊蹺，心裡越發慌亂。近來萬安宮怪事連連，前兩日有兩個宮女臉部腫脹，管事太監說是水土不服，喝了幾天灶心土也不管用，如今又有兩名秀女臉腫脹起來，比前兩位還厲害，一個都潰爛了。想到此她嚇出一身冷汗，身上更癢了。看來再不能瞞下去了，秀女一事事關國體，豈是她一個小小尚儀局女官能擔待的？楊嬤嬤拔腿就去找高昌波。高昌波是司禮監王振手下隨堂，專聽候王振差遣，此事定要向他討個示下。

此時膳房裡一片喧嘩，一排排案幾前坐滿秀女，大家有說有笑，一改前幾日的陰鬱和不安。原以為下午兩個嬤嬤會逐個查看背誦《女誡》，這一關不好過，沒想到會是如此令人歡喜的結局。

一下午，兩個嬤嬤不見蹤跡，幾個宮女站在大殿上，她們哪裡能鎮住這些秀女呀，大家撒歡地過了一個歡樂的下午，還不到用膳時間，秀女們便早早跑進膳房，吆喝著肚飢直等著開飯。

菱歌在進膳房時，被秋月推到明箏身後，她隨著明箏走進來，坐在一處。明箏左手邊是冬梅，右手邊是菱歌。晚膳很簡單，一碗粥，一塊餅。各自領取後坐在矮桌前用膳，只聽周圍一片呼嚕嚕喝粥的聲音。

菱歌從脖頸上的護身符裡取出藥丸捏在手心，汗已浸濕了藥丸，還找不到下手的機會。一旁矮桌前拂衣、綠竹和秋月虎視眈眈地盯著菱歌。菱歌在淩厲的眼神攻擊下抬不起頭來，她越發緊張了。

明箏側頭突然看見菱歌脖頸上的護身符，吃了一驚，似是在哪裡見過。雖然這個護身符很細小，更加精緻，但形狀很眼熟。她好奇地靠近菱歌，小聲問道：「這位姐姐，可以讓我看看妳脖子上掛的香囊嗎？」

菱歌正愁沒機會接近明箏，一聽此話，莞爾一笑，道：「是娘親留給我的。」

明箏伸手捏住那個物件，這是一塊被磨得光可鑑人的烏木，散發著一股奇香，像個小盒子，上面刻著一隻狐狸頭，四周鑲著四顆五彩的石子，奇巧精緻，明箏讚嘆道：「真漂亮，姐姐，妳是狐族人？」菱歌身體一僵，眼神愣怔著，失聲問道：「妳如何得知？」

明箏指著她脖子裡的物件，壓低聲音道：「這種護身符，只有狐族人有，而且每人都有一個，是出生時大祭司給的。」

菱歌更是驚異，她眼神閃亮壓低聲音問道：「妳可是認得狐山君王？」

明箏搖搖頭，但是她從《天門山錄》中得知，狐山君王是狐族少王，老狐王所立。菱歌更加起疑，問道：「妳如何知道狐族護身符？」明箏一皺眉，暗暗自責多嘴，她不能提那本奇書，只能敷衍道：「是從一個朋友處得知。」

「請問妹妹的名字，以後也好多多來往。」菱歌一笑問道。

「喊我香兒即可。」明箏為了防止這個秀女再問其他問題，急忙端起粥碗，先堵住自己的嘴巴，咕嘟咕嘟喝起來。

菱歌斜眼看著明箏喝下粥，心裡一陣可惜，如此秀麗的少女喝下那稀奇古怪的百香轉筋散不知會變成何種模樣。雖然她的直覺告訴她，這個香兒很有可能是她們要找的人，不過，她心裡還是有些忐忑，她為何叫香兒？

她一抬頭，看見一旁那三個秀女心滿意足地望著她，菱歌氣不打一處來，不過想到君王的重托得以完成，便也陡然輕鬆起來，端起粥碗一氣把涼粥喝完，幾口吞下餅子，摸了下肚子，跟沒吃一樣，便嘟囔起來：「進了宮，連飯都吃不飽。」

菱歌扭頭四下張望，這才發現膳堂已空了大半，不僅身邊的那個秀女不見了，連一旁那三位一直監視她的狐女也不見了，菱歌罵了句土話，也跑了出去。

用過晚膳，離回寢殿就寢還有半個時辰。秀女們三五成群在花園裡閒逛。明箏和冬梅也走了出去，一想到今晚不用「提鈴」，明箏就想出萬安宮到其他地方逛逛，對冬梅一說，冬梅臉都白了。

「香兒，這裡可是宮裡，不能隨便走動的。」

「不能隨便走動？那我進宮來做什麼？」明箏噘著嘴，硬拉冬梅走向宮門，看見門前站著幾個太監，大門已上了鎖。看來根本出不去，明箏悶悶不樂地往回走，怪不得好些人家都不願送女兒進宮，原來宮裡的日子如此難熬。

明箏有些懊悔自己的任性和魯莽，一賭氣跑進宮裡，想出宮恐怕不容易。她搓著臉頰，總覺得臉上黏了米粒，又癢又脹。一旁的冬梅一把拽住她的手，驚愕地叫道：「香兒，妳的臉？」

明箏也覺得很不舒服，看見冬梅發慌的眼神，忙安慰道：「沒事，可能讓蚊子咬了。」

「二月裡哪來的蚊子，」冬梅叫起來，「媽呀，香兒，妳的臉也腫起來了。」

明箏捂住臉，想想那幾個秀女的可怕模樣，心裡一慌，丟下冬梅向花園裡水池跑去。蓮花池裡的冰在午後的日頭下融化了大半，明箏跪在池邊，看見水裡晃動的倒影：一個完全陌生的面孔十分恐怖地呈現在水面，臉腫得變了形，眼睛被擠成一條縫。明箏嚇得一屁股坐到地上，心想：這下好了，仇還沒報，容先毀了。

突然，水池邊傳來急促的腳步聲。明箏沒有回頭，她怕嚇住冬梅，叫道：「妳快走開呀……」

「這位妹妹，」明箏聽見不是冬梅的聲音，一回頭，看見一位陌生的宮女，她看上去頂多有二十歲，眼睛下方有一顆痣，很是瘦弱。她突然跪下來，對明箏道：「妹妹，我是這裡一名宮女，求妳一件事，不知妹妹是否應允？」

「何事？」明箏急忙扶起她問道。

「妳若有機會出宮，勞煩替我送一封家書好嗎？」宮女眼睛一紅，眼淚順著臉頰掉下來。

「妳如何知道我能出宮？」明箏問道。

「妳是秀女，如今出現病症，定是不能留下的。」宮女再次跪下，哀求道，「我進宮八年，日日思念家中親人，即便不得相見，向他們報一聲平安也是好的。」

「好。」明箏最是見不得別人難過，連忙扶她起來，「我若出宮，定會跑這一趟。」

宮女哆嗦著從懷裡掏出一個小布囊，抖著手塞進明箏手裡，轉身跑了。明箏大致一看，布囊上有字，便急忙塞進自己貼身的衣服裡，捂著半張臉向寢殿跑去。路上遇見幾個秀女，明箏低著頭躲過去。

「明箏。」一個低沉卻熟悉的聲音在身後響起，明箏嚇一跳，她瞬間便分辨出是誰。這個人真是陰魂不散，雖說他的「半步顛」幫了她，但是他卻以報恩相要脅。好女不跟男鬥，她抱定了主意。她沒有回頭，只聽見沉重的靴子踏在石板上，一個高大的身影攔在身前，寧騎城眯起雙眼打量著她，她看出他倒吸一口涼氣，他發現認錯了人，後退了一步，但並沒有走開。

明箏心裡感嘆真是禍兮福所倚呀，遂放了心，向他緩緩施了一禮。寧騎城再狡猾，此時也定然認不出自己了，明箏淡然一笑，大搖大擺地走了。

第八章　金蟬脫殼

一

卯時剛過，小順子便被叩門聲驚醒。他瞄了眼窗外黑乎乎的天，極不情願地起身，披了件棉袍子拖著兩條清鼻涕跑到院裡開門。門閂一下掉，一個人便抬腳鑽進來，小順子認出是萬安宮的管事太監張成。

「小順子，你家高公公可起來了？」張成一臉急慌慌地問道。他一看小順子半披的棉袍，急忙幫他拉好，一臉歉疚地道，「快穿上，別受涼了。」

小順子打著哈欠看了他一眼：「張公公，有啥事不能等天亮再說。」「天亮就來不及了。」張成哭喪著臉道。

張成是半路做的太監。他原是戍邊的兵士，在一次與流竄的蒙古騎兵遭遇後，負重傷輾轉回鄉。但家中已無人，在床上躺了半年，發現敵箭射入下腹累及根部，無法復原，便索性一咬牙去了勢，被人帶入宮裡混口飯吃。在宮裡一待數年，一直在御馬監伺候馬匹。後來萬安宮缺人手便被派往萬安宮。

此時，東廂房傳出一聲咳嗽，接著高昌波的大嗓門從屋裡傳出來：「是誰在院子裡，這一大早便不得安生？」

「回爺，」小順子嚇得一吐舌頭，「是萬安宮裡的張公公，有要事稟告。」「又是萬安宮，如今這萬安宮要翻天了？」高昌波抱怨著，「進來吧。」

小順子忙上前一步跑進屋裡，伺候高昌波穿衣。張成緊走幾步到炕前，先向高昌波躬身一揖道：「小的該死，驚擾公公啦，實在是楊嬤嬤催得急。」

「又出了何事？」高昌波一把推開小順子，披散著頭髮坐在炕沿問道。

「昨個，又有一個秀女發症，臉部腫脹不說還慢慢潰爛，甚是可怕。」張成說著抬眼瞄了下高昌波，滿面愁容道，「此前那四個秀女，一直喝灶心土，也不見好。如今又多出一個發症的秀女，楊嬤嬤甚是惶恐，要小的討公公個示下。」

「可問過御醫？」高昌波也坐不住了，臉上露出驚訝之色。

「昨個請過御醫，御醫說不像是水土不服。而且還有一件怪事，楊嬤嬤和陳嬤嬤身上奇癢，也看過御醫，也找不出癥結。楊嬤嬤對小的說，是不是萬安宮陰氣太重？」張成突然壓低聲音，惶恐地道，「聽此間宮女講，這地方死過不少女人，會不會是女鬼附身呀？」

「這……」高昌波一皺眉，眼睛發直地瞪著張成，片刻後道，「公公先回去，此事重大，老身也拿不了主意，還是去司禮監求見先生，讓他定奪吧。」

張成一聽高昌波要去司禮監面見王振，忙躬身道：「有勞高公公啦，我這便去向楊嬤嬤回話。」說完告辭退了出去。

高昌波匆匆喝了幾口茶，便叫上小順子出了院門。

沿著長長的甬道一路走到司禮監。小順子跑上臺階敲開了院門，幾個清掃太監見是高昌波，紛紛向他躬身行禮，高昌波徑直走到廊下，聽見裡面的笑聲，他低頭整了整袍子，這才走進去。

只聽見一個極細的嗓音叫好：「好詩呀，好詩！明月出天山，蒼茫雲海間，長風幾萬里，吹度玉門關。哎呀，先生此詩何等氣度呀，先生才華世間無人能及呀。」

「王浩，此乃李白之詩，本人只是寫來品讀而已。」一個溫和的聲音打斷他，雖然是更正他的話，但聽語氣還是被他的讚美之詞煽動得飄飄欲仙。

聽見王浩在裡面，高昌波猶豫了片刻，但想到事情緊急，再說王浩也不是外人，只不過王浩一向恃寵而驕，跋扈冷漠，從來不把他放在眼裡。在他面前露怯，讓高昌波渾身不舒服，但此時也顧不上其他了。

高昌波弓著身子走進去，看見王浩正俯身看書案上一幅墨寶，案邊站著王振，他只穿了一件便袍，面容祥和，眼神鬆散，嘴裡吟著此詩的後一句，「由來征戰地，不見有人還。」一邊詠著，一邊提起手中鹿毫正欲繼續往下寫，不經意一抬眼，這才看見高昌波。

「高公公，這個時辰來此所為何事呀？」王振面帶不滿地問道。高昌波渾身一抖，猛然想起王振有早上習讀聖賢書的習慣，連皇上都不在這時差遣他。高昌波一陣追悔，剛才張成把話說得凶險，害得他把這件要命的事都忘了，此時既是來了也不好退出去，只得硬著頭皮跪了下來。

「請先生責罰，老奴辦差不力，出此紕漏，老奴該死。」高昌波說著上手扇了自己一耳光。

「這是鬧的哪一齣呀？」王振放下筆，眼睛掃過王浩。王浩急忙上前扶起高昌波。

「先生，萬安宮出事了。」高昌波說著，抬眼看王振，見他臉色也嚴峻起來，臉上肌肉一抖，知道萬安宮雖小，選秀卻是事關皇上，如果觸怒龍顏只怕自己腦袋不保，心裡更加惶恐，便又上前一步，道，「萬安宮裡接連有秀女得怪病，臉部腫脹潰爛，甚是可怕，如果再過幾日，太后親臨只怕會……」

「腫脹潰爛？」王振瞪起眼睛，問道，「御醫怎麼說？」

「有說水土不服的，有說是惡疾，也沒看出端倪。」高昌波皺著眉頭搖頭嘆息道。

「幾個秀女得此症？」王振問道。

「目前為止五個。」高昌波略一猶豫，小聲地說道，「也有宮女說，萬安宮陰氣太重，恐是惡鬼附身……」

「真是不太平呀。」王振凝目看向高昌波，冷冷地道，「依高公公，如何處置呀？」

「這……」高昌波心驚肉跳地抬眼看一眼王振，心虛地道，「一直給她們灌湯藥，若還不好，恐怕幾日後，太后和皇上過來，驚擾了聖駕如何是好？」

「王浩，」王振轉向王浩，臉上帶著一絲怒容道，「這幾日你在萬安宮裡裡外外加派人手。」王振又轉向高公公問道，「可是有人下毒？」

「暫無法確定，這麼多人都沒事，偏偏這五人……」高昌波甚是無奈地道，「我和楊嬤嬤在膳房也增派了人手，可還是又有一人發症，恐怕不是下毒的事，而是……」

「鬼？」王振鼻孔裡哼了一聲，厭惡地瞥了高昌波一眼，「你們這些人總是疑神疑鬼的，不過為了後宮的安寧，寧願信其有，不可信其無，既是惡鬼附身，留下便是禍害，絕不能任由她們驚擾了太后。」王振說著，在屋裡來回踱了幾步，他盯住王浩問道，「若是惡鬼附身，該如何處置才穩妥？」

「掩埋，讓惡鬼永無翻身之日。」王浩聲音不大，但戾氣逼人。

「此事交給你，你今夜就去辦。」王振舒了口氣道。王浩急忙上前，躬身道：「是。」

高昌波聽到王振又快又周密地處置完此事，頓時感到渾身輕鬆，急忙上前一步，高聲道：「先生心思縝密，處置周全，老奴——」

「行了，」王振一擺手，冷冷一笑道，「估計你早就想到了，只是不願說出來罷了，你們這些人一肚子壞水，誰也不願當壞人，把所有事都往我身上一推溜之大吉，以為我這張老臉，多討皇上待見似的，皇上聖聰明斷，才不會著了你們的道。」

「嘿嘿……」高昌波低著頭，含糊地笑起來。

「讓我說著了吧。」王振看高昌波傻呵呵地笑，也被逗樂了。這時，一名小太監走進來回稟：「先生，寧指揮使到了。」王振一聽，對小太監道：「就說我正候著他呢。」

高昌波和王浩一看，王振見寧騎城肯定是有事要談，急忙告辭。兩人一前一後走出堂屋。在院門口，寧騎城正與王浩和高昌波相遇。

寧騎城平日與王浩素無來往，王浩雖為東廠督主武功超絕，不過是個傀儡，大權在王振手裡，這點朝堂之上盡人皆知。但是王浩是王振的遠方姪子，有這一層關係，寧騎城對他多少有些忌憚。王浩對寧騎城顧慮多一些，總是聽聞他的各種殺伐手段。因此兩人較勁也是在暗裡，面子上卻分外客氣。

高昌波在一旁看著兩人一陣寒暄，極盡禮儀之周全。剛才聽小太監來報寧騎城來了，心裡就一動。見到寧騎城但礙於有王浩在場，不好多說什麼，只能向他遞個眼色。

寧騎城何等聰明，與王浩寒暄了幾句，當下攔住高昌波道：「高公公，請留步。」王浩見兩人有話要說，便知趣地告辭，先行一步離開司禮監。

見王浩走遠，高昌波壓低聲音道：「今晚便來接人。」說完，急忙躬身告辭。

寧騎城愣了一下，這是他與高昌波密約之事。如此快便要行動出乎他的意料，他推測剛才他們所談之事一定與秀女有關。這兩天他心裡隱隱不安，總覺得哪裡出了紕漏，卻一時無處查尋。

寧騎城深吸一口氣，把這事暫且放一邊，向堂屋走去。眼下先想辦法應付王振吧，近日發生幾次刺殺王振的事，各種傳言對他極其不利，看來王振已經沉不住氣，要對他發難了。

「乾爹。」寧騎城一反往日的陰鷙，步伐輕快地走進去。

「小城子，來——」王振微笑地望著面前這個英俊的青年，無比寵愛地拉著他坐到炕上，把炕几上一盞茶遞給他。

寧騎城端起茶一飲而盡，而後便將茶盞放下，起身撩袍跪下：「乾爹，兒無能，連累乾爹受苦了。」

王振嘆口氣，乜了他一眼，並沒有馬上讓他起身，而是哀怨地嘟囔起來：「屋裡沒外人，咱爺倆說個私房話。現如今滿城都在傳王振被狐王令滅了，說什麼狐王令號令天下，鋤奸懲惡，你聽聽，這麼大逆不道的話都傳出來了。」

「是……兒無能。」寧騎城低垂著頭，一動不動。

「小城子，狐山君王是我的心腹大患，他能一次次從你手中逃脫可見他手下力量不可小覷，上次你對我提到《天門山錄》有了線索，也不知你查到何種地步？」

「此書在京城一露面，就再次消失，我正在追查。」

「唉，查此書是你責無旁貸的事，誰讓它是從你手中被盜走的。如今首要的是對付狐山君王，」王振說著站起身，目露寒光，面容猙獰地說道，「你若能抓住他，我必將他人頭懸掛城門之上，暴屍百日方解我心頭之恨。」

「兒……謹記教誨，必赴湯蹈火。」寧騎城說道。

「小城子，你怎麼還跪著，快起來。」王振一回頭，急忙走兩步扶起寧騎城。

「乾爹，此番兒子來，還有一事要向你回稟。」

「哦，是不是白蓮會之事？」王振拉寧騎城坐到炕上，「我聽說你近段時間搗毀了一個白蓮會的窩點。」

「不錯。」寧騎城表面不動聲色，但心裡還是一顫，他沒想到王振對自己的一舉一動都瞭若指掌，只得和盤托出，「乾爹還記得去年巡檢司和批驗所的上疏嗎？在京師一地私鹽占官鹽一半，此間追繳過幾批私鹽都不了了之，以為是商販所為。上次我帶一隊緹騎在妙音山附近剿滅一個私鹽窩點，它竟然是一個白蓮會的堂庵。對抓回的信眾用刑，他們交代白蓮會背地裡一直做私鹽的生意，白蓮會在京師和直隸有十幾個堂庵，信眾過萬。但是白蓮會組織嚴密，神祕莫測，到如今都不知道他們的堂主是誰。」

「這股勢力甚是可怕呀，」王振目光掃向窗外，過了片刻，他收回目光，嘆道，「真不讓人太平呀，如今皇上身體有恙，不可讓他太過勞心費力，你說咱們做臣子的不操心誰操心呢？」

「是，」寧騎城點頭道，「乾爹說得極是。」

「先去查清白蓮會堂主是誰。」王振看著寧騎城道，「這事你祕密進行。」王振耷拉著眼皮略一沉思，道，「摸清那些堂庵的位置。這一次，一定做到斬草除根，不留後患，不能再像狐族一樣，小小一群人，鬧得整個京師雞犬不寧，狐王令被傳得神乎其神，如若狐族再與白蓮會勾結在一處，豈不是要壞了大事？」

「是。」寧騎城額頭上冒出冷汗，他知道王振是拿狐族有意敲打他，他皺起眉頭，發狠道：「此次必將一窩端掉白蓮會。」

「談何容易喲。」王振袖著手，在屋裡踱了幾步，「你可是有了思謀？」「兒暫且沒有。」寧騎城坦白道。

「回去好生謀劃吧。」王振回到炕前，坐到炕几前，端過茶盞啜飲一口，方想起另一件事，臉上不由罩上一層陰雲。

寧騎城看王振臉色突變，急忙問道：「乾爹，可是有不順心之事？」

「如今朝堂上，雖有百般不順卻還都能勉強應對。」王振說著，抬眼看了下窗外，此時起風了，風刮著窗框發出「哐當哐當」的響聲，他嘆口氣，語氣中充滿怨恨，「但偏有那麼一撮人，專與我作對，說什麼閹人專權，誤國殃民，」王振說著，眼裡射出一道冷酷的凶光，「天地可鑑，我哪一點不是為了皇上著想？」

「這些人是誰？」寧騎城吼道。

「兵部的于謙是他們的領頭人。」王振說著，眉頭緊緊皺起。

「此人我也有所耳聞，都說他是茅坑裡的石頭又臭又硬。」寧騎城瞄了王振一眼。

「他身邊還有幾個大臣走得比較近，」王振說道，「刑部的趙源傑、禮部的蘇通、吏部的陳柄乙，這一夥人不可小瞧，你給我盯著點。」

「是。」

「那個于謙，我是頂討厭的，你找個藉口，把他關進詔獄裡。」王振嘆口氣閉上眼道，「眼不見，心不煩。」

「是。」寧騎城應了一聲。

「唉，這個人，」王振眉頭一揚，「太不讓人省心了，嘴硬身更硬，怕一時不好辦，你嚇唬嚇唬他，讓他安分一些也好。」

「是。」寧騎城點頭，他看見王振面露倦意，兩人談了個把時辰，該說該交代的也差不多了，便上前關切地說道，「乾爹八成乏了，那兒子就退下了。」

王振耷拉著眼皮，閉目休息，只揚起手向寧騎城揮了一下。

寧騎城如獲大赦，慌忙退下，輕輕合上房門。門外候立的幾個太監給寧騎城躬身行禮，寧騎城匆匆向他們還了一禮，大步向院門走去，外面的冷風一吹，寧騎城不由打個寒顫，這才發覺自己後背濕了一片。

二

這一日，萬安宮出奇地平靜。再沒有出現發症的秀女，兩位嬤嬤身上的癢疾也緩和了許多，五個發症的秀女被單獨隔離開，住在膳房一側的儲物間裡。

五個人從早到晚喝湯藥，但症狀不但沒有緩解，還有惡化的趨勢，最為厲害的便是最後染疾的明箏，臉上身上出現膿包，有些已經潰爛。但明箏反而是最為平靜的一個，她躺在炕上一動不動，其餘四人一直在哭天喊地。

張成負責照顧五人的飯食和湯藥。在用晚膳前，高昌波神不知鬼不覺地來到萬安宮找到張成，把他拉到無人的地方，把從司禮監帶回的消息告訴他，並交給他一包藥，囑咐他放進五人的粥裡，夜裡王浩會帶東廠的人把五名秀女帶走。

張成面上十分冷靜，內心早已翻江倒海。晚膳端來後，他並沒有照高昌波的吩咐把藥全部倒進粥裡，而是倒了一部分，剩下一部分埋到廊下花草下。他叫來手下太監，讓他們伺候五個秀女用膳，自己找個托詞，溜出萬安宮。要離開紫禁城，還要過兩道門，好在他身上有李漠帆給他的東廠權杖。

張成一出宮門，便撒了歡地跑，在半道攔下一輛馬車，使了銀子讓車夫送他到上仙閣。他心裡清楚自己只有一個時辰的時間，但事出緊急，他不得已必須冒險告知李漠帆。

李漠帆是他的恩公。當年他從邊關負傷回鄉途中，倒在漫天野地裡等死，是興龍幫的鏢號救了他，並把他一路捎帶回鄉，治病的銀子也是李漠帆出的。在他落下殘疾被鄉下同門親眷嘲笑走投無路時，是李漠帆安排他進的宮。

這些年在宮中雖然低人一等，但衣食無憂，也了無牽掛。現如今唯一想做的就是報答恩公。因此，李漠帆托人找到他，讓他幫忙時他立刻便答應了。此時他心急火燎地望著車窗外的街景，總嫌車馬太慢。

上仙閣在夜幕下燈火通明，正是上客的時辰。張成下了馬車，由於出來得匆忙，只在外披了件黑色大氅，以掩蓋宮裡內監的袍服。他緊裹著大氅，直接走到後院側門前，見大門微敞，便往裡面走去。

突然，他的肩被人拍了一下，身後傳來一個油腔滑調的聲音：「喂，這位爺，你走錯地方了吧？」盤陽從側門的暗影裡走出來，上下打量著張成。黑影裡又竄出一個人，繃著臉，不懷好意地瞪著張成。

張成急忙一揖手道：「兩位小哥，行個方便，我有急事要見李掌櫃。」

「李掌櫃不在這裡。」林棲十分凶惡地說道，他看面前這人面容猥瑣又縮手縮腳，行蹤十分可疑，便不客氣地要攆他走。

這時，蕭天正好從街上回來，一眼便看見門前站立的中年男人，他不動聲色在遠處打量，發現他腳上所穿靴子以及大氅裡隱約露出的袍服是宮裡當差的行頭，心裡一動，急忙一步上前，叫住了他：「這位老哥，你找李掌櫃，就請跟我來吧。」

張成回頭見來人如此清雅不凡，心裡大喜，問道：「敢問公子貴姓？」

「免貴姓蕭，單字天。」蕭天一報上大名，對方就雙眼放光地「啊」了一聲，急忙躬身一揖道：「你是蕭幫主。」

蕭天一聽此話，心裡已確定，此人定是被李漠帆送進宮裡的張成張公公。近日宮裡沒有任何消息，蕭天雖然派人手四處打探，仍是一無所獲。他也去過長春院，柳眉之同他一樣，儘管他有幾個朝堂上的朋友，但這些人對於宮中事多是三緘其口。蕭天和柳眉之急得團團轉卻毫無辦法。今日，蕭天正是從柳眉之處回來。

蕭天引著張成向院裡走去，從林棲和盤陽面前走過，礙于張成在旁邊不便發作，只是用犀利的眼神掃了兩人一眼，忍著怒氣，吩咐林棲：「速去前院把李掌櫃叫來。」

林棲瞥了來人一眼，十分不情願地慢吞吞轉身走了。

「快點。」蕭天在背後又催了一句，「盤陽，你也去。」他不放心地叫盤陽跟上。

蕭天在前，引著張成直接走到水塘邊的清音閣。蕭天請張成上首坐了，叫人奉茶。兩人剛落座，李漠帆聞訊便風風火火跑來了，一看座上之人，長出一口氣——這兩天他和蕭天等的就是他。張成一看李漠帆進來，放下茶盅走上前就拜，被李漠帆拉住。「兄弟，又見面了。」李漠帆笑著說道。

「可不是嗎？一晃小半年了。」張成眼裡泛著淚光，李漠帆沒有改稱呼，還是稱他兄弟，而不是公公。張成一陣感慨，恍若隔世。稍事停頓，張成這才想到自己來意，他一把抓住李漠帆，回頭掃視了一眼林棲和盤陽，欲言又止。

「都是自己兄弟，但說無妨。」李漠帆拍拍張成手背道。

張成打消顧慮，便直接說道：「上次，我按你的吩咐，點了一把火，燒了秀女名冊，巧的是此事追查到一個叫梅兒的宮女，也算她倒楣，把這事擔下了。但是，我私下尋訪，只有一個叫明珠的秀女，卻沒有找到叫明箏的秀女，本想再慢慢尋訪，不想這次事出緊急，我才跑來找你。今夜，王浩帶東廠的人，要把五名發急症的秀女拉出宮埋了。」

「什麼？」張成一席話，驚呆了在場所有人。四人幾乎同時發問，李漠帆與蕭天交換了個眼色，林棲和盤陽大眼瞪小眼，盤陽伸出一隻手掌，問道：「五名秀女？」

張成只道他們震驚於東廠的殘忍，他並不知曉這裡面的隱情，便搖著頭說道：「我不便久留，情況就是這麼個情況。這也是在晚膳時從高公公口中得知，高公公還讓我在五位秀女粥碗裡下藥，我聞了一下，似是蒙汗藥，我只下了一部分，她們可能會昏昏欲睡，四肢無力。」

「五位秀女所得何病？」李漠帆並不清楚內情，一臉迷茫。

「臉部腫脹，面貌全毀，宮裡有人傳是惡鬼附身，所以東廠才要連夜把她們埋了。」張成說完，起身告辭。

「小六。」李漠帆衝門外喊了一聲，從外面跑進來一個少年，「小六，你趕上馬車送這位老兄到宮門前。」李漠帆一邊交代著小六，一邊送張成往外走。

蕭天坐在座上陷入沉思，宮裡傳來的消息讓他猝不及防。不一會兒，李漠帆趕回來，見屋裡三人都不說話，便急了：「幫主，這是咋回事呀？」盤陽把他拉到一邊，在他耳邊嘀咕了一陣兒，李漠帆才知道這是幫主的主意。

「怎麼會多出四位秀女？」盤陽直想樂，看到大家一片愁雲慘澹，只好收斂了，

「不是只救明箏姑娘嗎？怎麼跑出來這麼多？」

「一定是哪裡出了差錯。」蕭天站起身，臉色忽而變得嚴峻起來，「綠竹她們有可能沒有找到，也有可

能不能確定，總之這件事由咱們而起，這五位秀女裡有沒有明箏，咱們都得救，不能眼看她們被活埋。」

「幫主，如此說來，咱們的時間不多了。」李漠帆有些擔心地道。

「君王，若是五人裡面沒有明箏呢？咱們豈不白忙活了？」盤陽說道。

「我說過，這裡面一定出了差錯，宮裡面的事瞬息萬變，剛才張公公都說他在私下尋訪都沒有找到明箏姑娘，何況是作為秀女的綠竹她們。這五位秀女所患惡疾，顯然是吃下了百香轉筋散，綠竹她們就因為不能確定，才多出這幾人，也就是說明箏極有可能就在五人之中。接下來只有將錯就錯。」蕭天轉向林棲道，「林棲，你速去長春院接柳眉之過來，他曾對我說，他手下一個僕役的父親可以出入皇宮，往淨房拉恭桶，憑這個咱們可以混入宮裡。你速去速回。」

林棲應了一聲，跑出去，消失在黑夜裡。

「這是我最擔心的事，」蕭天心情沉重地說道，「當時事發突然，命四名狐女進宮尋找明箏，本身也無把握，她們並不認識明箏，出此差錯，也不能怪她們。我了解明箏，這丫頭鬼靈精怪，那四個狐女加一起也不是她的對手，若她想留下，誰也沒有辦法。我估計明箏一進宮便隱藏了自己的身分，四個狐女打聽不到，只能靠猜，這就是為何會有五個秀女被下了藥。」

「哦……」李漠帆點點頭，但又一皺眉問道，「明箏姑娘為何急著要進宮？」

「唉，她想報仇，此事也怪我，我早該在她面前公開身分，她也不會這麼冒險了。」蕭天有些自責地說道。

「撲哧」一聲，盤陽聽到這句話笑了起來。

「你還有心情笑。」李漠帆沒好氣地說道，「別人都急死了。」

「不是……」盤陽忍不住又笑起來，「我想起明箏姑娘一把小劍要保護你們幫主的模樣，哈，確實好笑呀，如果她知道她身後要保護的蕭大哥是一大俠，她會做何感想？」

盤陽的話，頓時勾起李漠帆的記憶，這個畫面確實充滿喜感，兩人目光相對，想笑又不敢笑，只能憋著。他倆偷眼瞅蕭天，只見他鐵青著臉，面無表情，擰眉苦思的樣子。此時外面傳來腳步聲，這次林棲動作夠快。

「一匹馬瘋了似的把我馱來，蕭兄，」柳眉之一襲白衣似一陣風刮進來，把屋裡幾人眼睛都晃了一下，「所為何事？」

「宮裡有信兒了。」蕭天開門見山道，他向柳眉之簡單介紹屋裡幾人，「這位是李掌櫃，這兩位也是朋友。」

柳眉之深深凝視蕭天一眼，點點頭道：「你繼續往下說。」

「宮裡傳來消息，萬安宮有五位秀女得了急症，面容已毀，東廠的王浩要在今夜動手把她們活埋。」

「這算什麼消息？宮裡哪天不死人？」柳眉之一臉失望。

「若是這五位秀女中有明箏姑娘呢？」蕭天問道。

「哦，」柳眉之這才坐下來，他恍然大悟道，「難道這便是你謀劃的解救之法？」

「嗯，」蕭天低下頭，坦誠地道，「出了偏差，多出四人，本以為面容被毀會被遣送，沒想到東廠要活埋她們，這都出乎我的意料。」

「需要我做什麼？」柳眉之站起身問道。

「偽裝進宮，再探虛實。」蕭天說道。

「這個不難，長春院有個雜役，多年受我接濟，他家的營生就是往淨房拉恭桶，馬車可以出入宮裡。事不宜遲，我這就回去，讓李二娃的爹帶你們進宮。但是，夜裡進宮要想好一套說辭，李二娃的爹都是早上進宮。」柳眉之說著，一副急著要走的模樣，他又問道：「埋秀女的地方，你可知曉？」

「說是在亂墳崗。」蕭天順口說了一句。柳眉之急慌慌地告辭而去，也不要林棲去送，一陣風似的便消失在黑夜裡。李漠帆見柳眉之走了，搖著頭道：「此人行蹤，總讓人琢磨不透。」

蕭天收回視線，望著屋裡三人，目光落在林棲身上，他說道：「林棲，你去宮裡一趟，探查一下。」

「憑啥又讓我去？」林棲一臉不耐煩。

蕭天冷冷看他一眼，補充道：「你腿腳好。」

「我不去。」林棲擰著脖子叫道，「我不願聞大糞味。」

一旁的李漠帆實在看不下去，氣得臉通紅，他一拍桌子，吼道：「林棲，你個小犢子，有你這樣跟我們幫主說話的嗎？你要是在興龍幫，我早就把你清理門戶了。」李漠帆一怒之下衝上前就想揍林棲，被一旁的盤陽抱住腰，盤陽喊道：「我的李掌櫃，俺們狐族的事，你別摻和，行嗎？」

李漠帆指著林棲，問盤陽：「是你告訴我，這小子是我們幫主的奴才，作不作數？」

盤陽點頭道：「作數。按族規，他林棲永遠是你們幫主的奴，永世不得翻身。」

「你瞧瞧，」李漠帆指著林棲，「他哪像個奴，他才是主子呢，而我們幫主呢，處處受他欺負，哪有這種奴才呀？」

三人扭到一處，理論不清。蕭天端坐在一旁，對三人置若罔聞，根本沒留意他們鬧個啥，他在腦子裡一遍一遍梳理著下一步的行動，不想再出現紕漏。三人見蕭天蹙眉沉思，似是置身事外一樣，也頓覺無趣，遂鬆開手。

「林棲，」蕭天轉向林棲淡淡一笑道，「若你聞不慣大糞味，那就我去。」

李漠帆瞪著林棲，幾乎把眼珠子瞪出來，盤陽也向林棲示意。林棲擰著脖子，黑著臉沒好氣地說：「我去。」

「好。」蕭天突然站起身，看著三人，臉色變得嚴峻起來，「此次給咱們送來一個大禮。林棲，你可記得王浩嗎？當年掠走青冥郡主，射傷老狐王的東廠督主，今夜他的末日到了。」蕭天的話，像一劑猛藥瞬間提振了林棲和盤陽的士氣，兩人立刻支起耳朵，本以為是救一個不相關的人，被蕭天一提點，那個血海深仇的宿主就在眼前，林棲眼睛都紅了，一改剛才的頑劣，十分恭順地站直身子等著蕭天吩咐。

「林棲坐拉糞車進宮，想辦法潛入萬安宮，只要東廠動手，他們若運走五位秀女必有一輛大車，你跟住大車，我們在宮外候著。」蕭天吩咐道。

「幫主，」李漠帆突然問，「對付東廠的人，咱們人手夠嗎？」

蕭天略一思索，道：「冤有頭，債有主，只殺王浩。那些東廠的人，也是上有父母的平民家子弟，放他們一條生路。王浩是王振的左右臂，作惡多端，滅了他，王振就少了一個幫手。」

蕭天從懷裡拿出烏金泛光的狐王令，舉在手裡。林棲和盤陽一看，立刻雙膝跪下。蕭天面南而立，一揖到地，道：「老狐王在上，蕭天代行此令，謹遵教誨，匡扶正義，懲惡揚善，行天之大道。」

林棲和盤陽在蕭天身後叩頭行禮，兩人一改往日玩痞之氣，斂聲屏氣，一臉嚴肅和虔誠地三叩首。

三

夜色如墨，更深人靜。

一輛簡易馬車行駛在巷子裡，車輪碾過青石板發出「咕嚕咕嚕」的響聲。駕車的李老爹一邊揮鞭子，一邊不放心地回頭查看後面車廂：「小子，你怎麼出來了？」

「你要熏死我呀。」是林棲的聲音，他從車廂裡探出頭。

「忍一忍，馬上到宮門了。」李老爹說著勒住馬，他看見宮門前停著一輛馬車，還是輛四輪馬車，上面堆滿大小箱子。

守宮門的禁衛軍一看都敲過三更了，還有車馬要進宮，走出來一看，還不止一輛，立刻罵罵咧咧地嚷道：「不行，宮中有令，這個時辰，禁止出入。」

一匹黑馬飛馳到宮門前，馬上之人一身飛魚官服，腰間的金牌在暗夜裡閃亮。幾個禁衛軍認出腰牌，忙上前行禮：「參見指揮使大人。」

寧騎城翻身下馬，他先是查看了一下守門的禁軍，然後眼睛瞟向第一輛馬車，看見李達一身短打坐在車上，只是找的這輛馬車有些不倫不類。他微微皺起眉頭，走到馬車前。

「大人，」李達從四輪馬車上跳下來，舉著手中的路牌道，「這是宮裡訂下的貨物，一路從蘇州來，路上耽擱了時辰，直到此時才趕到。」

寧騎城向李達遞了個眼色，李達會意轉身引著寧騎城圍著馬車查看一圈，寧騎城點了下頭，大聲道：

「下次莫再誤了時辰。」寧騎城轉向幾個禁衛軍，「讓他過去吧。」

幾個禁衛軍見指揮使大人開了口，便不好再說什麼，反正出了差池也有人擔著，便緩緩推開宮門。李達重新坐上馬車，輕拉韁繩，馬蹄踏上青石板入了宮門。李老爹心下忐忑，但箭已離弦，豈有回弓之理，遂硬著頭皮點頭哈腰顫巍巍地走到寧騎城面前，遞上手中路牌，一邊鞠躬一邊啞著嗓音說道：「大人，這是我的路牌。」

「你……」寧騎城退後一步，嫌惡地說道，「你一個出入淨房的，不該是早上出清嗎？大半夜跑來湊什麼熱鬧？」

「大人，」李老爹本來就有眼疾，此時一緊張，眼眶又紅又腫眼淚汪汪，「家中明早要出殯，我尋思明天來不了，就趁夜裡出一趟。」

寧騎城遠遠瞟了眼那輛放恭桶的馬車，離很遠還是有一股刺鼻的味道，便擺了下手：「去吧。」

李老爹又鞠一躬，把路牌揣進懷裡，跛著腳走到馬車前，爬上馬車，一甩馬鞭，那匹小馬駒十分不情願地抬四蹄向前走，李老爹額上大汗淋漓，他揮動韁繩，催馬快行。

李老爹趕著馬車一進宮門就向左邊的甬道駛去，甬道一團昏暗，只有路過的幾個院子裡有零星的燭光。

「老爹，」林棲把頭探出車廂，深喘了口氣道，「先到萬安宮。」

馬蹄踏在青磚上發出陣陣脆響，在寂靜的深宮裡尤其刺耳。一隊巡夜的禁軍打此經過，領頭的校尉認出李老爹，打著招呼：「喂，老李頭，怎麼此時來了？」

「哎呀軍爺，明早來不了，家人出殯，便夜裡抽空來一趟。」李老爹答道。

李老爹的話引得隊伍裡一片嬉笑聲，「出個糞，竟想得如此周全……」

「怎麼這麼大的味呀……」

巡夜的禁軍與馬車在甬道分開，禁軍向乾清宮方向走去，馬車直奔萬安宮。李老爹揑鞭子的手，濕漉漉的，他用手背擦了把額頭，方舒了口氣。

行到萬安宮門口，李老爹回身敲車廂，不見動靜，正納悶，就聽見頭頂上有人說道：「我在這兒。」李老爹一抬頭，看見林棲蹲在廂頂。

「啊！」李老爹嚇一跳，也不敢多說，「到了，這裡就是。」

「你記住，我學貓叫，你聽見過來即可。」林棲交代了一句，左右張望了一下，縱身一躍，已上了萬安宮的牆頭。

李老爹驚得吐了下舌頭，忙趕著車先到其他宮的淨房去了。

林棲站在牆頭大致確認了方向，看到宮裡黑漆漆一片，只有東南角有些光亮，便飛身落下，沿著漆黑的回廊向有光亮的地方跑去。

那片光亮來自膳房的院裡。此時，張成引著高昌波從軒逸閣出來。高昌波胖臉上堆滿笑容，他拍著張成的肩道：「張公公，你這差辦得好，我平日沒白疼你啊。」

「老奴總記得公公的好，總惦念著何時才能相報呢，這點區區小事，何足掛齒。」張成哈著腰，笑咪咪地說道，「這兩個嬤嬤沒幾個時辰醒不過來，公公還有何吩咐儘管說。」

「一會兒東廠的人來了，你引著他們把那五個秀女抬走就是了。」高昌波壓低聲音道，「那五個秀女都辦妥了？」

「辦妥了。」張成低聲道，「粥一喝完，五個人就睡過去了，按照你老的吩咐，裝進了五個麻袋裡。」

「好。」高昌波抬頭警惕地環視了一下四周，道，「還有一事，你差人把一名叫明箏的秀女傳到這裡。」

張成眼皮一眨，以為自己聽錯了。高昌波看見他一愣怔，以為他害怕擔責，便附在他耳邊小聲說，「你放心，此女被寧騎城看中，要收入房中，寧大人跟我要人，我能不給嗎？再說，這宮裡也不少這一個女人，只當是拉出去埋了六人。」

「這……這……這寧大人也真是，跟皇上搶女人？」

「皇上還可以再選嘛，哈……」高昌波笑了起來，「你幫我這一次，我定記住你的好，哪天你老哥我發達了，你不也跟著發達了？」

「我這就去辦。」張成掩飾著自己的緊張，他走到廊下，叫了一個小太監：「小允子，去把當值的宮女叫來。」他說完，腦子飛快地轉動著，明箏這個名字如此耳熟，片刻後，他方想起來，恩公要找的人不也叫明箏嗎？張成不禁愕然，猶如百爪撓心，不知所措。

一個高挑的宮女在小允子的帶領下，走過來，向張成和高昌波施一禮道：「見過高公公、張公公。」

「小菊，你去寢殿傳一個叫明箏的秀女過來。」張成依照高昌波的話說道。小菊站著想了想，道：「回張公公，沒有叫明箏的秀女。」

「如何會沒有？」高昌波在一旁插話道，「此女子還是我領進宮的，秀女名冊上明箏兩字，還是我寫上去的。」

小菊愣了半天，道：「容我去拿來名冊，定可以有個分曉。」小菊退下，匆忙回大殿去取名冊。過了有一盞茶工夫，小菊抱著名冊一路小跑過來。

高昌波接過名冊，一頁一頁翻看，直到翻到最後一頁，也沒有找到明箏的名字。

「四個寢房，確實沒有叫明箏的秀女，」小菊想了一下，道，「對了，秀女名冊是新錄的，不知是否出了差錯。」

「新錄的？」高昌波眼珠子一轉，問道，「那舊的呢？」

「燒了。」小菊道。

這時，小允子跑過來，回稟：「寧大人到了。」小允子身後，一個黑影裹挾著一陣寒風到面前：「燒了？」寧騎城雖剛到，但剛才他們的對話，他聽了大半，「那人呢？」

「沒這個人。」小菊低下頭，囁嚅了一句。

「不可能！」寧騎城陰氣森森的臉上，一雙鷹目射出逼人的寒光。小菊被嚇得跌坐到地上，渾身打顫。

突然，房頂上傳來一聲窸窣的聲響，寧騎城聽力果然了得，他警惕地抬眼望著房頂，突然縱身一躍，人已落到屋頂，他飛身在屋頂查看了片刻，從遠處傳來一聲貓叫。「哪來的野貓？」寧騎城低吼了一聲，飛身落下，站在庭院裡。

「這個時辰，只怕一會兒王浩就來了。」高昌波心急火燎地提醒道。

突然，守在外面的小允子跑進來，小聲回稟：「東廠督主到。」寧騎城一聽，立刻身體一縱，又一次上了房頂，躲了起來。片刻後，四個身穿黑色夜行衣的東廠番役走進院子，他們身後，王浩身披大氅走了進來。

「高公公、張公公。」王浩一揖手，面目冷酷地問道，「可已準備妥當？」

「請。」張成躬身在前面引路，他們一行走到膳房一側的雜物間。張成推開木門，中間圓桌上點著一盞燈，昏黃的光亮照到屋角五個麻袋上。王浩點了點頭，身後的黑衣人依次走進來，連扛帶抬，把五個麻袋搬出雜物間。

「高公公、張公公，告辭。」王浩向身後一揮手，一行人等迅速出了院子，消失在黑暗裡。

東廠的四輪馬車和三匹馬候在萬安宮外，一行人抬著麻袋一一放到車上，有兩人跟著坐到馬車上，其餘三人翻身躍上馬背，一行人向宮門駛去。

「喵……」一聲貓叫，萬安宮牆頭探出一顆人頭，林棲看見東廠的車馬走了，才敢跳下來。他身體貼著圍牆隱在暗影裡向前面跑著，一邊嘴裡發出怪異的叫聲。

剛到甬道口，發現那輛馬車早已候在那裡，林棲跑上前跳上馬車，立刻乾嘔了一聲：「呸，啥味！」

「唉，忍著點吧。」李老爹回頭查看了車廂，由於夜裡捎帶的恭桶少，裡面有足夠的位置讓林棲容身。

「跟上那輛四輪馬車。」林棲捏著鼻子催促道。

出宮門時很順利，沒人再盤查。李老爹跟著那輛四輪馬車一路向西。林棲爬上車頂，撮著嘴發出尖利的鳥鳴。不多時從一處巷子裡竄出幾匹高頭大馬，幾匹馬迅速靠近馬車。

蕭天打頭，身後的李漠帆手裡還牽著一匹馬，此馬是為林棲備下的，盤陽緊跟其後。

「五個人，全在那輛馬車上。」林棲說著，飛身從車頂躍到馬背上。

「好，跟上那輛馬車。」蕭天在前，幾人隨後，一行人馬與李老爹的馬車分開來，向西邊疾駛而去。

亂墳崗其實是京城一處最荒涼的墓地，半人高的灌木叢中遍布著大小不一的墳頭，有碑的，無碑的，雜亂無章。平日城裡暴屍街頭的乞丐、牢獄裡病死的囚犯、忤逆的罪臣等死後都草草掩埋在這裡。

四輪馬車沿著雜草叢生的土坡，一路搖搖晃晃駛上坡。王浩騎在馬上，借著慘澹的月光，看了眼四周，找了個地勢平坦的地方，便命幾人挖坑。

經過長時間顛簸，車廂裡幾個麻袋晃動起來，從裡面傳來「嚶嚶」的哭泣聲。王浩催馬上前，一腳踹向近前的麻袋，吼了一聲：「死到臨頭，還不安生。」

他這一腳正踢在明箏頭上，本來昏昏沉沉的大腦，被踢醒了。她睜開眼睛，方發現自己被繩捆索綁塞在袋子裡，此時渾身痠痛，腿腳都麻了，嘴裡還被塞進一團布，叫也叫不出來。她瞪大眼睛透過麻袋粗大的紋理，隱約看見前面幾個黑衣人在挖一個大坑，心裡不由「咯噔」一下，心想完了，明箏呀明箏，你怎麼這麼倒楣啊。

「行了。」王浩翻身下馬，走到坑前查看，「幾個丫頭片子，夠使了。」

幾個黑衣人撂下鏟子，一個人嬉笑著湊到王浩面前，道：「頭兒，就這麼埋了，多可惜呀！」

「是呀。」另一個湊上來，「聽說都是秀女。」

「找死呀，好好的能埋嗎？」王浩瞥了他們一眼，嚇唬道，「染了惡疾，你們是活膩歪了。」

幾個人一聽此話，立刻乖乖地走到馬車前，一人扛一個麻袋往坑裡扔，麻袋裡不斷發出慘叫聲和哭聲。

明箏被摔得腰間一陣劇痛，差點昏過去。這時，泥土劈頭蓋臉砸下來，明箏腦子裡一片空白，便閉上眼睛。心想著馬上便可以見到父親和母親了，只是心裡仍有不甘，父母的大仇未報，自己卻葬身野地……

突然，身上不再有泥土砸下的痛感，等了片刻，沒有泥土砸下來，耳朵裡卻聽見一片刀劍相擊的鏗鏘之聲。明箏心裡一陣疑惑，她掙扎著抖掉頭上的泥土，從縫隙中望過去，不由大吃一驚。

幾個劍客正與黑衣人激鬥。其中一人長身玉立手持長劍，月光下只見他身形矯健，颯踏無痕，一柄長劍，劍氣縱橫。明箏看呆了，她從未見過一個人可以把劍使到這種境界。但突然，她又覺得此人極是眼熟，心裡猛然一陣狂跳，是他！她不會看錯。但是這怎麼可能？明箏幾乎把麻袋撐破了，她睜大眼睛，她認出來是蕭大哥。

此時蕭天與王浩已大戰了五十多個回合。王浩確實不好對付，他手下幾個黑衣人一出手就可以看出來，也非一般東廠番役，而是從各地收羅的武林高手。林棲一人對付兩個，李漠帆和盤陽已經很吃力了。正在雙方相持不下之際，空中傳來一聲尖利的嘯聲，四匹快馬疾馳到近前，馬上之人皆是身披白色大氅，兜頭罩臉。這些人竄到近前二話不說便加入戰鬥，他們的目標是黑衣人。

蕭天縱然吃驚，但這些新加入的白衣人，迅速緩解了他們的壓力。蕭天立刻叫上李漠帆和盤陽去救秀女，這邊騰出場地，兩廂均做了調整，重新廝殺到一起。

當這邊正廝殺到昏天黑地之時，沒有人注意到有三匹快馬沿著外側小路疾駛到坡頂。馬上的人俯身下望，月光下的激鬥一目了然。

「大人，咱們何時動手？」高健望著一旁勒馬佇立的寧騎城低聲問道。

「先看看。」寧騎城低沉且緩慢地回答，透露出他似乎不急於出手。

「這些人武功確實了得。」高健當真認真地觀看起來。

「大人，」一旁的李達突然問道，「這些人為何要劫走秀女？」

「這也是我想知道的。」寧騎城目露寒光幽幽地說道，「看來，有人走到了我的前面。」

「大人，咱們當真不管？」高健有些憋不住了。

「東廠的事，何時輪到你我管了？」寧騎城沒好氣地白了高健一眼。

坡下，激鬥已現出分曉。白衣人個個身手不凡，且手段毒辣，刀刀致命。只一會兒工夫，已有兩個黑衣人身首異處。蕭天本不想傷及他人，只想取王浩首級，但看到事態失控，便想尋機與白衣人搭上話，卻瞥見一個白衣人一揚手四把飛鏢打著旋飛出去，接著傳來幾聲慘叫。

蕭天見到飛鏢，猛然想起那日在西苑街上耍把戲的眾人，後來被明箏識出是白蓮會十二護法之一白眉行者。蕭天想到此，心下一驚，若這些人真是白蓮會之人，那他們是如何恰到好處地趕到這荒僻的亂墳崗的呢？不容蕭天細思，只一炷香工夫，王浩連同他的四名手下都已倒地身亡，竟無一活口。

事已至此，蕭天雖感意外，但已覆水難收。他收劍佇立，眼見那幾個白衣人連招呼也不打，轉身就走，他飛身上前，攔到白眉行者面前，拱手一揖道：「大俠，請留步。」

白眉行者仰天大笑，道：「終於報了此仇，痛快！」他向蕭天抱拳道，「咱們有緣再見，告辭。」說完，一行人飛身上馬，消失在暗夜裡。

蕭天望著他們背影獨自發呆。林棲躍身到近前對蕭天提醒道：「主人，坡頂似是有人。」林棲的嗅覺一向最是靈敏。

蕭天仰頭匆匆掃了一眼，急忙吩咐：「大家分開走，帶上秀女送回家中。」

李漠帆把幾個秀女從土裡扒出來，幾個女子嚇得渾身打戰，哭成一片。他看了半天，幾個秀女個個面目全非，腫脹已毀的面容如出一轍。

蕭天扶起她們，發現少了一個，正納悶，突覺脖頸上一涼，他低頭一看，是自己的劍。剛才他扔下劍，跳下大坑找明箏。瞬間他心裡一陣狂喜，他已猜出持劍之人，他慢慢扭過頭，看見一個秀女持劍抵著他，秀女臉又紅又腫，還有幾處潰爛，但是那雙眼睛依然清澈見底，此時她雙眸閃動，已淚光瑩瑩。

蕭天按捺不住內心的衝動，顫聲道：「明箏，我是蕭大哥。」

「你……」明箏哽咽著說不下去，眼淚嘩地湧出來。

蕭天眼角餘光瞥見一個黑影一掠而過，蕭天臉色突變，大喊：「別——」伸手去阻止，但晚了一步，林棲一掌擊中明箏後背，明箏身體一軟，倒下來。蕭天撲上前，抱住明箏，衝林棲咆哮著：「下次看清再動手。」

「是，主人。」林棲苦著一張冬瓜臉應道。

第九章　瀟瀟雨聲

一

街上行人四處避讓，一隊東廠番子叫囂著橫衝直撞而來。小六拉著一個背著藥箱的郎中閃身躲到路邊包子鋪裡。包子鋪掌櫃繫著長圍裙手忙腳亂地招呼夥計收拾屋外的家什。

「看樣子又出大事了。」郎中有些懊惱，埋怨地看著小六。

「可不是，出大事了。」一位食客一邊往嘴裡塞包子，一邊神祕地說道，「聽說昨夜狐王令又現身了，這次死的是東廠督主，東廠的人也死了一片，這不，一大早東廠的人就開始上街抓人了。」

「活該，」另一個食客說道，「我看狐族個個是英雄。」

「噓，不想活了？」掌櫃的趕緊打斷那個食客的話。郎中膽怯地抱住藥箱子，緊張地望著大街，一旁的小六催促道：「行了，番子們過去了，咱們走吧，掌櫃的還等著呢。」

郎中嘆口氣，跟著小六往前走，一邊不放心地問：「真是給一個姑娘看病？」

「走呀，我騙你幹麼？」小六催促著。

郎中半信半疑地瞥了小六一眼，嘴裡嘟囔著：「若不是看在你家掌櫃多年照顧我生意的分兒上，我才不出診呢。」

兩人一路疾走，來到上仙閣。小六引著他直接走進後院，院子深處，有一條曲折蜿蜒的長廊，長廊盡頭是一個月亮門，裡面是一個獨立的小院。先前是一個顯貴置的外室居所，人去樓空，久置荒蕪，被李漠帆以極低的價買來，打通圍牆，連在一處，平日用作一些來訪的江湖朋友的住所。此時已重新打掃，蕭天安排明箏住了進去。

小院是個一進的院落，東西廂房住人，正房待客。由於中庭種著一株杏樹，便名曰杏園。院子雖小，卻有一亭一臺一橋一榭，幽雅精緻，古樸可愛。

此時，蕭天和李漠帆正坐在正房著急地等著郎中。昨夜明箏被抬進來時，已昏迷多時，她受了林棲一掌，傷得不輕，又加上身上所中百香轉筋散之毒，臉上已有潰爛，估計身上也有。

「幫主，明箏姑娘醒了。」郭嫂走進來高興地通知兩人。郭嫂是幫裡郭把頭的老婆，是小六的娘，他們母子都為幫裡做事。興龍幫除了幫主外，有五個把頭，李漠帆為首。其他幾個把頭都在道上重操舊業，興龍幫的鏢旗已飄至河南山西。

蕭天聽到明箏醒過來，急忙跟著郭嫂往西廂房走去。

西廂房裡光線幽暗，裡面的床榻上躺著一個人，衣著還是宮裡的秀女服飾，只是面容不忍直視，又紅又腫，顴骨上還有潰爛。

明箏緩緩睜開眼睛，她不知道自己昏睡了幾個時辰，眼前的一切如此陌生。從鏤空的雕花木窗裡射入斑斑點點的陽光，身上蓋著緞面薄被，旁邊還有一座精美的鑲銅鏡的木製梳妝臺。明箏恍然意識到不是在宮裡，突然一個慈祥女人的面孔映入眼簾：「姑娘，妳可醒了。」

「大嬸，這是哪裡呀？」明箏驚慌地問道。

「莫怕，」郭嫂笑著說道，「這是上仙閣，我們幫主來看妳了。」

「妳們幫主？」明箏詫異地抬起頭，看見女人身後蕭天關切的面孔，愣怔了一下，瞬間想起昨夜的遭遇，想起她被裝入麻袋，差點被活埋，然後一群人救了她，其中一個持劍的身影便是蕭天。她還未從蕭天原來身懷絕技的驚訝中回過神來，便被蕭天這個驚人的新身分所震怒，她不清楚他為何要在她面前隱藏身分，想到自己傻乎乎處處保護他的樣子，臉都氣青了，不由怒道：「你……你到底是什麼人？」

蕭天知道明箏在氣頭上，便笑著道：「明箏，待妳傷好，我再慢慢給妳解釋。」

「不行，你現在說，你說呀！」明箏越想越氣，由於臉部的腫脹，口齒不清地嚷道，「我最恨被人騙。」

「這件事，是我做得不妥，任妳責罰。」蕭天倒是承認得爽快。

明箏捂住半張臉，由於說話發力，她半張臉都在疼，剛才的滿肚子氣，被蕭天的一句話消了一半。明箏氣哼哼地說道：「這次是你救了我，咱們一報還一報，兩不相欠了。」

「不，還是我欠妳的，我定會把妳身上的病症醫好。」蕭天急忙說道。

「不用你管，如今我變成這般模樣，連我自個兒看著都煩，我不要你管我，你送我回家吧。」明箏心煩意亂地說道。

「我不能送妳回家。」蕭天道。

「為何？」明箏叫道。

「妳中了毒，叫百香轉筋散。」

「你如何知道？」

「是我下的毒。」

明箏詫異地仰頭瞪著蕭天，蕭天溫和地一笑，道：「明箏，我能讓妳恢復往日容顏。」

「你……」明箏急了，叫道，「你還沒有回答我，你到底是什麼人！」

「蕭天。若妳拜過我父親為師，論起來，妳要稱我一聲師兄。」蕭天耐心十足地說道，「妳不能回家，妳別忘了妳的身分還是秀女，一進家門就會被發現，累及妳的家人。我既然敢給妳下藥，就能醫好妳，妳要相信我。」

直到此時，明箏方才回過味來，她瞪著眼睛問道：「難道這一切都是你事先謀劃的？」

「不光我，還要加上妳宵石哥哥。」蕭天一笑，道。

明箏像洩了氣的皮球，窩在了床榻上，原來自己是如此這般被掃地出宮的。

「蕭大哥，我不怪你。」明箏冷靜下來，想到如今終於脫離皇宮，便止不住慶幸，「是我一時衝動，想到進宮便可見到仇人報仇。進了宮才發現，別說見仇人，連自個兒都保不住，都怪我太任性。對了，我在宮裡見到錦衣衛那個頭目，寧騎城他知道了我的身世，並在宮裡威脅我。」

「什麼？他如何會知道妳的身分？」蕭天驚訝地問道。

「我也不知道，但是他卻叫出我的本名李如意。」明箏一臉驚奇地說道。

「這個寧騎城神出鬼沒，不好對付，以後一定要處處小心。」蕭天憂心道，「近段時間妳留在這裡療傷，必須隱藏身分，出門穿男裝，好在這個院子裡住了許多參加春闈的書生，大家來自五湖四海，都不認識。」蕭天不放心地叮囑道。

「我……我可以回家看看姨母嗎？」明箏抬起頭，突然問道，她一想到姨母，心裡便很是不安。

「待妳傷好後再回吧，免得妳姨母瞧見妳如今的模樣傷心。」蕭天的話，提醒了明箏，明箏捂著臉點了點頭。

明箏瞥了蕭天一眼，突然直起身子問道：「剛才這位大嬸為何稱呼你幫主？」

蕭天一笑，滿臉歉意地道：「明箏，我剛才忘告訴妳了。」

「蕭天，你到底還有多少祕密？」明箏臉都氣綠了。

蕭天知道以明箏的聰慧，不對她說出實情恐怕難以取得她的諒解，他決定除了狐族的事，不再隱瞞其他的，便緩緩道：「明箏，我知道妳看見如今的我有些古怪，我為何隱瞞身分去妳家？還記得那本《天門山錄》嗎？妳在回京的路上是否救過一個白髯老者，他是狐族人，也是興龍幫之人，他在馬車上聽到妳與姨母的對話，懷疑妳手中的書是《天門山錄》，於是回來稟告了我，我便有了喬裝到妳家調查此事的想法。這就是前因後果。」

「一個堂堂幫主，跑到人家宅子做出這種事，豈不有失風度？」明箏氣歸氣，但想了想，也算情有可原。

「姑娘教訓得極是。」蕭天見明箏氣消了，便說道，「我請來了郎中，正候在外面，讓他來給妳臉上和身上的傷診治一下。」

「我不看。」明箏說道，「不就是腫幾天嗎？」

「這百香轉筋散在江湖上其實是一種易容術，有些被官府通緝的人會服下以改變面容，蒙混官府視線，其實月餘時間便會自行好轉，但也有極個別體質的人會出現不同反應，妳就屬於這種。」蕭天自責道，「怪我考慮不周，讓妳受苦了。」

蕭天說著走到窗前道：「漠帆，領郎中進來吧。」

不多時，李漠帆領著郎中走進來，郎中仔細看了明箏臉上潰爛的地方，深吸一口氣，直搖頭道：「此症看上去不凶險，實則不然，如不及時把潰爛部分的膿汁擠出去，便會侵入內臟，傷及四肢。只是做起來極其煩瑣，要把潰爛的地方一一清理乾淨，擠出裡面膿汁，抹上藥膏。」

明箏一聽，立刻捂住臉，不讓郎中查看。

郎中走到近前，看到明箏脖頸處也有紅腫，便伸手拉開衣領，不想明箏甩手一掌正扇在郎中左臉上，五個指印立時紅漲起來。

郎中退了幾步，手指著明箏，氣得臉通紅，一邊捂著紅腫的左臉，一邊對蕭天擺手道：「你……我不收你銀子，這種病症我醫不了，這個小姑娘也太無禮了，我行醫多年，還是第一次被人打，你看看我這臉，讓我如何見人？說出去豈不丟人現眼，罷了，你們另請高明吧。」

蕭天費盡口舌，郎中還是提著藥箱急匆匆跑了。

「幫主，出了何事？」李漠帆從外面跑進來問道。

「我不治了。」床榻上的明箏哭著說道。

蕭天站在當間，臉色陰鬱地說道：「明箏身上潰爛的地方，需擠出膿汁，抹上藥膏，方能好轉。」

「若不擠出膿汁呢？」李漠帆甚是為難地問道。

「毒就會攻入內臟，侵害四肢。」蕭天皺著眉頭望著里間，然後他看著郭嫂道，「郭嫂，妳來吧，把明箏姑娘身上潰爛地方擠出膿汁，抹上膏藥。」

「我……幫主，這個我做不了，我看著……我下不了手，我……我還是煎藥去了。」郭嫂說著，急忙退了出去。

「啊，這可如何是好？」李漠帆一籌莫展。

蕭天站在當間，突然叫住李漠帆：「去給我找根繩子。」

「幫主，你要幹麼？」

「去呀。」

剛才還萬里無雲，轉眼天上飄起雨點，首場春雨淅淅瀝瀝地落下來。

李漠帆淋著雨拿著繩子跑進來，看著蕭天問道：「幫主，你不會是想親自動手吧，人家可是一未出閣的姑娘呀。」

「你站在門口守著，不要讓任何人靠近。」蕭天吩咐道，「把門鎖死，不經我的允許不准開門。」

蕭天拿著繩子走進裡間，身後沒聽見動靜，他一回頭，看見李漠帆瞠目結舌地站在原地。蕭天眼神直逼過來，李漠帆一哆嗦，急忙跑出去，嘩啦關上大門，又找出一把鎖鎖死。

李漠帆剛鎖上門，就聽見房裡稀里嘩啦瓷器倒地的脆響，接著又是一陣細碎的響聲，漸漸聲響小了起來，這時傳來明箏尖利的叫聲：「蕭天，此仇不報，我就不是明箏……」

窗外細雨如絲，窗內蕭天臉上汗如雨下。

此時，明箏臉朝下被綁在床榻上，背部的衣衫已被除去。白如凝脂的肌膚上，布滿大大小小的膿包，有的已潰爛，有的剛鼓出紅包。

「明箏，妳要忍著。」蕭天低聲說道，雙手在空中僵了一下，握了握拳，便伸向潰爛的地方。蕭天握劍的手，力道很大，擠向膿包，瞬間便白膿盡出。明箏身體抖動著，儘管咬著被褥，仍然發出痛苦的叫聲。

蕭天緊咬下唇，動作飛快，背部擠過的部分，很快抹上藥膏。蕭天望著明箏下身的裙子，猶豫了片刻，閉了下眼睛，咬牙揚手撕開，扔到一邊。眼前出現一個少女曼妙的玉體，蕭天臉上的汗不停地掉下來。明箏又羞又氣，趴著哭得更起勁了……

折騰了有半個時辰，蕭天把明箏全身上下抹上藥膏，裹上白布，給明箏蓋被褥時，發現明箏竟然睡著了，許是鬧騰累了。蕭天長出一口氣，才發現自己渾身都濕透了。他扶著牆走到門邊，叫李漠帆：「漠帆，開門。」

門一打開，一把劍直抵到蕭天胸前。柳眉之一臉氣急敗壞的凶狠樣子，向蕭天吼道：「蕭天，你把明箏怎麼了？」

李漠帆從後面抱住柳眉之的腰，叫道：「柳公子，你誤會了，我們幫主在給明箏療傷。」

「好一個幫主。」柳眉之乜斜著蕭天，李漠帆情急之中，把蕭天的身分說了出來。

「你要怎樣？」蕭天任由柳眉之一把長劍抵到胸前，平靜地看著他道，「我看在明箏面子上，不會與你計較。」

柳眉之依然持劍抵著蕭天胸口，眼睛向屋裡掃了一眼，道：「我要接走明箏。」

「不行，她身上有多處傷，要繼續用藥。」蕭天語氣平淡地說道，「待她傷好了，是去是留，由她說了算。」

「欺人太甚！」柳眉之怒道，舉劍便刺，蕭天身子一閃，躲過一劍。蕭天看柳眉之一時不會善罷甘休，便躍身到廊下，大聲說道：「柳眉之，你要戰便戰，漠帆，取劍！」李漠帆撒腿便往暢和堂跑去，轉眼提著長劍跑過來，一個長虹飛躍把劍遞到蕭天手中。剛才蕭天赤手空拳，柳眉之都沒有占到便宜，如今長劍在手，幾個回合柳眉之便敗下陣來。

「這個帳，咱回頭再算。」柳眉之撂下一句話，便氣衝衝地走了。

「幫主，是我的錯，我不該在柳眉之面前叫你幫主，這……」李漠帆想到剛才在柳眉之面前失言，心裡有些不安。

「無妨，他早晚要知道。」蕭天看了眼又飄起細雨的天空，「你下去命人給明箏姑娘煎藥。」

「是。」李漠帆匆匆退了下去。

二

傍晚，蕭天還在床榻上昏睡便被李漠帆晃醒：「幫主，出事了。」蕭天迷迷糊糊睜開眼，望了眼窗外，雨不知何時停了。

「昨夜蓮塘巷燒了間宅子，只找到兩具焦屍，你知道是誰家嗎？正是李宅。」李漠帆叫道。

蕭天瞬間臉白勝雪，他一骨碌跳起來，便往門外跑。

「幫主，你……身上……」李漠帆叫道。蕭天急忙返回，他身上只有一件中衣，他迅速披上外袍，繫上腰帶，一邊問道：「打聽到是什麼人所為了嗎？」

「小六找來李宅的雜役阿福，他說昨個午後寧騎城帶人去了李宅，搜查了半天，他說官府已查出明箏是罪臣之後，要是投案可以免他們不死。他們走後，老夫人和管家就打發阿福去妙音山上香祈福，並叮囑他晚上住一宿，不承想夜裡就出了這事。」

蕭天雙眸一沉，身體僵住，跌坐在床榻上，他已猜出事情的由來，聯想到明箏說寧騎城已查出她的身世，他料想必是寧騎城去李宅威脅老夫人要他們交出明箏，老夫人為了保全明箏，才做出如此決絕的行為。他深深地嘆了口氣，吩咐李漠帆：「那個阿福留下吧，好生相待。」蕭天默默走出去，心裡越發沉重，想著老夫人和管家不由黯然神傷，他沿著長廊走向杏園，在心裡反覆斟酌著如何把這個消息告訴明箏。他走走停停，幾次欲掉頭，直到天暗下來，他才來到杏園。雨後的夜晚，月光出奇明亮。蕭天站在西廂房的廊下，幾次抬起手欲敲門，又躊躇著放下。月光照在他灰色的長袍上，身後拉了很長的影子。

蕭天站在門前，看著門下了決心：再不好開口，也要說了。蕭天硬著頭皮舉手敲了敲門。裡面靜默了片刻，傳來明箏怯弱的聲音：「誰？」

「明箏，是我。」蕭天回答。

房裡靜默了片刻，傳來低低的聲音：「我睡下了。」

蕭天愣了下，「那好，我明天一早再來。」蕭天說了一句，轉身欲走。身後的門卻打開了，明箏披著一件青色的披風站在門邊。雖然只有半日，但是看到明箏臉上的紅腫竟然消了，蕭天一陣驚喜，看來那膏藥還是對症的。

明箏看著蕭天，不知為何突然臉發起燒來，火燒火燎，她垂著頭，局促地站在門邊，有些不知所措。蕭天看明箏不自在，自己也突然尷尬起來，腦子裡呼地跳進白天的情景，一時竟然忘了要說什麼。

「蕭大哥，你找我有何事？」明箏低著頭也不看他，自顧自問道。

「明箏，是……是有一件事，」蕭天被明箏這麼一問，才想起來的目的，說道，「明箏，妳姨母……她……她過世了。」

明箏雙眼瞪著蕭天，身體晃了一下：「妳說什麼，我姨母她……」明箏後背重重地撞到門上，碰到背後的傷處刺骨地痛。蕭天搶上一步，扶住明箏。明箏面色煞白，眼睛盯著頭頂的房梁，腦子裡只剩下最後一個念頭，這世上最後一個親人也離她而去了，然後眼前一黑，昏了過去。

待明箏清醒過來，發現自己躺在床榻上，蕭天坐在床邊憂心地望著她。「明箏，喝點水。」蕭天端過茶盞。

明箏搖搖頭，眼裡的淚湧出來：「我姨母是如何去的？她為何不等我回去，我連她最後一面也沒見上。」

蕭天看明箏的情景，擔心她知道真相後會更傷心，便隱瞞了實情，只含糊地說道：「明日出殯，剛剛阿福跑來報的信兒。」

明箏突然坐起身，叫道：「我現在就去。」

蕭天一把按住明箏：「妳現在去哪兒？滿大街的東廠番子，妳臉上紅腫還沒褪盡，難道還怕別人識不出妳是宮裡被救走的秀女，妳還想被抓回宮裡嗎？」

蕭天的話阻止了明箏，明箏垂下頭，眼淚不停地往下掉。

蕭天緩和了語氣，安慰明箏道：「我已安排好了，妳以後便是我興龍幫的小廝，我已經讓小六按妳的尺寸到成衣鋪做了幾身衣服。」

「我是你興龍幫的小廝？」明箏看著蕭天。

「以妳的身手，在興龍幫也只能如此了。」蕭天看明箏一臉嫌棄的樣子，便不再多說。

「我何時加入你興龍幫了？」明箏又氣又急地問道。

「我不在乎這些小節。」蕭天一臉大義地說道。

「我在乎！」明箏氣呼呼地說道，「你讓人給我做衣服，也不事先給我說一聲，對了，你哪來我的尺寸？」

「這……我是估摸著，大概……」蕭天急忙咳了一聲，打斷自己的話，但是明箏還是回過來味，又羞又氣，倒在床上蒙上被褥，大哭，一邊哭一邊又想到最疼自己的姨母，便哼哼唧唧，哭得聲淚俱下……

三

酉時已過，夜幕低垂，細雨時斷時續，蓮塘巷上各戶均已掌燈，微弱的燭光透過窗子，星星點點地映到巷子裡，小巷在細雨中顯得越發寂靜。

柳眉之默默佇立在李宅的門前，注視著一群人在燒成廢墟的宅裡忙碌，門前擺放著兩具嶄新的棺木。不多時一個來幫忙的街坊走過來道：「柳公子，這宅子恐怕要重新修繕了，已不能居住。」

「我已貼了出售的告示，不會再踏進去半步了。」柳眉之慘白著臉，向街坊一揖道。

阿福遠遠走過來，他把一切該收拾的都收拾了後，便向柳眉之走來，他有些膽怯，雖說柳眉之是老夫人的獨養兒子，但是柳眉之很少出現在家裡，除了老夫人生辰和年節回來，一年四季不見他的蹤影。而此次他回來，當他聲淚俱下給他講述所發生的慘況時，他卻只是擰眉冷面，連一滴眼淚都不曾掉下。

這可是真真出乎阿福的意料，哪有當兒子的聽到娘親死了，冷漠至此的？

「阿福。」聽到柳眉之喚他，阿福急忙跑到跟前。

「叫他們把棺木抬到馬車上，連夜埋了。」柳眉之簡短地說道。

「不等小姐了？不是說好明日一早出殯嗎？」阿福問道。

「哼，」柳眉之眼裡噴出怒火，他冷冷地望著阿福，「你裝什麼糊塗，我與那明箏可有半點血緣嗎？等她做甚，我母親，還有我那忠心耿耿的父親都為了她，為了她們家而亡，我父母做她家的好奴才做到這個份兒上，難不成我還要繼續為奴嗎？」

「是。」阿福低下頭，不敢反駁。

「你跟著馬車，我騎馬，咱們趁城門還沒關，趕緊出城。」柳眉之說道，想了下，從腰間取下一個荷包，遞給他道，「你去多賞銀子，讓棺材鋪的夥計動作麻利些，告訴他們到了墓地還有賞。」

阿福接過荷包，轉身向棺木跑去。

一群人得了賞，幹勁更足，不多時一切準備好，兩輛馬車上棺木捆綁牢固後，便出發了。一路順利到了妙音山，新近的雨水使土質鬆軟，很快挖出兩個深坑，眾人抬起兩具棺木分別放入坑中，不多時便聳起兩個墳頭。柳眉之又打了賞，回到城裡時才敲過三更。

柳眉之在西苑街口與阿福分手，問阿福可有地方去，阿福點點頭，說道：「有地方住。」柳眉之也看出來，這小子不願與他一處，便也不再勉強，只是叮囑了一句：「告訴小姐，她姨母已經下葬，頭七陪她去祭拜。」說完便消失在暗夜裡。

翌日巳時，明箏方醒。看天色大亮，急匆匆往外面跑，在門口被郭嫂攔住，告知她，她姨母已經連夜安葬，明箏聞訊一口氣沒上來，又昏了過去。

明箏再次醒來已是午後，為姨母的事，再次傷心不已，直到哭累了，昏昏沉沉再次睡去。醒來還是被噩夢驚醒，她看見幾個服了百香轉筋散的宮女，一個個爛著臉來找她，埋怨她。在這些宮女中還有一個容顏清秀的女子，拉著她問，她的信送到了嗎？

明箏驚醒，一骨碌坐起身，她想起那個宮女的託付，要不是宮女托夢，她早已忘到腦後。她只顧著傷心，卻忘記了這件事，她起身在臥房裡尋找當初出宮時穿的秀女衣裙。

「姑娘，妳醒了，妳在找什麼？」郭嫂聽見動靜從外面走進來。

「大嫂，妳見我從宮裡穿出來的那身衣裳了嗎？」明箏焦急地問道。

「哦，我收拾起來了，」郭嫂笑道，「雖說綢緞很不錯，但是被撕毀，已無法縫補了。」郭嫂有些可惜地道，「不過，妳外出的衣服，我也取回來，放在妳床邊了。」

聽到郭嫂說衣裙被撕毀，明箏臉上一陣火燒火燎，不由想到那日蕭天為她療傷時的窘態，再次羞紅了臉。郭嫂走到一個木箱前，掀開箱蓋，從裡面取出一個布包，解開包布裡面正是宮裡那身衣裳。明箏接過來走到床榻前，急忙打發走郭嫂。

明箏拿起那團衣裳，沿著大襟的衣領摸上去，突然手觸到一塊硬物，她用牙齒咬開針線，兩隻手指伸進去，捏住了一個折疊在一起的信箋。看到信箋，明箏長出一口氣，總算沒有辜負那個宮女。當時在宮裡，事出突然，她都沒有多看一眼，便塞進了懷裡。

此時，她對著窗子透進的光，看見信箋左上角有一排小字，小字不甚整齊，可以看出是倉促寫就，凌亂而潦草，寫的是一個位址。明箏看了看這個位址，想著今日無論如何要把信送到。

她看了眼床邊放的衣物，應該是為她準備的。便走過去抖開一看，鼻子差點氣歪。這是一套短衣，黧色上衣，灰布長褲，腰帶也是黧色的。怎麼看都像上仙閣裡夥計的打扮。但此時，她也顧不了這麼多了，能出門便好。

她匆匆解開頭上的髮髻，這宮裡的髮式還是冬梅幫她梳理的，想到冬梅她心裡一陣心酸，也不知她如今的日子過得可好。傷感歸傷感，她還是動作嫻熟地打理出一個男子的髮髻結於頭頂。打這種髮髻她輕車熟路，以前跟隱水姑姑四處遊歷，都是這種扮相。最後，她對著銅鏡左右打量自己，銅鏡裡出現一個神采奕奕的少年郎，除了顴骨處有兩個黑乎乎的結疤，看不出毛病，更看不出與宮裡秀女有何關聯。明箏在屋外廊下匆匆扒了幾口飯，對郭嫂說屋裡太悶，想去園子裡走走。郭嫂很爽快地答應了，昨天蕭天還囑咐她，沒事領她出來走走。明箏沿著遊廊在園子裡兜兜轉轉，趁郭嫂忙於收拾，便溜出了月亮門。

不知何時天陰下來，空氣中都氤氳著水汽，不多時便淅淅瀝瀝地落起雨滴。明箏沒想到出了小院，外面竟然還是個園子。沿著蜿蜒曲折的遊廊，一路向前，有一片水池，綿綿的春雨落入池中，泛起圈圈漣漪。岸上栽有幾株細柳，柳條已抽出米粒大小綠油油的新芽，水池裡紅色的金魚聚在一處爭食。

明箏走到池邊水榭，只見屋簷上的匾額上書三字「沁芳榭」。由於下雨，榭裡滯留了一些人在賞雨。他們三三兩兩，均是書生的打扮，有坐在木廊上埋頭讀書的，有兩人對弈的，有三四友人品茶聊天的。

明箏正左右張望，一個著錦服的微胖男子，從另一邊走過來，他長袍簇新，尤其是腰間一條鑲玉的束帶惹人注目，明箏看到此人有些眼熟。兩人走近時，明箏突然想起，在進京的客棧與此人見過一面，他叫李春陽，是進京趕考的秀才。

明箏知道他不會認出自己，便向前走去。水榭邊四個書生爭論得臉紅脖子粗，一旁石桌上放著幾本書籍，明箏匆匆瞟了一眼，是《周易》《中庸》《春秋》等。明箏故意放緩腳步，想聽一聽他們在爭論什麼，原來是在評說一篇八股文。題目是：子謂顏淵舊，用之則行，舍之則藏，唯我與爾有是夫！這篇題目，在破題上，四個人有四個見解，大家爭論不休。

看來春闈已近，這些學子正夜以繼日不放過任何進益的機會。明箏雖未做過八股文，但是從小便在父親的書房長大，她知道八股文是由八部分組成，由破題、承題、起講、入手、起股、中股、後股、束股組成，其中破題尤其重要和費思量，這幾人各抒己見、爭論不休便不足為奇。明箏想了想，也想不出所以然來，她自小喜歡讀書，但卻厭煩八股文，寫文章本應信馬由韁，而八股文條框太多，明箏覺得太難了。

突然，一個青衣書生興奮地一擊掌道：「有了，聽著，聖人行藏三宜，俟能者而始微示之也。」三人品評良久，有點頭的，有搖頭的。又有一人道：「此處破題巧妙，也想出承題來：蓋聖人之行藏，正不易規，自顏子幾之，而始可與之言矣。」幾人聽後，有人點頭稱妙，有人搖頭不以為然。明箏聽了半天，覺得太無趣，還是快去送信吧。

明箏跑得急，正與一個小廝撞到一起。明箏認出是天天給自己送草藥的小六，小六也認出了明箏。

「明箏姐姐，妳這是要去哪裡？」小六問道。

明箏一看，壞了，遇到誰不行，偏偏遇到他。明箏擔心小六去給蕭天報信，忙笑道：「小六，我四處轉轉。你不用管我，你去忙吧。」小六遲疑地看著她，明箏便又鑽進那堆秀才裡，聽著那些酸腐的句子，眼睛盯著小六，看他出了園子，便急急向大門跑去。

由於路不熟，幾次繞了遠道，好不容易找到大門。只見門邊立著一個一襲灰袍的儒雅公子，再仔細一瞧，不是蕭天是誰？

蕭天站在門邊，眼睛一眨不眨地盯著她。明箏想轉身走已來不及，被蕭天叫住。

「明箏，妳要出門？」蕭天說著，上下打量起她這身有趣的打扮，「挺合身。」

「哼。」明箏鼻子裡哼了一聲，抬眼看看蕭天風流倜儻的樣子，自己往他身邊一站活脫脫一個跟班小廝，便扭頭就走。

「明箏，妳去哪兒？」蕭天問道。

「這……」明箏瞪著他，看他如今這架勢，還真把自己當他幫裡的人了，難道去哪兒都得向他回稟？

「妳忘了幫裡的規矩了？」蕭天果然來了一句。

「你真拿我當你興龍幫裡人了？」明箏驚叫道。

「這豈是兒戲。」蕭天嚴肅地看著她。

「我入幫也可以，」明箏說道，「只要興龍幫能幫我報仇雪恨，我生是興龍幫的人，死是興龍幫的鬼。」

「明箏，妳我的父親是故交，他們都配得上『忠良』兩字，前後被奸佞小人構陷而死，這幾年冤死的忠正之士何止妳我的父親，還有很多人。朝綱已亂，奸人當道，報仇豈止是殺一個人這麼簡單？」

「蕭大哥，依你看該如何做？」明箏問道。

「妳若還把我當成妳的書遠大哥，便相信我，妳的事也是我的事，妳的仇人也是我的仇人，從長計議可好？」蕭天看著明箏，又說道，「在我面前，不可隱瞞，有事便告訴我，有我給妳做主，妳怕什麼？」

明箏一聽，眨巴了下眼睛，便從衣袖裡掏出宮女的信箋，遞給蕭天道：「這是那日在宮裡，一個宮女求我帶出來的一封書信，上面有地址，我想給送去。」蕭天匆匆掃了眼信箋上細小的字體，念了出來：「芝麻胡同十三號，王鐵君。」蕭天看著明箏又問道：「是怎樣一個宮女，妳可知道她姓名？」

「不知道。」明箏搖著頭，「宮裡面，宮規森嚴，連與其他人說話都禁止。」

兩人騎著馬，出了上仙閣。一路避開大道，專揀小巷陋街而去。明箏只顧跟在蕭天身後，她哪裡知道路，只見七拐八拐，來到一個僻靜的胡同，停到一個院門前。開門的是一個少年，看到門前站著一位公子和一名小廝，還以為敲錯了門。蕭天拱手一揖，溫和地問道：「請問這位小哥，裡面可是住著一位叫王鐵君的人？」

「有，」少年支吾了一聲，「是我爹。」

「誰呀？」從影壁牆旁走過來一個壯實的中年人，面色黝黑，相貌醜陋，還一臉虬髯，身上獄卒的官服都沒有換下，手裡握著一桿旱菸，煙鍋裡還冒著煙，他拿旱菸朝牆壁上磕了一下，問道：「你們是……」

蕭天壓低聲音問道：「家裡可否有人在宮裡？」

虬髯男人一愣，一雙凶巴巴的眼睛盯著蕭天，臉色有些發白，惴惴不安地答道：「有，小女在宮裡。」

蕭天點點頭問道：「你便是王鐵君？」

「正是。請。」虬髯男人急忙閃身伸手相請，蕭天和明箏隨其走進小院，過了影壁牆，眼前出現一個乾淨的小四合院，可以看出雖不富庶也是衣食無憂的小戶之家。蕭天站在天井院，從身上掏出信箋，遞給王鐵君，道：「受人之托，你看無誤，我們便告辭。」

王鐵君接過信箋，辨認出上面字跡，臉上肌肉一陣顫動，口中喃喃道：「是，是小女的字，」王鐵君動容地道，「五年了，小女自進宮便音信皆無。」男人眼裡漾滿淚花，他抬起頭，看著面前的蕭天，深深一揖：「謝公子傳信，敢問公子大名，日後定要相謝。」

「舉手之勞，何足掛齒。」蕭天說著，還了一禮，道，「在下姓蕭，單字天。」蕭天注意到他身上獄卒的官服，便問道，「老哥，可是在朝中辦差？」

「嗨，」王鐵君苦笑一聲，「在錦衣衛的詔獄混口飯吃，是份苦差，我都羞於在人前走動，像咱這種出身的平民百姓去哪兒能謀到好差事呀。」

「那好，便不打擾了，老哥快看信吧。」蕭天抱拳告辭，虬髯男人相送到門外。

四

頭七這日，蕭天和明箏一早趕往妙音山。柳眉之已早早候在那裡，老墳塚的一旁新添了兩座墳，墳前祭祀的果品香燭已擺好，他默默佇立在墳前。

明箏看見柳眉之，叫了聲：「宵石哥哥……」便淚如雨下。

柳眉之轉回身上下打量明箏，看到她臉上腫脹消去，又掃了眼一旁的蕭天，向他點了點頭，算是打招呼。

兄妹倆走到新墳前，蕭天在一旁點燃香燭。兩人跪下磕頭，明箏想到昔日姨母對自己的種種恩情，止不住傷心難過。柳眉之神色凝重，在一旁默默無語。蕭天走上前對著新墳行了祭拜之禮。

禮畢後，柳眉之默默拉起明箏道：「明箏妹妹，這座城裡太多讓人感傷的地方。我已在蘇州府買下一座宅子，妳可願與我一同前往？在那裡遠離京城，少了很多是非，若妳姨母還在世，必是十分高興，可惜她老人家先走了一步，妳看改日我親自去接妳，可好？」

明箏擦了把眼淚，聽柳眉之突然說要離開京城，並要帶她一同前往，先是一愣，還沒有想好如何答話，便聽一旁蕭天道：「明箏已有住所，就不麻煩柳公子了。」

柳眉之眼神犀利地盯著蕭天，不滿地說道：「蕭幫主，我看這話該我說吧，畢竟明箏是我妹妹，也就不勞煩你了，即日我便讓雲接回明箏。」

「照我看，你如此做才不妥。」蕭天溫和地說道，「明箏是我興龍幫之人，理該由我幫裡照拂。」

「你說什麼?笑話!」柳眉之不屑地叫道，「我妹妹何時成了你幫裡的人?」

「你問明箏。」蕭天不急不躁地說道，然後看著明箏。柳眉之詫異地扭頭瞪著明箏。

「我……我……」明箏看著他們倆為了自己爭得臉紅脖子粗，她本想兩邊都不得罪，但是想到要搬出杏園、離開京城又有些不情願，便順水推舟地點點頭道，「是呀，宵石哥哥，我已入了興龍幫，我在幫裡挺好的，就不勞煩哥哥費心了。」

這次輪到柳眉之大驚失色，他一步搶到明箏面前，雙眼盯著明箏：「明箏，妳怎可如此糊塗，妳一個姑娘家如何整日跟一群男人混在一起?」

「我……」明箏撓了撓頭，覺得宵石哥哥說得有些道理。

「柳公子，明箏不跟我待在興龍幫，難道還能跟你待在長春院那種地方?」蕭天冷冷地說道。

明箏急忙點點頭，道：「宵石哥哥，你在長春院也不自由，你且照顧好你自己便可，我已經大了，可以自己照顧自己了。」

明箏的無心之語，柳眉之聽到耳中，頓時氣得七竅生煙，臉上忽白忽紅。他眼神掠過蕭天的面孔，稍微穩了下心神，突然轉變了話題，看著蕭天說道：「蕭幫主，近日被哀傷所困，竟忘了向蕭幫主感謝對明箏的搭救之恩，真是羞愧得很呀。」柳眉之說著，躬身向蕭天一揖。

「柳公子此話不敢當。」蕭天微微一笑道。

「我有一筆大生意，不知蕭幫主可有興趣？也算是我對蕭幫主聊表一下謝意。」柳眉之突然微笑著看著蕭天。

「哦？」蕭天從柳眉之臉上看出一絲得意，不知他所說大生意指的是什麼，便問道，「還請柳公子明示。」

「近日，長春院裡有人買賣試題，是今年春闈的試題，」柳眉之瞟向蕭天，「你可有耳聞？」

「什麼？」蕭天一驚，春闈臨近，也算是今年的一場盛事，竟然有人幹這種勾當，「你如何知道？」

「哼！」柳眉之低哼了一聲，一臉神祕地道：「長春院這種地方，三教九流俱在，一套試題得到的銀子可比你們跑鏢多得多，你若有興趣，我可以送你一套，也算是我報答你救明箏所為，咱們就此扯平。」

蕭天緊皺眉頭，心裡非常反感：「春闈乃國之重器，豈可玩於股掌之中？」柳眉之大笑：「朝堂之上有人靠此發財，他們做得，咱們如何做不得？」蕭天頓覺喉間發緊，他看著柳眉之，努力壓住心中的怒火，目光凌厲地盯著柳眉之道：「君子愛財，取之有道。」蕭天回頭看了眼一旁的明箏，「你大可不必為明箏的事心存虧欠，明箏是我興龍幫之人，她的事便是我的事。」蕭天說完，轉身對明箏道，「既已祭拜完，便回吧。」蕭天大步向山下走去，明箏看出蕭天被激怒，急忙與柳眉之辭別，急急跟了上去。

「妳再想想，我等著妳。」柳眉之在背後說了一句，眼睛久久地盯著兩人的背影，臉色驟然大變。

明箏一路小跑，追上蕭天，問道：「宵石哥哥所說的試題是怎麼回事呀？」

「可嘆，」蕭天神情嚴峻地說道，「一個學子十年寒窗，卻抵不上銀子來得快，一旦那些不學無術之人買來試題，那金榜題名的將是他們，如此還要春闈這般興師動眾做甚？傾舉國之力，還有何意義？妳知道貢院大門處兩塊匾額，上書著什麼嗎？」

「什麼？」明箏好奇地問道。

「一塊是『明經取士』，另一塊是『為國求賢』。」蕭天道。

「你如何知道得這麼清楚？」

「我兒時便住在那裡。」蕭天嘆口氣道，「如果此事坐實，這兩塊匾也只能成為擺設了，此真乃國之大不幸也。」

明箏愣怔了片刻，方才想到怪不得蕭天震怒，他父親原是國子監祭酒，他從小便耳濡目染。又聯想到今日在園中所見那些寒暑苦讀的學子，深深為他們抱屈，才知道此事的嚴重性。

「明箏，回城後，我要去拜訪一個人，妳先回上仙閣。」蕭天對明箏說道。

「不，」明箏看著蕭天道，「是你說我是興龍幫的人，還說我是你的小廝，那你去哪兒都得帶著我。」

「妳……」蕭天愣了下，道，「我就隨口一說。」

「你一個堂堂幫主，豈可隨口一說？」明箏怒道，「反正我可是當真的，你去哪兒都得帶著我。」

「不是我不帶妳，」蕭天解釋道，「妳哪裡像我的小廝？」

說話間，兩人下了山，紛紛解下馬的韁繩，翻身上馬。

「我哪裡不像了？」明箏反問道。

「那好吧，」蕭天自認倒楣，自此身邊要拖個累贅，「我去拜訪友人，妳只可在一旁待著，不可說話。」

兩人回到城裡，已是掌燈時分。草草找了家酒肆，胡亂填塞些飯食，便又趕路。一路上蕭天沉默不語，明箏也不敢多問，怕他一怒又攆她走，只是一味跟隨。兩匹快馬來到一處府邸前停下，明箏實在忍不住，問道：「蕭大哥，這是哪裡呀？」

「我父親門生，刑部趙源傑的府邸。」蕭天一邊說著，一邊翻身下馬，兩人把馬拴到路邊一棵楊樹上。

蕭天上前叩門，不一會兒，一個家僕探出頭，蕭天報上自己姓名，家僕轉身去通報。有半炷香的工夫，院裡有了動靜，趙源傑一身家常半舊的便袍迎了出來。

「賢弟，怠慢了，快，裡面請。」趙源傑說著，看了眼蕭天身旁的明箏，「這位是……」

「我的一位隨從。趙兄，咱裡面說話。」蕭天拉住趙源傑，兩人走進大門。一行人穿過影壁，沿回廊直接走到正堂一側的西廂房，這裡用作書房。趙源傑吩咐家僕奉茶，他引著蕭天入座。明箏偷眼看蕭天，蕭天給她遞個眼色，明箏想了想沒敢坐下，而是站在蕭天身後。趙源傑突然對著蕭天躬身深深一揖。蕭天一愣，笑道：「兄長，行如此大禮，你要折煞小弟了。」

「上次，賢弟出手解我全家燃眉之急，我還沒有來得及感謝呢。」趙源傑這才坐下，「前幾次見面過於匆忙，都沒來得及問賢弟近況，在做什麼營生，哪裡落腳？」

「我家幫主，就在上仙閣。」一旁明箏快言快語地插了一句。

蕭天不動聲色地瞥了她一眼，明箏忙低下頭，不敢再說話。趙源傑既驚又喜地望著蕭天道：「原來賢弟貴為一幫之主，可喜可賀呀，我就說嘛，賢弟乃人中龍鳳，豈會甘於平庸。」

「兄長，謬讚了，不過是幫裡人抬舉。」蕭天看既已說到這個份兒上，也不便再隱瞞，「興龍幫在京城也有生意，我便時常過來走動。」

「為兄敬仰得很呀，」趙源傑大喜，「興龍幫乃大幫派，早有耳聞，鏢旗遍布北部多地啊。」

家僕奉上茶盞，蕭天哪有心思喝茶，見家僕退出，便對趙源傑說道：「兄長，此次深夜造訪，是有一件要事相告。」

「哦，」趙源傑一看蕭天神情，忙湊近問道，「何事讓賢弟如此緊張？」「兄長，京城近期有何大事？」

蕭天問道。

「近期嘛，」趙源傑微閉雙目，捋鬚沉思，突然瞪大眼睛道，「便是春闈了，三年一期，萬眾矚目。」

「便是了，」蕭天壓低聲音道，「據我所知，試題已流出，朝中有人借此大發不義之財。」

趙源傑大為驚駭，他站起身，在屋裡來回踱了幾步，神情嚴峻地說道：「三年一期的會試，以往也聽聞有作弊之事，但公然買賣試題還是頭一遭聽到，」趙源傑望著蕭天，「消息確鑿嗎？」

「今日有人以報恩為名，要送我一套試題，他以為這是個大人情。」蕭天蹙眉道，「我聽後也與兄長心情一樣，便趕緊跑來告知，你在朝為官，總有手段可以阻止此事。」

「賢弟呀，」趙源傑一聲苦笑，「我在朝為官不假，但能不能阻止此事，卻真不好說。」趙源傑沉吟片刻，望著蕭天問道，「賢弟，我很好奇，要送你試題的這個人，是何方神聖，竟有如此手段。」

「你想必也聽聞過他的名號，長春院頭牌柳眉之。」蕭天道。

趙源傑在屋裡反覆踱了兩圈，似乎恍然大悟道：「賢弟，如此說來，試題必是從長春院洩露出來，我早有耳聞，國子監祭酒陳斌是長春院常客，」趙源傑凝視蕭天片刻，「賢弟，恐怕這件事沒有這麼簡單，一個小小的陳斌，他有幾個膽敢做這種冒天下之大不韙之事，必是背後有人指使。」

蕭天一聽，馬上頓悟，點頭道：「不錯，兄長分析得極是，我只是聽聞後一時氣憤，卻沒有往這上面想，經兄長提醒，此事背後必然瓜連蔓引牽連眾多。」

「哼，牽連再多也是小嘍囉，恐怕那主使便只有一人。」趙源傑冷哼一聲，「縱觀整個朝堂敢如此作為的也只有那個人，陳斌不過是他的一隻看門狗而已。」

「王振。」蕭天呼地站起身，直拍腦門，「我怎麼沒想到呢。」蕭天望著趙源傑，「難道就沒有辦法阻止嗎？難道眼看著莘莘學子為此事受累而束手無策嗎？」

「賢弟，莫急。」趙源傑欣慰地看著蕭天道，「賢弟身上俠士風範、古道熱腸著實讓兄長自愧不如。但這可不比江湖，路見不平，拔刀相助。如今朝堂被王振把持，即便我上疏，奏章也到不了皇上面前。不如把事情鬧大，讓眾學子知道真相，如此一來，必會驚動朝廷。到時候我再聯合眾位大臣上疏，即便王振極力阻攔，有眾學子在外聲援，也會讓他陣腳大亂，朝堂也會迫於壓力，重新擇新人備試題。」

「如此甚好。」蕭天大為欽佩地望著趙源傑，沒想到他寥寥幾句話，便破了這個局，看來朝廷之事還是要用朝廷上的方式解決，「不過，賢弟，有件事還需你親力親為。」趙源傑說著，看著蕭天，「必須得到手一份試題，公之天下，這樣才可讓他們露出馬腳，坐實買賣試題之事。」

「好！本來不過是管個閒事，抱打不平。如今看來，如若能扳倒王振，豈不大快人心。」

「想扳倒王振談何容易，」趙源傑嘆息一聲，「你身在江湖，也會耳聞，眾多幫派都想刺殺王振，流傳最廣的數狐王令了，但直到如今，王振仍毫髮無損。江湖如此，朝堂也一樣，王振幾乎把能跟他作對的政敵，都整了一遍，死的死，流亡的流亡。為兄我之所以還在，也是幾位大人暗中保全，為兄我謹記恩師的話，等待時機而已。」

「沒想到兄長處境如此艱難。」蕭天蹙眉道。

「我沒什麼，」趙源傑站起身，焦慮地說道，「這幾日我夜夜合不上眼，賢弟有所不知，前幾日東廠督主王浩被刺殺，王振把怒氣撒在于大人身上，以他兵部守衛京城不力，才會出此大案為由，強行押解于大人到了詔獄。」

「于謙于大人被押進詔獄？」蕭天一驚。雖只是在虎口坡與于謙有過一面之緣，也只是匆匆而過，不曾結識，但是興龍幫在山西與河南走鏢，鏢旗所到之處多與當地士紳接觸，于謙巡撫山西河南多年，他的清譽在當地流傳極廣，當地百姓很是愛戴，稱他于青天。

「以于大人的為人，定不會妥協，」趙源傑雙眉緊鎖，悲憤地道，「不知他如何過這個鬼門關。」

「天下誰人不知，詔獄由寧騎城坐鎮，那個大魔頭生生把那裡變成了人間地獄。」蕭天憂心地望著趙源傑問道，「朝臣中難道就沒有人為于大人喊冤嗎？」

「喊有何用，誰都知道于大人冤枉。」趙源傑神情凝重地凝視著方桌上的燭臺，眼眸一閃，突然轉向蕭天，臉上露出驚喜之色，「賢弟，我正苦於解救于大人無策，如今看來你帶來的消息竟可幫上大忙。」

「哦？」蕭天一愣，靜等下文。

「如若坐實買賣試題是受王振主使，即便扳不倒他，也可轉移視線，或許于大人的案子會有轉機！到時聯合眾大臣上疏，于大人或許還有一線生機。」

蕭天點點頭，道：「兄長一片苦心，小弟明白。這便回去逐一去辦。」蕭天又道，「你若找我，便來上仙閣。」

蕭天看天色不早，便起身告辭，帶著明箏出了趙府。

第十章　夜半風起

一

詔獄黑漆漆的院落裡，晃動著幾星火光，一隊校尉在火把的引領下急匆匆自東向西走來。火把上跳躍的火苗，照亮了狹長的甬道。地面濕滑，連日的細雨，把路面攪成泥塘。兩旁高聳的圍牆上，密布的鐵網上鈴鐺隨風搖擺，發出陣陣刺耳的聲響。

舉著火把的校尉走出甬道，前面隱約看見黑壓壓的一片屋宇。高健回過頭，看著走在身後沉默不語的寧騎城，雖然心急如焚，但又不敢流露太多情緒，只能如實回稟：「大人，這東廠的人，只拿著一個權杖，便跑來提犯人，也沒問出名堂，便對犯人施刑，要不是我正好巡查到此，此犯人恐怕凶多吉少。大人，他們也太不把咱衙門當回事了吧？」

寧騎城披著黑色大氅，神情淡漠地哼了一聲，然後乜斜著高健，嘴角掛著一絲冷笑道：「你所說的犯人，可是于謙？」

高健一愣，沒想到寧騎城嗅覺如此敏銳，乾笑了一聲，贊道：「看來大人也已知曉。」

「我不知曉，我是猜的。」寧騎城道，「能勞煩你這樣一個錦衣衛千戶如此掛心的人，詔獄裡也只有他了，聽說你以前在他的兵部待過。」

「是待過三個月。」高健實話實說道，「我只是敬重于大人的為人。」

「你這是在為他說情嗎？」寧騎城突然停下來，目光犀利地盯著他。他們身後的衛隊也跟著停了下來。

高健心裡一寒，本來想為于大人免去皮肉之苦，看來連自己也要搭進去了，急忙搖頭道：「不敢，不敢。」

「哼！」寧騎城鼻孔裡冷冷哼了一聲，「你這個人呀。」寧騎城甩了一句模棱兩可的話，徑直往前走去。

高健額頭出了一層冷汗，急忙跟了上來。

「要說這個于謙也真夠冤的，」寧騎城冰冷的聲音在暗夜裡顯得分外陰森，「只不過為亂墳崗上那幾具屍體背鍋而已，屍體頭上印的狐王令又火了一把，東廠的人抓不到狐族人，就拿于謙撒氣。」寧騎城說著，突然轉過身看著高健，問道：「那五個秀女，你查出什麼名堂沒有？」

「楊嬤嬤給我的名單上，多出一個香兒，我懷疑這個秀女便是明箏。」高健猶疑地看著寧騎城說道。

「哼！不是懷疑，肯定是她。」寧騎城眼中似閃著火焰般，惡狠狠地說道，「還是被他們耍了。如此看來，整個便是他們謀劃好的，包括五個秀女所中急症，狐族人劫走了秀女，明箏現在他們手中。」

「這些狐族人，真是神出鬼沒。難不成真如傳說中那般，白天是人形，晚上是狐嗎？」高健道。

「哼！高健呀高健，你讓我說你什麼好呢？虧你還是個錦衣衛千戶。」寧騎城哭笑不得地數落他。

「大人，我還是有一事不明，那些狐族人是如何知道王浩要去亂墳崗埋人？」

「咱可以收買高公公，他們便可以收買其他人。」寧騎城憎惡地說道，「這群閹人，唯利是圖。這次是我輕敵了，晚了一步，不然明箏也不會被劫走。」

「大人為何對明箏姑娘如此上心？」高健愣頭愣腦地問道。

「你難道忘了，在這個世上只有她可以再現那本天下奇書。」寧騎城瞪了高健一眼，對於高健的蠢笨他也見怪不怪了，「這件事，你還要繼續追查。」

「是。」高健應了一聲，方想起來一件事，「大人，我聽到下面人稟告，說是幾天前蓮塘巷一戶人家發生火災，你猜是哪家，大人？怎麼會如此巧，正是明箏家，聽說扒出來兩具焦屍。」

寧騎城臉色一滯，愣了片刻，轉身徑直往前走去。

牢頭王鐵君舉著火把，提心吊膽望著漸漸走近的眾人，看見寧騎城在裡面，急忙跑過去，躬身道：「大人。」

「誰在裡面？」寧騎城問道。

「宮裡的高公公和東廠的陳四。」王鐵君哈腰低著頭回道。

「瞧瞧去，前頭帶路。」寧騎城陰沉著臉道。

牢頭王鐵君急忙跑到黑漆鐵門前，命幾個獄卒開門。沉重的鐵門發出沉悶的聲響。走進牢房，黴濕陰冷的空氣讓人頓起雞皮疙瘩。隱約從地下傳來失了人氣的叫喊，直覺上恍若進入了陰間。

王鐵君舉著火把引著他們走向地道口，他們一行下了十幾級臺階。火把上的火焰在封閉的空間頓時膨脹一倍，跳躍的火苗照著粗糙的石階，處處血跡斑斑，空氣裡都瀰漫著一股血腥味。

臺階盡頭是牢房。看見火光，兩排木柵欄裡有了動靜，有人低聲地哭訴，一些瘦骨嶙峋的手臂伸出木柵欄，在空中擺動。王鐵君引著眾人繼續往前走，他們走出這片牢房，看見前方人影晃動，耳邊響起皮鞭抽打的聲響，以及人壓抑的呻吟聲。

「大人，便是這裡了。」高健回頭看寧騎城。

寧騎城面無表情地瞅著前方，眯起眼睛。前面石壁上插了幾個火把，把場地中間照得雪亮。石壁一側是一排刑具，刑具早已顏色模糊，上面血跡斑斑。中間有個灶臺，灶臺上炭火正旺，上面烤著幾個型號各異的鐵器，有些已燒紅。場地正中一個木架上，一個人被「大」字形捆綁著，周圍圍著幾個東廠的番役，一個赤膊的粗壯男人手握軟鞭正在行刑，看見突然走進來這麼多人愣住了。高昌波首先認出寧騎城，急忙從人群裡笑著迎上來。

「寧大人，深夜還巡查，辛苦辛苦呀。」高昌波哈哈笑著說道。

「我這哪裡算辛苦，詔獄本就是我的職責所在，倒是高公那才是辛苦得很呢，不辭辛苦冒雨而來，對我的犯人如此上心，怎不讓我感激涕零呢？」寧騎城陰陽怪氣的一通說辭，讓高昌波臉上一陣紅一陣白。

「哦，是這麼回事，老身奉先生吩咐，前來問詢幾件事，不想這個犯人實在是頑固不化，便著人教訓一二。」高昌波委婉地說道。

「哼，你是哪來的？我們是奉命行事，你休管閒事。」從他身後蹦出那個行刑的愣頭青，他赤膊上陣，兩手抖著長鞭，根本不把寧騎城放在眼裡。高昌波急忙向他遞眼色，但他此時氣焰正旺，哪裡去留意那個隱晦的眼神。高昌波知道他並不認得寧騎城，這小子是從東廠的番子裡新提拔上來的，急於立功。

其他幾個東廠的人都是識得寧騎城的，他們紛紛後退。高昌波想阻止已來不及。寧騎城走到拿鞭子的那傢伙面前，問道：「你是哪個廟裡的？」「東廠百戶陳四。」陳四手握鞭子對寧騎城道，「我們奉王公公之命，前來提審於犯，你識趣點，不然別怪我不客氣。」

「哦，我倒要看看你怎麼不客氣。」說話間，便覺一陣陰風撲面，陳四稍一遲疑，寧騎城那隻鬼影手便劈向陳四，身法之快，旁人都沒反應過來。陳四能在番子裡脫穎而出也是有幾把刷子的，他閃身避過，便甩鞭子迎擊，眾人紛紛後退，耳邊呼呼風起，似是有千萬條鞭在眼前舞動，一看這鞭影，便知他用足了十成力。

寧騎城冷冷一笑，他不過想嚇唬他一下，沒想到這小子來真的，今日若不給他個教訓，只怕日後要跳到他頭上撒野了。

寧騎城雙眸噴火，縱身一躍，飛身到陳四頭頂，一個左右劈腿，陳四沒來得及揮鞭，便被撂倒在地，接著眾人眼前一晃，沒待眾人看清，只聽到陳四一聲慘叫，眾人回過神來，發現陳四拿鞭子的左臂已被寧騎城活生生拽了下來，血向四處漫滲，陳四像垂死的蝗蟲在地上掙扎翻滾。

瞬間，氣焰萬丈的陳四便被撂到地上，似一隻垂死的蝗蟲。高昌波面色煞白，額頭上滾下豆大的汗珠，他身體一陣顫抖，咬緊牙關尖利地叫了一句：「寧大人，看在老身的面子上，饒過他這一次吧。」

寧騎城拍了拍手，歉意地一笑道：「哎呀，失手了。」

高昌波怒目圓睜凶惡地看著四周早已嚇傻的東廠番役，叫了一聲：「還不抬走！」那幾個人這才回過神來，一個個瑟縮著來到陳四近前，抬著不停慘叫的陳四走出去。高昌波頭也不抬，灰溜溜跟著走了。

高健一看東廠的人全撤了，臉上抑制不住興奮，寧騎城的出手，讓他心裡別提多痛快了，給了東廠一個下馬威，也讓他對寧騎城更加服氣。

寧騎城悠悠晃晃走到木架前，看著被綁的于謙。于謙上身血跡斑斑，不過神情倒還清醒，他眼神平淡地望著漸漸走近的寧騎城。高健剛才還歡喜的心，此刻瞬間掉進冰窟，他緊張地跟在寧騎城身後。

寧騎城雙手抱臂站在于謙面前，道：「不錯，你還有口氣，」又慢慢繞到他背後，幽幽地道，「既來之，則安之，在我這裡生不易，死也不易，早死早托生，更是不易。」寧騎城掩嘴打了個哈欠，衝高健嚷了一聲：「我好好地在府裡睡覺，你小子硬把我拉到這裡。我乏了，這個爛攤子交給你了。」

寧騎城說完，轉身向走道走去，兩旁的侍衛也跟著走了。

高健和舉著火把的王鐵君愣怔了片刻，方回過神來。高健一個大步跑到于謙面前，衝王鐵君道：「過來幫忙。」

王鐵君把火把插進石壁，跟高健一起手忙腳亂地給于謙鬆綁。高健聲音哽咽地說道：「大人，你受苦了。」于謙一笑，道：「這不算什麼，我還受得起。」

「王牢頭，這裡最好的牢房是哪裡？」高健急急問道。

「這……這……」王鐵君有些遲疑。

「一切後果，我來承擔。」高健道。

「『人』字型大小，跟我來吧。」王鐵君在前面引路，高健背著于謙跟在後面，不多時，他們的身影便消失在幽暗的過道裡。

二

寧騎城回到寧府，已是四更天。

李達在院子裡等他。此時整個寧府一片寧靜，寧騎城素來喜歡獨處，院子裡除了幾個廚娘，兩個雜役，其他便是府丁了。不過在偌大的京城，也沒聽說有人願到寧府一試身手，這個冷清的庭院是多少人躲還唯恐不及的地方，向來平靜無波。

寧騎城一邊往寢房走一邊活動著左手手腕，剛才用力太猛，拉傷了筋。「李達，弄壇酒，送到寢房。」寧騎城對身後的李達交代道。

李達一愣，他家主人已有大半年時間不碰酒了。寧騎城看李達遲疑，便回過頭，皺著眉吼了一聲：「酒！」李達急忙答應，轉身向後廚跑去。李達一邊跑去取酒一邊納悶，自那次主人酒後丟失了《天門山錄》，惱怒至極，便立下戒酒的誓言，怎麼今日又要喝了？

寧騎城獨自走向臥房，近來他總是睡不安穩，想著一會兒喝半壇酒，便倒頭睡覺。推開臥房門，敏銳的嗅覺告訴他，屋裡進了外人。他目光如炬地掃向黑暗的牆角，不動聲色地走進去，反身一腳關上門，「嚓啷啷」一聲，寧騎城抽出腰間的繡春刀，立在屋子當中。

「出來吧。」寧騎城一聲喝。

「哈哈……」角落裡發出一陣笑聲，從牆角走出來一個微胖的身影，乞顏烈樂呵呵地走出來。

「義父，你也不打聲招呼，幸好沒傷到你。」寧騎城收起繡春刀，解下身上的黑色大氅，扔到衣架上，劃燃火折點燃燭臺，屋裡頓時大亮。寧騎城這才看見乞顏烈穿著一身皺巴巴的漢袍站在當間，模樣既古怪又滑稽。

「義父，你深夜過來，可是有急事？」寧騎城急忙問道。

「你不來馬市，只能我來你這裡了。」乞顏烈坐到圓桌前盯著寧騎城，道，「那邊又催了，我也沒辦法，只能跑來尋你。」

「這件事我正在運作，」寧騎城皺起眉頭，一隻手敲著桌面，看著乞顏烈，「也先這麼急著要這批貨，他想幹麼?」

「這批兵器盾甲不僅能解也先如今的困境，還能助他掃平部族裡反對他的人，一旦他成為頭領，便離他一統中原的日子不遠了，也離咱們複元的大業不遠了。」

「那……」寧騎城臉上掠過一絲緊張，「草原豈不要重燃戰火?義父，我養母她還在阿爾可嗎?你何時接她過來?」

「一個堂堂男兒說出如此英雄氣短的話。」乞顏烈怒喝一聲，「你養母壯實得像頭母牛，由我手下族人照顧，你有何不放心的。」乞顏烈看了眼寧騎城，不滿地說道，「倒是你，你瘋了，你敢讓她來這裡，她一個蒙古老太婆，一個漢字都不會說，養在你府上，一旦有風吹草動，讓王振發覺，你必死無疑。」寧騎城垂下眼簾，點點頭，不再言語。

「你記住，我要盡快見到那批貨。」乞顏烈站起身，又不放心地交代一句，便轉身向門口走去。

「我送你。」寧騎城回過頭道。

「不必。」乞顏烈推門出去。

乞顏烈走後不久，李達端著一壇酒走進來。他看見寧騎城枯坐在桌前，也沒敢打擾，只把酒罈放到桌上，拿出酒碗給斟滿。寧騎城伸手端過來，一口氣喝乾。李達看著空碗，尋思了片刻，又斟滿一碗，寧騎城端過又一氣喝下。連喝了三碗，李達不敢斟了，抱住酒罈不鬆手。寧騎城也不再強求，趴在桌上睡著了。

翌日巳時，寧騎城方醒過來，口乾舌燥，不由輕咳了幾聲，臥房裡充斥著沒有散去的酒味。

早已坐在外間等候的高健，聽見動靜跑進來道：「大人，你醒了。」他不安地看著寧騎城，「大人，你不是戒酒了嗎？如何又喝上了？」

「高健，你幾時能學會一點規矩？」寧騎城白了他一眼，「你主子衣冠不整躺在床上，你一聲不吭便闖進來。」

「呵呵，」高健嘿嘿嘿乾笑幾聲道，「我又不是個女人，這有什麼。」

「哼，你要是個女人，你還能活著出去？」寧騎城說著坐起身，高健急忙轉身去取來外袍，遞給他，又彎腰找齊兩隻靴子，整齊地擺好。

寧騎城穿上外袍，蹬上靴子，對高健道：「喝酒這事，不可在外面亂講，那年我在王振面前可是立過誓言的。」寧騎城說完，看著高健，問道，「你一大早跑這裡，不會是專門來伺候我穿衣的吧？」

「高公公一早到衙門裡尋你，」高健道，「我就是來帶個話。」

寧騎城繫腰帶的手一僵，問道：「可是為昨夜那個陳四的事？」

「不是，是王振要見你，他在司禮監候著你呢。」高健小心翼翼地說道。

「為何不早點叫我？」寧騎城急了。

「我是擔心你酒沒醒……」高健沒敢再說下去。

「快去，叫他們備馬。」寧騎城說著，走到窗前，他也正有意要去見王振，他瞄了眼外面的日頭，甚是晃眼，不由眯起眼睛。

趕到司禮監時，王振正坐在太師椅上端著茶盞品茶，王振最喜飲茉莉香片，揭開碗蓋，滿屋飄香。近來他心情不好，飲茶的次數便多，鼻孔中氤氳著奇香，方能緩解他焦慮的心情。

看見寧騎城出現在門邊，他方放下茶盞。

「小城子，你來了。」王振指指一旁的椅子。

「乾爹，我來遲了，讓你久候了。」寧騎城說著，躬身一揖道，「乾爹喚兒來，可是有事要交給孩兒辦？」

「坐下，不急。」王振說著，向一旁的小太監一擺手，小太監轉身捧過一盞茶來到寧騎城面前。

「兒呀，我新近得了一塊上好的裘皮，想了想，能受起此裘皮的也便是我兒你啦，我便差人依你的尺寸做一件裘皮大氅，你瞧瞧。」王振說著，對身後的陳德全道，「去把裘皮大氅取來。」

不一會兒，一個小太監托著一個托盤走進來，托盤上是一件溜光水滑的灰色裘皮大氅。寧騎城一看成色，便知道極為名貴，不由起身，道：「太貴重，孩兒受不起。」

「如果你受不起，那還有誰受得起。」王振朗聲笑道。

「孩兒無功不受祿，孩兒——」寧騎城的話被王振打斷，王振說道：「乾爹當然是有差事交給你，也是對你一直對乾爹忠心耿耿的鼓勵。」

「孩兒謹聽教誨。」寧騎城額頭上冒出一層冷汗，今日王振對他恩寵有加，不知是不是與王浩的死有關。如今他失去了左膀右臂，方極力要拉攏自己嗎？寧騎城腦中一片混亂，只是乖乖地垂頭站在王振身前，王振似乎對寧騎城這個姿態很滿意。

「唉，王浩一死，你身上的擔子又重了，所謂能者多勞嘛。」王振看著寧騎城道，「東廠督主之位暫時空著，你先掌著，以後再說。」王振說著端起茶盞啜飲一口。

「這……」寧騎城方回過神來，急忙推託道，「不可，乾爹，我如今兼著錦衣衛指揮使已是膽戰心驚、如履薄冰，如何還能再掌東廠？」

「這件事便這樣，」王振突然嘆口氣，道，「永遠都是辦不完的差，如今春闈臨近，此番會試，皇上很重視，當以儲天下英賢嘛，負責此次會試的人一個是陳斌，一個是張嘯天，這兩人我很信任。你去見陳斌，有一份名單，名單上都是當朝世家之子，他們出得起銀子，無非是想買個好前程，這些世家子弟，老子都曾為朝廷出過力，咱們沒有理由不照顧。」

「是。」寧騎城接過一張有墨跡的宣紙，掃了一眼，心中的震驚不比揮刀殺戮輕，這是要染指春闈，他深吸一口氣，穩了穩心神，不動聲色地折好放進懷裡，「孩兒一定妥妥地辦好。」

「那是最好。」王振笑道。

寧騎城看王振此時心情放鬆，便湊前一步道：「還有一事，孩兒要回稟，便是東陽街上馬市，這幫蒙古人生意越做越大，聽說連山東、山西那邊的商販也來這裡與他們買賣馬匹。」

「這有何奇怪，你沒見蒙古使團那大陣仗，京城裡數他們的使團人數最多。」王振不屑地笑道，「這幫草原上的蠻夷，哪見過像京城這樣的繁華盛景呀。」

「這倒也是，」寧騎城說道，「我聽說朝中有人與他們也有生意。」

「哦？」王振擰眉問道，「你查一查這事，對了，與其讓他們做不如咱們與他們做，馬匹生意是個好生意。」

「是呀，這些蒙古人對咱大明仰慕得很，他們那片草原除了馬啥也沒有，哈哈。」寧騎城的話逗得王振以及身後的幾個太監都笑起來。

「行了，我不留你了，好好辦差。」王振站起身，一旁的陳德全急忙走上前，遞上摺扇，王振手握摺扇，道，「我該去乾清宮瞧瞧去了，看皇上有什麼旨意。」

寧騎城急忙躬身告辭，他走出司禮監，看見王振也在眾太監的前呼後擁下出了門，向乾清宮而去，這才鬆了口氣。給王振遞上與蒙古人做生意的話，總算可以向義父交差了，下一步就看他們的本事了。他一步出宮門，高健便猴急地跑過來，看寧騎城的臉色沒有多大起伏，方才敢說一句：「大人，你出來了。」寧騎城鼻孔裡哼了一聲，冷冷地道：「以後東廠是咱爺們兒說了算了。」

「……」高健眨著眼，一時愣怔著，他本來凡事都慢半拍，待寧騎城走出五步之外，他才頓悟，大喊，「大人，大人……」

三

明箏一覺醒來，從床榻望向雕花格窗，滿園的春色便盡在眼前。自入住杏園，方發現這是個好去處。匆匆穿上衣裳，便跑到園中，四周燕舞鶯飛，中庭一樹杏花綻放，站在樹下不由得生出一副小女兒的柔腸，要不是自己一身跑堂的衣裳大煞風景，真可以看著杏花賦詩一首。既賦不了詩，便采了些花朵精緻的枝子，一路跑向暢和堂。

門虛掩著，裡面有說話聲，明箏便推門闖了進去。裡面的蕭天正赤著上身，胸前和臂膀上多處很深的劃痕和咬痕，一旁的李漠帆正拿藥膏給他往身上塗抹。這時猛抬頭看見明箏闖進來，蕭天慌忙躲到李漠帆身後，滿臉窘態道：「明箏，妳一姑娘家，如此不矜持，進來也不敲門。」

明箏舉著幾個枝子大叫，花瓣落了一地：「蕭大哥，你昨晚去打架了？誰把你傷成這樣？」

「誰有本事能傷到他呀？」李漠帆笑道，「還不是拜妳所賜。」

「老李！」蕭天氣急敗壞地叫了一聲。

明箏舉著枝子走向蕭天，蕭天急忙閃身，一把抓起椅子上的中衣裹到身上，明箏把手中枝子放到桌上，伸手就去抓蕭天的衣襟，蕭天一把抓住明箏的手，稍一用力，明箏頓感手臂發麻。「讓我看看！」明箏叫道。

「明箏，」蕭天苦著臉問道，「妳隱水姑姑沒有教導過妳男女授受不親嗎？」

明箏一聽此言，頓時氣不打一處來，道：「蕭天，你如今給我說男女授受不親，那天你把我扒光渾身上下塗抹藥，你不知道男女授受不親嗎？依我以前的性子，我便也要把你扒光看個清楚這才算扯平，如今我是越來越矜持了。」

一旁，李漠帆一口茶沒噙住，「噗」一聲，噴了出去，實在忍不住差點笑岔氣。

「笑什麼笑……」蕭天臉漲得通紅，窘得手足無措。

「不是，幫主，」李漠帆急忙繃住臉，一本正經地道，「我覺得明箏姑娘的話說得沒毛病，冤冤相報何時了，還是要化干戈為玉帛，你們男未娶女未嫁，好說好說……」

李漠帆話未說完，蕭天惱得隨手丟過來一個茶盞，李漠帆踉蹌了一下，彎身接住，看見蕭天沉下臉，方知他真生氣了，急忙放下茶盞，退到一旁。

明箏看蕭天陰沉著臉，這臉說翻便翻，便沒好氣地道：「小心眼，人家李大哥不過與你說笑一下。」說完賭氣走到李漠帆身邊，道：「李大哥，我還沒吃早飯。」

「好說，」李漠帆偷瞄了蕭天一眼，對明箏道，「走，我帶你去吃好吃的。」

兩人看蕭天背過身穿外袍，便悄悄走出去。一走出暢和堂，李漠帆便苦口婆心地說道：「丫頭，妳既已入了興龍幫，便不能再稱呼幫主的名諱，該稱呼幫主。」

「我不是這麼叫的嗎？」明箏一愣，這個問題確實沒想到，「對了，李大哥，你說蕭天，不，是幫主，他身上的傷為何拜我所賜，難道是我弄的？」

「可不是妳咋的？」李漠帆偷笑，「給妳療傷時……」李漠帆急忙省略了下文，接著說道，「不過，幫主沒讓人知道，昨日小六拿他衣服去漿洗時，發現了血跡，才告訴了我，我這一大早配了藥膏來給他上藥，又讓丫頭妳撞上了。」

明箏停下，臉上一陣紅一陣白，她伸手看看自己的雙手，回想了那天的情景，這才恍惚想到，蕭天給她療傷並不一帆風順，她哪裡是那種乖乖便寬衣的人，勢必有一場大戰，能把他傷成那樣，她也真是從隱水姑姑那裡出師了。

「丫頭，妳也別太自責。」李漠帆看明箏臉上陰晴不定，又傷心又羞愧的樣子，急忙勸道，「妳曾救過幫主，幫主做這一切都是心甘情願的。」

「算起來，還是我欠他的多。」明箏噘著嘴嘆口氣。

上仙閣一大早便開始上客，靠窗臨街的座位已坐滿客人。李漠帆領著明箏到後廚，一邊指著案子上擺放的吃食說道：「想吃什麼取什麼，我到前面招呼一下。」

明箏端著盤子揀了些自己喜歡吃的點心，又給自己倒了一碗茶，邊吃邊喝。一些夥計從明箏身邊走過，知道是自己人，便也沒有人打擾她。明箏吃飽喝足，剛要轉身離開後廚，卻發現一個熟悉的身影蹲在灶臺前，一邊往灶膛裡添火，一邊埋頭看一本冊子。

「阿福，阿福。」明箏跑過去，踢了他一腳。

阿福轉過身，看見是明箏，臉上變換著表情，又笑又哭，最後眼淚鼻涕一大把地哭泣起來：「小姐，可是見到妳了。」

明箏盡量安撫著阿福，兩人並排坐到灶臺前，明箏往灶膛裡添了幾塊柴，左右看了看，問道：「哎，怎麼不見小六，我聽說平日都是他在灶上忙活。」

「他被掌櫃的叫去幹別的事了，」阿福撓著頭道，「掌櫃的說小六機靈，有什麼事總要他出去跑。」

「阿福，你如今到了上仙閣，不比家裡，」明箏看著他囑咐道，「李掌櫃是個好人，你便跟著他好好幹，萬不可再耍滑頭，多出力多跑腿，你可是記住了？」

「嗯，小姐，妳的話是為我好，我記住了。」阿福一雙紅通通的眼睛望著明箏問道，「小姐，妳如今有何打算？」

「阿福，以後不要再叫我小姐了，」明箏說道，「我如今算是入了興龍幫的夥，你不用再掛念我，你在這裡好好幹活即可。」明箏看到柴堆上的書，好奇地拿到手上，「這是什麼？」

「寶卷。」阿福目露光彩，神祕地說道，「我前幾日遇到一個茶客，他告訴我一個好去處，我跟著他去過一次，果然是好去處，好多人在一起燃香祈福，誦讀經書。他們告訴我說，我心中有佛，彌勒佛便可保佑我，待我死後便可到西方樂土與我的親人團聚，想到那時我便可以看到老夫人和老管家，我心裡別提多痛快了，我如今每日都在讀經文。」

明箏飛快地翻著寶卷，腦子裡卻想到《天門山錄》裡的一段記載，頓時已明瞭。她抬頭凝視著阿福，心裡一陣酸楚。她回到京城日子不多，與阿福的接觸也不多，她沒想到阿福愚笨的外表下，竟然是一顆長情的心，對姨母和張伯懷有深情。她怎好駁他的苦心，如果念這種經文能讓他脫離思念的苦楚，多念便是。但有一點她必須給他說清楚，她舉著冊子對阿福說道：「阿福，你以後凡事留個心眼，你去的地方是白蓮會的堂庵，念念經文可以，別的你可別參與。」

「小姐，妳如何知道的？」阿福驚訝地看著明箏。明箏不便多說，找了個幌子：「聽別人說的。」

兩人又坐了一會兒，明箏方想起還有正事要辦，便向阿福告辭，轉身走出後廚。

上仙閣在這個時辰，已經客滿。幾個夥計滿頭大汗繞著大廳跑，被客人使喚得不知東西南北。明箏望著滿當當的客人，從座椅的空隙走出來，便被一個衣飾華麗的男人攔住，那人聲如洪鐘：「小二，我上好的龍井何時端來？」

明箏一愣，低頭一看，估計這位主兒把自己當成夥計了。正待要解釋，身前走過一個白衣書生，一把摺扇一張一合間，已然把話說清：「這位兄臺，你喚錯人了，此乃我的書童。」明箏一愣神，一隻手抓住她拉到牆邊一張方桌前。

李漠帆正坐在那兒默默樂著，蕭天放下摺扇坐到他對面，明箏一看原來是他們兩人，也跟著坐下來。她盯著蕭天，他這身書生的扮相著實讓明箏看呆了。蕭天自顧喝茶，李漠帆在對面低聲喚明箏，伸手到明箏眼前晃了晃，道：「喂，丫頭，妳第一次見幫主嗎？」

明箏很興奮，突然說道：「李大哥，我想到一句古語，自古形容美男子都要用『貌似潘安』，過時了，太過時了，應該說『貌似幫主』。」蕭天嘴裡的茶噴了一摺扇，臉紅到脖頸，既好笑又無奈。李漠帆笑得渾身直顫，點頭道：「丫頭好眼力。」

蕭天拿眼睛瞪李漠帆，阻止他再說下去。明箏也樂了，托著腮望著蕭天道：「幫主，你真的是我見到的最好看的人。」

蕭天穩了穩神，冷靜地看著明箏道：「明箏，有些話不好當著人說出來，妳自己知道便好。」

明箏想了想，點點頭，皺著眉頭道：「那我豈不要憋死了？你這個人真是小氣。」

「丫頭，咱幫主呢，」李漠帆急忙來打圓場，「他是個很靦腆的人，他……」李漠帆看見蕭天逼過來的目光，便把下面的話咽進肚裡。

蕭天一臉心事，不停地望著上仙閣的大門，李漠帆看了眼窗外的日頭，道：「看時辰，這早該來了呀。」蕭天擰著眉頭，對李漠帆說道：「你去外面看看。」李漠帆起身走向大門。

「幫主，你在等何人？」明箏問道。

「是在等人。」蕭天看了眼窗外，此時已到正午，看來張成是來不了了。本來今日是與宮裡的張成約好見面的日子。

想到宮裡的事，他心情驟然緊張起來。難道是宮裡出了事？或者是王浩被刺殺的事，張成受到牽連？見不到張成，與宮裡的聯繫也就斷了。蕭天望著明箏探詢的目光，便急忙轉移話題，對這個一根筋，讓她知道的事越少越好。

這時，林棲和盤陽風塵僕僕地從外面走進來。兩人身後跟著李漠帆。李漠帆招呼兩人來到蕭天桌前，林棲瞪著明箏，盤陽卻是一眼認出來，李漠帆急忙給他遞個眼色，盤陽立刻低下頭。

「主人，按你的要求，把那四個女子送去的地方，保準東廠的人到死也找不到。」林棲壓低聲音說完，不滿地盯著明箏，「主人，為何不把她送走？」

蕭天瞥了他一眼，點了點頭：「你們下去歇吧。」

林棲充滿敵意地一指明箏，沒等他開口，李漠帆湊到他跟前，瞪著他道：「她是我們興龍幫的人，你怎麼老想管我們興龍幫的閒事？」

林棲瞪著明箏，又望望蕭天，「她……她……」

「行了。」蕭天用濕淋淋的摺扇一敲桌面，「散了，都下去歇著吧。」

明箏看兩人離去，感到有些面熟，只是一時想不起在哪裡見過，聽到他們說起四個女子方想起，一定是指那四個與她一起從宮裡綁來被埋的女子，看來那四個女子也已安全離開京城，便由衷地欽佩起蕭天，看著他說道：「幫主，我要代她們謝謝你。」

「這個不敢當，本來也是受咱們所累。」蕭天站起身握著濕淋淋的摺扇徑直走向穿堂，明箏一路跟在後面，嘴裡嘟囔著：「幫主，你看我既已入幫，好歹也要做個事吧。」

蕭天回過頭，默默看她一眼道：「先養好傷再說。」

「你看，已經好了，虧了幫主你親自出手，怪不得好得這麼快，哈哈。」明箏沒心沒肺地笑著。

蕭天臉上一窘，低著頭便向上仙閣後院走去。

「別走呀，你還沒說我幹什麼。」明箏直著嗓子叫道。

「妳，別給我惹事，我便燒高香了。」蕭天悶聲回了一句。

四

明箏一個下午無所事事，在園子裡東逛西逛，聽酸腐書生們談古論今，卻一直不見蕭天來尋她，越想越不對勁。蕭天對她一副諱莫如深的樣子，又想到小六這兩日神出鬼沒的，明箏覺得蕭天一定有事瞞著她。

一用過晚飯，明箏在杏園便再也坐不住。此時皓月當空，她胡亂編排個理由哄著郭嫂歇息去了，自己悄悄溜出杏園。一路上遇見一些閒逛的書生，她有意避過他們，擇小路向暢和堂走去。遠遠看見門前有兩個人站在那裡，腰間均佩了長劍，兩人身形威武，滿臉機警，像是在站崗放哨。

明箏好生驚訝，好奇心使然，便偷偷溜到門前老槐樹前，使出吃奶的力氣爬上去，透過暢和堂寬大的木格窗，看見暢和堂裡人影晃動，隱隱有說話聲。她攀著樹枝溜到一排雕花大窗的上面，輕輕落到房檐上，頭朝下趴到窗上，用舌尖舔舐窗紙，片刻窗紙便露出一個小洞，明箏瞪著眼睛往裡面一看，屋裡坐了四個人，還站著一個人。

當間坐著蕭天，左邊是李漠帆，右邊坐著林棲和盤陽。小六子站在面前正說道：「……連等了兩天不見人，我今兒大著膽子上前打聽，從宮裡出來的太監，要不說不知道，要不便不搭理你，最後還真讓我打聽到了，那個太監剛巧接任張公公的缺，原來萬安宮出了那檔子事後，連管事嬤嬤在內全受到牽連，張公公進了浣衣局，何時能出來不知道。」小六一口氣說完，端起桌上的茶碗咕咚咕咚喝了個底朝天。

蕭天點點頭，道：「原來如此，怪不得約好的日子等不到他，只要他還在宮裡便好辦。」

「張成出不來，咱們便沒了宮裡的消息。」盤陽看著蕭天道，「那……咱們下一步該怎麼辦？」

「宮裡的事急不來，只能等等再看。」蕭天望著眾人道，「秀女之事雖說讓咱們除去了王浩，東廠督主之死也算是報了他屠門之仇，但是我已得到最新消息，王振令寧騎城掌印東廠。這樣一來，寧騎城不僅統率錦衣衛還掌印東廠，他若死命效力王振，便成為咱們的勁敵，且他本人武功高強，神出鬼沒，咱們再想尋王振的紕漏刺殺他將難上加難。只能另尋他法。眼下有一事，或可以助咱們扳倒王振。」

「哦，什麼事？幫主快說。」李漠帆在一旁追問道。

「此次春闈臨近，我已打聽到王振借試題要大發一筆橫財，這事雖進行得隱祕，但終究露出了馬腳。此事必將激怒朝臣中的忠正之士，咱們只需出手拿到證據，與朝臣配合，參他一本，如此冒天下之大不韙之事，捅到皇上面前，皇上再寵信他，如若輿情洶湧，恐怕也要顧及天下人的口舌而懲治他。」蕭天道。

「幫主，你說吧，要我們做什麼？」李漠帆問道。

「從手下中找一些相貌周正些的弟子，讓他們扮成書生的模樣，混入考生之中，多多結交考生，越多越好。」蕭天吩咐道。

「就這？」李漠帆茫然地看著蕭天，有些丈二和尚摸不著頭腦。

「那我倆呢？」盤陽問道。

「你倆好好盯著長春院，盯緊那幾個與柳眉之交好的人。」蕭天說著扭頭看著小六，道：「小六，你這幾個夜裡盯的那個人，找到住處沒有？」

「找到了，」小六笑著說，「我連跟了兩個晚上，都是回的那個小院，不會錯。」小六湊到蕭天耳邊，一陣嘀咕，蕭天點點頭。

「幫主，你讓小六跟蹤的那個人可是……」李漠帆盯著他問道。

「陳斌。」蕭天說道，「國子監祭酒，他是今年的主考官之一，另一個便是禮部尚書張嘯天。」

突然，林棲站起身，他詭異地望了眼門外，低聲嘟囔了一句：「李把頭，你的人看得住這個門嗎？」

「你說這話啥意思，」李漠帆感覺林棲有意辱沒他們興龍幫，「我的弟兄也不是白瞎的。」

蕭天一愣怔，他沒有理會兩人的爭執，眼神迅速掃過門窗，不動聲色地咳了一聲：「好了，今日便到這裡，散了吧。」

幾個人先後走出暢和堂，蕭天一反常態，送他們走出去。李漠帆一個勁回頭道：「幫主，你且回吧。」蕭天悠然道：「送你們是藉口，我難得有心情賞月。」幾個人走出小院，蕭天站在那棵老槐下。

老槐樹上發出窸窸窣窣的聲響，一些葉片紛紛揚揚飄下來。明箏抱著樹幹用盡全力不使自己滑下來，她咬牙切齒望著樹下的蕭天，連詛咒的法子都用上了，蕭天依然紋絲不動。明箏心裡惡狠狠地念叨：賞你個鬼的月亮呀！眼看著便要掉下去了，讓他發現自己竟然偷窺，那可不是矜持的事了。

「還不下來？」蕭天穩穩當當地說道，「那上面很涼快吧？」

明箏聽見蕭天如此一說，原來他早發現自己了，便氣不打一處來，你早發現早說呀，害得自己如此狼狽，但嘴上還是逞強道：「我在上面賞月呢。」

剛說完，手一滑，身體直往地下掉。明箏一閉眼，倒楣呀，身上的傷剛見好，便又要跌傷了。只覺得眼前一黑，她的身體掉進一雙臂彎裡。明箏睜開眼睛，蕭天彎身把她放到地上，然後冷著臉說道：「妳不在杏園睡覺，大半夜跑到這裡幹麼？」

「我……睡不著，本來想找你下棋來著，後來見有人，我便想躲起來，等他們走了再來找你。」明箏前言不搭後語說著。

「我送妳回杏園。」蕭天說著，轉身回屋，「妳別動，在那兒等著我。」

片刻後，蕭天從屋裡出來，明箏瞪著眼睛驚異地問道：「幫主，你為了送我，還專門換了夜行衣？」蕭天低頭看了看自己一身黑色勁裝，點點頭道：「是。」

「幫主，你真是個講究人。」明箏嘲諷地說道。

蕭天不再搭理她，一路疾走，明箏有意落後，每次都被蕭天拖著手臂強行拉走。這一路，明箏心裡都在琢磨著：看他那扮相今晚肯定不安分，還不想讓我知道。

一到杏園門口，蕭天喊來郭嫂，讓郭嫂帶明箏去臥房，他便轉身消失在夜色裡。

蕭天自那日與趙源傑見面後，心裡一直在盤算著怎麼得到一份試題。他也曾想到柳眉之，他推測柳眉之手裡一定有。但是，他也清楚柳眉之是有條件的，那便是帶走明箏，這個是他不允許的。他隱隱感覺到柳眉之絕不像他看到的這麼簡單，明箏跟他在一起，吉凶難測。

如今，要想拿到試題，便只有一個法子，那便是跟陳斌要。小六連著幾個晚上蹲在長春院的門口，還真讓他等著了，小六跟了兩次，得到了陳斌府邸的確切住址，就在楓葉口巷子。

楓葉口巷子離西苑街不遠，隔了一片街區。蕭天沿著街邊走得很沉穩，他抬頭看天，一輪圓月當空，月光清亮，心裡不免躊躇，揀這個時候動手，有些不自量力，但時不我待，他別無選擇。

陳府的門前掛著一盞燈籠，上面書寫著一個龍飛鳳舞的「陳」字。院門緊閉，裡面隱約有燈燭的亮光。蕭天低著頭默默從府門前走過，發現這陳府的圍牆十分高，比四周的鄰舍高出幾尺。他繞到一側，發現圍牆邊竟然有條水渠，隱約聽見潺潺的流水聲。

由於緊臨水渠，圍牆上攀爬著茂密的綠藤。才開春不久，這圍牆上的綠植便爬滿了一片。蕭天望著這處圍牆，算是個意外的驚喜。他噌噌幾下，便借著藤枝爬到牆頭。

蕭天藏身在一片藤枝裡，看著下面的小院，尋找著書房的位置。這是一處兩進的院落，前院三間廂房，一間穿堂便到了後院，後院住著女眷，有個小巧的花園和魚塘。書房應該在前院的三間廂房之間，一般正房待客，那麼便只有左右兩間廂房的一間是書房了，蕭天把目光對準那兩間廂房。

突然，蕭天感到身下藤枝一沉，一些藤枝被拽離牆頭向下面墜去。蕭天急忙俯身向下看，發現一個人影吊在藤枝上，發出微弱的叫聲。蕭天細辨，忽覺熟悉，便一個飛身到近前，看見那人頭朝下栽進藤枝裡，兩隻腳在半空踢騰著。

「幫主，救我……」明箏小聲地喊道。

蕭天一把拉著她後腰上的腰帶把她提起來，明箏臉憋得通紅，抱住蕭天的腰大口地喘著氣。蕭天氣得怒目圓睜：「妳……妳……怎麼跟來了？」不等明箏回答，蕭天抱著她，一個縱身穩穩落到牆頭上。

明箏坐到牆頭上才緩過氣來，這圍牆真高啊。她瑟縮著向下望了一眼，急忙抱住牆頭上的藤枝。明箏膽怯地偷瞄了眼蕭天，看見他依然生氣的樣子，便說道：「幫主，我跟著你，我想幫忙來著。」

蕭天低頭抵近明箏的面龐，壓低聲音道：「妳連牆都上不了，妳是來幫我的？」

這時，下面院門突然被敲響，幾個僕役跑到前面開門，一個僕役折回身，飛快地往西廂房跑去。片刻後，一個微胖的中年男人一身便袍急急走出來，來到院子裡吆喝幾聲管家，告知貴客到，趕緊沏茶待客，說完跑到院門迎客去了。

蕭天認出中年男人正是陳斌，他曾在長春院見過一次。蕭天轉身靠近明箏低聲道：「妳別動，待在此處，我一會兒來接妳。」說完，便沿著圍牆向西廂房的方向慢慢爬去。

只見陳斌慌裡慌張地跑過影壁，進來的是一個身形高大的人，寬大的黑色大氅兜頭蓋臉，遮住了他的面容，但是此人身上逼人的戾氣和威武的身姿，讓躲在屋脊上的蕭天一眼就認出，在朝臣中還會有誰？

「寧大人，深夜來訪，不知所為何事？」陳斌略感驚訝。

「路過你家府邸，過來討杯水喝，難道不可嗎？」寧騎城的嗓門依然陰沉，他笑得很怪異。

「貴客上門，豈有不待客之理？」陳斌滿臉乾巴巴的笑。他引著寧騎城走進了書房，返身急忙關上門。屋脊上的蕭天起身，腳下輕點瓦片挪到房頂，趴下身體，揭開兩片青瓦，隱約看見屋裡兩人坐在八仙桌旁，抵近交談。

「祭酒大人，果真是明斷，是有事找你。近日春闈已近，想必你那裡也開始就今年的會試，著手準備了。」寧騎城從衣襟裡掏出一張折好的紙，遞給陳斌道，「這個名單，是先生叮囑我交給你的，先生的意思是，這些世家子弟，其父輩都是功勳卓著的人，咱們要照顧。」

陳斌接過宣紙，展開一看，臉色瞬間煞白。他唯唯諾諾地點了點頭，猶豫了片刻道：「下官不敢駁先生的面子，只是，如若給這些考生試題，萬一出了紕漏，洩露了出去可如何是好？」

「難道他們是豬腦子，敢拿自己的腦袋不當回事？恐怕他們比你我還擔心洩露了試題呢，放心吧，這種關係到今後功名利祿的大事，他們會比咱們還上心。」寧騎城不以為意地說道，「總之，先生怎麼吩咐，咱們怎麼做便是。」

「這些考生——」陳斌還想問，被寧騎城打斷了。

「他們可都是孝敬過先生的，你可不要毀了先生的清譽啊。」寧騎城深深地看了陳斌一眼，身體靠到太師椅上，蹺起一隻腿，眼睛瞟向屋頂。

頭上發出一聲細微的「咔嚓」聲，寧騎城警覺地盯住屋頂，接著又是一陣「咔嚓」聲，寧騎城靈敏地跳起來，走向屋外。

此時，屋頂上命懸一線，蕭天面色慘白一把拉住明箏，把她慢慢拉到自己身邊。

剛才明箏靴子一滑，要不是蕭天反應快，她直接便掉下去了。明箏低下頭看了眼屋簷下，頓時，三魂七魄少了五魄。

寧騎城站在房檐下向上張望，一雙鷹目犀利無比，突然一甩手飛出一把匕首，一道銀光閃過，匕首飛向明箏身前，速度極快。蕭天別無選擇，伸出手臂去護住明箏，匕首刺入蕭天右臂，蕭天一咬牙，生生受了。

明箏瞪大雙眼看著面前蕭天插著匕首的右臂，血流如注，很快浸濕了她的衣裳，她驚恐地張開嘴，便被蕭天一把捂住。

「寧大人，你發現了什麼？」陳斌追出房間。

「奇怪，我的匕首飛出去，怎麼連個聲響都沒有？」寧騎城一臉狐疑地走到屋簷下。

屋頂上的蕭天，突然看見前面不遠處蹲著一隻野貓，它此時呈進攻體態，全身弓成拱形，似是這邊的血腥味吸引了它。蕭天此時正苦於沒有對策，看到野貓，猛然咬牙拔下匕首衝野貓甩了過去。由於身體不能動，加上手臂劇痛，投偏了，匕首刺到野貓的尾部，野貓發出驚恐的叫聲，飛奔逃竄，慌不擇路，沒跑幾步滑下屋簷，掉落到寧騎城腳下哀哀號叫著。

「寧大人，好功夫啊。」陳斌由衷地誇讚著。

「你這院裡有貓嗎？」寧騎城仍不放心地問道。

「我家夫人十分討厭貓，但是四周卻時常有野貓出沒，甚是討厭。」陳斌說道。寧騎城查看四周也沒發現什麼，便起身告辭，陳斌和管家相送著走向大門。

屋頂上，明箏和蕭天坐起身。明箏臉上和身上染上蕭天的血，她嚇傻了，一動不動地盯著蕭天。蕭天很從容地從自己衣袍上撕下一片布繫到傷口處，然後看著明箏問道：「妳今日真是給我幫忙了，我讓妳待在那裡不動，妳跑過來幹麼？」

明箏「哇」的一聲哭起來，蕭天嚇得急忙上去捂住她的嘴。明箏抱住蕭天哭得鼻涕眼淚蹭了他一身，壓抑著哭腔道：「我擔心你，我……」

「這是我頭次失手，回去別在人前亂說。」蕭天咬牙道。

「是。」明箏急忙點頭道。

第十一章　貢院風波

一

蕭天和明箏回到上仙閣已是四更天。兩人不想驚動旁人，偷偷潛入園中，回到暢和堂。明箏急於給蕭天包紮傷口，點燃了燈燭，這才發現蕭天嘴唇發青，面色憔悴。蕭天催促明箏回杏園，明箏不肯，蕭天此時體力不支，跌坐到床榻上。

明箏急忙扶蕭天躺下，這才看清那隻受傷的手臂已腫成碗口粗，血跡浸透了半隻衣袖。明箏心裡一陣陣痛，不停地罵著自己，如此連累蕭天。明箏伸手去解他衣襟，被蕭天揮手攔住。明箏眼裡的淚順著臉頰掉下來，她一邊擦臉上的淚，一邊怒道：「蕭天，你有本事起來，咱再打一架，起不來便要聽我的。」

明箏說完，解開繫在他手臂上的布片，用力撕下衣袖，發現他半個胸膛都染上血跡，明箏把他上衣整個撕下來。由於用力過猛，觸到了傷口，蕭天額頭上、胸口上冒出大顆的汗珠，但他任由明箏折騰，不再說話，泰然處之。

明箏端來銅盆，絞出一條汗巾，看著傷口不由手抖心也抖，由於緊張毛手毛腳的，幾次觸到傷口，蕭天痛得倒吸幾口涼氣，弱弱地說道：「妳在家殺雞也這樣吧。」

明箏忙得一頭大汗，根本沒聽見他嘟囔了啥。她用汗巾把蕭天的臉部和胸口擦拭乾淨，便跑到案前，在幾個木匣子裡翻找，心想蕭天在江湖上行走，屋裡怎會沒有幾樣像樣的療傷丹藥。果然找到幾樣療傷的膏藥，她拿出幾個小瓶一一看過，找出止血散和跌打丸。

明箏高興地抱著這些寶貝回到床前，拿止血散給蕭天的傷口上了藥，從瓶裡取出一顆跌打丸塞進蕭天嘴裡，又從一個小紅瓶裡取出三粒紅彤彤的丸藥塞進蕭天嘴裡。蕭天抬起頭張嘴想問一下，被明箏灌進半盞茶水，便將藥咽了進去。

蕭天咳了半天，問道：「妳給我嘴裡塞了什麼？」

「都是療傷的，放心吧。」明箏很有成就感地說著，又自作主張把蕭天頭上的髮髻給鬆下來，給他蓋上被子，輕拍了一下道，「你睡吧，我守著你。」

「妳回吧，妳在我屋裡，我實在睡不著。」蕭天催道。明箏不理他，她實在是累了，趴到床邊便睡著了。

蕭天看看他手臂上的傷口，嘟囔了一句：「妳給我抹的什麼呀，這哪是止血散，唉，還好，幸虧沒給我抹上驅蚊蟲的綠松膏。」蕭天也是疲累至極，不多時便也睡著了。

次日一早，李漠帆手裡拿著一張名帖走進暢和堂，進門便聞到濃重的藥膏味道，他心裡一驚，疑心晚上幫主又私自出去了，顯然受了傷，抹了藥膏。他匆匆拐到

偏房臥室，便看見明箏趴在床邊，蕭天躺在床上，兩人皆呼呼大睡著。李漠帆站在門邊，假意咳了幾聲，裡面的兩人紋絲不動。李漠帆便直接走到明箏身邊，晃醒了她。明箏睜開眼睛一看，是李漠帆，她不知道自己睡了多長時間，嚇得跳起來，忙查看蕭天的傷情，看到蕭天氣息平穩，依然睡得很沉，便放了心。

「丫頭，出了何事？」李漠帆盯著蕭天受傷的臂膀問道。

明箏伸了個懶腰，拉著李漠帆走出偏房，來到正堂，道：「幫主受了點傷。你別打擾他，讓他多睡會兒。」

「在哪兒受的傷？」李漠帆指著明箏問道，「妳昨晚也跟著去了？」

「對呀，沒有我怎麼行。」明箏大咧咧地說道，「不過，我已經給他服過藥了。」「妳給幫主服了何藥？」李漠帆不放心地追問道。

「這個，還有這個。」明箏把桌上的藥膏和丸藥讓李漠帆看。

「妳還給他服了這個？」李漠帆拿著紅瓶子問道。

「對呀，三粒，讓幫主補補身子。」明箏說道。

「我的姑奶奶呀！」李漠帆苦著一張臉，直搖頭。

明箏瞅著他古怪的表情覺得很有趣，看見他手裡的名帖問道：「是誰要見幫主？」

李漠帆一愣，看著明箏一笑道：「是給妳的，一大早，柳公子托人跑來找我，說是給妳姨母辦了場法事，讓妳務必去。」

「哦，」明箏奪過名帖，不滿地說道，「給我的，你跑到幫主這裡幹麼？難道還要讓他過目，應允了我才能去嗎？」

「妳如今是幫裡的人了，不比從前，當然要向幫主請個示下了。」李漠帆說道。

「不行，這兩天不要打擾幫主休息，」明箏嚷道，「這點小事還用麻煩他？我去便是了，不要告訴幫主。」明箏拿著帖子，鼻子裡氤氳著一股淡淡的香味，再仔細看名帖，是一種描了暗紋的名貴紙張，好生奇怪。帖子上只有一個位址，並注明了戌時到。

明箏看著宵石哥哥給她送的這個帖子，粗略地推算一下，從姨母去世到現在應該是到了三七，是個大日子，怪不得宵石要做法事。看來自己也要準備一下。明箏想著心事回到杏園，郭嫂正在清掃院子，看見明箏好生驚訝，問她什麼時辰出的門，明箏只推說賞花去了。她心裡一陣嘀咕，昨夜她給她點的穴道，她是怎麼解開的，直嘆息自己真是學業不精呀。

明箏在杏園昏昏沉沉睡了半日，待睜開眼睛，日頭已落下，她特意穿上以前的衣裳，上面的小衣選了白縞綾綢的，下面穿了件青色的百褶裙，她希望在法事上姨母可以看見她。她把自己收拾得十分清爽，就去廚屋草草扒了幾口飯，對郭嫂推說賞花，溜出了杏園。

宵石帖子上的地址是東竹街馬戲坊子。明箏出了上仙閣便向一家油坊的夥計問路，夥計便給她指了指路徑。明箏謝過，便急匆匆地走了。

東竹街很遠，找到這條街頗費了周章，但是馬戲坊子卻好找，這條街幾乎人人皆知。街邊茶館的一個夥計告訴明箏：「那是一個域外的波斯人開的馬戲團，不僅有馴馬，還有老虎、豹子等猛獸，有趣得很。不過，今日倒是沒聽說有馬戲，他那個園子今日有念佛修懺會。」

明箏聽後有些茫然，帖子上寫的確實是馬戲坊子，難道那夥計所言佛會便是宵石哥哥所說的法事？明箏抬頭看了看眼前一片房子。此時夜幕低垂，路邊各戶已開始掌燈。一些人神情專注地從明箏身邊走過，向前面園子走去。

這些男男女女三五成群，有些低聲交談著，有些沉默不語。明箏索性跟上這些人。院門很窄，過了院門，裡面卻是別有洞天。一張大棚占了半個園子，大棚後面還有幾間廂房，一個院子。園子四處擺放著奇花異草，花香奇異。

突然，不遠處傳來一聲虎嘯，嚇了明箏一跳。她順著聲音走到大棚的背後，看見幾個巨大的鐵籠，一隻虎臥在那裡，似是人們吵到它，它仰頭長嘯了一聲，吧唧了下嘴巴，又臥下了。另兩隻鐵籠裡，一個空著，一個蹲著三隻猴子。令明箏驚異的是，來來往往的人絲毫不驚奇，似是習以為常了。

明箏正覺得稀罕，突然聽到身後兩人的對話。

「雲，別怕，你不是它的菜，據說牠一頓吃三隻羊。」

「阿福，這裡太瘮人了，你怎麼跑到這裡念佛呀？」

「咱只是用這個場子，跟馬戲老闆租的地，聽說馬戲老闆有了銀子就不好好排馬戲了，天天逛青樓，你說好笑不好笑。」

明箏聽著這熟悉的聲音，定睛一瞧，叫道：「阿福……」

阿福穿著一身周正的袍服站在那裡半天才認出明箏，由於這些天明箏總是衣著男裝，猛然面對一個靈秀無比的妙齡少女，阿福便沒認出來。倒是一旁的雲早就看出，雲還是一襲白袍，驚訝地盯著明箏道：「明箏姐姐，真是妳……」

「你們倆怎麼在這裡？」明箏看著他們在一起有些不可思議。

「是這樣，」阿福有些不好意思地笑了下說道，「我前兩日在街上遇到雲，跟他說了如今在上仙閣做事，雲請我喝茶，我便對他說起我在這裡念佛，他也想跟著聽聽，我便帶他來了，不過，他還不是信徒。」

「你來這裡念佛？」明箏詫異地看著阿福，如若不是遇到阿福，她還不知道這處隱祕的場地竟然是白蓮會的堂庵。明箏越想心裡的疑慮越重，難道宵石哥哥也是信徒？不然，他為何約自己來這裡？

「明箏姐姐，你如何也來這裡？」雲好奇地問道。

「哦，我是聽一個朋友提起，過來看馬戲的，沒想到沒有馬戲看了，好吧，你們進去吧，我去那邊看看。」明箏急於擺脫他們，雲跟了幾步，看明箏一路小跑沒有停下來的意思，便不再追了，阿福跑來拉住雲進了大棚。

明箏長出一口氣，在一株花草後面探出頭，看見兩人確實進了大棚便走了出來。她溜到大棚裡面，遠遠看見人群湧動，人們手持蠟燭，嘴裡念念有詞。前方木臺上端坐著一個一身白袍的男子，此人全身皮膚金光閃閃。人們痴狂地望著木臺，嘴裡不停地念著經文，聲浪一波強過一波。明箏從人群裡艱難地走過，試圖找到宵石哥哥，但是走了一圈，出了一身大汗，也沒找到他。

明箏被聲浪衝得頭暈眼花，便想退出去涼快一會兒。正在這時，一個白袍男子走到她面前，拿出一個名帖交給她，明箏莫名地接住一看，與她早上拿到的名帖一模一樣，都是那種描著暗紋熏了香的。明箏抬頭看來人，來人伸手相請道：「姑娘，請吧。」

「是我宵石哥哥派你來叫我的嗎？」明箏不放心地問道。

「正是，他在後院裡。」來人說道。

白袍男子在前面引路，明箏跟在後面，兩人走出大棚，沿著一側小徑向後院走去，一路上花草的奇香熏得她有些昏昏欲睡。進了院門便看見院裡也有幾個大小不一的鐵籠，光線太暗，看不清裡面為何獸種。明箏轉回身，再找那個引路的白袍人卻不見了。

「喂，有人嗎？」明箏感到如芒在背，四處空無一人，鐵籠裡有莫名的獸類蠢蠢欲動並發出了粗重的喘息聲，明箏心裡一驚，待要轉身便看見從一側突然竄出幾個白色身影，明箏來不及跑，便被一張大網兜頭蓋住。明箏倒在地上死命掙扎，大叫：「宵石哥哥，宵石哥哥，救命呀，來人呀……」

明箏被人拖著走了一段路，突然停下來，接著耳邊聽到打鬥的聲響。明箏翻身坐起，看到這邊幾個白袍人正與一個戴斗笠的黑衣人打到一處。黑衣人左手持劍，劍法犀利，瞬間便把幾個白袍人逼到近不了身。明箏再一細看，黑衣人右臂耷拉在身側，似是受了傷。明箏一陣驚喜，看身姿像是蕭天，只不過他左手持劍唬住了她。

「我在這裡。」明箏興奮地叫道。

蕭天持劍躍到近前，劍刃挑破兜住明箏的大網，明箏迅速掙脫出來，蕭天拉著她便往外跑，沿著小徑，跑到大棚前，蕭天拉著她進了大棚。裡面依然人群湧動，念經的信眾陶醉在極樂世界，沒有人注意他們的到來，兩人躲到暗影裡。

蕭天扔下頭上的斗笠，迅速解開夜行衣的衣襟，由於不習慣用左臂，對明箏道：「別愣著，幫我脫下。」明箏這才如夢方醒，她上前毛手毛腳拉開蕭天的外衣，順著他受傷的右臂拉下衣裳，蕭天把黑色夜行衣團成一團，塞進腳下雜物堆裡。他裡面穿著灰色的袍服，整理了一下，拉著明箏擠進人群裡。兩人剛坐到人堆裡，從外面便跑進來幾個白袍人，他們跑進人群裡四處尋找。

明箏抬眼看著他們，眉頭緊鎖，她到此時都不知發生了什麼，明箏問道：「幫主，你是怎麼找來的？」

「記住，在外面還是叫我蕭大哥，」蕭天眼睛盯著那幾個白袍人，看他們一路走出人群，才回過頭說道，「我一醒，老李便對我說了名帖的事。我想想不對勁，便決定過來看看。」

「這裡是白蓮會的堂庵，那些白袍人為何要抓我？」明箏大惑不解，「我與他們無冤無仇，根本不相識。」

楚。」

「是很奇怪。」蕭天看著明箏，「你見到柳眉之了？」

「沒有。」明箏突然想起來，「這一定是他們冒宵石哥哥之名引我來的，對了，回去問問宵石便可清楚。」

蕭天蹙眉陷入沉思，明箏扭頭看著他，驚訝地叫道：「哎呀，不好，你……流鼻血了。」明箏急忙從衣裙上撕下一片布去擦蕭天的臉。蕭天抬起頭，把布塞進鼻孔。

「拜妳所賜，」蕭天甕聲甕氣地說道，「妳到底給我吃下多少紅參丸呀？」

「什麼紅參丸？」明箏不知他在說什麼。

「明箏，」蕭天沉下臉很嚴肅地看著她，明箏一驚，心想這次恐怕又要挨訓了，只聽蕭天說道，「我想了想，妳學藝不精，又極不安分，作為我興龍幫手下，以後絕不能放任自流，」蕭天看了看明箏身上的衣裙，「以後跟著我，不可以再穿女裝，這也是為了妳的安全。我懷疑這次白蓮會的人對妳動手，與《天門山錄》有關，妳如今是一本活的天下奇書，打妳主意的人很多，不可再暴露自己。」

明箏驚訝地看著他，但聽到以後要跟著他做他的小廝，又很不服氣：「你憑什麼要我做你的小廝？」

「妳若能打敗我，我便做妳的小廝。」蕭天說道。

「那你若教我劍術，我便同意，我願天天服侍你，可好？」明箏嬉笑著說道。

「這個要徵求妳隱水師父的示下，她若同意，我便教妳。」蕭天說道。

明箏嘆口氣，何年何月才能見到隱水姑姑呀，便打消了這個念想。大棚裡的儀式似是要結束了，一些人站起身往外面走。蕭天拉住明箏也站起身道：「跟著人群最安全。」兩人低著頭，混進人群裡默默向外走去。

在門口遇見幾個持劍的白袍人東張西望似在尋人。蕭天拉著明箏在人群的裹挾下，順利地出了院門，來到大街上兩人才鬆了口氣，也不敢再停留，匆匆走回上仙閣。

翌日晚間，明箏和郭嫂正坐在杏樹下用晚飯，蕭天一身夜行衣出現在門口。郭嫂急忙跑進了廚屋，拿來一副碗筷。蕭天坐下便吃起來，明箏眨巴著眼睛仔細端詳蕭天：「幫主，一會兒要出門嗎？」

「是。」蕭天點點頭，看到明箏今日換上了男裝，打扮成少年郎的模樣，很滿意地說道，「多吃點，恐怕要熬夜。」

「我今日睡了一天，精神很足。」明箏笑著說道，又看看蕭天依然垂著的右手臂，問道，「你的傷，好些了嗎？」

「沒有。」蕭天看著明箏道，「哪能好得這麼快，沒有十天半月好不了。」

「那你還要出去？遇到危險怎麼辦？」明箏急了，想到昨夜他左手持劍雖也能戰，但畢竟遇到的都是些宵小，不是強敵。

「不是還有妳嗎？」蕭天左手端起粥碗，喝了一口。

明箏一聽此言，瞪大眼睛，這話從蕭天嘴裡說出來太古怪，他的話怎麼聽都讓人起疑：「幫主，你如此看重我，著實讓我感動，你真覺得我能擔起重任？」

「這次妳一定行，走吧。」蕭天說著站起身，不容她多想，便拉著她走出杏園。

外面皓月當空，涼風拂面，明箏腦子方清醒了些，想到那日在陳斌府邸失手，難道還是去陳府探聽？明箏回頭看著蕭天，他一個悶嘴葫蘆，一點口風也不給她透，生生急死人了。明箏實在忍不住，問道：「幫主，咱們這是去哪兒？」

「到地方便知了。」蕭天默默趕著路，一路走得飛快，明箏幾乎是小跑著才勉強跟得上。穿過幾條街道，街上行人漸漸稀少。明箏認出那天來的那條巷子，果然又來到陳府。蕭天走到陳府對面便停下來，他左右張望，找到一戶人家的柴垛，縱身跳了上去。

明箏站在下面看著蕭天，只見蕭天在上面向她招手。明箏滿心疑惑，看了半天，不見蕭天下來，只好自己爬上去。看著蕭天縱身一躍便上去了，輪到她便無比艱難，還不能踩塌了柴垛，最後還是蕭天在上面拉了她一把，她才爬上去。

「妳跟隱水姑姑都學了什麼？」蕭天一臉嫌棄地問道。

「我跟我師父一年四季四海遊歷，你不知我師父身世淒慘，她與親人失散，一直在尋找。」

「怪不得，妳這個師父徒有虛名。」

「你不准說我師父她老人家。」明箏不滿地說道。

「不說她，來，看看這個。」蕭天一指眼前陳府的大門道，「今夜便在這裡紮營了，這叫守株待兔。」

明箏坐到蕭天身邊，看著對面陳府的大門問道：「誰是兔子？」「誰來誰是兔子。」蕭天道。

「難道咱們要抓兔子？」明箏側臉看著蕭天，不知道他葫蘆裡賣的什麼藥。

「別問了，一會兒妳照辦即可，等著吧。」蕭天說著伸出左手抓住一根粗大的柴火棍，在手裡掂了掂，放回身邊。

明箏雙手抱膝看著對面陳府，裡面隱約透出些光亮，但是大門緊閉，四周寂靜無聲。偶爾路上跑過一輛馬車，也有單騎疾馳而過，只是一個行人也沒有。

「難道咱們便一直這麼等著？」明箏問道。

「不然呢，妳想怎樣？」蕭天問道。

「我……」明箏打了個哈欠，不好意思地一笑，往他身邊靠了靠說道，「我怕我睡著了，耽誤了大事。」

「妳不是說妳睡了一整天嗎？」蕭天問道，也忍不住打了個哈欠，他正色道，「我可是一早便出去了。」

「你去哪兒了？」

「我去長春院見柳眉之，問他可是找人給妳下名帖，他說根本不知道有這回事。」蕭天略一沉思，「我到此時也弄不清昨夜的事，一團亂麻。」

「但是有一點很清楚，他們是白蓮會的人。」明箏道。

「妳為何如此肯定？」蕭天問道。

「你知道昨夜我遇到誰了，阿福和雲。」明箏說道，「我曾在上仙閣的後廚，看見阿福讀一本冊子，他說是佛經，我粗粗翻看了幾頁，便知道那本冊子是白蓮會的寶卷，這寶卷在《天門山錄》中也有記載，所以我一看便知道了。阿福在幾天前曾遇到雲，便帶著雲去了堂庵。」

「原來如此。」蕭天緊皺起眉頭，陷入沉思。

明箏托著腮幫，眼皮開始打架。耳邊突然響起一陣馬蹄聲，明箏急忙瞪大眼睛，看見由西面跑過來一匹馬，明箏急忙以手肘觸碰蕭天，蕭天壓低聲音道：「噓，看見了。」

一騎慢慢靠近陳府，馬上之人在遠處下了馬，把馬拴到一棵樹上，便小心地向陳府走來。那人敲開大門，與府裡人低語幾句，便進了院子。

蕭天把手邊的柴火棍塞進明箏手裡道：「行了，來了一個兔子，走吧。」明箏握著柴火棍不明就裡，她看著蕭天問道：「你讓我做什麼？」

「一會兒，這傢伙出來，妳拿棍敲昏他，從他身上找到試題即大功告成。」蕭天輕鬆地說道。

「原來，你帶我來，便是做這個的，」明箏又氣又好笑地問道，「那你呢？」

「我給妳望風。」蕭天煞有介事地說著，用左手臂攜著明箏躍身從柴垛落到地上，「走吧，在那匹馬後面等著。」

蕭天和明箏快步跑過小巷，來到那匹馬跟前，那匹馬看見兩個陌生人，不安地晃著尾巴，打著響鼻。蕭天拉明箏到一處圍牆的暗影裡，他看了眼明箏問道：「妳抖什麼？真的害怕？」

「不是，我頭一次……」明箏止不住顫抖，「頭一次打家劫舍。」

「姑娘，沒人逼妳做綠林好漢。」蕭天道，「我之所以讓妳出手，是怕我一不小心失手，弄出人命來。」

「哦，」明箏點點頭，很自信地說道，「我明白了，這個我行，不管怎麼說我也是跟著隱水姑姑學了六年藝，對付一個書生還是可以的，你不用出手了。」明箏說完，回頭看蕭天靠在圍牆上一副玩味的模樣，這才回過味來，著實惱了，「你也太小看人了！」

「不是，」蕭天看明箏生氣了，便笑著說道，「我不是受傷了嗎？」

突然，聽見大門「吱呀」響了，一人跑了出來。那人跑到馬前，去解拴馬的韁繩。明箏舉著柴火棍走出來，抖著手比畫了半天，站在暗影裡的蕭天向她揮了兩次手，明箏咬咬牙，一閉眼，結果柴火棍落下，敲偏了。

那人猛地回頭，臉上的橫肉抖了幾下，叫了一聲：「有賊，有賊呀……」看來這下太輕了，明箏掄起柴火棍又使勁猛敲一下，這一次正打中腦殼，那人歪歪扭扭倒了下來。明箏舉著柴火棍看那人的反應，只聽身後蕭天說：「好了，不需要再敲了，翻他的衣袍。」

明箏扔下柴火棍，撲到那人身前，在衣袍裡亂翻一氣，竟然真從衣襟裡翻出幾頁宣紙。蕭天走上前，查看了一下地上的男子，往他嘴裡塞進了一個藥丸，便拉住明箏飛快地離開了巷子。

「你往他嘴裡塞了什麼？」明箏一邊跑，一邊問道。

「清腦丸，只需一炷香工夫，他便會醒來。」蕭天道。

明箏把手中的宣紙交給蕭天，好奇地問道：「你怎麼知道這個男子是來取試題的？」

「妳怎麼這麼多問題？」蕭天拐到另一個街區，借著屋角透出的光，匆匆掃了眼宣紙，便折起塞進衣襟，對明箏說道，「果然不錯，是試題。」

「你還沒有回答我呢。」明箏急了。

「好吧，看在妳今天有功的分兒上，告訴妳吧，」蕭天笑道，「我是猜的。」

二

這日春光大好，上仙閣後院的園子裡聚滿出來賞景的客人，大部分都是先期進京、等候應試的舉子。蕭天領著明箏也混跡在裡面，明箏今日特意穿了件白色小褂，與蕭天的白袍相得益彰，更像足了跟著主家的書童。

舉子們三三兩兩或聚在水池邊賞魚，或在水榭裡圍著石桌對弈。一些人見面寒暄過後，免不了閒談幾句，從時局聊到京師，從詩書禮易聊到花街柳巷，又從閨閣閒情聊到詩詞謎語。

明箏跟著蕭天聽著那些酸腐的調調簡直無聊至極，揀個空想溜之大吉，被蕭天捉住：「妳去哪兒？」

「我想回杏園睡覺，這些個老夫子太沒趣。」明箏打了個哈欠，這時她認出舉子裡有個熟悉的面孔，片刻後想起正是在進京的客棧中遇到的李春陽，不由興趣大起跟了過來。

此時李春陽正站在舉子中間侃侃而談：「諸位可曾聽聞，今年主理貢院會試的是禮部尚書張大人，聽說會試題目已由國子監陳祭酒提交給貢院，現在萬事俱備，便等貢院開考那日了。」

眾舉子一陣感慨，一位舉子道：「朝廷內建太學以儲天下之英賢，外設府州縣儒學以育民間之俊秀，你我趕上好時節，定要在此大展宏圖。」眾人紛紛點頭，十年寒窗苦，到如今離成功還剩一箭之地，是金榜題名還是淘汰回鄉，便要見分曉了。眾人無不感慨。

這時，一個舉子說起一件事：「我一個同鄉，連考了三次才中了舉，今年也來參加會試，只是家裡清貧，湊不齊盤纏，只得擔著一扁擔菜刀來趕考，我今日出門在上仙閣門口遇到他，我一眼便認出他。」

李春陽一聽，忙問道：「你那同鄉可是叫張浩文？」

那個舉子點點頭，另一個舉子一臉不滿地說道：「怎可如此埋汰讀書人，貴省在京城難道沒有會館嗎？怎麼也不募資接濟一下，最起碼提供個食宿嘛。」

「你真是書生意氣，」李春陽接過話題道，「各省大府的會館早已人滿為患，怎麼會輪到他，再說，此次會試皇上要親自御閱，多大的榮耀呀，只要能動的舉子都跑來了，再加上有點身分的都要帶三五隨從甚至更多隨員，住宿都成問題，誰還顧得了這個？」

明箏拉著蕭天便走，蕭天問道：「你拉我去哪兒？」

「我認識那個書生，」明箏說道，「走，去看看。」

兩人一前一後出了院門，拐上大街，走到上仙閣前門，果然看見一個賣貨郎，地上擺著一副賣貨的貨挑，挑子後面坐著一個青年男子，此時正埋頭看一本書，根本沒留意貨挑面前的生意。

「買把刀。」明箏說道。

張浩文的目光從書頁上轉到面前的人身上，只見一個白衣書童微笑著看他，張浩文臉一紅，道：「小哥，要買刀？」

「嗯。」明箏一笑，心想他一定不記得自己，而且自己這身打扮也著實難辨。沒想到張浩文面露疑惑，眼睛緊盯著她，似是猶豫起來，看了半天道：「小哥，好生面善，似是在哪裡見過。」

「哦？」明箏瞥了眼蕭天，看到蕭天用眼神阻止，便不敢再說下去。蕭天走上前，他看出明箏有意幫扶，便說道：「這上仙閣的老闆是我兄弟，他們正缺夥計，你可願意幫個忙，既可以掙個盤纏，也有歇腳和讀書的時間，你看可好？」

張浩文這才明白是遇到了好人，他們有意要為他解困，如此好意豈有不領之理，不由急忙起身一揖到地道：「謝謝兩位公子。」

張浩文跟著蕭天來到茶樓裡，蕭天囑咐了李漠帆幾句。李漠帆點點頭，領著張浩文去帳房支取銀子去了。

翌日眾舉子便發現張浩文到了櫃上記帳，知是掌櫃的善舉，甚是欣慰。李春陽和幾個相熟的人從後院過來與張浩文打招呼。

他們正高興地閒談時，從外面走進來一個中年人，相貌猥瑣，衣冠不整。他盯著張浩文看了片刻，突然走上前，雙手按著櫃檯大聲道：「奇遇呀，張兄弟，你可還認得我？」

張浩文凝視片刻，忽而想起，是進京路上客棧遇到的同道之人，忙從櫃裡出來，問道：「老兄，你何日到此地？」

李春陽也認出此人，當時在城外那個小客棧，他們有緣相遇，如今又在上仙閣聚齊，真是緣分呀，便開口道：「陳文達，你可還認得我？」

陳文達看到李春陽，更是既興奮又心酸，抱住他的手臂掉起眼淚，便把自己的遭遇講了出來：「那日一別後，我便來到京城投奔一個遠房親戚，但找到街巷門牌，那戶人家早已搬走。不得已便投奔會館，但會館已滿，無奈投到一家名為『狀元店』的客棧，此店掌櫃黑心，見投宿的人多，便漲了銀子，我一怒之下辭了店，又輾轉幾家，俱不滿意。在此間流連之際，被東廠的番子抓進了牢裡，在裡面關了幾天，餓了個半死，挨了兩頓鞭子，後來他們翻看行李，看到我攜帶的考箱、文房四寶和一應身分文書，這才放我出來。」

聽他如此一說，眾人方知道，他是剛從大牢裡出來。

「來，老兄，你且坐下壓壓驚。」張浩文給陳文達端過來一盅茶。其他人圍到身邊，也是問長問短，畢竟是同道之人，見他落難，大家都替他難過。

李春陽看著他說道：「此間掌櫃為人俠義，我們幫你說說，眼看會試在即，你先落下腳，再做打算。」

「全仰仗各位仁兄了。」陳文達感激涕零向眾人抱拳作揖。

這時，從門外走進來幾個書生模樣的年輕人，他們先是左右張望，似是尋人。其中一人認出李春陽，跑過來打招呼：「春陽兄，我便來尋你的。」

「源達兄，你如此匆忙，所為何事呀？」李春陽認出是他同鄉。

「你可知貢院門口出大事了?」那人大聲說道。眾人俱大驚，李春陽道:「仁兄把話說清。」

「坊間已傳開了，此次會試的試題已洩露，有人以百金買賣，現如今聞聽此消息的舉子已聚在貢院門前，大家要求朝廷給個說法，我和幾名好友知道這上仙閣也住滿應試舉子，遂過來給大家傳個信兒，若沒有要事，不如咱們一道去貢院討說法，有道是法不責眾，不討回公道誓不甘休。」

「真是豈有此理，咱們寒窗苦讀十年呀，不行!走，咱們也去看看。」李春陽怒道。

李春陽一聲招呼下，眾人皆怒髮衝冠，紛紛跟著那幾個舉子走出上仙閣。

張浩文看眾人走出去，急出一頭大汗，他對陳文達道:「我如今不便出去，你把行李放下，你去吧，今夜咱倆搭夥睡一個炕，你且去出一份力，怎麼說會試也是咱們大家的事。」

「好嘞。」陳文達站起身便走。張浩文從櫃裡追出來，往他手裡塞進一個餅，道:「你先填填肚子。」陳文達看著手中大餅，心頭一酸，急忙低下頭，大步走出上仙閣，追著眾人而去。

此時靠窗的一個方桌前，兩個人一邊品茶一邊默默看著眼前發生的一切，正是蕭天和一身鄉紳打扮的趙源傑。

今日一早，李漠帆便拿著趙源傑的名帖跑到暢和堂，蕭天看到名帖很是高興，他估摸著趙源傑也該來了。兩人在茶樓坐下，似是兩個老友相聚，相談甚歡，一番茶水過後，便看到剛才那一幕。

「賢弟，你做事滴水不漏，為兄實在欽佩。」趙源傑抱拳道，「此舉若能為這些學子討回些公道，也是一大善行。」

「兄長，我能做的只是這些了，」蕭天壓低聲音道，「明日我會派人在貢院門口張貼試題。」蕭天說著，從衣襟裡掏出幾頁折起的宣紙，放到桌上推到趙源傑面前，「這份便是從陳斌那裡得到的原件。如若字跡是出自陳斌之手，那便鐵定坐實了罪行。」

趙源傑急忙打開宣紙，掃了一眼，失望地嘆口氣，道：「不是陳斌的筆跡，他的字我見過。這個陳斌很是狡猾，他是不會給自己留把柄的，估計是出自他手下教習之手。」

「即便不是他的筆跡，如今試題已經封存建檔，」蕭天說道，「他再有後臺，也斷無回天之力。」

趙源傑點點頭，信心滿滿地看著蕭天道：「我已與禮部的蘇通、戶部的高風遠、大理寺卿張雲通私下說好，待貢院這邊一鬧起來，便聯合上疏！對其他能說上話的朝臣也曉之以大義，多寫些奏章。我思謀這些朝臣，不管是哪個陣營的，他們均是受過寒窗之苦從學子一步步考進京師的，定會感同身受，對這種冒天下之大不韙之事，當深惡痛絕。」

「是呀，如今二京十三省學子齊聚京師，此事想壓恐怕也壓不下了。」蕭天沉吟道。

「此事的風頭很快便可蓋過王浩被刺的風頭了，」趙源傑長出一口氣道，「前兩日我偷偷跟著高健去了趙詔獄，面見了于大人。」

「哦？」蕭天也忽然想到，上次見兄長時聽他說于謙被押解到詔獄的事，心裡一沉，在那地獄般牢獄，生殺予奪全由人，便壓低聲音問道，「于大人在那詔獄可是吃了不少苦頭吧？他還好嗎？」

「目前還無大礙。」趙源傑說道，「好在有高健。」

「高健不是寧騎城的手下嗎？」蕭天不解地問道。

「賢弟你有所不知，高健曾在于大人手下當過差，對于大人仰慕得很，不愧是名士之後，是個有氣節的人。」趙源傑說著，焦慮地嘆口氣，「我和幾位大臣對此很是憂心，即便高健能保他一時，但還是要想方法盡快離開那種地方，大家都把希望寄託在這次春闈之事上了，看能不能扳倒王振。」

「兄長，你看還有何事需要我來做？」蕭天問道。

「那便是讓更多舉子知道此事，鬧得越大越好。」趙源傑說道。

這時，一個白色身影從外面跑進來，蕭天看見是明箏，急忙向她招手。明箏看見蕭天便跑過來，來到近前認出趙源傑，看他一身便裝，知道不便招呼，便只同他點點頭，站到蕭天一側急急地說道：「東廠的人圍住了貢院，他們驅散人群，後來錦衣衛也來了，全部身披甲冑，但是那些學子一個也沒有離去，說是非要面見主考官，討個說法。」

蕭天和趙源傑迅速交換了下眼色。

「兄長，不宜再拖了，恐怕夜長夢多。」蕭天道。

「為今之計，直接坐實。」趙源傑神情肅穆地站起身，把幾頁宣紙小心地塞進衣襟裡，「賢弟，你即刻便去把試題張貼出來，讓眾學子知道真相。」

「好。」蕭天站起身，兩人四目相視，算是作別，趙源傑匆匆離去。

三

貢院的門前黑壓壓一片人，應試的舉子越聚越多，他們緊張地望著擁過來的東廠番役，外側則是一隊錦衣衛的緹騎，個個身負盔甲，騎著高頭大馬，嚴陣以待。

高健騎馬過來，一抖絲韁，望著貢院門口的人群，緊皺起眉頭。這時一個校尉催馬過來：「參見千戶大人，此番舉子鬧事，人數眾多，還請千戶大人示下。」

「不可魯莽行事，咱們嚴陣以待即可，」高健叮囑道，「命你手下後退十步，我已差人去請示寧大人，咱們靜候便是。」

「是。」校尉應了一聲，掉轉馬頭回佇列。

高健催馬向前，突然聽到有人喚他。「高千戶，」只見孫啟遠從人群裡跑出來，手裡還舉著幾頁宣紙，他一路慌慌張張跑過來，叫道，「出大事了，有人竟然在貢院門口張貼了會試試題，這眼看不出三日便要開門迎考，這……」

「什麼？」高健嚇得急忙翻身下馬，他在錦衣衛當差這些年來，還是第一次遇到這種事，要知道會試可是舉國大事，洩露試題，可是誅九族的重罪。他奪下孫檔頭手裡的幾頁紙，匆匆掃了一遍，「這……咱們如何確定它便是此次會試的試題呢？」

「讓主考大人一看，便可見分曉了。」孫啟遠說道。

「寧大人來了。」高健身邊的隨從突然喊了一聲。

只見自街邊蕩起一股塵土，幾騎快馬飛馳而來。寧騎城身披大氅已到眼前，他翻身下馬，看著高健道：「怎麼聚了這麼多人？」高健急忙把手中的幾頁紙遞給他，寧騎城陰沉著臉，看也不看，一雙鷹目逼視著高健：「這幾頁破紙上寫了什麼？」

「據說是今年會試的試題。」高健湊上一步小聲說道。

「竟有這事？」寧騎城詫異地瞪著高健，「他們怎會有試題？」寧騎城回頭望著貢院門口的人群，皺起眉頭。「先驅散人群，能壓便先壓下。」寧騎城咬牙說道。

高健緊張地抓著那幾頁紙，對寧騎城道：「大人，這個，我看還是先銷毀吧。」寧騎城冷冷一笑道：「這張破紙不過是人隨手抄錄的，能有一，便會有十，有百。」

「這可如何是好呀？」高健緊張地看著寧騎城。

「偏偏是這個時候，貢院三日後便開門迎考了。」寧騎城突然想到難道是陳斌那裡出了紕漏，導致試題洩露？想到此他便再也無法鎮定，一把奪過高健手中那幾頁宣紙，揣進懷裡，翻身上馬，回頭對高健交代，「這裡交給你了。」

寧騎城掉轉馬頭，他身後的幾個隨從也跟著掉轉馬頭，一行人馬飛馳而去。高健看著他們的背影，嘆口氣，便一抖韁繩，向人群而去，眼見天色擦黑，還是勸這些舉子早點回去的好。

寧騎城騎馬趕到陳府，開門的管家說他家老爺剛剛出門。寧騎城轉身便走，真是屋漏偏逢連陰雨，本來便是齷齪事，一不留神被揭了蓋子，反正也有人扛。一怒之下，寧騎城便命人打道回府。

回到府裡，李達向他遞了個眼色，寧騎城退下左右。李達道：「大人，那個雲已經候了一炷香工夫。」寧騎城陰沉的雙眸精光一閃，臉上來了精神，心情也為之好轉，這個雲簡直是他的神來之筆，他收服了他，把他安插在柳眉之身邊，沒想到帶給他如此多的驚喜，他忍不住催道：「走，去見他。」

李達引著寧騎城穿過回廊徑直走向書房，書房的門大敞著，遠遠看見雲披著一件黧色的披風，正坐在椅上發愣，聽見由遠及近的腳步聲，便驚慌地站起身。寧騎城大步走到書案前，李達進了書房便反身關了房門，默默站到寧騎城身側。雲低著頭，向寧騎城行了一禮。

「雲，今日並不是約見的日子，你來找我，可是有事要回稟？」寧騎城語氣平淡地說道。

「正是，」雲上前了一步，小心地說道，「大人，我有要事要回稟。」

「快說。」寧騎城按捺住衝動，緊緊盯著雲。

「是。我發現了白蓮會的堂庵，還有，我在那裡見到了明箏姑娘。」雲額頭上冒出冷汗，他說完看著寧騎城。

寧騎城一聽此話，猛地站起身，像一隻餓狼終於發現了獵物一樣，他盯住雲，催道：「快說！」

雲只是低著頭，看著自己腳尖。寧騎城恍然明瞭，他嘴角一翹，冷冷一笑：「跟我賣關子，哼，我且信你一次。」說著，寧騎城轉身從書櫥裡拿出一個精緻的紅木匣子，從裡面取出一粒丹丸，放到了書案上，「你自己取吧。」

雲渾身抖著撲到書案上，一把抓住丹丸塞進嘴裡，仰脖咽進肚裡。雲低著頭退回到原來的地方，又咽了幾口唾液，聲音暗啞地說道：「白蓮會的堂庵在東竹街馬戲坊子裡。」

「馬戲坊子？」寧騎城皺起眉頭，「雲，你若膽敢誆騙本官，你可知後果嗎？」

「大人，小的命便攥在你手裡，你不給我解藥，我是死路一條，我怎敢誆騙你呀？那個地方確實是馬戲坊子，只是聽說那幾個波斯人得了筆銀子跑了，但是那些大鐵籠子還在，裡面的動物也有人飼養，估計是想裝個門面罷了。」

「怪不得我尋不到他們的蛛絲馬跡，原來是這麼回事。」寧騎城又盯住雲問道，「你可曾見到白蓮會的堂主？」

「回大人，這個小的還不曾見過。白蓮會行事詭祕，堂主是不會輕易露面的，只有在每月的月圓之夜，他們稱之為『大佛會』上，堂主會露面，帶領信眾向天上眾神祈福。」

「月圓之夜？」寧騎城抬頭望了眼窗外，一輪圓月正掛在樹梢間，寧騎城扭頭看著李達，「李達，今日初幾？」

「大人，今日便正是十五，所謂月圓之夜。」李達道。

「正是，大人。」雲說道，「今日我也要去，和阿福約好的在那裡見面。」「阿福是誰？」寧騎城問道。

「阿福原是明箏姑娘家的雜役，不久前她家起了一場火，兩位老人走了，阿福便到上仙閣做了夥計。」

「你剛才說在馬戲坊子見過明箏姑娘，你可見到她面容有何變化？」寧騎城看著雲。

雲一愣，眨了下眼，說道：「和以往並無二致啊。」

「她現在哪裡落腳，你可知道？」寧騎城問道。

「我……那日人群喧鬧，她走後，我追出去，便不見了她的影子。」雲說道。

寧騎城重新坐到太師椅上，臉上神色一滯，陷入沉思。

「大人，還有一事，」雲接著說道，「長春院裡，有人買賣會試試題。」寧騎城抬起頭，盯著他問道：「可是柳眉之？」

「是那個陳斌與柳眉之合夥，陳斌給柳眉之試題，柳眉之幫他交易，兩人二一添作五再分。」雲說道。

寧騎城咬著牙，一掌拍到桌面上，震得案上文房四寶都跳了起來。寧騎城瞥了眼面前的雲，緩和了語氣道：「雲，幹得好，你且回吧。」寧騎城看了眼李達，道，「送客。」

雲像得了大赦般，渾身一鬆，躬身退了出去。

雲回到長春院時，正是長春院賓客滿堂之時。柳眉之雖沒給他好臉但也顧不上訓他，只有雲輕瞪著一雙漆黑的眸子死死盯著他。

柳眉之裝扮好去了天音坊，雲和雲輕跟在身後，守在臺口。

雲發現雲輕看自己的神態不對勁，他靠近他，笑著哄他道：「雲輕，今兒個讓你受累了。」他與雲輕相處已三年，雲輕單純、忠厚的秉性他是知道的，有時候他欺負他，礙於自己的殘障，雲輕能忍便忍，從來不與他計較，總是寬容待他。往常他耍滑偷懶，只需一句好話，便可冰釋前嫌，今兒卻有所不同，有些反常。雲輕眼裡籠罩著深深的恐懼和憂鬱，這種神情出現在雲輕稚嫩的面孔上，讓人看著很是不安。

「喂，雲輕，」雲說道，「你真生氣了？下次我出門逛，一定也帶上你。」雲輕面部緊繃，一雙漆黑的眸子盯著他。

雲讓雲輕盯得起了一身雞皮疙瘩，不耐煩地叫道：「唉，真急人，又不會說，也不會寫，誰知道你慪的哪門子氣。」

雲輕嘴角動了動，看得出他眼裡的焦慮和不安，但苦於無法表達出來，因而憋得臉通紅，眼裡的淚忍不住滾下面頰。

「好兄弟，我錯了，行不行。」雲猜測這兩日他頻頻出去，雲輕定是為自己被柳眉之訓過，受了很大的委屈。雲忙上前去擦雲輕臉上的淚，一邊繼續哄他道，「明兒個，我帶你去東興樓吃餛飩可好？」

雲輕搖搖頭，目光盯著他的眼睛，突然伸出兩個手指在牆壁上比畫了幾下，乍一看像兩條腿在向前跑。

雲愣怔住，他盯著雲輕手指比畫的動作，渾身激靈打了個冷戰。雲是何等機靈之人，一看便明白雲輕比畫的意思是他跟蹤了他。雲只感覺腦子裡一片電閃雷鳴，難道雲輕看見他進了寧府？雲不敢想，臉上出了一層冷汗，他一把抓住雲輕的衣領，把他按到門柱上，雙眼露出凶光壓著嗓音惡狠狠地道：「聽著，你個啞巴，敢多事便滅了你。」

雲聽見臺下的叫好聲，急忙鬆開雲輕。雖然他不知道雲輕到底跟蹤了他多久，但一想到他是個啞巴，又不識字，心裡也不怎麼當回事，他瞪了眼雲輕。

雲輕漆黑的眸子也狠狠地回敬他一眼，便轉身背對著他。

柳眉之下了臺，雲殷勤地迎上去，背後猛推了雲輕一把，雲輕被推到一邊，也不再往前湊，遠遠跟在後面。

今日柳眉之心情大好，在休息間很快卸了妝，也沒有為難兩人，竟還扔給兩人幾吊錢：「我累了，回房歇了，你們耍著玩去吧。」柳眉之說完，轉身便去了。

雲十分歡喜地撿了銅錢，見柳眉之走遠，向雲輕扮了個鬼臉，雲輕兩隻手握成拳頭，低著頭，也不理他。雲拿銅錢轉身出了天音坊，沿著走廊跑出去。

雲出了長春院大門，走到街上，沿著街邊溜溜逛逛東張西望。在雲身後，一個瘦小的身影跟了上去，小小的白袍在黑暗中變成一個白點，一會兒便消失在暗夜裡。

四

翌日，早朝剛過，一個驚人的消息便在京城的大街小巷傳開了。早朝時眾朝臣聯合上疏，奏請皇上緝拿試題洩露之人，並推遲會試。所謂會試，乃國考呀，此舉牽連到大明上上下下多少個家族呀。此消息一出，震驚京師，大家奔相走告，一時間茶館酒肆坐滿憤怒的學子和家中有學子的族中長輩，各種消息在坊間流傳，輿情鼎沸。

上仙閣也不例外，一早便聚了眾多茶客和趕考的學子。有消息靈通的茶客說：「聽說了嗎？那些朝臣要皇上徹查，皇上已經恩准了，命三法司聯合查辦呢。」

「早該查查了，買賣試題發不義之財，都該砍頭，想想那些含辛茹苦的學子……」

大家在熱議這件事的同時，還有一件事也被人傳出來，只是與會試相比，這件事的影響要小得多，那便是昨夜東廠和錦衣衛封了白蓮會的堂庵，有百十號人被押到了東廠大牢。各種小道消息在茶客之間瘋傳，總之今年的春天註定要成為一個多事之春了。

蕭天和李漠帆坐在茶客中間，聽著他們的議論，相互交換了個眼色。李漠帆悄聲問道：「幫主，咱們那些假冒秀才該撤了吧？」

「不急，事情還遠沒有了結。」蕭天緩緩飲了口茶道，「趙大人他們只是才遞了奏章，離查明真相還遠著呢。這背後的勢力豈是一本奏章便可扳倒？定會有一場擺不到面上的廝殺。在朝堂上咱們幫不上，只有守住這裡了。讓咱們的人跟著秀才們學幾天咬文嚼字，對他們只有好處，沒有壞處。」

「嘿嘿……」李漠帆低頭笑了幾聲。

「你笑什麼？」蕭天看著李漠帆。

「幫主，你的鬼點子真多。」李漠帆說完，看到蕭天一臉不待見地瞥著他，忙糾正道，「我說錯了，不是，是謀略，謀略。」

這次輪到蕭天忍不住笑出來，他指著李漠帆笑著道：「老李，如今看來你是越來越有長進了。」

「幫主，你……鼻子又流鼻血了。」李漠帆指著蕭天的鼻子忙起身，想去找帕子，被蕭天叫住，回頭一看，蕭天已經及時處理了，一隻手裡捏著帕子，一手指點著椅子蹙眉道：「坐下。」

李漠帆壓抑著不敢笑，知道蕭天流鼻血是被明箏餵下紅參丹的緣故。這紅參丹可是蕭天的師父贈予的臨別之物，蕭天臨下山，密谷道長贈送了兩樣鎮山之寶，一是青龍碧血劍，一是這獨門煉製的丹藥，瀕死之人吃下一粒也能起死回生，何況蕭天正值壯年，不流鼻血才怪。但李漠帆還是忍不住問道：「幫主，那丫頭給你餵了多少紅參丹呀？」

蕭天沉著臉，默了片刻，道：「估計有三粒。」

「娘呀，」李漠帆驚得要跳起來，「這丫頭暴殄天物呀，夠你起死回生三次了，這……幫主，你還受得起吧……」李漠帆擔心地上下打量著蕭天。

「還行，不過是一天多打幾套拳，夜裡在冷水裡浸個把時辰。」蕭天說完，想到明箏一會兒工夫便不見了，他看著李漠帆問道，「明箏呢？」

「不是你讓她去後廚找吃的嗎？還囑咐她吃飽再出來。」李漠帆笑著道。

兩人正說著明箏，便看見明箏從後廚的方向跑過來，一臉慌張的樣子，她跑到兩人面前道：「阿福不見了，我聽小六說他昨晚出去到此時都未回。」明箏說著坐下來，然後琢磨了片刻，突然看著蕭天道，「不會是昨晚他……他又去那個地方了吧？」

蕭天沉默著，他知道明箏所說那個地方是白蓮會的堂庵，而坊間都在傳東廠和錦衣衛連夜剿了堂庵。他沒有接明箏的話題，而是眼睛望向窗外。只見一個滿臉灰垢、衣衫不整的少年往窗裡張望。

「那不是雲輕嗎？」蕭天道。

明箏和李漠帆回過頭，看見那少年瑟縮在門邊向裡面張望，像是尋什麼人。

「我去看看。」明箏站起身便向門口跑去，一邊跑一邊叫他，「雲輕……」

雲輕看見明箏跑出來，半天才認出來，只因明箏一身小廝的打扮。雲輕識出是明箏後，很激動，拉著她到街上。他兩隻手比畫著，樣子很急切。明箏看不懂雲輕的手勢，不知道他要對她說什麼，乾著急也無法。雲輕很失望，他眼睛通紅，眼裡淚水漣漣。

「別急，別急，雲輕，你聽我說，」明箏突然想到一個辦法，叫道，「我去拿桿筆，你不會寫字，你把你想說的話畫出來吧。」

雲輕眼睛一亮，剛才的沮喪一掃而光，他猛點頭，並對明箏一笑。

明箏轉身跑進上仙閣，向櫃上記帳的張浩文要來紙和筆，又跑出去，門前的雲輕卻不知去向，正待她左右張望之際，一騎快馬自東面疾馳而來，馬上之人青袍玉面，腰間佩著寶劍，他早早看見明箏，到了門前翻身下馬便急急走到明箏面前：「明箏，我正要找妳，蕭天在嗎？」

來人是柳眉之。明箏奇怪雲輕為何要躲起來，想必是不想讓柳眉之看見他，便迎著柳眉之指了下上仙閣說道：「宵石哥哥，他們在裡面，出了何事如此驚慌？」

此時，李漠帆在窗前也看到柳眉之，有些納悶地說道：「他怎麼來了？」自那日在暢和堂門外與蕭天打鬥了一場後，他再沒有來過。

蕭天也是一愣，眼見柳眉之和明箏走進大堂。柳眉之朝他們走來，明顯帶著怒氣：「蕭幫主，阿福誆雲去要錢，輸了銀子，被人扣下了，我那雲可是出了名的乖巧懂事，現如今人被扣下，這事你看該如何了結？不如你出面去說一下，畢竟以你興龍幫的來頭，也是要給些面子的。」

「阿福去要錢了？怪不得不見他影子，在什麼地方？」明箏著急地問道。

蕭天和李漠帆相視一愣。柳眉之嘆息一聲道：「我領你們去，好歹雲跟了我幾年，我也不能見死不救。」

蕭天看了眼明箏道：「這樣吧，我跟柳公子去，你們在這裡等候消息。」

「不，我也要去，畢竟阿福是跟隨我家多年的家僕，若我不去，顯得太過寡情。」明箏看著蕭天懇求著。

「讓她去吧。」柳眉之在一旁道，「我這個妹妹心腸最是柔軟，你不讓她去，她待在這裡還不急死。」蕭天一看攔不住，便決定帶著明箏去看看。有柳眉之帶路，三人很快離開上仙閣，他們各騎一匹馬，向東面奔去。

街上飄著白色的柳絮，兩邊的樹木抽出油綠的新葉，春意盎然。三騎馬從樹下奔過，他們哪有心情賞景，明箏望著前面街巷，扭頭看著柳眉之問道：「宵石哥哥，阿福耍錢的是個什麼地方？」

「叫『同福客棧』，在東竹街上。」柳眉之道。

「東竹街？」蕭天眉頭一跳，問道，「東竹街最有名的便是馬戲坊子了，柳公子可曾聽說？」

「聽說過，以前也來看過一場馬戲，是域外的蠻夷誆騙人的把戲，領著幾隻猴子和老虎在場子裡跑幾圈，你便要給他銀子，著實可笑。」柳眉之不以為意地說道。

他們穿街過巷，很快來到東竹街。街上寂靜得很，臨街的店鋪門面全都關閉著，地上還可隱隱看見血跡。

「看來這裡確實才發生過激鬥。」蕭天說道，「早上茶坊裡還有人說昨夜東廠和錦衣衛封了一個白蓮會的堂庵，看來是真的。」

「走吧，咱們只管救出阿福和雲，其他的也管不了。」柳眉之悻悻地說道。

「這不是馬戲坊子嗎？」明箏遠遠看見馬戲坊子的大棚，愕然問道。

「到了。」柳眉之指著面前一家客棧，客棧不大，破舊不堪，上面的四個字「同福客棧」模糊不清，不仔細看便看不清。客棧緊鄰馬戲坊子，兩家只隔了一面薄牆。

柳眉之翻身下馬，便走進去，明箏緊跟其後。蕭天環視四周，卻不見裡面有夥計的身影，頗感意外，緊皺著眉頭，看見柳眉之和明箏都已進去，便也跟著走進去。裡面與其說是客棧，不如說是個荒廢已久的園子。從穿堂走進後院，更是一個人也不見，到處是一人高的荒草、碎瓦塊，還夾雜著動物的羽毛等物。明箏尋找阿福心切，四處跑著找尋，回頭一看，竟然只剩下自己，身邊一個人也沒有。

明箏只感到四處陰風陣陣，不由緊張地扯起嗓子大喊：「宵石哥哥……蕭大哥……」

「明箏，你在哪兒？」

明箏聽見蕭天的聲音，心裡稍微安穩了些，她大聲喊著蕭大哥，身後一陣風過，明箏嚇得捂住頭，便聽見蕭天的聲音在耳畔說道：「你那宵石哥哥呢？」

明箏回過頭，看見蕭天一臉凝重地看著院子。

「他……他呢？」明箏一陣緊張，「不會是出事了吧？」蕭天有種不祥的預感，此地不宜久留，他拉住明箏道：「你不覺得奇怪嗎？柳眉之帶咱們來到這個廢棄的園子，他卻不見了，咱們還是快些離開吧。」

「可是剛才我還同宵石哥哥一起走的呀，」明箏一想到這裡，驚出一身汗，「宵石哥哥呢？」

蕭天知道他和明箏想到了兩處，他已對柳眉之起疑，但又不便解釋，拉著她說道：「咱們先出去，再想方法。」

「不，既然咱們是三個人一起來的，怎可咱兩人回去，置宵石哥哥于不顧？」明箏堅持道。

「唉，」蕭天嘆口氣，又不好說什麼，只得妥協道，「找一圈，如果找不到，便回去再想辦法。」

兩人並肩向園子深處走去，一邊走一邊四處張望。此時，起風了，一陣風過卷起腳下的浮土、羽毛和枯葉，旋轉著飛上了半空，四周皆是呼呼的風聲。明箏和蕭天頂著風沙，眯起眼睛，在園子裡漫無目標地瞎轉。

突然，明箏看到裡面有一處房子裡有燈燭的光亮。她指著那處房屋，說不出話，只拿手指向那裡。蕭天點點頭，拉著她向那處房屋走去。

兩人頂著風沙向前走，明箏身體單薄，幾乎被風吹走，蕭天伸出一隻手臂拽著她。京城每年春時總要鬧幾場風沙，沒想到今年風沙來得如此早。

明箏突然感到腳下失重，嚇得閉上眼睛，大聲喊著：「蕭大哥，拉住我，我要被風刮到天上了。」明箏閉上眼睛大叫，但哪裡是上了天，而是入了地。明箏只感到一陣天旋地轉，身體向天上飛去，與此同時，一隻手臂一把攬住了她，把她緊緊抱進懷裡，明箏感到胸前一片溫熱，隨後便重重摔了下來，四周一片漆黑，耳邊風聲頓消。

明箏趴在地上，身上倒是沒有受傷，身下土地竟是溫熱的，她很是奇怪，她四下張望，一團漆黑，也不知蕭天跌到了哪裡，心下十分驚慌，不由大喊起來：「蕭大哥，蕭大哥……」

「在這裡，別動。」明箏聽到蕭天的聲音近在咫尺，她爬起身，突然聽見「哎喲」一聲，「別動，我在你下面。」明箏慌得不敢再動，這才明白她身下溫熱的土地竟然是蕭天的身體。過了許久，蕭天身體蜷起來，明箏從蕭天身上滾到一邊，她摸索著扶著他坐起身，一隻手碰到地面，地上全是瓦礫石塊，不由一陣戰慄。

「蕭大哥，你痛嗎？你摔著哪裡了？」

「無妨，我皮厚。」黑暗中，蕭天長出一口氣，把到嘴邊的呻吟給吞了回去。

「這是哪裡呀？」明箏叫道。

「我推測這是一口枯井。」蕭天忍著痛，淡定地說道。

「枯井？你是說咱們掉到了一口井裡？怎麼這麼倒楣呀！」明箏氣得想哭。

「不是倒楣，」蕭天仰頭看了眼井口，從這裡望去井口只有巴掌大，看來此井很深，「我看咱們是進了別人設好的圈套裡。」

「別人？誰？」明箏抓住蕭天的一隻胳膊大叫道。

「別動，別……」蕭天那隻胳膊本就傷著，剛才又摔了一下，此時鑽心地痛，「妳問是誰？除了柳眉之還有誰？」

「宵石哥哥？不會，絕不會！」明箏雙手抱住腦袋，她不願相信蕭天的話，但是她又無法說服蕭天。明明是柳眉之引他們來的，卻憑空消失，之後他們便落到井裡。

明箏摸索著站起身，向上望，只看到手掌大的天光，她運足氣力，大聲喊道：「有人嗎？救人呀！」蕭天盤腿坐著，任明箏去折騰，他在腦子裡把今日之事飛快地過了一遍，這之前確實疑點重重，當時只顧擔心阿福和雲，卻沒有細想。明箏喊了半天不見任何動靜，她洩氣地坐下來，看著打坐的蕭天，氣鼓鼓地問道：「你說是宵石設的陷阱，那他人呢？」

「他會出現的。」蕭天說道，「既是有人設局，便會有人站出來。」

「他為何要害咱們？」明箏不可思議地問道。

「這也是我在想的問題。」蕭天說道，「明箏，如今咱們只能自保，妳不要再嚷嚷了，沒用，還不知要多久才能出去，要保存體力。」

聽到蕭天的話，明箏癱軟在地上，一隻手無意間觸碰到一個活物，不由驚叫起來，由於掉下來已一段時間，眼睛適應了黑暗，借著井口微弱的天光，她看到井壁上爬滿黑壓壓的小蟲子。明箏生平最怕蟲子，這一嚇，直驚得頭皮發麻，幾乎驚厥過去，一頭撲到蕭天懷裡道：「蟲子，全是……一大片……」

「是壁虎，如果時間一長，實在餓了，抓幾隻吃吃，倒是現成的。」蕭天說道。明箏只感到胃裡往上翻騰，哭喊著站起身：「我要出去，我要出去。」

「不要說話，保存體力。」蕭天拉住她，讓她坐到自己身邊。

明箏感到耳邊出現「嗡嗡」的響聲，然後臉上像是有螞蟻在爬，她急忙用手撲打，一些小蟲在她手心裡亂動，她驚叫著搖晃著頭，眼淚直流，幾近崩潰。

「明箏，妳靜下來。」蕭天抓住明箏的手，擔心地看著她。他必須讓她冷靜下來，不然一會兒便把自己體力折騰乾淨了，還不知要在這裡待多長時間呢。

蕭天悄悄解開衣襟，光著膀子坐在當地。

不多時，明箏感覺頭上身上的蟲子不見了，她方靜下來，環視四處道：「奇怪，這會兒好多了，蟲子都跑了。」

蕭天沉默著，接著打坐。

明箏看蕭天不理她，便向他身邊靠了靠道：「蕭大哥，咱們會不會死在這裡？」「先想想怎麼逃出去，才是正事。」蕭天閉著眼說道。

「我倒是可以想到許多死的法子，但是逃走的法子卻想不出來。」明箏實話實說道。

「死的法子就不勞你去想了。」蕭天道。

「你害怕嗎？」明箏問道。

「不怕。」蕭天道。

「真的？那我也不怕，」明箏笑起來，「跟你在一起，我一點也不害怕，大不了一起死，還有你做伴。」

「喂，」蕭天嘆口氣道，「能不說死嗎？」

「是你說的不怕死啊！」明箏拍了下蕭天的肩膀，這才發現他光著上身，便又驚叫了一聲，往一旁退去：「喂，蕭大哥，你，你怎麼……」

「我熱。」蕭天道。

明箏搓了下手心，她剛才那一巴掌，竟拍死許多蟲子，她這才驚覺她頭上和身上的蟲子之所以不見了，原來是都到了蕭天那裡。明箏撲上去，揮動自己的衣袖在蕭天背上一通亂打。

「無妨，我還養得起牠們。」蕭天一把拽過明箏道，「妳不要再亂動，記住保存體力。」

「蕭大哥，」明箏眼裡漾起淚花，她情不自禁撲到蕭天懷裡道，「你為何對我這麼好？」

蕭天一愣，脊背繃得筆直，緩了口氣道：「妳既入了幫，我便要對妳的生死負責。」

「啊，」明箏身子也是一僵，心裡有些失望，嘴裡嘟囔著，「原來入幫這麼好呀？」蕭天道：「跟著我學打坐，這樣最是保存體力。」

明箏只得學著蕭天的樣子打坐，就這樣兩個人枯坐在井下，也不知過了多長時間，坐著坐著，明箏便覺得上下眼皮打架，身體左搖右晃，蕭天輕扶著讓她靠到自己肩上，不多時明箏便睡著了，蕭天長出一口氣，自己也閉目養神。

不知過了多長時間，只聽頭頂上的井口傳來窸窸窣窣的聲響，蕭天猛然睜開眼睛，他一直等待著這一刻，他倒要看看這個神祕的下套之人到底是誰。他把懷裡的明箏輕輕放到一旁，便站起身，他只有右手臂有些不適，身體其他部分經過長時間休息，精力充沛。

他雙腳點地，一個飛躍，一隻腳踏住井壁，另一隻腳踏住井壁另一方，來回交替，竄至井口處，井口蓋著手指粗的鐵網。

此時明箏也醒過來，她捂住嘴巴看著似壁虎般攀上去的蕭天，既驚訝又崇拜。她不敢發出聲音，怕蕭天分神掉下來。

蕭天身體緊貼在井壁上，腳下踩住一塊凸起的石塊。這時，井口鐵網上出現三個身著白袍的人，蕭天一眼便看到了柳眉之，怒火湧上心頭，果然是他。他強壓下心頭火，又看了看另外兩個人，面孔陌生，對柳眉之畢恭畢敬的樣子。

其中一人對柳眉之道：「堂主，這兩人被關了一夜，估計也折騰不動了。」

「你不知道，那個蕭天武功極高，不可大意。」柳眉之說道。

「堂主，咱們現在便動手嗎？」另一個人問道。

「那些人在虎口坡等著呢，這裡的事了結後便與他們會合。」柳眉之道。

「是，堂主。」兩人躬身答道。蕭天聽到此話，有種石破天驚之感，那個神祕的白蓮會堂主竟然是柳眉之，他貼著石壁半天方回過神。這之前的許多疑點便迎刃而解，看來那日誆騙明箏去馬戲坊子的也正是柳眉之。

柳眉之的聲音傳到井下，明箏呆若木雞，身體僵在那裡，臉上淚如雨下，她仰頭大喊一聲：「李宵石，你個混蛋，你出來……」

「嚷嚷什麼！」從井口突然傳來凶惡的吼聲，聲音在井裡回蕩。

不知何時蕭天已回到井底，他站在明箏對面，明箏氣得渾身發抖，蕭天把她顫抖的身體攬進懷裡，一隻手輕拍著她的肩，腦子裡飛快地想著對策，用極低的聲音說道：「柳眉之便是白蓮會的堂主，他此舉必是要帶走妳，只怪我太大意，這之前他試探我幾次，我都沒有在意。」蕭天突然托住明箏的臉道，「明箏，聽蕭大哥的話，妳且虛與委蛇，先保住性命再說。」

井口突然傳來巨響，鐵蓋被打開，接著嘩啦啦掉下來一團東西砸到兩人身上，只聽井口有人高喊：「想活命，抓住繩子。」蕭天從地下拿起那團繩索，他把繩索綁到明箏腰上，讓明箏先上，自己攥著一頭跟在後面。

井口上方天光大亮，看樣子已是辰時。到井口處，他們一露頭，便兜頭一張大網蓋下來。從後面又跑過來幾個人把他們拉出井口按在地上。由於顧及明箏，蕭天也只是忍著。他抬眼觀察這些身著白袍的白蓮會的人，倒是個個身負武功，看來這些人是柳眉之差來專門對付他的。

「李宵石，你出來，你出來呀！」明箏一邊掙扎著，一邊大喊。

「明箏妹妹，我已經給妳準備好馬車，跟我走吧。」柳眉之從一側走出來，向其他幾人一揮手。

明箏扭頭尋找蕭天，只見四五個大漢拿鐵鍊綁住了他，明箏愕然，她望著柳眉之道：「蕭大哥跟你無冤無仇，你為何要如此待他？」

「為了讓妳死心，」柳眉之黯然道，「自從他出現在這裡，妳我兄妹的情義便大不如以前了，明箏，我要妳忘掉世上有這個人。」

「李宵石，你要怎樣？」明箏驚叫道。

「他武功高強，我是打不過他，但我想看看他有多強。若是他打得過牠，便可活，打不過，怪只怪自己學藝不精，怪不得別人。」柳眉之說道，向那幾個綁住蕭天的白袍人一揮手，幾個人便用鐵鍊拉著蕭天向一旁的小門走去。

明箏跟著跑了幾步，被兩個白袍人按住。兩人拿繩子綁上明箏走向小門，從門裡傳來一聲虎嘯，明箏一哆嗦，這才發現他們走進了馬戲坊子的園子。

原來這裡與馬戲坊子只有一牆之隔，過了小門便看見大大小小幾個鐵籠，幾個人押著蕭天走到最大的一個鐵籠前。鐵籠裡臥著一隻虎，虎受到驚擾突然聳身而立，渾身的毛都立了起來。

「李宵石，你放了蕭大哥！」明箏似乎預感到什麼，她驚恐地瞪著柳眉之，歇斯底里地叫起來。

「我已說過，」柳眉之淡淡地說道，「妳忘了這個人，跟我入白蓮會，我保妳一生榮華富貴。」

明箏似不認識他般，吃驚地望著他的臉，他還是那個陪她一起長大的宵石哥哥嗎？明箏瞪著他只說了一句：「你是個瘋子，我斷不會原諒你。」

「李如意，我做的事都是為了妳。」柳眉之轉身向眾人一揮手。一個人打開鐵籠一旁的角門，幾個人解開蕭天的鐵鍊把他往鐵籠裡塞，蕭天在解開鐵鍊的瞬間躍身而起，與幾個人打在一處。突然背後有人拿棍襲擊了他，他栽倒在地，被幾個人塞進鐵籠，然後角門被一把大鎖鎖住。

明箏一聲驚叫，向鐵籠撲去，被幾個白袍人按住。明箏耳邊聽到一聲虎嘯，四周空氣都震得顫動起來。從未有過的絕望瞬間吞噬了她，她撲向柳眉之，一口咬住他的手，被身後一人一拳打到頭上，一股熱血噴湧而出，明箏口吐鮮血倒地，昏厥了過去。

第十二章　血濺虎口

一

剛過辰時，孫啟遠便被手下從熱被窩裡拽出來，「寧大人在大牢裡等你。」只這一句話便讓睡意濃重的孫啟遠立刻清醒過來，他手忙腳亂地穿好衣袍，便跟頭流水跑到大牢。

此時寧騎城正襟危坐在大堂上，仔細看著一摞名冊，這是那日月圓之夜圍剿堂庵時抓獲的人員名冊，一旁的高健也翻著名冊。孫啟遠膽戰心驚地走過去，躬身一揖道：「參見寧大人。」

寧騎城頭也不抬，鼻孔裡哼了一聲，算是作答。高健突然指著名冊道：「大人，你看上面有雲的名字。」高健說著，把手中的名冊指給寧騎城看，寧騎城點點頭，他放下手中名冊，看著孫啟遠道：「你可還記得明箏姑娘？」

孫啟遠一愣，馬上想起來：「是蓮塘巷的明箏姑娘嗎？她不是進宮了嗎？」

「不，有人曾在白蓮會的堂庵裡看見她，你所抓的女信眾裡，有沒有她？」寧騎城問道。

「沒有，我認識明箏姑娘，」孫啟遠回憶著當時的情景，小心地回答道，「這些人裡面的確沒有她。」

寧騎城蹙眉道：「名冊上的人，關他們幾日，讓他們找人作保，並立下字據絕不再聽信邪門歪道，交了贖金，便可放人。」

「大人，全放了嗎？」高健不解問道，「若是裡面有白蓮會的頭目呢？豈不是便宜了他們？」

「問了兩天，你們可問出什麼嗎？」寧騎城冷笑一聲，「頭目估計早跑了。你現在便去把那個叫雲的人給我提過來，我有話問他。」

「他？難道這個人是大人的暗樁？」孫啟遠驚訝地問道。

「算你聰明。」寧騎城一聲冷笑。

孫啟遠急忙點頭退了下去。不多時外面響起鐵鍊叮叮噹當的響聲，雲面色灰白，衣衫不整，腳上拖著兩條鐵鍊走進來，他抬頭看見寧騎城像看見了救星般眼放精光，倒地便拜道：「大人，大人，我有要事稟告。」

寧騎城看了眼孫啟遠，孫啟遠會意，走上去吩咐獄卒去了雲的腳鏈。雲跪在地上渾身瑟瑟發抖。

「說吧。」寧騎城看著雲，急於想從他嘴裡知道更多的隱情。

雲舔了下乾澀的嘴唇，緩了下心緒，道：「大人，我發現一個驚人的祕密，我那日親眼看到了白蓮會的堂主，他……竟然是……是……柳眉之。」

「啊！」寧騎城猛地站起身，他盯著雲，聽到這個石破天驚的祕密，不由震呆在當地。幾年裡王振和王浩費盡心思想要捉拿歸案的白蓮會堂主竟然是長春院頭牌柳眉之，這也太匪夷所思了。這個雲，本是無心插柳，卻立了奇功，把一個隱藏多年的大名鼎鼎的朝廷要犯給揪了出來。

高健瞪大眼睛吼道：「雲，你可知欺騙官府是何罪？」

「小的豈敢欺瞞？我跟隨他多年，他雖說臉上塗著金色油彩，但是那些偽裝瞞外人可以，卻是瞞不了我。我拿我的人頭擔保，柳眉之便是白蓮會北部大堂主，而白蓮會的總壇並不在京城，柳眉之受制於總壇主。那日的大佛會宣布了一件大事，說是堂主要去四海雲遊，要招募一些信眾跟隨他雲遊，結果大人帶人衝進堂庵，攪了此事，但是大人所抓全是信眾，堂主和眾護法皆從密道溜走了。」

「哈哈……」寧騎城站起身，冷笑著，「柳眉之，我可真是小瞧你了。」

比起寧騎城，一旁的高健更是被眼前之事震驚得無以復加。得知雲是寧騎城的暗樁已是出人意料，而那個柔弱的戲子柳眉之，竟是傳說中叱吒風雲的白蓮會堂主，太不可思議，而這兩人他都相熟，心裡不禁一陣唏噓。

「還有什麼？」寧騎城很快恢復常態，轉身問道。

「我打聽到了明箏姑娘的下落。」雲道。

「哦？快講。」寧騎城催道。

「聽阿福說，明箏同一個叫蕭公子的人住在上仙閣。」雲回道。

「好！」寧騎城臉上的陰雲一掃而光，露出難得的笑容，他回頭對孫啟遠道：「重賞雲。孫百戶，雲是我的人，你好生照看，不得再委屈了他，待過個一兩日隨眾人一起放了。」

孫啟遠急忙躬身應下，引著雲走出去。

「高健，你帶一隊緹騎去長春院，我親自去上仙閣。」寧騎城說完，站起身便往外走。

此時上仙閣已亂成一團。昨日午後柳眉之帶著蕭天和明箏一去便不知所終，撐到後半夜，李漠帆實在坐不住了，天不亮便派人四處打聽。林棲和盤陽先後都跑了出去，不久便跑回來，一無所獲。

一大早東廠的李東跑過來，告訴他一個消息，更是驚得他六神無主。這李東是幫裡老人的姪子，是興龍幫安插在東廠的暗樁，沒有事一般不上門。

李東跑來隻為一事，他說：「你們店裡夥計阿福被押在東廠大牢，是那日夜裡清剿白蓮會堂庵時抓捕的，作保後交了贖金便可領回。」李東說完，喝了盅茶便告辭了。

李漠帆叫來林棲和盤陽，把前後事給他們一說，三人頓覺此事太蹊蹺。那日柳眉之口口聲聲說阿福誆騙雲去要錢，輸了錢被扣下，怎麼今日李東過來說，阿福在東廠大牢，讓他們交贖金作保？李東的話若是無誤，那麼柳眉之便是在說謊，柳眉之為何要這麼做？想想他們與柳眉之的幾次交往，不由得疑心重重。

「幫主和明箏姑娘不會出什麼事吧？」李漠帆越想越不對勁，在屋裡來回踱著步，後悔得直拍腦門，「我怎麼沒有跟著去呢！」

「唉，你們幫主武功一流，明箏姑娘那兩把刷子也可自保，他們會出什麼事？」盤陽在一旁安慰道。

三人正躊躇，便看見小六抓著一個衣衫破爛的小孩，推搡著來到近前，小六道：「我在門外抓住一個探子，這傢伙鬼頭鬼腦，甚是可疑。」小孩抬起頭，雙眼通紅，張著嘴巴，雙手比畫著，是個啞巴。李漠帆看著這孩子甚是面熟，猛然想到柳眉之兩個書童，其中之一便是個啞巴。彷彿昨日明箏走之前還見過他，後來又忽地不見了。

「你可是雲輕？」李漠帆心下起疑，「你可知道你主子和明箏姑娘去了哪裡？」

雲輕猛點著頭，漆黑的雙眸瞬間湧出淚水。李漠帆激動地抓住他的雙臂催道：

「快說呀，快說呀。」

「他是個啞巴。」一旁的盤陽提醒道，「生生把人急死。」

「這孩子一定知道什麼，說不定是給咱們報信的。」林棲道。雲輕雙眸眨動著，他突然揚起手臂，比畫著寫字的樣子，嘴裡啊嗚啊嗚大叫。

幾人眼前一亮。小六手腳快，跑到櫃上去取筆墨。

突然，從門口擁進來一群身著甲胄的錦衣衛，大堂裡一陣大亂，一些茶客慌亂地擇路而逃。寧騎城隨後走進來，他揮了下手，對身後的校尉道：「去後院搜。」

李漠帆急忙迎上來，硬著頭皮擠出笑臉道：「大人，今日是哪陣風把你吹到了這裡，小店新近得了上好的龍井，大人要不要嘗嘗？」

「李掌櫃，你看我像是來你這裡喝茶的嗎？」寧騎城冷冷說道。

「哎喲，大人，我這裡除了茶還有什麼呢？」李漠帆嬉皮笑臉地說道。

「還有從宮裡出逃的秀女，」寧騎城道，「明箏在你這裡，你快把她交出來。」

「天大的冤枉呀，」李漠帆開始發毒誓，「大人，上仙閣你隨便搜，能搜出那個秀女，我頭割給你。」李漠帆說得理直氣壯，把胸脯拍得「啪啪」響。

寧騎城耷拉著眼皮瞥了他一眼，李漠帆低下頭，發現雲輕藏進桌子下面，李漠帆急忙給盤陽遞個眼色，盤陽比那個一根筋林棲聰明多了，一點便透，盤陽跟著雲輕鑽進桌子下面。

寧騎城沒有搭理李漠帆，悻悻地向後院走去。大致過了有一炷香的工夫，寧騎城在後院搜查無果，一眾人馬匆匆而去。

李漠帆見錦衣衛的人走了，便把雲輕從桌子下面拉出來。小六也拿著紙和筆跑過來，大家神情嚴峻地盯著雲輕。雲輕手抖得幾乎拿不住筆，看得出他從未拿過筆，一隻手笨拙地緊緊地攥著，在一張白宣上費力地畫了一個方塊，在裡面橫著畫幾筆，豎著畫了幾筆，然後默默看著大家。

「你這畫的是個屁。」李漠帆急得上了一頭火。

「我看像是一個籠子。」一旁小六叫道。雲輕突然抓住小六，猛點頭。大家驚訝地重新看向白紙，確實像一個籠子，眾人大驚，盯著雲輕。

雲輕突然跪到地上，雙手扶地，額頭猛叩地面，發出「咚咚咚」的響聲，片刻後，雲輕頭上鮮血直流。雲輕的舉動震驚了在場所有人，大家不再怠慢，李漠帆急忙扶起他，大聲道：「孩子，我們相信你。」

雲輕站起身點點頭，臉上全是淚，淚和血混成一片。雲輕拉住李漠帆往外走，李漠帆突然明白過來，他預感到這個啞巴孩子一定知道什麼，或許他知道蕭天和明箏姑娘的下落，不管是真是假，總比在這裡傻等強。他回頭大叫：「有口氣的都跟著走。」

眾人跑向馬廄，紛紛去牽馬。

李漠帆騎馬帶著雲輕，其他人各騎一匹馬。一出大門，雲輕伸手指向東面，眾人打馬飛奔而去。途中走錯兩次，雲輕急得跳下馬，跑著在前面帶路。眾人跟在他身後，從當初對他心存憐惜，到後來對他充滿敬意。一個啞巴，以自己瘦弱的身軀，幹著不可能完成的事。誰也不知道他到底經歷了什麼，他漆黑的眸子裡糾纏著深深的苦痛和恐懼，讓人看著都窒息。

一路行進到了東竹街，遠遠看見馬戲坊子的木門，雲輕指著木門，像一攤泥癱倒在地，累得直喘氣。

木門上貼著封條，眾人走過去，林棲第一個飛身躍上牆頭，過了一會兒從裡面響起門閂轉動的「吱呀」聲，林棲從裡面打開門：「進來吧，裡面沒人。」

雲輕突然擺手，然後指著裡面。

「你是說，裡面有人。」盤陽看著雲輕，雲輕點點頭。

眾人終於明白，裡面藏的有人。李漠帆看了下眾人，留下人看住大門，其餘七八個人跟著雲輕向裡面走去。大棚四周遍地瓦礫、羽毛，地上還有斑斑血跡，這些激烈打鬥的痕跡觸目驚心。

雲輕指著大棚一側的小路，裡面隱隱有牲畜嘶叫聲。雲輕突然蹲下身，雙手捂住眼睛，不肯再往前走。

眾人皆驚，這孩子究竟看到了什麼，讓他如此失魂落魄？

「小六，你留下照看雲輕，」李漠帆看著眾人，「咱們走。」眾人向小路走去，從對面走過來兩個白色身影，顯然這兩個人沒有想到會遇到人，兩個人都飛快地戴上面巾，迅速拔刀刺向他們。林棲揮刀迎戰，以一擋二。李漠帆在身後大喊：「留個活口。」

眾人等不及，也紛紛亮出兵器衝上去。一盞茶工夫，兩個白衣人相持不下漸落下風，被奪去兵器按在地上。

「說，裡面還有多少人？」李漠帆問道。

盤陽和林棲看兩人不肯開口，便上前又打又踹，兩人熬不住，其中一個開口道：「爺，饒命呀，裡面沒有人了，剩下我倆奉命最後撤離。」「你們是什麼人？」李漠帆問道。

「我和他是白蓮會的人，其他人已經奉總壇的令，撤走了。」另一個人說道。

「你們是不是綁了我們幫主？」李漠帆揪住一個人的耳朵問道。

「饒命，真不知道，」那個人哭叫著，「只知道枯井裡關了一男一女。」眾人相視一驚，李漠帆又問：「他們現在在哪兒？」

「可能都死了。」另一個人怯生生地小聲道。

「什麼？」林棲一把抓住那人的脖子，「快說！」

「女的吐血而亡，男的也活不久了，他被關在虎籠裡。」

此言一出，在場所有人都呆若木雞，繼而暴跳如雷，林棲怒吼一聲，一刀捅進那人肚子，鮮血四濺。幾人都紅了眼，當場把另一人揍成一攤泥。眾人沿著小路向裡面衝，越往裡血腥氣越濃。

沿著圍牆一排大大小小的鐵籠，幾隻猴子聽見腳步聲，看到闖進來這些人，興奮地在籠子裡上竄下跳。另一個籠子裡，一隻虎衝他們張開血盆大口，發出刺耳的嘯聲。看到這些，李漠帆瞬間崩潰，雙膝一軟，跌坐到地上，放聲大哭。眾人回頭去拉他，他哭喊著：「我的幫主呀，你死得好慘呀……」

林棲已跑到前面，在最大一個鐵籠前，他看到一隻仰面躺著的虎，虎身上傷痕累累，旁邊躺著一個渾身是血的人，更是慘不忍睹，衣袍被撕成柳條狀，四周散落著撕碎的衣片。聽到聲響，那人竟然掙扎著坐起身。

「主人……我的主人……」林棲喜極而泣，倒頭便拜。

其餘人聽到這邊的動靜，拋下李漠帆向這裡跑過來。眾人看見蕭天一身是血，依然活著，全都撲通跪地，倒頭便拜：「幫主……」

盤陽大叫：「別愣著了，快拿刀砍掉鎖頭，救人呀。」

李漠帆紅著眼睛抓住鐵欄桿看著蕭天：「幫主，你……受苦了……」說著泣不成聲。

蕭天向眾人一揮手，嘶啞著嗓子道：「所有人聽著，明箏被柳眉之劫走了，他們在虎口坡集合，咱們速去虎口坡救人。」

「幫主，柳眉之為何要劫走明箏姑娘？」李漠帆突然想到一事，急忙道，「剛才我們進來遇到一個白蓮會的人，他說一個女的吐血身亡，難不成是明箏姑娘？」

「別說了，快去，速去備車馬。」蕭天說完，已是氣喘吁吁，看來與虎的一番打鬥，幾乎把他的體力耗完。此時更是面色慘白。李漠帆轉身招呼幾個幫裡弟子，速去備車馬。

「幫主，讓我帶他們去吧，」李漠帆叫道，「先護送你去醫館療傷。」

「我沒事，只是皮肉傷。」蕭天抹了下臉上的血，道，「我必須去，你可知柳眉之是什麼人？他便是白蓮會的堂主，此人狡猾多變，我怕你們對付不了他。」

「啊，」李漠帆眼珠子在眼眶轉了幾轉，才罵出一句，「這……這小子，我看著就不是好東西。」李漠帆看著蕭天渾身幾乎沒有一處好地方，擔憂地說道，「幫主，你受傷太重，我怕路上……」

「無妨，這次真是拜明箏所賜，那三丸紅參丹，竟然救了我一命，可惜了這隻虎。」蕭天說著，看了一眼一旁奄奄一息的虎。

幾人砍掉鎖頭，林棲跑進籠裡，對那隻虎刺了幾刀，虎翻騰了幾下，便咽了氣。林棲背起蕭天，出了鐵籠，眾人跟在左右，一行人沿著小路返回。

「你們是如何得的信兒？」蕭天問道。

「是雲輕，」李漠帆指著和小六一起站在大棚邊的雲輕道，「沒有這小子，我們還找不到你。」

雲輕看見林棲背上的蕭天，驚訝地愣在當地。李漠帆拍著雲輕的頭，誇了幾句，命小六把雲輕送回去。眾人出了馬戲坊子，幾個興龍幫弟子已趕著一輛臨時找來的馬車等在門口，蕭天上了馬車，便揮手道：「去虎口坡。」

一聲令下，眾人翻身上馬，跟著馬車向西邊奔去。

二

一行車馬出了城，沿著官道飛奔。

此時，李漠帆坐在馬車裡給蕭天簡單地包紮傷口。剛才路過一間生藥鋪，買了些膏藥。李漠帆一邊往傷口上抹藥一邊掉淚。蕭天抬起眼皮，瞧了眼李漠帆笑道：「你何時變得如此婆婆媽媽，咱們常年行走江湖，若見不得血，那便及早金盆洗手，回家抱孩子去。」

「幫主，若明箏姑娘真如那人所說……」李漠帆閉了嘴，他看見蕭天瞬間變了臉色。

「活要見人，死要見屍。」蕭天飛快地說了一句，便閉上了眼睛。

李漠帆給蕭天包紮好，抬頭看見窗外是連綿的山，馬車很快駛上了山路，車身開始顛簸起來。他探出頭問馬車旁的盤陽：「離虎口坡還有多遠？」「前面便是。」盤陽說道。

蕭天掙扎著坐起身，看向窗外吩咐道：「留心車馬，他們必是扮成商隊或是回鄉的鄉紳家眷。」

「主人，」林棲從前面催馬折回，大聲道，「前面一間茶坊停有一輛馬車，還有四五匹馬。」

「圍住他們，探個究竟。」蕭天說著，強打精神趴到窗前，看到前方路邊有一個草房，門前木桿挑著一面破舊斑駁的旗幡，上書一個「茶」字。此地十分眼熟，半天蕭天方想起，當初進京時曾路過此地。

門前草棚下，聚了一些在吃乾糧的人。這時，有人發現一群人手拿兵器悄然圍上來，頓時一片慌亂，紛紛掂起兵器，與圍上來的眾人呈對峙的狀態。這時，從草房裡走出一人，一身黑袍，披著黑色大氅，正是柳眉之。

李漠帆一個箭步衝到前面道：「柳眉之，你個小人，快交出明箏姑娘，否則，新帳老帳一起算。」

柳眉之看見李漠帆大吃一驚，他怎麼也沒想到他們動作這麼快。想到蕭天被自己投進虎籠，這幫人定是不會饒了他，便掃了眼周圍幾個護法壓低聲音道：「擇機，撤。」

「那明箏姑娘呢？」一位護法小聲問道。

「看來生還的可能微乎其微，不用管她了。」柳眉之交代完手下，迎著李漠帆走過來，看到四周慢慢圍上來的眾人，道：「李大把頭，我白蓮會與興龍幫向來和平相處，不要一時衝動，壞了江湖規矩。」

「呸！你個陰損小人，我興龍幫從今以後與白蓮會絕不來往，今日若我們幫主有個好歹，我興龍幫絕不會善罷甘休。小子，你拿命來吧！」李漠帆揮劍向柳眉之刺去，後面的眾人一看，也跟著圍過來，雙方打成一團。

柳眉之手下有幾個高手，突然向李漠帆發動攻擊，李漠帆持劍左擋右躲漸漸招架不住。

馬車上蕭天看到李漠帆的處境，衝林棲大喊：「林棲，去李把頭身邊。」這邊林棲聽到喊聲跑過來支援，只轉眼工夫，便撂倒了一片，林棲騰出手再找柳眉之，卻不見了他的蹤影。

「老李，先找明箏。」蕭天從馬車裡探出頭大叫。

李漠帆提劍衝進草房，只見屋裡有兩個人縮在角落，李漠帆用劍指著兩人，大喊：「出來。」一個駝背矮子跑出來大喊：「大爺，饒命，我是這兒的掌櫃，我不認識他們呀。」另一個瘦高個也瑟縮著走出來道：「我是郎中，他們抓我來給一位姑娘看病，我也不認識他們呀。」

「姑娘在哪兒？」李漠帆叫道。

「這裡。」郎中指著草房窗下一個炕上，那裡躺著一個人。

李漠帆跑上前一看，正是明箏，只是她看上去面色灰白，毫無生氣，似是死去一般。李漠帆橫抱起明箏，步履踉蹌地跑出草房，大喊：「幫主，找到明箏姑娘了。」

蕭天拄著劍下了馬車，看見明箏的樣子，幾乎站立不住，被身後的林棲扶著走到跟前，他抬手去試明箏鼻息，感到尚有微弱氣息，他回頭看了眼眾人，說道：「顧不了別的了，救人要緊，回城。」

眾人護著三人退下，白蓮會剩餘的人看他們撤離，並沒有追。

馬車在山路上顛簸。車廂裡明箏氣若遊絲，蕭天緊張地守在一旁，眉頭緊皺。李漠帆坐在蕭天身旁，束手無策，兩人身上都沒有帶丹藥，只能等到回城了。

「幫主，還有一事，我忘了稟告你。」李漠帆突然想到早上寧騎城來上仙閣的事。蕭天一聽，沉默不語，想到上仙閣回不去了，這偌大的京城真正讓他放心的只有一處了，他叫來林棲。

「林棲，你先行去望月樓，讓翠微姑姑請城裡最好的郎中，我們隨後就到，去吧。」

李漠帆點點頭，也只能暫時在望月樓落腳了，他看著明箏憂心地問道：「這丫頭如何受的傷，難道柳眉之給她用了刑？」

「沒有，我能看出明箏在柳眉之心裡分量很重，不說兩家上輩的淵源，柳眉之與明箏青梅竹馬，以前柳眉之敵視我，我一直以為是這個原因，現如今才明白不光是這個原因，作為白蓮會的堂主，他野心勃勃，覬覦《天門山錄》多時，如今只有明箏能完整複述此書。帶走明箏，他策劃多次，這次差點讓他得逞。」蕭天沉下臉，惱怒地攥起拳頭。

「啊，那……柳眉之並未對明箏姑娘用刑，那明箏姑娘是怎麼受的傷啊？」李漠帆一臉困惑地望著蕭天。

蕭天垂下頭，艱難地往下說道：「明箏眼見我被關進了虎籠，她以為……我親眼看見她……就在我面前口吐鮮血，倒在地上。」

李漠帆驚訝地「啊」了一聲，然後恍然大悟道：「原來如此呀。」他搖搖頭，看著蕭天，欲言又止，吞吐了半天，說道：「幫主，有句話我不知當講不當講。」「那便不講。」蕭天白了他一眼，懟了回去。

「我不講，心裡又不落忍，」李漠帆硬著頭皮說道，「幫主，你難道沒有發現這丫頭對你情根深種，她——」

「閉嘴。」蕭天嘶啞著嗓音，面色已變，眼裡的紅血絲幾乎要滴出血來，他捂住頭，那隻手也在不自覺地抖著。

李漠帆不忍見幫主如此，只得嘆口氣，彎腰走到駕車人身邊坐下，此時已走到官道上，離城門很近了。

一行車馬行至城門前，便各自散開。進了城門，一部分人回到上仙閣，只有一輛馬車悄悄來到望月樓後門，翠微姑姑和林棲已候在那裡，馬車直接駛進後院。

幾人抬著明箏到一間廂房，有郎中在屋裡候著。蕭天看一切安置妥當，便再也堅持不住，癱倒在一旁，被李漠帆攙住走進隔壁一間廂房，蕭天躺到床榻上便昏厥過去。

狐王令——天門奇書現世，江湖風雲再起

作　　者：常青
發 行 人：黃振庭
出 版 者：複刻文化事業有限公司
發 行 者：複刻文化事業有限公司
E-mail：sonbookservice@gmail.com
粉 絲 頁：https://www.facebook.com/sonbookss/
網　　址：https://sonbook.net/
地　　址：台北市中正區重慶南路一段61號8樓
8F., No.61, Sec. 1, Chongqing S. Rd., Zhongzheng Dist., Taipei City 100, Taiwan

電　　話：(02)2370-3310
傳　　真：(02)2388-1990
印　　刷：京峯數位服務有限公司
律師顧問：廣華律師事務所 張珮琦律師

定　　價：450 元
發行日期：2024 年 11 月第一版
◎本書以 POD 印製
Design Assets from Freepik.com

國家圖書館出版品預行編目資料

狐王令——天門奇書現世，江湖風雲再起 / 常青 著 . -- 第一版 . -- 臺北市：複刻文化事業有限公司，2024.11
面；　公分
POD 版
ISBN 978-626-7595-87-9(平裝)
857.7　113016966

電子書購買

爽讀 APP

臉書